Eva Siegmund
H.O.M.E.
Das Erwachen

DIE AUTORIN

Eva Siegmund, geboren 1983 im Taunus, stellte ihr schriftstellerisches Talent bereits in der 6. Klasse bei einem Kurzgeschichtenwettbewerb unter Beweis. Nach dem Abitur entschied sie sich zunächst für eine Ausbildung zur Kirchenmalerin und studierte dann Jura an der FU Berlin. Nachdem sie im Lektorat eines Berliner Hörverlags gearbeitet hat, lebt sie heute als Autorin an immer anderen Orten, um Stoff für ihre Geschichten zu sammeln.

Mehr zur Autorin auch auf www.eva-siegmund.de und Instagram@eva_siegmund_schreibt.

Von Eva Siegmund sind bei cbt bisher erschienen:
PANDORA – Wovon träumst du? (31059)
CASSANDRA – Niemand wird dir glauben (31183)
LÚM – Zwei wie Licht und Dunkel (16307)

Mehr über cbj und cbt auf Instagram unter @hey_reader

EVA SIEGMUND

H.O.M.E.

DAS ERWACHEN

 Dieses Buch ist auch als E-Book erhältlich.

MIX
Papier aus verantwor-
tungsvollen Quellen
FSC
www.fsc.org
FSC® C083411

Verlagsgruppe Random House FSC® N001967

2. Auflage 2019
Originalausgabe Januar 2019
© 2019 by Eva Siegmund
© 2019 by cbj Kinder- und Jugendbuchverlag
in der Verlagsgruppe Random House GmbH,
Neumarkter Str. 28, 81673 München
Alle Rechte vorbehalten
Umschlaggestaltung: Carolin Liepins, München
Umschlagmotive © Shutterstock (shanghainese,
Melkor3D, nouskrabs, kwest, faestock, Valua
Vitaly, Arthur Kosyak, Sergivy Zavgorodny,
paultarasenko, elenovsky)
Außenlektorat: Catherine Beck
MI · Herstellung: UK
Satz: Uhl + Massopust, Aalen
Druck: CPI books GmbH, Leck
ISBN 978-3-570-31230-8
Printed in the Czech Republic

www.cbj-verlag.de

»Of course it is happening inside your head, Harry,
but why on earth should that mean that it is not real?«

– Albus Dumbledore

Prolog

Das kleine Mädchen stand im Regen auf der Wiese und schrie sich die Seele aus dem Leib. Es steckte in einem alten, pinkfarbenen Nachthemd, die rechte kleine Faust umklammerte das Ohr eines triefnassen Stoffhasen.

»Mama!«, schrie das Mädchen, so laut es konnte. Die Tränen, die seine Wangen hinabliefen, vermischten sich mit dem Regen, der unablässig vom Himmel prasselte. Rotz lief aus der Nase des Kindes in den verzweifelt verzerrten Mund.

»Mamaaaaaaaa!« Ihr Kopf war so rot, dass er kurz vor dem Platzen stehen musste; wie eine verknautschte Kirschtomate. Die kleinen nackten Füße des Kindes versanken fast im matschigen Rasen. Sie schniefte, hustete, verschluckte sich in ihrer Panik immer wieder an dem einen Wort, das sie so lange brüllen würde, wie sich noch Luft in ihren kleinen Lungen befand.

Etwas entfernt von ihr stand ein prächtiges altes Haus, dessen Eingangstür sich in diesem Augenblick öffnete. Doch das Mädchen bemerkte es nicht, es hatte die Äuglein vor Angst so fest zusammengepresst, wie es nur konnte.

Eine schlanke Frau erschien auf der großen Treppe, die zur Haustür hinaufführte. Sie hatte ein Handtuch über die

Schulter gelegt und spannte einen Regenschirm auf. Die Frau steckte in einem schwarzen Trainingsanzug mit ebenfalls schwarzen Turnschuhen und ging nun zielstrebig auf das brüllende Kind im Garten zu.

Als sie das Mädchen erreicht hatte, wickelte sie es ohne Umschweife in das große Handtuch und begann, es trocken zu rubbeln. Die Kleine erschrak so sehr, dass sie kurz die Augen öffnete. Als sie das Gesicht der Frau erblickte, weiteten sich ihre Augen panisch.

»Mamaaaaaaa!« Ihre Stimme war mittlerweile so schrill und hoch, dass es wohl niemanden überrascht hätte, wenn sie damit die Glasscheiben des großen Gebäudes zum Bersten gebracht hätte.

»Na na na«, sagte die Frau brüsk, während sie das Kind weiter trocken rubbelte. »Wer wird denn hier so schreien?«

Das Mädchen öffnete das rechte Auge, ganz langsam und vorsichtig, um die Frau zu beobachten.

»Du bist Zoë, nicht wahr?«

Das Mädchen nickte langsam.

»Hallo Zoë.« Die Frau lächelte, doch dem Mädchen war anzusehen, dass es dem Lächeln nicht über den Weg traute. Der Blick der Frau wanderte zu dem Stoffhasen, der traurig und nass von der Hand des Kindes baumelte.

»Und wer ist das?«

»Walter«, flüsterte das Mädchen und schluchzte laut, doch die Frau lächelte noch breiter.

»Hallo Walter«, sagte sie. »Ich bin Dr. Jen. Und ich werde mich um dich und deine Freundin Zoë kümmern, in Ordnung?«

Die Worte machten Eindruck auf die kleine Zoë, sie hörte

augenblicklich auf zu schluchzen. Ihr Blick wurde skeptisch und wachsam.

»Wo ist meine Mama?«, fragte sie, doch die Frau ignorierte die Frage. Stattdessen nahm sie das Kind auf den Arm und machte sich mit ihm auf den Weg ins Haus.

»Kommt, ihr beiden«, sagte sie. »Wollen wir doch mal sehen, ob Fräulein Nagel einen Tee für uns hat.«

44

Ich trat aus der Dunkelheit der Vorhalle hinaus auf die Wiese und blinzelte, weil sich meine Augen nur langsam an das Licht im Garten gewöhnten. Wie immer, wenn ich vorher Stunden im Simulator absolviert hatte, brauchte das seine Zeit. Mein Blick wurde noch von vereinzelten tanzenden, dunkelblauen Punkten durchzogen.

»Zoë!«, hörte ich eine vertraute Stimme nach mir rufen und drehte den Kopf. Da saß Jonah, direkt hinter dem Brunnen unter einer dicken, alten Eiche, und winkte mir zu.

Ich nahm mir eine Weile, um ihn zu betrachten, und fragte mich nicht zum ersten Mal, wie es dieser Mensch nur schaffte, die Luft zu sein, die ich atmete, und mir gleichzeitig täglich den Atem zu rauben.

Lächelnd ging ich zu ihm hinüber, gab ihm einen Kuss und setzte mich neben ihn.

»Jen hat dich mal wieder ganz schön lange schuften lassen«, stellte er fest und begann wie immer, in meiner Tasche zu kramen.

»Sie will eben sichergehen, dass ich uns nicht alle ins Verderben steuere!«, gab ich zurück, doch Jonah hörte mich kaum.

»Hast du den Aufsatz für Gefechtsstrategie?«, wollte er wissen, und ich nickte, während ich nach seiner Wasserflasche griff.

»Mein Tablet ist ganz hinten in der roten Mappe«, sagte ich und nahm einen großen Schluck. Dann streckte ich mich mit einem wohligen Seufzer auf der Wiese aus. Das war fast so gut wie schlafen.

»Wie war es bei dir?«, fragte ich, und er grinste. Jonah hatte ein Grübchen in der rechten Wange, das einen echt fertigmachen konnte. Nur in der rechten. Manchmal fragte ich mich, ob ich ihm deswegen alles durchgehen ließ, doch so genau wollte ich darüber lieber nicht nachdenken.

»Wie soll es gewesen sein?«, fragte er. »Ich habe einen nach dem anderen auf die Matte geschickt. Erst Connor, dann Nick und dann noch ein paar abgefahrene Kreuzungen aus Riesenschweinen und Seelöwen.«

Ich kicherte. »Welche Simulation?«

»Regenwald.«

Jonah zog sein Tablet hervor und begann, den Aufsatz von meinem Gerät abzuschreiben.

»Denk dran, es umzuformulieren«, mahnte ich.

»Es wissen doch sowieso alle, dass ich von dir abschreibe. Du bist der Kopf der Klasse, also bist du auch der Kopf der Mission, so einfach ist das.« Er schenkte mir ein entwaffnendes Lächeln. »Und da ich mit dem Kopf der Mission zusammen bin, wäre es eine enorme Ressourcenverschwendung, wenn ich mir diese Tatsache nicht zunutze machen würde. Ressourcenverschwendung ist eine der fünfundneunzigtausend Todsünden, das weißt du doch.«

»Aha«, sagte ich und konnte mir ein Lachen nicht verkneifen. »Und warum musst du dann überhaupt deine Hausaufgaben machen?«

»Damit der Rest des Teams nicht eifersüchtig auf meine Privilegien ist.« Er schenkte mir einen amüsierten Seitenblick. »Nur weil ich mit dem Kapitän ins Bett gehe, heißt das noch lange nicht, dass ich meine Pflichten vernachlässigen darf.«

»Aber deiner Argumentation folgend…«

»Es geht darum, das Protokoll zu wahren, Zoë«, murmelte Jonah zerstreut. Ihm war anzusehen, dass er gerade angestrengt versuchte, einen meiner Endlossätze zu vereinfachen. Endlossätze waren meine Spezialität.

»Als Kapitän und Leiterin der Mission könnte ich dir auch einfach befehlen, deine Aufgaben selbst zu erledigen!«

Jonah streckte die rechte Hand aus und zwickte mich in die Seite. »Das könntest du tun, aber dann würde ich dich nie wieder küssen.«

»Das wäre tatsächlich unendlich grausam.«

»Hmhm. Überleg es dir also gut, wir müssen es noch ein wenig miteinander aushalten. Den Rest unseres Lebens, um genau zu sein.«

»Ich werde daran denken«, lachte ich und ließ meine Hände gedankenverloren über das frisch gemähte Gras gleiten.

Eine Weile hörte man nur Jonahs Finger, die über seine externe Tastatur huschten. Es war mir ein Rätsel, warum sich jemand, der so schnell tippen konnte, trotzdem so vehement gegen jegliche Art der Kopfarbeit wehrte. Natürlich kämpfte Jonah lieber, als zu recherchieren und dröge Aufsätze zu schreiben, aber all das war Teil unserer Arbeit.

Während er schrieb, betrachtete ich den blauen, beinahe wolkenlosen Himmel, der sich über das Akademiegelände spannte. Wahrscheinlich wusste ich mehr als alle anderen Schüler über den Himmel, den Kosmos, Galaxien, Sterne und Planeten, und doch war mein Wissen nur abstrakt. Wenn ich nach oben schaute, konnte ich mir kaum ausmalen, was dort alles existierte.

»Ich kann mir nicht vorstellen, diesen Ort jemals zu verlassen!«, murmelte ich irgendwann.

Jonah klappte sein Tablet zu, legte sich neben mich und zog mich an sich. »Das ist ein bisschen ungünstig in unserer Situation, findest du nicht? Streng genommen tun wir alles, um von hier fortzukommen.«

»Ich weiß das«, erwiderte ich. »Aber ich kann mir einfach nicht vorstellen, *nicht* in der Akademie zu leben. Ich meine, kein Mensch weiß, was da draußen ist.«

»Meine Denkmaschine«, murmelte Jonah und küsste mich in den Nacken. »Hör auf, darüber nachzugrübeln. Es ändert doch sowieso nichts.«

»Fragst du dich denn nie, was uns erwartet?«

»Du meinst, außer Schlamm, Riesenschweinen und dreiköpfigen Klapperschlangen?«

Ich schnalzte mit der Zunge. »Dreiköpfig?«

»Habe ich dir das nicht erzählt? Schmitz hatte bei der Wüstensimulation gestern wohl schlechte Laune.«

Allein der Gedanke an so ein Tier ließ mich erschaudern. Manche Dinge wollte ich mir einfach lieber nicht vorstellen. Dann nahm ich doch lieber den Regenwald. Nach allem, was wir wussten, war der ohnehin das wahrscheinlichste Szenario.

»Das meine ich nicht«, nahm ich den Faden wieder auf. »Und das weißt du.«

Jonah umfasste mein Kinn sanft mit zwei Fingern und zwang mich, ihn anzusehen. Sein sonst fast immer fröhliches Gesicht war ernst, der Blick in den hellblauen Augen ungewohnt intensiv.

»Ich will dir mal was sagen, Zoë Alma Baker. Es ist mir scheißegal, was dort draußen auf uns wartet.«

Ich runzelte ungläubig die Stirn. »Wirklich scheißegal?«, fragte ich, und Jonah nickte.

»Vollkommen. Weil das Einzige, was zählt, ist, dass du bei mir bist.«

Augenblicklich hatte ich einen Kloß im Hals. Jonah sprach selten über seine Gefühle.

»Meinst du das ernst?«

Das Lächeln kehrte in sein Gesicht zurück, als hätte es jemand angeknipst. »Absolut. Wie soll ich denn überleben, wenn ich nicht weiß, wie man essbare Pflanzen bestimmt oder unter widrigen Bedingungen Feuer macht?«

Ich boxte ihn gegen die Hüfte und er jaulte übertrieben laut auf.

»Sie sind ein unverschämter Mistkerl, Leutnant Schwarz«, tadelte ich ihn. »Wenn das noch einmal vorkommt, muss ich Sie melden.«

Jonah biss mich sanft in den Hals und küsste mich erneut.

»Und was wird mir vorgeworfen?«, raunte er und rollte sich auf mich.

Ich kicherte, weil mich seine Bartstoppeln am Hals kitzelten. »Ungebührliches Verhalten«, gluckste ich und versuchte, ihn von mir runterzuwerfen, doch ich hatte keine Chance. Jonah war besonders gut im Nahkampf.

»Kapitän Baker!« Die Stimme meiner Ausbilderin Dr. Jen

Jacobs durchschnitt den Augenblick. Jonah verdrehte die Augen und gab mich frei.

»Anwesend!«, rief ich und griff nach meiner Tasche.

»Noch drei Minuten bis zum Ausdauertraining.«

»Die immer mit ihren drei Minuten«, murmelte Jonah ungehalten. »Normale Ausbilder sagen fünf Minuten vorher Bescheid. Aber nein, Fräulein Eisenschenkel ist der Auffassung, 180 Sekunden seien vollkommen ausreichend.«

Ich wollte mich aufrappeln, doch Jonah hielt mich am Ärmel meiner Trainingsjacke fest.

»Sehen wir uns heute Abend?«

»Ich ...«

»Ach komm schon. Wir waren ewig nicht zusammen aus!«

Ich dachte an den Berg Aufgaben, der auf meinem Schreibtisch wartete, und die Schachpartie, die ich schon seit Wochen mit Professor Clarius spielen wollte. Doch Jonahs Blick setzte mich im wahrsten Sinne des Wortes matt.

»Einverstanden«, lachte ich. »Um acht im Greenhouse?«

Jonah nickte. »Ich liebe dich, Zö.«

»Ich liebe dich mehr.«

Er lächelte mir noch mal zu, dann gab er mich endgültig frei, und ich hastete über den Rasen zurück in das Akademiegebäude. Ich würde zu spät kommen und Dr. Jen würde mich diese Verspätung büßen lassen. Vermutlich mit Liegestützen, weil sie wusste, wie sehr ich das hasste. Aber das war es wert.

Wenn wir erst einmal gestartet waren, würde Dr. Jen mir nie wieder vorschreiben können, was ich zu tun oder zu lassen hatte. Dann hatte ich das Sagen.

43

Um mich herum war es pechschwarz und der Lärm war ohrenbetäubend. Ein schriller Pfeifton lag in der drückend heißen Luft, hydraulisches Stampfen war zu hören, und es roch nach Schweiß und Desinfektionsmitteln. Hatte es etwa einen Zwischenfall gegeben? Oder war das hier eine neue Form der Simulation? Doch eigentlich fühlte es sich echt an; nach all den Jahren auf der Akademie erkannte ich eine Simulation eigentlich immer, so gut sie auch gemacht war. Die Simulatoren rochen anders.

Ich wollte nach der Pistole an meinem Waffengürtel greifen, aber irgendwas hielt mich zurück. Ich war an den Handgelenken gefesselt und auch die Füße konnte ich nicht rühren. Doch schon diese kleinen Bewegungen bereiteten mir solche Schmerzen, dass mir schwindelig wurde. Mein Kopf dröhnte, meine Glieder brannten wie Feuer. Da erst begriff ich, was geschehen war – jemand hatte mich gefangen genommen, die Mission war in Gefahr. Fieberhaft versuchte ich, mich an irgendwas zu erinnern, doch es gelang mir nicht. In meinem Kopf herrschte Chaos und nur ein einziger klarer Gedanke: Jonah. Wo war Jonah?!

»Leutnant?«, rief ich, doch meine krächzende Stimme wurde

von dem Lärm um mich herum geschluckt. Ich atmete tief durch und versuchte es erneut. Dabei wahrte ich den förmlichen Ton. Nur für den Fall, dass ich mich doch in einer Prüfungssimulation befand. »Leutnant Schwarz, wo sind Sie? Fähnrich Langeloh?« Ich bekam keine Antwort, von keinem der beiden. Was war geschehen, was hatten sie mit uns gemacht?

Hektisch riss ich den Kopf herum, doch zunächst sah ich nichts außer blinkenden roten Lichtern, die sich bis zur Unendlichkeit zu wiederholen schienen. Quälend langsam gewöhnten sich meine Augen an die Dunkelheit, doch allmählich konnte ich hier und da Bewegungen wahrnehmen. Als ich etwas erkannte, zuckte ich zusammen. Das konnte nicht sein! Es sah aus, als wäre ich umgeben von sich ruckartig bewegenden Puppen. Der ganze Raum war voll davon.

Panik stieg in mir hoch. »Jonah!«, rief ich noch mal, lauter jetzt. »Sabine! Wo seid ihr?«

Doch statt einer Antwort legte sich mir eine dicke, schwere Hand auf den Mund und presste meinen Kopf fest nach unten. Im selben Augenblick verstummte der schrille Pfeifton und mein Kopfschmerz ließ deutlich nach.

»Hey, ganz ruhig!«, raunte eine tiefe Stimme dicht an meinem Ohr.

Ich stemmte meinen Kopf mit aller Kraft gegen die Hand des Fremden, sodass meine Schneidezähne ein Stück Fleisch erwischten, und biss zu. Der Knorpel knirschte zwischen meinen Zähnen, und ich musste ein Würgen unterdrücken, als mir Blut in den Rachen lief. Doch ich ließ nicht locker.

Der Mann atmete heftig, gab aber sonst keinen Laut von sich. Offenbar wollte er nicht entdeckt werden. Er war auf der Hut, das könnte ein Vorteil sein.

»Wenn du nicht loslässt, muss ich dich umbringen«, stöhnte der Mann leise. »Nicht gern, aber ich würde es tun.«

Nur widerwillig ließ ich von ihm ab. So eine Chance bekam ich sicherlich nie wieder. Doch er war eindeutig in der besseren Position.

Ein vermummtes Gesicht schob sich in mein Blickfeld. Ich konnte nicht viel erkennen. Nur dass sich die roten Lichter in einer randlosen Brille spiegelten.

»Braves Mädchen«, keuchte er. »Es fällt dir vielleicht schwer, das zu glauben, aber ich bin auf deiner Seite. Ich bin hier, um dich rauszuholen.«

Ich fühlte ein Stechen an meinem Hals und kurz darauf ein scharfes Brennen, das sich durch meine Adern schob. Schon bald konnte ich meine Augen nicht mehr offen halten.

»Vertrau mir«, flüsterte der Mann in mein Ohr.

Das Gesicht von Dr. Jen schob sich in mein Bewusstsein. Ihre dunklen Haare trug sie wie immer zu einem festen Knoten gebunden, die makellose Haut spannte sich über die hübsch operierte Nase.

Sie bedachte mich mit einem strengen Blick. »Vertraue niemandem«, sagte sie.

42

»Wieso rufst du mich an?«

»Ich...«

»Ich habe dir doch schon tausend Mal gesagt, dass du unter dieser Nummer nicht anrufen sollst!«

»Entschuldige, aber...«

»Warte kurz, ich muss mal eben hier raus. Scheiße, die Sitzung fängt gleich an.«

»Es ging nicht anders.«

»Gut, hier kann ich reden. Also? Was ist jetzt schon wieder los? Hast du wieder einen deiner Schützlinge verloren?«

»Das könnte man so sagen.«

»Was ist passiert?«

»Zoë Baker ist verschwunden.«

»Hilf mir auf die Sprünge.«

»Der Kapitän.«

»Scheiße. Und was soll das heißen: Sie ist verschwunden?«

»Genau das, was ich sage. Ich habe gerade meine Kontrollrunde gemacht. Ihr Bett ist leer.«

»Das ist unmöglich.«

»Aber wahr. Ich habe alles abgesucht. Sie ist nicht hier. Ihre Bettwäsche ist voller Blut, eine ziemliche Sauerei.«

»Ihr Blut?«

»Wessen sonst?«

»Kann sie abgehauen sein?«

»Wie soll sie das denn gemacht haben?«

»Keine Ahnung. Du sagst doch immer, dass sie so gut ist.«

»Natürlich. Sie ist die Beste, die ich je gesehen habe. Das heißt aber noch lange nicht, dass sie sich eigenhändig abkoppeln kann.«

»Also hatte sie Hilfe.«

»Oder jemand hat sie entführt.«

»Nenn es, wie du willst. Auf jeden Fall hat sie jemand rausgeholt. Damit will ich mich auch gar nicht lange aufhalten. Wo steckt sie denn jetzt?«

»Das weiß ich nicht. Ihr Tracker wurde deaktiviert.«

»So ein gottverdammter Mist.«

»Sag ich ja. Ich hätte nicht angerufen, wenn es kein Notfall wäre.«

»Es ist ein Riesennotfall. Könnten wir die Sache zur Not auch ohne sie durchziehen?«

»Ohne Zoë? Ich glaube nicht. Seit wir den ersten Offizier verloren haben, ist Baker unsere einzige Chance. Wir hätten dieses Risiko damals nicht eingehen dürfen.«

»Hätte, hätte. Das hilft uns jetzt auch nicht. Du musst sie finden.«

»Das ist mir auch klar.«

»Uns läuft die Zeit davon.«

»Das ist mir ebenfalls klar, Hannibal.«

»Benutz diesen Namen gefälligst nicht. Nicht über diese Leitung.«

»Entschuldige. In Ordnung.«

»Du hast mich aus einer Krisensitzung geholt. Die wichtigsten Staatsmänner Europas treffen sich heute in Brüssel, um zu diskutieren, wie sich die Apokalypse noch abwenden lässt. Ich glaube nicht, dass es überhaupt Hoffnung gibt. Das eskaliert hier bald, die Stimmung ist so was von gereizt, das kannst du dir gar nicht vorstellen. Hol das Mädchen zurück und koppel sie wieder an. Und zwar pronto.«

»Ich hoffe nur, ihr Gehirn übersteht das überhaupt.«

»Wieso sollte es nicht?«

»Es ist nun mal nicht vorgesehen, dass ihr jemand einfach so den Stecker zieht. Keine Ahnung, was passiert, wenn ich sie wieder mit dem System kopple. So was habe ich vorher noch nie gemacht. Sie war jetzt zwölf Jahre angeschlossen, Herrgott noch mal!«

»Glaubst du, sie hat Schaden genommen?«

»Ich hoffe nicht.«

»Hast du einen Verdacht, wer dahinterstecken könnte?«

»Vielleicht der Alte?«

»Das glaube ich nicht. Der setzt doch nicht seinen fetten Arsch und die goldene Karriere aufs Spiel. Außerdem hat er die Hosen voll. Die Menge an Schlafmitteln, die er jeden Abend nimmt, würde einen jungen Bullen zur Strecke bringen.«

»Vielleicht hast du recht. Aber sonst fällt mir auch niemand ein. Es weiß doch fast keiner, dass wir hier sind.«

»Okay, da ist natürlich was dran. Also behalte ich den Alten vorsorglich auch im Auge.«

»Rede mal mit ihm.«

»Auch das. Lass das meine Sorge sein und kümmer dich um das Mädchen.«

»Ich werde Geld für all das brauchen. Und Hilfe. Ich schaffe das nicht allein.«

»Jetzt verlier mal nicht die Nerven. Du holst dir jetzt erst einmal ein Prepaid-Handy, mit dem du mich anklingelst. Ich rufe dich zurück, sobald ich kann.«

»Okay.«

»Behalte einen kühlen Kopf. Du kennst das Mädchen besser als jeder andere Mensch. Du hast sie praktisch großgezogen. Also wirst du sie auch finden.«

»Diese Stadt hat acht Millionen Einwohner. Und das sind nur die legalen.«

»Ich bezahle dich nicht so gut, weil ich dich für Mittelmaß halte. Du wirst sie finden. Und du bringst sie zurück.«

»Es gibt keinen anderen Weg.«

»Nein, den gibt es nicht. Und ich muss jetzt Schluss machen. Tu, was ich dir gesagt habe.«

»Okay.«

41

Zuerst war da wieder dieser Pfeifton. Nicht ganz so schrill und laut wie beim letzten Mal, dafür wieder direkt an meinem Ohr. Dann blinzelte ich und das gleißende Licht traf mich wie Tausende Scheinwerfer. Überall grelles hartes Weiß, als wollte man mich blenden. Es hatte keinen Zweck, ich musste die Augen wieder schließen. Meine Hände ballten sich zu Fäusten. Innerlich wappnete ich mich schon gegen eine quälende Verhörsituation, als ich bemerkte, dass ich gar nicht mehr fixiert war. Meine Hände und Füße ließen sich frei bewegen, obwohl ich das Gefühl hatte, dass jeder Zeh mehrere Tonnen wog.

Hastige Schritte drangen an mein Ohr und der Pfeifton verstummte.

»Sie ist aufgewacht«, hörte ich eine weibliche Stimme aufgeregt flüstern.

»Ehrlich?«, fragte eine zweite erstaunt. »Na so was. Ich dachte, sie würde es nicht schaffen.«

»Hol den Doktor«, sagte die erste, und leichte Schritte entfernten sich hastig.

»Zoë, können Sie mich hören?« Natürlich konnte ich das, ich war schließlich nicht taub.

»Haben Sie keine Angst, es ist alles in Ordnung. Der Doktor wird gleich hier sein.«

Doktor? Wieso Doktor? Ich brauchte keinen Arzt, ich brauchte meine Waffe und einen sicheren Internetzugang.

Ich versuchte zu sprechen, doch mehr als ein ersticktes Röcheln war meinen Stimmbändern nicht abzutrotzen. Noch einmal versuchte ich, die Augen zu öffnen, doch erneut wurde ich zu stark geblendet, um es auszuhalten. Um wenigstens irgendetwas zu tun, begann ich, wild zu zappeln. Kleine, aber kräftige Hände drückten mich an den Schultern nach unten. Erst jetzt nahm ich wahr, dass ich auf etwas Weichem lag.

»Sch… beruhigen Sie sich, es ist alles in Ordnung.«

Das glaubte ich weniger.

Ich hörte, wie feste schnelle Schritte einen Gang entlang auf mich zukamen, das selbstbewusste Auftreten einer Autoritätsperson. Instinktiv streckte ich den Rücken durch und versuchte, Haltung anzunehmen. Dabei knackte meine Wirbelsäule bedrohlich laut. Wie dicke Äste, die unter Kampfstiefeln zerbersten.

»Mein Gott, Mädchen. Schließt die Vorhänge«, hörte ich eine männliche Stimme poltern, und kurz darauf verdunkelte sich die Welt vor meinen geschlossenen Lidern.

»Sie hat ihre Augen seit einer Ewigkeit nicht geöffnet«, raunte der Mann. »Daran hättet ihr denken müssen.«

»Entschuldigen Sie, Doktor«, sagte die Frau betreten, die vorher mit mir gesprochen hatte.

Doktor?

»Ist schon gut. Holen Sie ihr etwas zu trinken. Und reichern Sie es an!«

Ich schlug erneut die Augen auf, doch diesmal war es etwas angenehmer. Das Zimmer, in dem ich mich befand, war abgedunkelt, es bereitete mir weniger Schmerzen als zuvor, und nun konnte ich auch endlich sehen, wo ich mich befand. Es war eindeutig ein Krankenzimmer, doch die Einrichtung war schäbig und abgegriffen, die Geräte schienen aus dem letzten Jahrhundert zu stammen, und über die vergilbten Wände zogen sich daumendicke Risse. Der Mann, der in einem abgewetzten, weißen Kittel auf der Kante meines Bettes saß, lächelte mich voller Wärme an.

»Hallo Zoë. Ich bin Doktor Akalin«, sagte er und legte seine Hand auf meine. Ich zog sie augenblicklich weg.

Dann holte ich Luft, um etwas zu erwidern, doch der Arzt hob mahnend die Hand. »Nicht. Erst müssen Sie etwas trinken. Wenn Sie jetzt sprechen, könnten Sie Ihre Stimmbänder verletzen. Kommen Sie erst einmal richtig zu sich.«

Ich starrte ihn wütend an, doch mir blieb nichts weiter übrig, als mich zu fügen. Meine Stimmbänder brauchte ich schließlich noch.

Endlich kam die Krankenschwester mit einem Glas Wasser in der Hand zurück. Sie war noch sehr jung, nicht viel älter als ich. Als sie das Glas auf dem kleinen Tisch neben mir abstellte, lächelte sie mir freundlich zu. Wo war ich denn hier gelandet? Wieso waren alle so nett zu mir?

Ich streckte die Hand aus, um nach dem Wasserglas zu greifen.

»Sind Sie sicher, dass Sie das schaffen?«, fragte der Arzt besorgt, und ich runzelte verärgert die Stirn. Wenn der wüsste, wozu ich in der Lage war, würde er solche blöden Fragen gar nicht erst stellen. Warum wusste er es nicht?

Doktor Akalins Augen verfolgten gespannt, wie ich nach dem Glas griff und es zum Mund führte. Meine Hände zitterten leicht, doch davon abgesehen funktionierte alles so, wie es sollte.

»Erstaunlich«, murmelte er leise, und ich fragte mich, was daran so erstaunlich war.

Das Wasser war lauwarm und schmeckte merkwürdig, dennoch leerte ich das Glas in einem Zug. Ich trank so gierig, dass mir links und rechts Flüssigkeit aus den Mundwinkeln rann, doch das kümmerte mich nicht.

Dann räusperte ich mich, um zu testen, wie sich mein Hals nun anfühlte. Viel besser. Das Glas behielt ich vorsichtshalber in der Hand. Wenn ich mich verteidigen musste, war es besser als nichts.

»Wo bin ich?«, fragte ich krächzend und fuhr mir mit dem Handrücken über den Mund.

»Auf der Intensivstation des Universitätsklinikums Berlin Mitte«, antwortete der Arzt, während er von meinem Bett aufstand und sich einen Stuhl heranzog.

Berlin? Was um alles in der Welt hatte ich hier verloren? Die Akademie lag außerhalb von Köln.

»Was ist mit Jonah?«

Der Arzt legte den Kopf schief und betrachtete mich eine Weile. Er schien seine Antwort genau abwägen zu wollen. Heiße Angst schoss mir in die Glieder. Wenn ich im Krankenhaus lag – wo war dann Jonah? Was war passiert?

»Ist das Ihr Bruder?«, fragte er schließlich und brachte mich damit völlig aus dem Konzept.

»Was?«

»In Ihren Akten steht, dass Sie einen Bruder haben.«

»Da müssen sich Ihre Akten irren. Ich habe keinen Bruder. Jonah ist mein …« Im letzten Augenblick dachte ich, dass ich einem Fremden besser nicht anvertrauen sollte, was Jonah für mich war. »Leutnant«, schloss ich deshalb.

Bei diesem Wort schossen die Augenbrauen des Arztes erstaunt in die Höhe.

»Leutnant?«, fragte er nun seinerseits merklich verwirrt.

»Ja, *Leutnant*«, bestätigte ich scharf und setzte in Gedanken hinzu: ›Und die Liebe meines Lebens.‹

»Er müsste mit mir zusammen hier angekommen sein. Ich will sofort wissen, wo er ist und ob es ihm gut geht.«

Nun bildete sich eine tiefe Falte auf Doktor Akalins Stirn.

»Zoë, niemand ist mit Ihnen hier *angekommen*.«

»Das kann nicht sein. Wir bleiben immer zusammen. Er würde mich niemals zurücklassen.« Ich wurde mit jedem Wort ein bisschen lauter, bis ich kurz davor war, zu brüllen.

Beschwichtigend hob der Arzt die Hand. »Das wollte ich damit auch gar nicht sagen.«

»Ach nein?« Nun überschlug sich meine Stimme. Aus dem Augenwinkel sah ich, dass sich ein Grüppchen Schaulustiger vor der Zimmertür gebildet hatte. Doktor Akalin waren die Zuschauer auch nicht entgangen. Er stand auf und schloss mit einem verärgerten Blick in Richtung der Krankenschwestern die Tür.

»Was wollten Sie denn sonst damit sagen?«, fuhr ich fort, den Blick fest auf sein Gesicht geheftet.

Der Arzt massierte sich die Schläfen und sah mich anschließend lange an.

»Ich weiß nicht, ob …«, begann er vorsichtig, doch ich schnitt ihm das Wort ab.

»Ich will jetzt wissen, was hier los ist. Sofort!«

»Vielleicht warten wir besser, bis Ihre Familie hier ist.«

»Familie? Ich habe keine Familie. Schon gar nicht hier in Berlin. Wovon reden Sie überhaupt?«

Akalin kniff sich in die Nasenwurzel. »Okay ... okay. Der Reihe nach. Wissen Sie, wer Sie sind?«

Ich schnaubte. »Steht das etwa nicht in Ihrer dämlichen Akte? Ich heiße Zoë Alma Baker, ich bin 17 Jahre alt und Kapitänsschülerin an der H.O.M.E.-Akademie.«

Der Arzt schüttelte den Kopf.

»Sie sind Zoë Alma Baker«, sagte er langsam. Für meinen Geschmack *zu* langsam. »Aber Sie sind sicherlich keine Schülerin an irgendeiner Akademie. Sie wurden vor 17 Jahren in Berlin geboren und haben die Stadt noch nie verlassen.«

Ich fing an zu lachen. »Woher wollen Sie das wissen? Sie kennen mich doch überhaupt nicht!«

Er seufzte. »Weil Sie seit zwölf Jahren das Krankenhaus nicht verlassen haben, Zoë. Sie lagen im Koma.«

Ich starrte ihn eine Weile fassungslos an, dann schüttelte ich den Kopf. Jetzt hatte ich wirklich genug gehört. Egal, was hier gespielt wurde, ich würde nicht mitmachen. Sie würden allesamt noch bereuen, mir jemals begegnet zu sein. Als könnte man mich so leicht hinters Licht führen. Ich war nicht ohne Grund Kapitänsanwärterin. Mein Atem ging schwer, meine Finger schlossen sich so fest um das Glas, dass die Knöchel weiß hervortraten. Ich würde ihnen zeigen, mit wem sie sich hier anlegten.

Mit voller Wucht schlug ich das Trinkglas auf den Rand des Beistelltisches, Scherben spritzten zu allen Seiten, und im Handumdrehen hatte ich eine scharfe Waffe in den Fingern.

Genau das, was ich brauchte. Langsam stieg ich aus dem Bett und ging mit dem Glas in der Hand auf den Mann los, der sich als Arzt ausgab. Doch das hier war ganz sicher kein Mediziner, auch wenn er seine Rolle ziemlich überzeugend spielte. Nun, ausgebildet wurden wir schließlich alle, nicht wahr?

»Es reicht mir jetzt mit Ihnen«, zischte ich. »Ich will sofort wissen, für wen Sie arbeiten und wo meine Mannschaft ist.«

Akalin wurde blass um die Nasenspitze und wich zurück. Militärisch ausgebildet war er schon mal nicht.

»Ich kann verstehen, dass Sie aufgebracht sind«, stammelte er.

»Aufgebracht ist kein Ausdruck«, gab ich zurück. »Raus damit: Was ist Ihre Mission?«

»Meine Mission ist es, das Leben meiner Patienten zu schützen. Ich bin Arzt! Ich flehe Sie an, Zoë. Beruhigen Sie sich, legen Sie das Glas weg und hören Sie mir zu.«

»Ich werde Ihnen zuhören«, sagte ich. »Aber meine Waffe werde ich ganz sicher nicht aus der Hand legen. Das können Sie vergessen.«

Akalin nickte.

»Ich werde Ihnen beweisen, dass ich die Wahrheit sage, in Ordnung? Aber Sie müssen mir ein bisschen dabei helfen. Sind Sie so lieb?«

Ich dachte eine Weile nach, dann nickte ich knapp.

Akalin atmete erleichtert aus. »Gut. In Ordnung. Also … Können Sie sich bitte beschreiben? Wie sehen Sie aus?«

Mir entfuhr ein ungeduldiges Schnauben. Für so einen Mist hatte ich eigentlich keine Zeit. »Ich bin einen Meter siebzig groß, habe dunkelbraune, schulterlange Haare und braune Augen.«

»Und ihre Statur?«, fragte der Arzt.

Ich zuckte die Schultern. »Muskulös, schlank. Drahtig, so sagt man doch? Die Ausbilder legen Wert darauf, dass wir gut in Form sind.«

Akalin sah mir fest in die Augen. »Ich werde jetzt die Tür des Schrankes neben mir öffnen. Okay?«

Wozu sollte das gut sein? Hatte der Mann darin etwa seine Waffen versteckt? Ich verlagerte mein Gewicht und brachte mich so in Angriffsposition. »Nur zu!«

Er zog am Türknauf des hellbraunen Schrankes, der neben ihm stand. Die Tür schwang auf, und jetzt sah ich zu meiner Überraschung, dass sich auf der Innenseite ein Spiegel befand. Akalin drehte die Tür so, dass ich hineinsehen konnte.

Ich schnappte nach Luft. Das, was ich dort sah, konnte ich nicht glauben.

Da stand ein Mädchen mit einem abgebrochenen Glas in der Hand in einem blauen Nachthemd. Ihr Schädel war kahl rasiert und fleckig, ihre Arme und Beine dünn wie Bleistifte. Sie war so mager, dass sich die blauen Adern an Kopf und Armen deutlich abzeichneten.

Voller Entsetzen starrte ich sie an. Der Boden unter meinen Füßen fühlte sich auf einmal nicht mehr fest an; er schwankte bedrohlich und konnte jederzeit wegbrechen. Und dann geschah es. Ich fiel, fiel unendlich tief in ein schwarzes Loch, das mich schlucken und nie wieder freigeben würde. Meine Welt zerfiel, und die Stille, die dabei entstand, dröhnte in meinen Ohren. Dennoch blieb ich stehen, wo ich war. Auf nackten Füßen vor einem alten Holzschrank, und starrte in einen Spiegel. Das konnte nicht sein. Ich erkannte mein Gesicht, aber ich erkannte *mich* nicht.

Eine ganze Weile hoffte ich, endlich aus diesem Albtraum zu erwachen oder aus der Simulation geholt zu werden. Doch nichts geschah. Zaghaft hob ich den linken Arm und der Arm im Spiegel bewegte sich mit. Ich hob die rechte Augenbraue, die Vogelscheuche im Spiegel hob die linke.

»Sagen Sie mir noch einmal, wo ich bin«, flüsterte ich nach einer halben Ewigkeit.

»Sie sind im Universitätsklinikum Berlin Mitte«, sagte Akalin mit ruhiger Stimme. »Sie sind in Sicherheit.«

»Nein«, entgegnete ich, den Blick noch immer auf den Spiegel geheftet. »Ich bin in der Hölle.«

40

Obwohl draußen schönster Sonnenschein herrschte, war der Garten wie leer gefegt. Wahrscheinlich fand in der großen Aula gerade eine Informationsveranstaltung statt. Mist! Hatte ich das etwa vergessen? Es sah gar nicht gut aus, wenn der Kapitän zu spät zu solchen Veranstaltungen auftauchte. Leise fluchend beschleunigte ich meine Schritte.

Die langen Flure der Akademie lagen im Dunkeln, doch ich hielt mich nicht damit auf, Licht zu machen. Diese Gänge kannte ich in- und auswendig. Die Sohlen meiner Trainingsschuhe quietschten leise auf dem Linoleumboden, während ich in Richtung Aula rannte.

Als ich vor der großen Doppelflügeltür stand, wusste ich, dass ich richtiggelegen hatte. Drinnen war eine Versammlung im Gange – die dunkle Stimme von Direktor Martin drang durch die Scheiben zu mir heraus. Ich atmete ein paar Mal tief durch, da ich es vermeiden wollte, den Raum völlig abgehetzt zu betreten. Das schickte sich für meine Position ganz und gar nicht. Ich bewahrte immer Haltung, auch wenn es mir das Genick brach.

Dann stieß ich die Tür auf und ging hindurch.

Ich hatte mit einem großen *Auftritt* gerechnet, doch keiner der Anwesenden nahm auch nur ansatzweise Notiz von mir. Alle dreißig Schüler sowie sämtliche Ausbilder der Akademie waren anwesend. Sie schauten nach vorne zur Bühne, wo der Direktor an einem Pult stand und eine Rede hielt. Mir fiel auf, wie leise alle waren. Nur hier und da war ein Schluchzen oder unterdrücktes Schniefen zu hören. Augenblicklich bekam ich es mit der Angst zu tun. Hier *war* etwas passiert! Meine Augen suchten den Raum nach Jonah ab, und ich brauchte nicht lange, bis ich ihn zwischen Connor und Nick in der ersten Reihe entdeckte. Seine Schultern bebten und Connor hatte seine Hand tröstend auf Jonahs Rücken gelegt.

So schnell es die Höflichkeit zuließ, ging ich den Mittelgang zwischen den Stuhlreihen entlang nach vorne. Ich musste zu Jonah.

Doch so weit kam ich gar nicht, denn als ich mich der Bühne näherte, erkannte ich, was hier los war. Vor dem Pult, an dem Direktor Martin stand, waren Blumen und Kerzen um einen Bilderrahmen herum drapiert. Das hier war eine Trauerfeier. Und aus dem Bilderrahmen heraus lächelte mir mein eigenes Gesicht entgegen. Das konnte nicht wahr sein. Sie trauerten um mich!

»Aber…«, stammelte ich, während Gänsehaut über meinen gesamten Körper kroch. »Ich bin doch hier!«

Ich entdeckte meine beste Freundin Sabine nicht weit entfernt und hastete zu ihr hinüber. Sie weinte bitterlich. Als ich sie an der Schulter berühren wollte, glitt meine Hand einfach durch sie hindurch.

Mein Herz klopfte wie wild, ich begriff nicht, was gerade mit mir geschah. Verzweifelt versuchte ich, andere Mitschüler auf mich aufmerksam zu machen, doch ich konnte keinen von ihnen berühren. Niemand nahm mich wahr, keiner hörte mich.

»Ich bin hier«, schrie ich nun, so laut ich konnte. »Ich bin nicht tot. Ich lebe!«

»Zoë?« Jemand rüttelte an meiner Schulter.

»Zoë, wach auf!«

Ich fuhr hoch und blickte in das besorgte Gesicht von Schwester Miriam. Im nächsten Augenblick sah ich den Schrank, den abgewetzten Linoleumboden, die Risse in den Wänden.

Ich war nicht zu Hause, sondern in der Klinik. Doch wenn ich es mir hätte aussuchen können, wäre ich lieber tot in der Akademie gewesen als lebendig hier.

Frustriert ließ ich mich in die Kissen zurücksinken und wischte mir den Schweiß von der Stirn.

»Wieder einer dieser Albträume?«, fragte Miriam, und ich nickte.

Die Schwester strich mir über den stoppeligen Kopf, und ich ließ es geschehen, weil ich sie mochte. Wenn ich wetten müsste, würde ich sagen, dass Miriam kein Gramm Bösartigkeit in sich trug. Nur deswegen versuchte ich, meine Wut nicht an ihr auszulassen. Alle anderen in diesem Krankenhaus hatten allerdings nicht so viel Glück.

»Es muss scheiße sein, sich nicht einmal auf den eigenen Kopf verlassen zu können«, sagte sie sanft, und ich lachte kurz auf. Das hatte sie erstaunlich präzise auf den Punkt gebracht.

»Aber du solltest nicht so hart zu ihm sein. Er hat dich jahrelang am Leben gehalten.«

Ich schwieg. Wie eigentlich die meiste Zeit in den letzten Tagen. Es kostete mein Gehirn gewaltige Anstrengungen, einzuordnen und zu verarbeiten, was hier gerade mit mir geschah. Ich war auch immer noch nicht sicher, was ich glauben sollte, was Wahrheit und was Fiktion war, was real war und was sich mein Gehirn nur ausgedacht hatte. Wem oder was ich glauben sollte.

Und da mich eigentlich immer, wenn ich den Mund öffnete, irgendwer vom Personal mitleidig ansah, hatte ich mich aufs Nicken und Kopfschütteln verlegt. Im Augenblick schien mir das am sichersten zu sein.

Miriam beobachtete mich eine Weile abwartend, dann kramte sie das strahlendste Lächeln hervor, das sie finden konnte, und gab mir einen Klaps auf den Oberschenkel.

»Es ist jedenfalls gut, dass du wach bist«, sagte sie fröhlich. »Ich habe dir was zum Anziehen mitgebracht. Wir werden dich jetzt duschen und ein bisschen hübsch machen, es wartet eine Überraschung auf dich.«

»Was denn? Spaghetti mit Tomatensoße?«, rutschte mir heraus. Mein Tonfall war zynisch und Schwester Miriam sah mich leicht verletzt von der Seite an.

Doch das war mir egal, weil mein Herz gerade unendlich wehtat.

Als wir noch klein waren, hatte es an der Akademie manchmal samstags Spaghetti mit Tomatensoße gegeben. Normalerweise wurden wir mit Vitaminen, angereicherten Shakes und Säften vollgepumpt, weshalb Spaghetti mit Tomatensoße für uns der Himmel auf Erden waren. Wie Sommerferien auf einem Teller. Bis heute war es ein Insider zwischen Jonah und mir.

Den es angeblich nicht gab. Weil mein Kopf ihn sich nur ausgedacht hatte. Augenblicklich presste ich die Kiefer aufeinander, um nicht schreien zu müssen.

Ich konnte so einiges akzeptieren. Dass ich jetzt in Berlin leben musste, dass mein Körper an einen alten Klappstuhl erinnerte, dass ich meine Mission niemals antreten würde. All das war schon schlimm genug, aber dass Jonah nie wirklich existiert hatte, dass ich ihn niemals wiedersehen sollte, konnte ich einfach nicht hinnehmen.

Wenn mein Herz erst anfing, daran zu glauben, würde es für immer brechen. Das wusste ich genau.

Und das war der zweite Grund, warum ich mich die meiste Zeit in Schweigen hüllte. Ich wollte nicht, dass sie mit mir sprachen. Wollte vermeiden, dass sie wieder anfingen, mir zu erklären, dass mein Gehirn zwölf Jahre lang einfach alles getan hatte, um mich bei Laune zu halten. Dass alles, was ich war und wusste, einer Fantasie entsprungen war und mein ganzes Leben nur ein Trugbild. Schon beim Gedanken an den Gedanken daran wurde mir schlecht.

Ich ließ mich von Miriam bereitwillig unter die Dusche stellen und einseifen. Mittlerweile hatte ich gelernt, dass Berlin ein Wasserproblem hatte, weshalb sie mich in Rekordzeit von oben bis unten abschrubbte. Ich kam mir vor wie in einer Waschanlage. Man merkte, dass sie so was öfter machte, da sie unbeschreiblich effizient war.

Anschließend steckte sie mich in eine viel zu weite Hose, die sie mit einem alten Gürtel dazu brachte, sich an meinen Hüften festzuhalten, und einen fadenscheinigen Wollpullover, der angeblich zuvor ihrer kleinen Schwester gehört hatte, mir aber einige Nummern zu groß war. Ich sah aus, als würde ich mich auf einen Undercover-Einsatz bei einer Obdachlosen-kolonie vorbereiten.

Miriam stellte das Rückenteil meines Bettes auf und ich setzte mich auf die Matratze. Die ganze Zeit über strahlte sie wie ein Suchscheinwerfer. Ich war gespannt auf das, was nun kommen würde, hatte aber trotzdem keine Lust zu fragen.

Irgendwann ließ sie mich allein. Weil ich so unendlich müde war, schloss ich für einen Moment die Augen und döste. Als ich Geräusche und gedämpfte Stimmen hörte, schlug ich sie wieder auf und zuckte vor Schreck zusammen.

Da standen sie.

Doktor Akalin und drei Fremde. Eine kleine Frau in einem rot-weiß gestreiften Kleid, das augenscheinlich schon viele Jahre alt war. Sie knetete ein Taschentuch und hatte Tränen in den Augen, während sie mich anstarrte, als sei ich nicht weniger als ein Weltwunder. Neben ihr standen lächelnd ein großer, hagerer Mann mit Dreitagebart und sanften Augen und ein junger Kerl mit dunkelbraunem Strubbelkopf und eckigem Kinn, der dem älteren Mann sehr ähnlich sah. Er hatte die Hände tief in den Hosentaschen vergraben und blickte mich abwartend und mit einem schiefen Lächeln an.

Etwas an diesem Lächeln berührte mich, es löste etwas in mir aus, doch ich konnte es nicht greifen. Er war der Einzige von den dreien, der mir vage bekannt vorkam. Meine Augen suchten nach Doktor Akalin, der meinen Blick ruhig erwiderte.

»Das ist deine Familie, Zoë«, sagte er sanft, doch ich erschrak trotzdem.

›Meine Familie‹. Ich probierte das Wort in Gedanken an

wie ein Paar neuer Schuhe. Sie passten nicht, doch ich konnte nicht sagen, ob sie mir zu groß oder zu klein waren.

Noch einmal musterte ich die Menschen, die am Fuße meines Bettes standen. Die beiden Erwachsenen waren mir völlig unbekannt, auch wenn ich zugeben musste, dass eine gewisse Ähnlichkeit zwischen der Frau und mir bestand. Oder vielmehr bestehen könnte, wenn ich wieder ein paar Kilo zugenommen hatte. Sie sah der Erinnerung ähnlich, die ich an mich selbst hatte und die laut Doktor Akalin gar keine richtige Erinnerung war.

»Kann sie nicht sprechen?«, fragte der Junge nun, der wohl mein Bruder sein musste. Nachdem ich aufgewacht war, hatte der Arzt einen Bruder erwähnt. Der Klang seiner Stimme verstärkte das vertraute Gefühl, das ich ihm gegenüber hatte, ein leichtes Kribbeln machte sich in meinem Bauch breit.

Doktor Akalin zog amüsiert die Augenbrauen hoch.

»Oh, sie kann sprechen, davon durfte ich mich selbst überzeugen. Sie tut es nur sehr selten.«

Der Junge wandte mir den Kopf zu und grinste mich an. Dabei lag so viel echte Wärme und Freude in seinem Blick, dass ich ihn einfach ins Herz schließen musste.

»Hallo Äffchen«, sagte er, und seine Stimme zitterte leicht.

Und auf einmal, ganz plötzlich, wusste ich mit absoluter Sicherheit, wie er hieß.

»Hallo Tom«, murmelte ich.

Der Frau entfuhr ein lautes Schluchzen und der Mann legte ihr beschützend einen Arm um die Schulter. Es war ein rührender Anblick.

»Erstaunlich«, hörte ich Dr. Akalin murmeln, was mich ihn fragend anblicken ließ. Er räusperte sich. »Dein Gehör ist erstaunlich scharf, weißt du das?«, fragte er mit einem verschmitzten Lächeln, das die Krähenfüße in seinen Augenwinkeln deutlich hervortreten ließ. Diese Falten waren der Teil seines Gesichts, den ich am meisten mochte – sie sahen aus wie Sonnenstahlen, die sich von seinen warmen, dunklen Augen in alle Richtungen ausbreiteten.

Natürlich wusste ich, dass ich ein außergewöhnliches Gehör hatte. Dr. Jen hatte das mehr als einmal hervorgehoben. Schließlich war ich nicht nur aufgrund meiner schulischen Leistungen, sondern auch wegen meiner körperlichen Eigenschaften zum Kapitän der Mission auserwählt worden. Doch ich hütete mich, etwas Derartiges auch nur zu erwähnen. Stattdessen fragte ich: »Das haben Sie sicher nicht gemeint. Also?«

»Es ist erstaunlich, dass du dich an deinen Bruder zu erinnern scheinst, sogar seinen Namen kennst. Die meisten Leute in deiner Situation leiden an massivem Gedächtnisverlust.« Er sah mich durchdringend an. »Aber wir beide wissen ja schon, dass du eine außergewöhnliche Patientin bist.«

»Als sie noch klein war, habe ich sie jeden Abend ins Bett gebracht«, sagte Tom, und seine dunklen Augen lagen dabei nur auf mir. »Ich habe ihr immer vorgelesen. Sie hat es geliebt, konnte gar nicht genug von all den Geschichten bekommen.« Er schluckte. »Als die Dürre kam und ihr Fieber immer schlimmer wurde, habe ich den ganzen Tag an ihrem Bett gesessen und ihr vorgelesen, bis mein Hals so wund war, dass ich nicht mehr sprechen konnte, während meine Eltern verzweifelt versucht haben, Wasser aufzutreiben. Meine Stimme war das Letzte, was sie gehört hat, bevor ...« Toms Stimme zitterte und er brach seine Erzählung mitten im Satz ab. In seinen Augenwinkeln sah ich ein verräterisches Glitzern.

Doktor Akalin hob interessiert eine seiner dicken Brauen.

»Das könnte der Grund sein, warum sie sich an Sie erinnert. Wissen Sie zufällig noch, was sie ihr vorgelesen haben, als sie ins Koma fiel?«

Tom schenkte seinen Eltern einen entschuldigenden Seitenblick, dann antwortete er: »Ich habe ihr immer vorgelesen, was ich selbst am liebsten mochte. Kindergeschichten waren uns beiden schnell viel zu langweilig. Wir haben die ganzen Klassiker der Abenteuerliteratur zusammen gelesen. Harry Potter, Die Tribute von Panem, Der Marsianer, Die drei Sonnen ...«

»Musste das sein, Tom?«, hörte ich den großen Mann fragen. »Du warst damals selbst kaum alt genug, um diese Romane zu lesen.«

»Ich dachte doch, dass sie mich ohnehin nicht mehr hören kann. Ihr Fieber war schon so hoch ...«

»Sie sollten Ihrem Sohn keinen Vorwurf machen«, schaltete sich Akalin nun wieder ein. »Es ist gut möglich, dass er Zoë mit genau diesen Geschichten das Leben gerettet hat.«

Die Frau schluchzte erneut und drückte sich ein Taschentuch auf die Augen, das auch schon bessere Tage gesehen hatte. Der Griff des Mannes um ihre Schultern verstärkte sich. Ich sah es an den Sehnen, die unter seiner ledrigen Haut hervortraten.

»Wie das?«, fragte er den Arzt mit ruhiger, dunkler Stimme.

»Sagen wir, Zoë hat die ganzen Jahre des Komas nur überlebt, weil sie einen Grund dazu hatte. Sie hatte einen Grund, weiterzuleben.« Die Augen fest auf mich gerichtet, redete er weiter: »Ihre Tochter hatte eine Mission.«

Ich wusste, was er mir sagen wollte, und wandte den Blick hastig ab. Er sollte nicht sehen, wie sehr mich seine Worte aufwühlten.

Der Arzt wandte sich wieder an meine Besucher. »Es wird das Beste sein, wenn ich Ihnen alles Weitere in meinem Büro erkläre. Dort kann ich uns auch einen schönen, heißen Tee machen. Zoë macht zwar erstaunliche Fortschritte, doch sie braucht nach wie vor viel Ruhe.«

Die Männer nickten. Tom schenkte mir noch ein aufmunterndes Lächeln, dann machte er kehrt, um Dr. Akalin aus dem Zimmer zu folgen, sein Vater dicht hinter ihm. Nur die Frau schien mich noch nicht verlassen zu wollen. Während die anderen sich entfernten, machte sie ein paar Schritte auf mich zu und griff nach meiner Hand.

Mein erster Impuls war, die Finger wegzuziehen, doch der Ausdruck in ihrem Gesicht hielt mich im letzten Augenblick davon ab.

In ihrem Blick lag eine Mischung aus Glück, Trauer und Angst von solcher Intensität, dass ich ihr einfach nicht wehtun konnte. Nur weil ich sie nicht kannte, hieß das nicht, dass ich ihr Böses wollte. Etwas an ihren Augen milderte die Wut, die seit meinem Erwachen unentwegt in meinem Innersten gebrodelt hatte. Sie war sanft und verletzlich, wie ein kleiner Vogel.

»Zoë, mein Schatz«, flüsterte sie mit halb erstickter Stimme. »Erinnerst du dich denn gar nicht mehr an mich?«

Ich starrte sie eine Weile einfach nur schweigend an. Diese Frage konnte ich ihr nicht beantworten. Weder wollte ich ihr die Wahrheit sagen, noch wollte ich sie anlügen. Beide Antwortmöglichkeiten kamen mir unendlich falsch vor. Doch mein Schweigen schien sie stark zu verunsichern, ich sah, wie ihr wieder Tränen in die Augen traten. Dass ich für ihr Glück so sehr verantwortlich zu sein schien, war unangenehm. Darum hatte ich nicht gebeten. Akalin, so dachte ich wütend, hätte mich auf diesen Besuch vorbereiten müssen. Doch auch das war nicht ihre Schuld. Ich entschied mich schließlich für einen Mittelweg – nicht Lüge und nicht Wahrheit – und hob die Hand, um angestrengt meine Schläfen zu massieren.

»Ich ... Es tut mir leid. Ich weiß es einfach nicht«, antwortete ich, und die Frau lächelte.

Ihr Mann tauchte hinter ihrem Rücken auf und legte eine der großen Hände sanft auf ihre Schulter.

»Komm Liebling. Zoë braucht Ruhe.«

Sie drückte noch einmal meine Hand, bevor sie nickte und losließ.

»Aber sicher doch. Wir haben alle Zeit der Welt, wenn du erst wieder zu Hause bist.«

Ich versuchte, ihr Lächeln zu erwidern, doch es gelang mir nicht, weil ihre Worte in meinem Kopf dröhnten wie ein Donnerschlag.

›Zu Hause.‹

Völlig egal, welchen Ort sie damit meinte, eines stand mit absoluter Sicherheit fest: Diese Frau war nicht in der Lage, mich nach Hause zu bringen. Wie es aussah, gab es in diesem verdammten Krankenhaus überhaupt keinen Menschen, der solch eine Heldentat vollbringen konnte.

Doch wenn ich wieder richtig gesund war, das wusste ich, würde ich mit ihnen gehen müssen. Mit diesen drei Fremden in ein fremdes Zuhause, ein fremdes Leben. Und es war das Allerletzte, was ich wollte.

Für alle Menschen, denen ich in den letzten Tagen begegnet war, schien ich ein Wunder zu sein. Für Dr. Akalin war ich ein akademischer Durchbruch, für die Menschen, die gerade mein Zimmer verließen, war ich die tot geglaubte Tochter und Schwester, und für das Krankenhauspersonal war ich jemand, der es verdient hatte, nach Strich und Faden verwöhnt zu werden, einfach nur, weil ich atmete. Weil ich so viel durchgemacht hatte, ließen sie meine Wutausbrüche und Attacken klaglos lächelnd über sich ergehen und sprachen im Flüsterton darüber, wie schwer ich es doch hatte, wenn sie dachten, dass ich sie nicht hören konnte. Doch mir entging nichts – ich war das Gesprächsthema der gesamten Station. Ständig steckte jemand unter irgendeinem Vorwand den Kopf in mein Zimmer, um mich zu begaffen. Meine Anwesenheit schien sie allesamt prächtig zu amüsieren.

Mir machte die Gesellschaft dieser Leute umgekehrt allerdings keine Freude, ganz im Gegenteil: Sie machte mich wahnsinnig. Jeder von ihnen war ein Riss in meiner Realität, meinem Herzen, meinem Leben. Sie zerpflückten all das, was ich bis vor Kurzem noch für die Wahrheit gehalten hatte, in konfettigroße Fetzen. Ihre schiere Existenz trat meine ganze Welt mit Füßen.

Der einzige Grund für mich, nicht verrückt zu werden, waren meine Erinnerungen an Jonah, an unsere Liebe. Ob es sich um echte oder eingebildete Erinnerungen handelte, war mir egal – ich liebte ihn mit jeder Faser meines Herzens, ich liebte ihn mit meinem Körper, dessen kleine Härchen sich beim Gedanken an sein Lachgrübchen aufstellten, liebte ihn mit den heißen Tränen eines Menschen, der seinen Partner an den Tod verloren hatte. Mich kümmerte nicht, was Akalin sagte. Für mich hatte Jonah existiert, ich hatte ihn gerochen, geschmeckt und gefühlt. Ich hatte ihn bei mir gehabt und nun war er fort. Obwohl sich dieser Schmerz anfühlte, als würde er mich niemals mehr verlassen, mich nachts quälte und tagsüber betäubte, war Jonah meine Zuflucht. Und da ich nicht zulassen konnte, dass auch er mir endgültig genommen wurde, hatte ich mir bereits vor Tagen geschworen, kein Sterbenswort mehr über ihn zu verlieren. Es reichte schon, dass ich ihn Akalin gegenüber erwähnt hatte. Seine Worte hätten ihn mir beinahe weggenommen. Doch ich weigerte mich, ihn mir nehmen zu lassen. Jonah lebte in meinem Kopf und in meinem Herzen. Und solange das so war, fiel ich nicht auseinander.

Als die Tür endlich hinter Dr. Akalin ins Schloss fiel, rollte ich mich frustriert auf dem Bett zusammen, wobei ich die Knie so fest an den Körper drückte, wie ich nur konnte. Indem ich mich selbst zu einer Kugel formte, schloss ich die Außenwelt aus. Dann hatte ich das Gefühl, eine Einheit zu sein, etwas Rundes, und nicht tausend eckige Splitter, die niemand mehr zu einem sinnvollen Ganzen zusammensetzen konnte. Bei mir selbst war ich sicher, jedenfalls so sicher, wie ich überhaupt sein konnte. Ich hatte nur noch mich.

Mit aller Macht versuchte ich, mich auf Jonah zu konzentrieren, und als das nicht funktionierte, murmelte ich meinen Namen, meine Einheit, Dienstgrad und Mission wie ein Mantra, doch es hatte keinen Zweck. Meine Gedanken kehrten immer wieder zu dem zurück, was gerade geschehen war. Toms Erzählungen von der Zeit vor meinem Koma waren für Akalin die ultimative Erklärung dafür, wie sich mein Hirn hatte ausdenken können, dass ich mich auf einer militärischen Mission befand. Ich hatte in seinen Augen gelesen, dass in dem Bild, das er von mir hatte, gerade etwas an seinen Platz gefallen war und er nun klarer erkennen konnte, womit er es zu tun hatte. Für ihn war das Rätsel nun gelöst. Und ein Teil von mir glaubte, dass er recht hatte. Weil es so schrecklich logisch war.

Diese widerlich ruhige, sachliche Stimme, die mir immer wieder zuraunte, ich solle Vernunft annehmen. Doch ich wollte keine Vernunft annehmen – bei der Vorstellung, zu akzeptieren, dass es keine Realität außer dieser gab, barsten Kopf und Herz entzwei. Ich presste meine Stirn gegen die Kniescheiben, schloss die Augen und atmete langsam ein und aus, doch es war zu spät – ich hatte diese dunklen Gedanken schon wieder zugelassen. Mein Herz raste, und kalter Schweiß begann, mir Stirn und Achseln herabzulaufen. Nein, nein, nein, nein, dachte ich verzweifelt und presste den Kopf so fest gegen meine Knie, dass es schmerzte. Ich wollte das nicht, versuchte, die Panik zurückzudrängen, die sich anschlich wie ein hungriges Tier. Ich hasste sie. Panik machte mich schwach, saugte mich aus und ließ mich noch hilfloser erscheinen, als ich war. Nicht nur hilflos, nein, sogar verrückt.

»Mein Name ist Zoë Alma Baker«, murmelte ich. »Ich bin Kapitän der H.O.M.E.-Mission IIb, Eliteschülerin der H.O.M.E.-Akademie, verlobt mit Jonah Schwarz … Jonah…«

Meine Stimme war nur noch ein klägliches Flehen. Die Worte fanden nur mühsam den Weg durch mein Schluchzen. Ich fühlte, wie sich unter mir ein Abgrund auftat, hörte, wie eine Stimme flüsterte: ›Du bist verrückt, Zoë. Es gibt keine H.O.M.E.-Akademie und auch keinen Jonah. Du bist wahnsinnig geworden, Zoë. Nicht mehr ganz dicht. Und ganz allein.‹

Ich presste die Augen fest zusammen und schrie. Schrie alles aus mir heraus, die ganze Panik, die mein Innerstes bis zum Bersten ausfüllte, so laut, dass ich das Gefühl hatte, mein Kopf müsste platzen. Mein Hals wurde rau, und mir ging die Luft aus, doch ich schrie weiter. Solange der Schrei meinen Kopf ausfüllte, war dort kein Platz für andere Dinge. Schreckliche Dinge.

Nur am Rand nahm ich wahr, dass die Tür aufflog und sich Hände beruhigend auf meine Arme legten. Ich stieß sie weg, schlug und trat wie wild um mich, vor meinen Augen und in meinem Herzen nur noch heißes, pulsierendes Rot. Ich hatte keine Schmerzen – ich war der Schmerz.

Schließlich fühlte ich das mittlerweile vertraute Stechen einer Nadel, gefolgt von einem Brennen, das durch meine Adern kroch.

Sekunden später wurde es endlich ruhig.

39

»Ich bins«

»Na endlich!«

»Ich habe dir doch gesagt, dass hier der Busch brennt. Europa droht auseinanderzubrechen.«

»Ist es wirklich so schlimm?«

»Wenn du mich fragst, ja. Spanien gibt sich mit den Hilfsleistungen, die die nordeuropäische Allianz angeboten hat, nicht zufrieden. Vor allem in Südspanien sterben die Leute wie die Fliegen. Dort fließt seit Monaten kein Wasser mehr.«

»Verflucht. Und du meinst, dass sie wirklich angreifen?«

»Verwundete Raubtiere sind immer am gefährlichsten. Sie haben nicht mehr viel zu verlieren. Oder glaubst du, dass sich irgendwann der Wind dreht und die Hitze den Süden verlässt?«

»Steck mich jetzt bloß nicht mit diesen Klimaleugnern in einen Topf. Ich weiß doch auch, dass es ernst ist. Ich bin nur nicht so nah dran wie du.«

»Die Italiener haben sich den Spaniern angeschlossen. Denen geht es zwar noch etwas besser, weil sie gute Entsalzungsanlagen haben, aber die können nicht alle Einwohner versorgen. Die alte Regierung hat sich überworfen und jetzt sind Hardliner an der Macht.«

»Kommt mir bekannt vor. Und Strauß will seine Kommunikationsstrategie nicht ändern?«

»Er möchte eine Massenpanik vermeiden. Wo sollten die Leute denn auch groß hin?«

»Hm.«

»Ich weiß aus sicherer Quelle, dass beide Staaten ihre Stützpunkte verlegt und in Alarmbereitschaft versetzt haben.«

»Das klingt kritisch.«

»Es geht nicht mehr lange gut. Wir müssen die Sache mit den Kindern durchziehen, die wir haben. Es bleibt uns nichts anderes übrig.«

»So war das alles nicht geplant.«

»Das ist mir klar. Uns allen ist das klar. Aber wenigstens haben wir so noch eine Chance.«

»Aber nicht ohne Zoë. Ich kenne die Kinder, ohne sie klappt das nicht. Und sie ist auch die Einzige, die die notwendigen Manöver durchführen kann.«

»Was ist denn mit diesem Leutnant Schwarz?«

»Auf keinen Fall. Er ist ein guter Kämpfer, aber er kann nicht bis drei zählen.«

»Wieso haben wir ihn dann dabei?«

»Du hast ihn noch nicht ringen sehen.«

»Also zurück zu Zoë. Bist du schon weitergekommen?«

»Ich habe sie lokalisiert.«

»Wo ist sie?«

»In der Charité. Im bewachten Bereich.«

»Wie zur Hölle ist sie dort hingekommen?«

»Meine Informantin sagte, sie wurde in einem kritischen Zustand eingeliefert. Mehr wusste sie nicht.«

»Willst du sie da rausholen?«

»Das wäre keine so gute Idee. Sie ist ein kleiner Star, weil sie nach zwölf Jahren wieder aus dem ›Koma aufgewacht‹ ist. Sogar die Zeitungen schreiben über sie, die halbe Stadt kennt ihren Namen. So was ist seit vielen Jahren nicht mehr vorgekommen. Das halbe Krankenhaus behält sie im Auge. Wir wollen keine Aufmerksamkeit.«

»Aber sie vertraut dir doch. Sie kennt dich.«

»Da wäre ich mir nicht so sicher. Wir haben keine Kenntnis darüber, was passiert, wenn man jemanden abkoppelt. Keine Ahnung, woran sie sich erinnert, ob sie mich überhaupt erkennen würde. Was sie von ihrer Zeit auf der Akademie noch weiß und was nicht. Auch glaube ich nicht, dass es eine gute Idee wäre, wenn sie mich hier sieht.«

»Warum nicht?«

»Weil es sein könnte, dass sie dann durchdreht. Nicht, dass sie dann ein Realitätsparadox erleidet.«

»Kannst du das ein bisschen ausführen?«

»Du kennst es doch sicher auch: Wenn man seinem Rechner zu viel zumutet, zu oft und zu schnell auf die Tasten haut oder zu viele Prozesse gleichzeitig anschiebt, hängt er sich auf.«

»Natürlich.«

»Stell dir vor, Zoë ist dein Rechner.«

»Okay, wenn du meinst, dann musst du eben dafür sorgen, dass sie dich nicht erkennt.«

»Ich halte das sowieso für besser. Schließlich werde ich nicht vermeiden können, dass es Zeugen gibt. Und für Zoë ist es ohnehin das Beste.«

»Wie ist ihr Zustand?«

»Erstaunlich gut, wenn man bedenkt, was sie gerade durchmachen muss.«

»Dann ist sie die Richtige.«

»Das glaube ich auch. Hannibal, ich habe nachgedacht.«

»Spuck's aus.«

»Wir wissen, wo sie ist, und sie kommt von selbst da auch nicht weg. Eigentlich ist doch alles in Ordnung.«

»Na ja. Wir brauchen sie aber am Interface.«

»Das ist mir schon klar. Aber so können wir beobachten, wie sie auf eine Abkopplung reagiert und sich in einer für sie fremden Situation zurechtfindet. Später muss sie das schließlich auch.«

»Jetzt macht daraus nicht so ein ›Glück im Unglück‹-Ding. Ich bin heute nicht in der Stimmung für so was.«

»Ist ja schon gut. Aber aus wissenschaftlicher Sicht finde ich durchaus interessant, was gerade mit ihr passiert. Wenn sie sich in dieser Situation gut schlägt, dann wird alles andere für sie ein Kinderspiel.«

»Das hier ist aber keine Laborsituation mehr, Cleo. Das ist bitterer Ernst. Wir können nicht mehr wie bisher einfach machen und schauen, wie die Kinder reagieren. Wir brauchen jeden von ihnen. Und wir brauchen sie sicher und in körperlich guter Verfassung.«

»Was glaubst du, wie viel Zeit uns noch bleibt, bis die Blase platzt?«

»Bis es Scheiße regnet?«

»Hm.«

»Schwer zu sagen. Zwei Wochen, vielleicht drei.«

»Also setze ich Cato und Brutus in Aktion?«

»Das habe ich vorhin schon selbst erledigt. Wir müssen schnell und entschlossen sein. Sonst war alles umsonst und wir gehen mit dem sinkenden Schiff unter.«

»Ich denke trotzdem nicht, dass es eine gute Idee wäre, sie aus dem Krankenhaus zu holen.«

»Vermutlich hast du recht damit. Aber wenn sie draußen ist, musst du schnell sein. Ich komme in einer Woche nach Berlin. Dann erwarte ich, dass die Sache erledigt ist und alles wie geplant stattfinden kann. Bis dahin hältst du mich auf dem Laufenden. Ich will alles wissen.«

»Verstanden.«

38

Mein Zimmer auf der Akademie war nicht groß – es passten ein Schrank, ein Schreibtisch mitsamt Stuhl und ein Bett hinein, aber die prall gefüllten Bücherregale mussten sich schon über meinem Kopf wie ein Ring über die Zimmerwände ziehen, da für ein stehendes Regal kein Platz mehr gewesen wäre.

Ich lebte hier, seit ich aus dem Schlafsaal ausgezogen war – bis zum zehnten Lebensjahr hatten wir alle gemeinsam in einem großen Raum geschlafen; zumindest die Mädchen zusammen mit den Mädchen, die Jungs mit den Jungs. Ich hatte den Schlafsaal, die seltsame Intimität und die Tatsache, dass ich dort nie richtig allein sein konnte, nie gemocht. Auch hatte ich mich nicht an den getuschelten Lästereien beteiligt oder zu denen gehört, die heimlich weinten und von ihren Freundinnen im Flüsterton getröstet wurden. Ich hatte keine Box mit geschmuggelten Süßigkeiten unter dem Bett, die ich kichernd mit den anderen nachts vertilgte, und ich war nie dazu eingeladen worden, an einer der nächtlichen Partys teilzunehmen. Doch gehänselt oder gequält hatte mich auch niemand, obwohl auch so was an der Akademie nicht selten vorkam. Mein ganzes Leben lang hatte ich immer ein wenig außen vor gestanden und mein Zimmer spiegelte diese Tatsache auf die deutlichste Art wider.

Im Gegensatz zu anderen Mädchenzimmern war meines nicht dekoriert. Die meisten hatten bunte Teppiche auf dem dunklen Holzboden, pflückten sich im Park heimlich Blumen, die in Wassergläsern und Zahnputzbechern ihre Schreibtische verzierten, oder malten draußen in der Sonne Bilder, die sie an die hellen Wände hängten. Manche hatten sogar Fotos von hübschen Astronauten heimlich aus den Geschichtsbüchern geschnitten und an ihre Zimmerwände gehängt, wofür es von Fräulein Nagel, der Hausdame, jedes Mal mächtig Ärger gegeben hatte – doch sie schworen, dass es den Stress wert war. Ich verstand sie nicht, machte mir auch nicht mehr die Mühe, es zu versuchen. Ich hatte Jonah und somit den schönsten Mann, den es gab, direkt vor meiner Nase und manchmal auch in meinem Bett. Ich wusste genau, dass es von Fräulein Nagel dafür ebenfalls mächtig Ärger gegeben hätte, doch irgendwas sagte mir, dass Dr. Jen und die anderen Ausbilder in dieser Angelegenheit ein paar Augen zudrückten. Sie begrüßten es, dass Jonah und ich ›so gut miteinander auskamen‹, wie sie es ausdrückten.

Zu Beginn unserer Liebe hatten wir mit dem gesamten Akademiestab eine Unterredung gehabt. Sie hatten uns erklärt, dass es uns freistand, eine Beziehung miteinander einzugehen, eine Trennung aber weitreichende Konsequenzen nach sich ziehen würde. Immerhin konnten sie es sich nicht leisten, wenn Kapitän und operativer Leiter nicht mehr miteinander sprachen oder sich gar vor dem Rest der Mannschaft anschrien.

Grundsätzlich war es hilfreich, wenn die beiden Köpfe der

Mission ›gut miteinander auskamen‹, aber wir sollten im Hinterkopf haben, dass es sich um eine permanente Verbindung handeln müsste, wenn wir sie einmal ernsthaft eingegangen waren.

Nun, das war kein Problem. Ich hatte ganz sicher nicht vor, mich von Jonah zu trennen. Er war mein Leben, sah das Besondere in mir, das sonst vorher keinem aufgefallen war. Erst nachdem er mich zum ersten Mal geküsst hatte, hatte ich mich wirklich von ganzem Herzen fähig gefühlt, die Mission zu leiten. Wenn ich gut genug für Jonah Schwarz war, dann war ich auch gut genug für alles andere.

Mein Blick glitt über die Zimmerwände, an denen Jonah heute Nachmittag all meine Orden aufgehängt hatte. Zuerst hatte ich wild protestiert, denn im Gegensatz zu ihm war ich nicht sonderlich stolz auf sie. Da ich immer gut in der Schule gewesen war, war ich es gewohnt, gute Zeugnisse und die eine oder andere Sonderauszeichnung zu bekommen. Doch ich brüstete mich nicht damit und hatte bis gestern alles fein säuberlich geordnet in einem Schuhkarton aufbewahrt. Jonah war allerdings der Auffassung, ich solle stolz sein auf all das, solle mir die Auszeichnungen jeden Tag ansehen und mich daran erinnern, dass ich etwas Besonderes war. Doch bisher fühlte ich mich damit eigentlich nur unbehaglich.

Es klopfte an meine Tür. Nicht auf die Jonah-Art, sondern zackiger und fordernd. Es war das Klopfen eines Menschen, der nicht warten würde, bis man ihn hereinbat. Hastig erhob ich mich und strich meine blaue Bluse mit den Abzeichen glatt. Ich konnte gerade noch Haltung neben dem Bett annehmen, als Dr. Jen mein Zimmer betrat.

»Was ist denn mit dir los, Zoë?«, fragte sie, und ich stutzte. Das klang nicht nach meiner Ausbilderin. Weder ihr Tonfall noch ihre Stimme und erst recht nicht die Wortwahl. Sie duzte mich nicht und nannte mich auch niemals Zoë, sondern immer nur ›Baker‹.

»Hast du deine Zunge verschluckt?« Sie klang belustigt und sah mich mit dem prüfenden Blick eines Menschen an, der vermutete, sein Gegenüber hätte Fieber.

Das war nicht Dr. Jen. Irgendjemand war in mein Zimmer eingedrungen, den ich nicht kannte. Jemand, der ihr Gesicht und ihre Kleidung trug, aber nicht sie war.

Vielleicht war sie ein Hologramm? Hastig griff ich nach dem Buch, das umgedreht auf dem Bett lag, und warf es nach ihr. Wäre sie ein Hologramm gewesen, hätte das Buch glatt durch sie hindurchsegeln müssen, doch das tat es nicht. Es traf sie auf Höhe der Brust.

»Was soll denn das?«, hörte ich sie fragen, ihre Stimme hatte einen schrillen Unterton angenommen.

»Wer sind Sie?«, zischte ich, während ich versuchte, so viel Abstand wie möglich zwischen mich und den Eindringling zu bringen, was bei dem kleinen Zimmer wahrlich nicht so einfach war.

»Aber Zoë, ich bitte dich«, antwortete sie. »Du kennst mich doch!«

Den Blick immer noch fest auf die Frau geheftet, sagte ich: »Sie sind nicht Dr. Jen! Was haben Sie mit ihr gemacht?«

Fieberhaft suchte ich nach irgendetwas, mit dem ich mich verteidigen konnte, aber Waffen waren auf den Privatzimmern der Schüler nicht erlaubt. Sie lagerten allesamt in einem abgeschlossenen Schrank in der Trainingshalle. Verdammt,

verdammt, verdammt. Ich bereute, mit dem Buch nicht besser gezielt zu haben.

Meine Worte schienen sie zu verwirren, denn sie zog die Stirn kraus. »Wovon redest du bitte?«, fragte sie, und ihr Ton wurde schärfer.

»Sie haben ihr etwas angetan«, murmelte ich mehr zu mir selbst als zu der Frau, die nun langsam auf mich zukam. »Was wird hier gespielt?«

Ich wich noch ein Stück weiter zurück, doch nun stand ich mit dem Rücken zur Wand.

»Zoë, was ..?«

Doch ich ließ sie nicht ausreden. In dem Augenblick, als mein Rücken die Wand berührte, erinnerte ich mich daran, dass ich mich in der Akademie befand. Mit anderen Menschen. Auf der anderen Seite der Wand, gegen die ich mich gerade presste, saß Imogene wahrscheinlich gerade an ihrem Schreibtisch und lernte. Wir hatten beide gleichzeitig Trainings- und Lernphasen.

Ich holte tief Luft und schrie. »Imogene! Fräulein Nagel! Angriff in Zimmer 181! Hilfe!«

Die Frau griff nach meinen Schultern und schüttelte mich. Sie schrie etwas, das ich nicht verstand, da ich mir nun die Lunge aus dem Leib brüllte, immer wieder wahllos Namen der anderen oder um Hilfe rief.

Schließlich fühlte ich einen Schlag und ein scharfes Brennen an meiner Wange.

Mein Zimmer verschwamm vor meinen Augen und verschwand schließlich ganz. Der dunkle Holzfußboden wurde seltsam formlos, die Wände bekamen Risse.

Die Frau schüttelte mich noch immer.

»Zoë!«, rief sie. »Verdammt, jetzt komm wieder zu dir!«

Ich kannte diese Stimme. Ungläubig schüttelte ich den Kopf, und es fühlte sich an, als erwachte ich aus einer langen Ohnmacht.

Dr. Jen war verschwunden, stattdessen blickte ich in Miriams rundes, gutmütiges Gesicht, das sich allerdings besorgt verzogen hatte.

Ich sah mein Krankenbett, den alten Schrank und die Tür ins Badezimmer. Sah meine Hausschuhe neben dem Bett stehen, den Besucherstuhl.

Mir wurde übel.

»Tut mir leid, Liebes. Ich wollte dich nicht schlagen. Du warst nur so außer dir!«

Alles drehte sich.

»Schon gut!«, murmelte ich, aber es war überhaupt nichts gut. Wurde ich tatsächlich verrückt? Oder war ich es vielleicht schon längst? Ich hatte nicht geträumt, da war ich mir sicher. Ich hatte die Bettwäsche unter meinen Fingern gespürt und sie gerochen, die warme Sonne auf der Haut gefühlt, die durch das kleine Fenster in mein Zimmer geflossen war.

Für einen kurzen Augenblick war ich zu Hause gewesen. Und nun war ich zurück. In diesem verfluchten Krankenzimmer.

Es gelang mir nicht, die Übelkeit niederzukämpfen. Als ich Galle auf meiner Zunge schmeckte, machte ich mich hastig von Miriam los und stürmte ins Badezimmer, wo ich die Toilette gerade noch rechtzeitig erreichte.

Während ich mir die Seele aus dem Leib kotzte und dabei bitterlich weinte, hockte Miriam neben mir und streichelte zärtlich meine bebenden Schultern.

»Schhhhhh…«, versuchte sie, mich zu beruhigen. »Alles wird wieder gut.«

Ich konnte es nicht mehr hören.

37

Nach dem Besuch meiner angeblichen ›Familie‹ und meinem Zusammenbruch begann ich, mich zu widersetzen. Nun, das stimmt nicht ganz. Zuerst versuchte ich mehrfach, aus der Klinik abzuhauen. Doch nachdem ich herausgefunden hatte, dass man nicht nur eine Schlüsselkarte, sondern auch den Fingerabdruck eines Krankenhausmitarbeiters brauchte, um durch die doppelte Glastür zu gelangen, die meine Station vom Rest des Klinikgebäudes trennte, hatte ich den Plan schnell wieder verworfen. Ohnehin hätte ich dort draußen, in der Riesenstadt Berlin, wahrscheinlich nicht lange überlebt. Ich hatte schließlich weder finanzielle Mittel noch ein Dach über dem Kopf, Waffen oder Ausweispapiere. Außerhalb dieser Mauern war ich ein Niemand, und obwohl sich alles in mir dagegen sträubte, mich einfach in mein Schicksal zu fügen, entschied ich, dass ich deshalb noch lange nicht so dumm sein musste, die Sicherheit des Krankenhauses zu verlassen. Also entschloss ich mich zur Resistenz.

Hatte ich vorher noch sämtliche Tests, die Dr. Akalin und seine Studenten mit mir durchgeführt hatten, bereitwillig über mich ergehen lassen – mehr noch, kooperiert –, war das nun vorbei. Denn ich wusste, sobald die Ärzte der Meinung waren, dass ich stabil genug war, ohne medizinische Betreuung auszukommen, würden sie Tom und seine Eltern anrufen, damit sie mich abholten. Und das wollte ich nicht.

Ich konnte einfach nicht akzeptieren, dass ich mit diesen Menschen leben und etwas mein Zuhause nennen sollte, das weder die Akademie noch ein Ort war, an den meine Ausbilder mich geschickt hatten. Die Klinik lag dazwischen, ein gnädiger Raum des Zwischendaseins. Mein Fegefeuer, in dem ich mir noch einbilden konnte, dass ich einfach nur Ruhe und Erholung nach einem Einsatz brauchte, bevor man mich zurück zum Training ließ. Zwar waren die Geräte viel schäbiger und das Personal viel müder, als ich es von unserer medizinischen Station kannte, aber das Krankenhaus war weiß und steril genug, um als Kulisse für meine Gedanken herzuhalten.

Ich war nicht mehr in der Akademie, aber ich war auch noch nicht in einem anderen Leben angekommen. Und wenn es nach mir ging, würde es einfach so bleiben. Lieber würde ich mit der Bettdecke verwachsen, als mich einfach so in das Leben zu fügen, das mir andere Menschen zudachten. Sie hatten ja alle keine Ahnung. Dazu kam, dass ein Teil von mir noch immer dachte, dass ich mich in Gefangenschaft befand. Vielleich war ich einfach einer finanziell schlecht aufgestellten kriminellen Organisation in die Hände gefallen und die Entführer wollten bei der Akademie Lösegeld für mich erpressen oder bei der Regierung Verbesserungen ihrer Versorgung erwirken. Vielleicht war ich auch bei einer Gruppe Spinner gelandet, die die Mission verhindern wollten. Es war nach wie vor möglich, dass sie mich die ganze Zeit anlogen.

Doch warum, fragte die vernünftige, ruhige Stimme in meinem Kopf, *sollten sie sich solch eine Mühe machen, um dich hinters Licht zu führen? Sie könnten dich immerhin genauso gut in einem verschlossenen Raum an den Heizkörper ketten. Und warum konntest du dich an Tom erinnern?*

Viele Stunden, die ich zwischen den Tests auf meinem Bett verbrachte, dachte ich über diese und unzählige andere Fragen nach. Miriam hatte mir auf Akalins Anregung hin Zeitungen und Zeitschriften auf den Nachttisch gelegt, damit ich mich schon mal ›gedanklich mit der Welt da draußen‹ anfreunden konnte, doch ich hatte sie bisher noch nicht angerührt. Ein Blick auf die leicht stumpfen, abgegriffenen Cover der Zeitschriften verriet mir, dass sich dahinter nichts auftun würde, das meine Aufmerksamkeit wirklich verdient hatte. Auf mich wirkten die Bilder und die gesamte Aufmachung, als hätte man mir Zeitschriften gebracht, die mindestens zwanzig Jahre alt waren. Doch Miriam hatte mir versichert, dass sie nur wenige Wochen alt waren. Sie hatte die Zeitschriften selbst gekauft und gelesen.

Die jungen Ärzte, die mich meistens während der Tests betreuten, hatten begonnen, sich Sorgen um mich zu machen. Hatte ich zu Beginn noch so große Fortschritte gemacht, schien sich mein Zustand in ihren Augen nun kontinuierlich zu verschlechtern. Bei den Koordinationstests ließ ich absichtlich den Löffel fallen, den ich balancierte, oder stach mir mit dem Stift ins Auge, was mir ungeplant heftige Schmerzen verursacht hatte. Sie glaubten, ich hätte mit Langzeitfolgen meines Komas zu kämpfen oder dass sich im schlimmsten Fall gerade zeigte, dass ich doch Hirnschäden davongetragen hatte.

Natürlich wusste ich es besser. Ich muss gestehen, dass

ich hochzufrieden mit meiner Darbietung war; ein gewisses schauspielerisches Talent würde mir wohl niemand absprechen können.

Doch einen konnte ich nicht überzeugen: Dr. Akalin. Er war eine Weile auf einer Tagung im Ausland gewesen, doch als er zurückkam und sich meine Testergebnisse ansah, wusste er sofort Bescheid.

In dem Augenblick, in dem er ohne zu klopfen und mit steinerner Miene mein Zimmer betrat, wusste ich, dass ich ihm nichts würde vormachen können. Meine Hände wurden kalt.

Er knallte mir die dünne Akte, in der meine Ergebnisse von seinen Studenten immer gewissenhaft abgeheftet wurden, auf den Schoß.

»Was soll das, Zoë?«, fragte er ohne Umschweife.

Ich bemühte mich um eine unschuldig fragende Miene.

»Was soll was?«

Sein Gesicht verdunkelte sich noch eine Spur mehr, und die buschigen Augenbrauen rückten unter tiefen Zornesfalten zusammen, sodass sie aussahen wie eine struppige und ziemlich hässliche Schmetterlingsraupe. Er begann, in meinem Zimmer auf und ab zu gehen.

»Verkauf mich nicht für dumm«, polterte er, was mich tatsächlich ein wenig einschüchterte. Noch nie zuvor war mir aufgefallen, wie groß er war, wie breit seine Schultern. »Mein Assistenzarzt hat mich gestern Abend angerufen, weil er sich Sorgen um dich macht. Deine Testergebnisse sind in den Keller gerauscht, Zoë.«

»Ihr Kollege hat gesagt, dass so was nach einem langen Koma vorkommen kann.«

»Bill hat keine Ahnung von Komapatienten, die plötzlich wieder aufwachen – genauso wenig wie ich. Leider kommt so was viel zu selten vor, du bist der erste Fall deiner Art seit vielen Jahrzehnten! Aber das heißt noch lange nicht, dass ich nicht erkenne, wann jemand simuliert.«

Seine Worte hatten mich hellhörig gemacht. Ich setzte mich in meinem Bett auf und sah ihn an. Seine Vorwürfe ignorierend, fragte ich:»Wieso betreuen Sie mich denn, wenn Sie keine Ahnung von Komapatienten haben?«

Akalin fuhr sich mit einer Hand durch das Gesicht.»Weil es niemanden gibt, der das besser machen könnte. Hast du mir nicht zugehört? Das hier ist die neurologische Forschungsabteilung der Charité. Du wurdest hierher verlegt, als du aufgewacht bist, damit wir mehr über lang anhaltende komatöse Zustände herausfinden können. Deshalb auch all die Tests. Mit deinem Verhalten versaust du uns gerade eine einzigartige Chance.«

Seine Antwort war eine vollkommene Überraschung für mich.»Dann … dann bin ich hier gar nicht aufgewacht?« Eine dunkle Erinnerung an zuckende Körper und ein stampfendes Dröhnen flackerte durch mein Bewusstsein. Bisher hatte ich das nur für eine weitere Erfindung meines Geistes gehalten.

»Ja und nein. Du lagst vorher in einem anderen Krankenhaus. Einem, das nicht so gut ausgestattet ist wie die Charité. Als sich deine Vitalfunktionen plötzlich veränderten, hat man beschlossen, dich hierher zu verlegen. Doch der Transport hätte dich beinahe das Leben gekostet, dein Kreislauf hat den Gerätewechsel nicht so gut weggesteckt.« Müde sah er mich an.»Ich war mir sicher, dass du sterben würdest.«

Ich ließ die Worte auf mich wirken. Dass ich nur knapp

dem Tod entronnen war, erschreckte mich weniger, als ich vermutet hätte. Etwas anderes war mir viel wichtiger; bisher hatte ich die ganze Zeit gedacht, ich hätte die letzten zwölf Jahre in der Charité verbracht. Doch das stimmte gar nicht! Akalin hatte mich die vergangenen Jahre gar nicht begleitet – sondern jemand anders. »Wo kam ich denn her?«, fragte ich.

Ihm war deutlich anzusehen, dass er mich eigentlich nicht vom Haken lassen wollte, aber viel zu neugierig war, um meine Frage zu ignorieren. Mit finsterem Blick trat Dr. Akalin an mein Bett heran und schnappte sich meine Akte, die er ganz vorne aufschlug. Dann runzelte er die Stirn.

»Was ist?«

»Hier steht nicht, aus welcher Klinik du verlegt wurdest. Offenbar hat der zuständige Kollege versäumt, es einzutragen.« Er kratzte sich am Kopf. »Das ist ein wirklich ärgerlicher Fehler.«

»Können Sie nicht herausfinden, wer mich hergebracht hat?«, fragte ich.

»Nun, das will ich hoffen. Ich brauche nämlich auch deine anderen medizinischen Unterlagen für meine Untersuchungen.« Dann sah er mich an und seine Miene änderte sich wieder von verwirrt zu verärgert. Er hatte sich augenscheinlich wieder daran erinnert, dass wir miteinander stritten.

»Wenn dein Zustand nur halb so besorgniserregend wäre, wie die Daten nahelegen, die Bill in den letzten Tagen über dich gesammelt hat, dann wärst du gar nicht in der Lage, mir solche Fragen zu stellen.«

Das überraschte mich.

»Du hast es ein bisschen übertrieben, Zoë. Ich frage dich

jetzt noch einmal, warum du hier so eine Show abziehst.« Er knallte meine Akte auf den Besucherstuhl, stützte sich mit beiden Händen am Fußende meines Bettes ab und starrte mich an. Beinahe kam es mir vor, als wollte er die Wahrheit mit diesem Blick aus mir herausschneiden.

Ich dachte eine Weile nach. Sollte ich meine Lüge aufrechterhalten oder ihm lieber sagen, was mich zu meinem Schauspiel getrieben hatte? Akalin war immer nett zu mir gewesen und hatte alles dafür getan, dass es mir gut ging. Ich wusste, dass er sich ehrlich um mein Wohlergehen sorgte, ob er nun ein fremder Agent, Entführer oder ein richtiger Arzt war – er kümmerte sich um mich und dafür war ich ihm dankbar.

»Ich will nicht zu Tom und diesen Leuten.« Die Worte waren ausgesprochen, noch bevor ich es mir anders überlegen konnte. »Ich kann mir einfach nicht vorstellen, mit ihnen zu leben.«

Akalin fuhr sich erneut mit der Hand durchs Gesicht. Er sah müder aus als sonst, die Falten zogen sich wie tiefe Sorgenkrater durch sein freundliches Gesicht.

»Hast du Angst vor ihnen?«

Irritiert schüttelte ich den Kopf. »Wieso sollte man vor denen denn Angst haben?«

Er zuckte mit den Schultern. »Immerhin sind es fremde Menschen für dich.«

»Eben!«, rief ich aus. »Es sind *vollkommen fremde* Menschen. Es ist okay, sich mit fremden Menschen, die man sich nicht ausgesucht hat, in einem Verkehrsmittel oder in einer medizinischen Einrichtung über einen definierten Zeitabschnitt hinweg die Atemluft zu teilen, aber das Zuhause möchte ich doch lieber mit Menschen teilen, die ich kenne.«

Akalin sah mich einen Moment an und sagte gar nichts. Ich konnte ihm an der Stirn ablesen, dass er nachdachte. Gespannt wartete ich auf das, was er als Nächstes sagen würde. Es war ein bisschen so, wie auf die Verkündung des eigenen Urteils zu warten.

»Zieh dir was über und komm mit!«, forderte er mich schließlich auf.

Damit hatte ich nicht gerechnet.

»Warum?«, fragte ich, während ich mit skeptischer Miene meine Füße auf den alten Linoleumboden gleiten ließ. Das rotbraune Muster kannte ich mittlerweile fast auswendig.

»Mach schon«, erwiderte er. »Oder hast du das Laufen spontan auch noch verlernt?«

»Sie nerven«, rutschte mir heraus, und ein kurzes Lächeln flackerte über Akalins ernstes Gesicht.

»Du kannst dir gar nicht vorstellen, wie sehr du nervst, Zoë.«

Ich zog mir den alten Bademantel über, den ich vom Krankenhaus erhalten hatte, schlüpfte in meine Plastikschuhe und folgte Akalin aus dem Zimmer. Mein Herz klopfte schnell und hart, als ich begriff, wohin wir gingen: Zum ersten Mal, seitdem ich angekommen war, nahm mich jemand mit durch die Glastüren nach draußen. Als die zweite Tür mit einem satten Klicken wieder ins Schloss fiel, wurde mir bewusst, dass die Station der einzige Ort war, den ich in ›dieser Welt‹ kannte. Mit jedem Schritt, den ich nun tat, betraten meine Füße Neuland. *Als ob ich einen fremden Planeten betrete*, schoss es mir bitter durch den Kopf. Wir gingen bis zu den Fahrstühlen, wo Akalin seine Schlüsselkarte in einen Schlitz steckte und die oberste Zahl drückte. Es war das 21. Stockwerk.

Über das Gebäude, in dem ich mich befand, hatte ich mir noch überhaupt keine Gedanken gemacht. Ich wusste weder, wo es stand, noch wie es von außen aussah. Bisher war es mir immer egal gewesen, doch nun war meine Neugier geweckt. 21 Stockwerke waren eine beachtliche Höhe.

Die Aufzugtür öffnete sich, und zu meiner Überraschung betraten wir nicht etwa die Station, die auch hier hinter zwei Glastüren untergebracht war, sondern gingen stattdessen in die andere Richtung. Links neben den Fahrstühlen befand sich eine schmale Stahltür, die der Arzt mit seiner Zugangskarte und dem Abdruck seines Daumens öffnete. *Doppelte Sicherheitsstufe, damit sich niemand vom Dach stürzen kann,* dachte ich. Mein Blick fiel in ein schmales Treppenhaus, in dem sich schlichte Betonstufen nach oben und unten schraubten.

»Normalerweise würde ich einer Dame ja immer den Vortritt lassen, aber dann muss ich mich nachher an dir vorbeiquetschen«, sagte er und nahm ein paar der Stufen, die nach oben führten.

Ich folgte ihm.

Nachdem wir ein paar Treppenstufen und eine weitere Tür passiert hatten, standen wir schließlich Seite an Seite auf dem Dach der Klinik.

Mir stockte für ein paar Augenblicke der Atem. Es war ein heller, sonniger Nachmittag, am Himmel war kaum eine Wolke zu sehen, und zu allen Seiten rund um das Klinikgebäude erstreckte sich die gewaltigste Ansammlung an Häusern, die ich jemals gesehen hatte. Ich brauchte einen Moment, um die Bilder in mir aufzunehmen und zu verarbeiten, und Akalin ließ mir Zeit. Schweigend drehte ich mich um die eigene Achse und ließ den Anblick auf mich wirken.

Das erste Wort, das mir in den Kopf schoss, war ›gigantisch‹, das zweite ›kaputt‹. Obwohl um die Klinik herum intakte Häuser standen, wirkte Berlin eigenartig verwundet auf mich. Hier und da fielen mir Ruinen oder Häuser auf, die niemals fertig gebaut worden waren. Von den meisten der älteren Häuser, die mein Blick streifte, bröckelte der Putz ab, viele Fensterscheiben waren gesprungen oder fehlten komplett, selbst in den großen Wolkenkratzern, die sicher einst ein Vermögen gekostet hatten.

Die Luft wirkte staubig und irgendwie unrein, mein Auge konnte weit und breit keine Bäume ausmachen, und die Geräusche wirkten chaotisch und wenig einladend. Ich konnte mir nur ausmalen, welch ein Lärm dort unten auf den verstopften Straßen herrschen musste.

Mein Blick wanderte zum Horizont, doch das Häusermeer nahm kein Ende. Weiter draußen schraubten sich schmutziggraue Wohnblöcke in den Himmel, hier und da sah ich eine Rauchsäule aufsteigen.

Ich hatte gar nicht gemerkt, dass ich mich überhaupt bewegt hatte, doch plötzlich stand ich am Rand des Daches. Akalin war leise hinter mich getreten.

»Siehst du den Rauch, der dort hinten aufsteigt?«, fragte er mich, und ich nickte.

»Das sind die Feuer der Flüchtlingslager. Seit dort immer wieder Gaskocher in den Zelten explodiert sind, dürfen die Leute nur noch draußen auf ausgewiesenen Feuerstellen kochen.«

Meine Gedanken rasten. Flüchtlinge… »Heißt das, es herrscht Krieg?«, fragte ich nervös, und Akalin stieß ein trockenes Lachen aus.

»Irgendwo herrscht doch immer Krieg, Zoë. Aber nein, Deutschland befindet sich nicht im Krieg, falls es das ist, was du wissen wolltest. Die meisten Menschen kommen nicht, weil fallende Bomben ihr Leben bedrohen, sondern wegen der Dürre.«

»Dann gibt es überall Wasserprobleme?«

»Wasserprobleme – ich wünschte, es wäre so.« Akalin seufzte. »Siehst du, Zoë, um ein Wasserproblem zu haben, muss es Wasser geben. Und das gibt es in vielen Ländern nicht mehr. Ganze Nationen sind ausgetrocknet und auch Deutschland hat stark unter der Dürre zu leiden. Wir haben nicht mehr viel, das wir teilen können. Doch zum Glück haben wir Grundwasser, das wir hochpumpen, und Meerwasser, das wir entsalzen können.« Sein Gesicht verhärtete sich. »Das alles wird aber nicht mehr lange gut gehen«, murmelte er.

Ich schluckte, während ich den Blick erneut über die Stadt gleiten ließ. Meine Augen suchten Hinweise auf die Lager, die Akalin erwähnt hatte, und tatsächlich: Wenn man wusste, dass sie da waren, sah man unzählige niedrige Gebäude, die sich in geraden Reihen in der Weite verloren. Dazwischen stiegen die Rauchsäulen auf.

Akalin umfasste sanft mein Handgelenk und zog mich zur anderen Seite des Daches.

»Traust du dich, dort runterzuschauen?«, fragte er und umfasste meine Taille. »Ich halte dich auch fest.«

Ich verkniff mir mit knapper Not einen Kommentar, trat an den Sims heran und beugte mich vor. Direkt unter mir schien sich der Eingang des Krankenhauses zu befinden. Viele Meter unter meinen Füßen sah ich ein schmutzig-weißes Vordach, auf dem sich allerlei Kram gesammelt hatte, den Patienten zweifelsohne aus dem Fenster geworfen hatten. Sofort erkannte ich, was Akalin mir hatte zeigen wollen: Vor dem Eingang des Krankenhauses warteten unzählige Menschen in einer schier endlos wirkenden Schlange. Ich konnte sehen, dass alle Hautfarben vertreten waren und viele von ihnen, vielleicht sogar die meisten, ein Kind auf dem Arm trugen.

»Siehst du sie?«, fragte die ruhige Stimme des Arztes, und ich nickte. »Und kannst du auch sehen, wo die Schlange endet?«

Meine Augen wanderten die Wartenden entlang, die Schlange führte über einen riesigen Parkplatz hinaus auf die Straße, über eine Brücke, die ein dreckiges Betonbecken zu überspannen schien, und auf der anderen Seite weiter die Straße entlang. Hinter einem enormen Wolkenkratzer verlor ich sie aus den Augen.

»Sie ist zu lang«, murmelte ich, und Akalin seufzte.

»Sie ist jeden Tag so lang«, sagte er, und die Traurigkeit in seiner Stimme drückte mir fast das Herz ab.

»Komm.«

Wir setzten uns auf einen niedrigen Schornstein nebeneinander und blickten eine Weile schweigend in den wolkenlosen Himmel.

»Jeden Tag«, begann Akalin, »bringen Hunderte von Müttern ihre dehydrierten Kinder zu uns in die Klinik. Jeden Tag müssen wir die meisten von ihnen wieder wegschicken, nachdem wir den Kindern ein wenig Nährlösung und Wasser gegeben haben. Wenn wir können, bieten wir auch den Müttern etwas zu trinken an, doch die meisten geben auch das zweite Glas ihren durstigen Kindern.«

Er schluckte, und ich merkte, dass auch mein Hals trocken

geworden war, als reichte die Erzählung allein aus, meinen Durst ins Unermessliche zu steigern.

»Jeden Tag müssen wir mit ansehen, wie die Kleinsten von ihnen ins Koma fallen und kurz darauf sterben. Die wenigsten überleben diesen Zustand auch nur eine Woche lang.« Ich fühlte, wie sich Unbehagen in mir breitmachte, da ich ahnte, worauf der Arzt hinauswollte.

»Die meisten Menschen haben kaum genug Geld, sich und ihre Familie zu versorgen, aber deine Familie ist aufrichtig glücklich, dich wieder bei sich aufnehmen zu dürfen. Nicht ein Wort der Sorge, wie sie dich ernähren oder das zusätzliche Wasser auftreiben sollen, nur unbändige Freude darüber, dass du noch am Leben bist.«

Ich schloss die Augen, die unvermittelt angefangen hatten, wie verrückt zu brennen. Wieso hatte ich noch nicht darüber nachgedacht, dass mein Erwachen für Tom und seine Eltern eine ebenso große Herausforderung darstellte wie für mich? Ein ekelhaftes Schuldgefühl begann, an mir zu nagen. Doch Akalin war noch nicht fertig.

»Durch dein bockiges und unverantwortliches Verhalten verletzt du nicht nur Menschen, die bereit sind, das Wenige, was sie haben, mit dir zu teilen, obwohl du ihnen nach all den Jahren genauso fremd bist wie sie dir. Du bringst die dehydrierten Kinder auch um ihre Überlebenschance. Indem du dich den Tests verweigerst und Fragen unaufrichtig beantwortest, nimmst du uns die Möglichkeit, an deinem Fall zu lernen und so in Zukunft vielleicht anderen Koma-Kindern helfen zu können.« Seine Stimme hatte sich während des Monologs in die Höhe geschraubt, die letzten Worte hatte Akalin regelrecht geschrien. Und ich wusste genau, dass ich seine Wut verdient hatte. Das Schuldgefühl in meiner Brust war zu einem wilden Tier herangewachsen, das mich unaufhörlich ins Herz biss.

»Du bist ganz schön egoistisch, Zoë Alma Baker. Weißt du das?«, fragte Akalin, nun wieder ganz ruhig.

»Ich wusste es nicht«, murmelte ich matt, jedes Wort kostete mich unglaubliche Anstrengung. Meine Brust war zugeschnürt, ich konnte kaum atmen.

»Nun weißt du es«, entgegnete Akalin ruhig, und ich nickte. Meine Augen brannten stärker denn je, und ich fühlte, dass mir Tränen die Wangen hinabliefen. Was ich gesehen hatte, das konnte ich nicht leugnen.

»Ja«, sagte ich leise, und die Bitterkeit, die ich nun im Herzen hatte, lag überdeutlich auch auf meiner Zunge.

»Nun weiß ich es.«

36

Der Ausflug aufs Dach hatte etwas geschafft, das ich zuvor für unmöglich gehalten hatte: Ich fühlte mich noch schlechter. Zu dem Elend und der Traurigkeit, die ich für mich selbst empfand, hatte sich nun auch noch Mitleid für all die Menschen gesellt, die nicht so viel Glück hatten wie ich. Und die Tatsache, dass man meine Situation als ›Glück‹ bezeichnen musste, machte mich beinahe verrückt. Doch der Arzt hatte sein Ziel erreicht, ich konnte mich nicht mehr weigern, zu kooperieren. Und nach ein paar Tagen, in denen ich bereitwillig alle Tests wiederholt hatte, um ihnen echte Ergebnisse zu liefern, wurde es Zeit für mich, das Krankenhaus zu verlassen. Natürlich war ich nicht bereit dazu, natürlich fühlte ich mich mit einem Schlag wieder kränker und schwächer, präzise in dem Moment, in dem Akalin mir die Nachricht überbrachte, doch ich wusste genau, dass ich mich meinem Schicksal nicht entziehen konnte. Es wurde Zeit.

Doch damit nicht genug. Akalin hatte augenscheinlich überall in der Klinik um Kleiderspenden gebeten, damit sich die finanzielle Last meiner Familie in Grenzen hielt, was zur Folge hatte, dass sich binnen kurzer Zeit ein wildes Sammelsurium aus Kleidungsstücken auf dem Fußboden neben meinem Bett stapelte. Die Klamotten rochen genauso wie die Bettwäsche des Krankenhauses. Wahrscheinlich waren sie in der Hauswäscherei gereinigt worden.

Nichts von dem, was ich aus den Stofftürmen hervorzog, hätte ich jemals selbst ausgesucht, die meisten Kleidungsstücke waren vom häufigen Tragen durchscheinend und kamen mir merkwürdig grau und ausgeblichen vor. Für meinen Geschmack gab es viel zu viele Kleider und Röcke unter den Sachen, wahrscheinlich, weil die Spender dachten, ich könnte mich darüber freuen. Dabei hatte ich mein ganzes Leben lang noch keine Kleider getragen, und ich dachte nicht im Traum daran, jetzt damit anzufangen. Schon die Vorstellung machte mich ganz verrückt. Ein Suppenhuhn in Rüschen – nein danke! Doch das sagte ich keinem, da ich nicht undankbar wirken wollte.

»Das sind mehr Klamotten, als ich jemals hatte!«, rief Miriam lachend mit Blick auf die Stapel, als sie mir das Abendessen brachte. »Du könntest eine Boutique aufmachen!«

Ich schnaubte. »Wer würde so was denn kaufen?« Ich schaufelte ein paar Bohnen auf meinen Löffel und schob sie mir in den Mund. Mittlerweile hatte ich mich an die trockenen Hülsenfrüchte gewöhnt; in der Akademie lernte jeder schnell zu essen, was einem vorgesetzt wurde – etwas, das im Krankenhaus ebenso nützlich war.

Miriams Lächeln verrutschte ein kleines Stück, doch sie hielt es tapfer aufrecht.

»Sei nicht albern, Zoë«, tadelte sie. »Ein paar der Sachen sind wirklich hübsch.« Ihr Blick wanderte über die verschiedenen Stapel und blieb schließlich an einem blassrosafarbenen Etwas hängen. Sie zog es hervor und es entpuppte sich als löchriges Nachthemd. Der Anblick brachte sie zum Kichern. »Na gut. Ein paar Sachen sind auch wirklich scheußlich.«

»Schön, dass du es anerkennst«, lachte ich, doch sie hörte mir gar nicht zu.

»Ich frage mich, von wem das wohl ist«, murmelte sie nachdenklich, und mich amüsierte, wie konzentriert sie dabei dreinblickte. Wahrscheinlich ging sie im Kopf gerade alle Frauen des Krankenhauses durch, die sie kannte, in der Hoffnung, erraten zu können, welche davon ihren Ehemann mit diesem scheußlichen Anblick beglückt haben könnte.

»Schau doch mal, ob was für dich dabei ist«, sagte ich. Miriam drehte sich zu mir um. Am Leuchten ihrer Augen war deutlich abzulesen, wie sehr ihr der Gedanke gefiel. »Das kann ich nicht tun, Zoë. Es sind doch deine Sachen!«

Ich winkte ab. »Du hast es doch gerade schon selbst gesagt: Es sind unheimlich viele.«

»Aber wie würde ich denn dastehen, wenn ich einer der Kolleginnen in Klamotten über den Weg laufe, die sie für dich gespendet hat?«

Mit hochgezogenen Augenbrauen deutete ich auf ihren weißen Kittel. »Wie wahrscheinlich ist das denn bitte? Außerdem möchte ich dir was schenken, immerhin hast du mich die ganze Zeit ertragen. Und diese Spenden sind mein einziger Besitz. Jetzt mach schon, such dir was aus!«

Miriams ohnehin nur halbherziger Widerstand war gebrochen. Mit leuchtenden Augen sagte sie: »Na gut. Aber du hast ein Veto!«

Ich grinste. »Einverstanden.«

Die nächste halbe Stunde sah ich Miriam dabei zu, wie sie

verzückt immer neue Kleidungsstücke aus den Stapeln hervorzog, sie begutachtete und an ihren Körper hielt, um abzuschätzen, ob sie ihr passen könnten. Zwischendurch fragte sie immer wieder nach meiner Meinung, und obwohl es mir Spaß machte, ihre Auswahl möglichst lustig zu kommentieren, löste ihre übergroße Freude über diese Möglichkeit auch ein Gefühl der Traurigkeit bei mir aus. Wie konnte sich jemand nur so sehr über etwas freuen, das ich bestenfalls zu akzeptieren bereit war? Wie entbehrungsreich musste das Leben dieser Krankenschwester sein, wenn abgelegte Kleidung zu ihren Highlights gehörte? Bei diesen Gedanken hätte ich Miriam am liebsten alles geschenkt, was sich in diesem Zimmer befand.

Unsere Modenschau fand ein jähes Ende, als Dr. Akalin klopfte und den Kopf zu uns ins Zimmer steckte. Bei seinem Anblick zuckte Miriam erschrocken zusammen. Mit hochrotem Kopf begann sie, eine Entschuldigung zu murmeln, doch Akalin lächelte nur leicht und schüttelte den Kopf. »Es ist in Ordnung, Miriam. Darum bin ich nicht hier.«

Sein Blick fand meinen, und ich wusste sofort, was er zu bedeuten hatte.

»Es ist ohnehin gut, dass du hier bist«, sagte er, ohne mich aus den Augen zu lassen. »Du kannst Zoë beim Packen helfen.«

Wenig später und viel zu schnell für meinen Geschmack stand ich in einer zu weiten Hose, durch die wir eine Mullbinde als Gürtel gefädelt hatten, einem schwarzen Wollpullover und mit drei prall gefüllten Müllbeuteln bepackt bereit. Miriam nahm mich zum wiederholten Mal fest in die Arme und versuchte wahrscheinlich, wortlos auszudrücken, was sie mir wünschte und was dieser Abschied auch für sie bedeutete. Ich war ihr dankbar, dass sie nicht allzu viel sagte, denn auch ich hatte beim Gedanken, mich von ihr trennen zu müssen, einen gewaltigen Kloß im Hals. Immerhin war sie der einzige Mensch, den ich in dieser Welt einigermaßen gut kannte.

Es kamen erstaunlich viele Leute, um sich von mir zu verabschieden, einige von ihnen hatte ich noch nie zuvor gesehen. Miriam meinte, ich sei eine Klinikberühmtheit, und dieser Gedanke gefiel mir gar nicht. Ich wollte nicht berühmt sein für etwas, das mir widerfahren war, sondern höchstens für etwas, das ich geleistet hatte. Und geleistet hatte ich in den letzten Wochen herzlich wenig. Manchmal ertappte ich mich dabei, nervös darüber zu werden, dass ich weder Sport- noch Lehreinheiten absolviert hatte; mein Leben lang war ich darauf getrimmt worden, den Lehr- und Trainingsplan überzuerfüllen, doch dann erinnerte ich mich wieder daran, dass sich in dieser Welt alle nur dafür interessierten, dass ich atmen, Eier auf Löffeln balancieren und absurd unkomplizierte Computerspiele spielen konnte. Die Kreise in einem Wust aus Dreiecken anklicken, zum Beispiel.

Niemand hatte mich dazu aufgefordert, die Merkmale essbarer Pflanzen auswendig zu lernen, Kali oder Klettern zu üben oder im Simulator komplizierte Manöver auszuführen. ›Klick auf die Kreise, Zoë‹. Verflucht. Ein Teil von mir war auch froh, dass ich das Krankenhaus verlassen konnte. Dennoch fühlte ich mich, als würde ich Jonah und unsere Liebe verraten, indem ich mich bereit erklärte, mit Tom und seiner Familie zu leben. Es war, als akzeptierte ich damit, dass er nicht existierte. Aber das tat ich gar nicht – ich hatte lediglich keine andere Wahl. An Jonah würde ich festhalten, solange ich lebte. Das schwor ich mir. Ich würde ihn und die Akademie niemals vergessen, weder ihn noch mich jemals verraten. Mein Herz kannte die Wahrheit, und ich redete mir ein, dass das alles war, was zählte.

Auch zwang ich mich, meinen Umzug einfach als meine Mission anzusehen. Schließlich war ich ausgebildet worden, mich in einer fremden Umgebung zurechtfinden und ein neues Zuhause aufzubauen. Der Unterschied war gar nicht so groß. Ich war gut geschult und hatte gelernt, mit unvorhergesehenen Situationen umzugehen. Eigentlich konnte mir überhaupt nichts passieren. Und doch klopfte mir das Herz bis zum Hals, als Dr. Akalin kam, um mich nach draußen zu begleiten. Er legte seine feste, warme Hand auf meine Schulter, schnappte sich zwei der Müllsäcke, und ich griff nach dem dritten. Mir schoss durch den Kopf, dass wir ein bisschen aussahen wie der obdachlose Weihnachtsmann mit seinem Knecht Ruprecht.

Zu meiner Überraschung drückte der Arzt im Fahrstuhl nicht auf den Knopf für das Erdgeschoss, sondern für das zweite Kellergeschoss, und augenblicklich wurde mir mulmig. Dunkle Keller waren meine einzige Schwachstelle. Seit ich klein war, fürchtete ich diese spezielle Dunkelheit, auch wenn Dr. Jen beinahe alles getan hatte, um mir diese Schwäche auszutreiben – mit zum Teil grausamen Methoden; gelungen war es ihr nie. Doch meine Beklemmung war völlig unbegründet, da das Untergeschoss genau so hell erleuchtet war wie der Rest der Klinik. Wir gelangten in eine Tiefgarage, in der unzählige Krankenwagen standen, die bereit zum Ausrücken waren. Vor einem dieser Krankenwagen stand Tom neben einer lächelnden Frau in Sanitäter-Kluft.

»Ihr Wagen steht bereit, Madame«, sagte er und machte eine einladende Geste in Richtung Krankenwagen.

Ich blickte Dr. Akalin fragend an und der nickte. »Wir dachten, eine Fahrt mit öffentlichen Verkehrsmitteln könnte ein bisschen zu anstrengend für dich sein, du kennst die Stadt ja noch gar nicht.«

»Ich bin doch nicht aus Zucker«, knurrte ich, und Tom grinste.

»Du hast ja keine Ahnung, was da draußen los ist«, sagte er und öffnete die Beifahrertür des Krankenwagens. »Aber du wirst es gleich sehen.« Er zeigte auf die Sanitäterin neben sich und sagte: »Das ist Smilla. Sie ist für heute deine Fluchtwagenfahrerin und wird uns sicher nach Hause bringen.«

»Sieh es als Abschiedsgeschenk, Zoë«, sagte Akalin und hielt mir die Hand hin.

Ich war verdutzt. »Aber wir sehen uns doch wieder. Miriam hat mir einen Zettel mit ungefähr tausend Terminen in die Hand gedrückt.«

Akalin nickte. »Das stimmt. Wir sehen uns sicher wieder. Aber für mich ist es immer ein großer Moment, einen Patienten lebend und gesund aus der Klinik entlassen zu dürfen. Es hilft mir, meine Arbeit zu machen.«

Ich blickte in das freundliche, müde Gesicht, das mir in den letzten Wochen so vertraut geworden war, dann trat ich einen Schritt nach vorne und nahm den Arzt in die Arme. Wie vorher bei Miriam versuchte ich, all das, was ich nicht sagen konnte oder wollte, in diese Umarmung zu legen. Und ich hatte das Gefühl, Akalin verstand. Er legte seine Arme um mich und drückte mich sanft an sich. Für einen Augenblick verbarg ich den Kopf an seiner Halsbeuge. Mir wurde bewusst, dass ich mich in seiner Gegenwart immer vollkommen sicher gefühlt hatte. Und dass ich diese Sicherheit mit ihm hier im Krankenhaus zurücklassen würde.

Ich machte mich von Akalin los und lächelte. Doch sagen konnte ich nichts, weil ich das Gefühl hatte, dass mir mein Herz sonst aus dem Mund heraushüpfen würde, so wild klopfte es mittlerweile. Ich ging auf den Krankenwagen zu und setzte mich vorne auf den mittleren Sitz, während Tom die Müllsäcke mit meinen Klamotten im hinteren Teil des Wagens verstaute. Ich schnallte mich an, Smilla ließ den Motor an, und Tom schwang sich auf den Sitz zu meiner Rechten.

»Bereit, Äffchen?«, fragte er und hielt mir seine Hand hin. Natürlich war ich nicht bereit. Mein gesamter Körper, mein Herz und meine Seele schrien ›Nein, verdammt!‹, dennoch ergriff ich seine Hand und nickte. Sie fühlte sich warm und weich an, meine Finger verschwanden beinahe vollständig in seinen, und ich versuchte, die Tränen niederzukämpfen, die in mir beim Gedanken an den einzigen Mann hochstiegen, der jemals meine Hand gehalten hatte. Doch es gelang mir nicht.

»Es wird alles gut, Zoë«, flüsterte Tom so leise, dass die Sanitäterin ihn nicht hörte.

Ich wollte ihn anschreien, wollte brüllen, dass es nie wieder gut werden würde und er sich den Scheiß auch sparen könne. Am liebsten hätte ich ihm gesagt, dass ich diesen Satz nicht noch einmal hören wollte – ich ertrug ihn nicht mehr. Doch Tom tat nur, was alle anderen auch taten: Er versuchte, mir zu helfen. Also lächelte ich. Es fühlte sich unecht an.

»Dann mal los«, sagte Smilla, und der Wagen setzte sich in

Bewegung. Wir fuhren eine spiralförmige Rampe nach oben und kurz darauf wurde ich von gleißendem Sonnenlicht geblendet.

In genau dem Augenblick, als der Wagen die Tiefgarage verließ, begann Smilla, wie wild zu hupen. Erschrockene Leute sprangen links und rechts zur Seite, als wir die Rampe auf den Vorplatz hochschossen.

»Ich wünschte, sie würden die Ausfahrt endlich umbauen. Jeden Tag dieselbe Scheiße«, schimpfte Smilla lautstark, während sie den Wagen durch das Chaos der Wartenden lenkte, das ich bereits vom Dach aus gesehen hatte.

Ich widerstand dem Impuls, die Augen zu schließen. Ein Teil von mir war sicher, dass es nur eine Frage der Zeit war, bis wir einen der Menschen umfuhren, doch andererseits machte Smilla das hier mehrmals am Tag, und wenn sie dabei reihenweise Leute umfuhr, hätte man sie sicher schon längst gefeuert. Ich versuchte, mich zu orientieren, doch das war nicht so einfach – wir wurden von allen Seiten unverwandt angestarrt, der Wagen verursachte Tumult, wohin er auch kam.

Plötzlich fluchte Smilla noch lauter und stieg auf die Bremse. Ich wurde mit voller Wucht in den Gurt gedrückt.

»Nicht schon wieder«, stöhnte sie und verriegelte mit einem Knopfdruck all unsere Türen, während ich herauszufinden versuchte, warum wir anhielten. Vor dem Krankenwagen hatten mehrere Leute eine Kette gebildet. Sie hielten sich fest an den Händen und starrten uns verbissen an, offenbar entschlossen, keinen Millimeter von der Stelle zu weichen.

Smilla legte ein paar Hebel um und griff dann nach dem Sender ihres Funkgerätes. Mein Blick war gefangen von den

Menschen, die rund um den Krankenwagen standen und immer dichter an uns heranrückten. Einige fingen an, mit bloßen Händen auf den Wagen einzuschlagen, als hätte er ihnen etwas Schreckliches angetan. Das Dröhnen hallte in meinem Kopf und Herzen wider. Tom drückte meine Hand noch fester und ich erwiderte den Druck.

Ich wollte es nicht, aber beim Anblick der schmalen Gesichter und riesigen Augen, die in tiefen, dunklen Höhlen saßen, dachte ich automatisch an Zombies. Sie schienen sich als eine Masse zu bewegen, keine Angst zu empfinden, getrieben von Durst und Verzweiflung.

»Help!«, hörte ich sie schreien. »Help!«

Es waren furchtbare Sekunden.

Smilla brüllte: »Back away! Back away!« und ihre Worte wurden von einem Lautsprecher außen am Krankenwagen zehnmal so laut übertragen.

Doch obwohl mir beinahe das Trommelfell platzte, schienen die Leute sie gar nicht zu hören. Keiner von ihnen blickte auch nur auf.

»There will be help«, rief Smilla. »Just wait in line. I cannot help you. Wait in line!«

Nichts, was sie sagte, zeigte auch nur die geringste Wirkung. Ich fing den Blick eines jungen Mädchens auf, das ein kleines Kind auf dem Arm trug. Sie konnte kaum älter als ich sein, ihre Arme waren so dünn wie Zahnstocher, und das Kind in ihrem Arm regte sich nicht, trotz der Hölle, die um sie herum losgebrochen war. Und auch der Ausdruck in ihrem Gesicht war leblos. Sie schien zu ausgelaugt, um irgendwas zu tun. Sicher hatte sie auch schon lange keine Kraft mehr zu weinen. Ich atmete tief durch und blickte zur Seite. Gleichzeitig schämte ich mich. Wer war ich schon, ihrem Blick auszuweichen? Nur, weil ich ihr Elend nicht wahrnahm, hieß das noch lange nicht, dass es nicht da war. Als ich auf der Flucht vor ihrem Anblick die Augen noch ein wenig länger ziellos durch die Menge irren ließ, geschah es. Mitten zwischen den verzweifelten, wütenden, ängstlichen Mienen sah ich ein Gesicht, dass mir schmerzlich vertraut war: Dr. Jen stand mit ihrem gewohnten strengen Pferdeschwanz im hautengen Nadelstreifenkostüm mit steifer, weißer Bluse in der Menge und schien mich direkt anzusehen. Vor Schreck und Überraschung schrie ich laut auf.

»Keine Angst, Schätzchen!«, rief Smilla, die meinen Schrei wohl als Ausdruck der Angst missdeutete. »Ich mach das jeden Tag. Uns kann gar nichts passieren!«

Doch in diesem Augenblick zerriss ein Schuss die Stille, und im hinteren Teil des Wagens fing etwas an, wie wild zu piepsen.

»Scheiße, jetzt reicht es aber!«, schrie Smilla. »Niemand schießt auf meinen Wagen!«

Ich schnappte nach Luft. Nicht im Traum wäre ich auf die Idee gekommen, dass einer der Leute dort draußen eine Waffe tragen könnte. Tom atmete neben mir hörbar aus. Er war blass, und die Hand, die zuvor so trocken meine umschlossen hatte, fing an zu schwitzen.

»Verfluchte Banditen!« Smilla war hochrot im Gesicht und ihre Augen huschten rastlos umher. »Gut, dann geht es eben nicht anders.« Sie legte einen Hebel um und bat um Geleitschutz vom Gelände.

Mein Blick kehrte zurück an die Stelle, an der vor wenigen Sekunden noch Dr. Jen gestanden hatte, doch da war nur

Tumult. Kein dunkler Pferdeschwanz weit und breit, nur zerlumpte Gestalten. Doch ich war sicher, sie gesehen zu haben. Ich schluckte, weil mir allein bei dem Gedanken daran, was das alles bedeuten konnte, der Hals eng wurde. Am liebsten hätte ich losgeheult.

Wenige Augenblicke später wurden die Leute vom Fahrzeug weggerissen und schwer bewaffnete Polizisten erschienen links und rechts neben uns. Sie drängten die Blockierer zurück und zwangen die Leute, uns eine Schneise zu öffnen. Hier und da kam der Schlagstock zum Einsatz, ich sah Menschen am Boden liegen, sah blutende Wunden und hörte Schreie in allerlei Sprachen, die ich nicht verstand.

Smilla schüttelte den Kopf und presste die Lippen aufeinander.

»Wenn die so weitermachen, läuft eure Notaufnahme noch über«, murmelte Tom, und Smilla lachte tonlos.

»Das ist doch genau das, was sie wollen. Sie wissen, dass sie schneller drankommen, wenn sie von der Polizei vermöbelt wurden.«

Mein Kopf dröhnte. »Du meinst, das war alles Taktik?«

»Und ob«, entgegnete Smilla. »Dumm sind sie nicht, dafür vollkommen verzweifelt. Ich meine: Was würdest du denn tun, wenn dein Kind verdurstet?«

Auf diese Frage hatte ich nun wirklich keine Antwort. Als wir endlich vom Gelände runter auf die offene Straße fuhren, atmete ich hörbar aus.

»Tut mir leid, dass du wegen mir so einen Stress hast«, sagte ich zu Smilla, und meine Stimme wirkte schwach und zittrig. »Vielleicht war das doch keine so gute Idee!«

Doch Smilla lächelte mich nur an und schüttelte den Kopf.

»Mach dir darüber keine Gedanken, Kleines. Das passiert ständig. Jeden Tag ein paar Mal.«

»Aber ich hätte …«, setzte ich wieder an, doch sie brachte mich mit einer Handbewegung zum Schweigen.

»Es ist kein Problem, okay? Ich bringe dich gern. Du hast schon genug mitgemacht und bist noch nicht so stabil, wie du vielleicht denkst. Ich hätte ein schlechtes Gewissen gehabt, dich da allein rauszuschicken.«

Meine Lippen wurden trocken. »Ist das wirklich immer so?«, fragte ich Tom, der grimmig nickte.

»Ich kann mich nicht erinnern, dass es jemals anders war.«

»Ich schon«, lachte Smilla trocken. »Aber ich bin ja auch noch ein bisschen älter als ihr Küken.«

»Wie war es denn vorher?«, wollte Tom wissen und entlockte Smilla damit ein neuerliches Schnauben. »Ruhiger«, antwortete sie schlicht. »Und nasser«, setzte sie nach einer kurzen Pause hinzu.

Ich lehnte mich zurück und beobachtete die Menschen, die Straßen, die Stadt – alles, was an unseren Fenstern vorbeizog oder vielmehr kroch. Denn die Straßen waren von Fahrzeugen vollkommen verstopft. Alle hupten wild durcheinander. Hier und da standen Autos im Weg, die augenscheinlich liegen geblieben waren. Alles wirkte vollkommen chaotisch, schien aber dennoch einer eigenen inneren Ordnung zu gehorchen, denn irgendwie ging es voran.

Jedes Mal, wenn ich einen Menschen sah, der lachte, ertappte ich mich dabei, mich zu fragen, wie man in einer solchen Stadt, einer solchen Umgebung überhaupt lachen konnte, doch dann blickte ich zu Tom hinüber, auf dessen Gesicht schon wieder ein breites Grinsen stand.

»Ich wollte schon immer mal mit einem Krankenwagen fahren!«, sagte er fröhlich.

Smilla lachte kehlig auf. »So was solltest du dir niemals wünschen, Kleiner. Klar?«

In diesem Augenblick knackte das Funkgerät und eine blecherne Stimme erfüllte den Krankenwagen.

»Smills?«

»Was gibt's, Martin?«

»Du machst doch gerade den Fahrdienst für das Komamädchen, richtig?«

Ich verzog das Gesicht. Nannten sie mich im Krankenhaus etwa alle so? Das ›Komamädchen‹?

Smilla fing meinen Blick auf. »Ja, das stimmt. Und sie kann dich übrigens hören, Martin.«

»Ups«, sagte der Mann am anderen Ende der Leitung. »Nichts für ungut, Zoë!«

Ich schnaubte, sagte aber nichts. Neben mir kicherte Tom, wofür er von mir einen saftigen Knuff in die Rippen kassierte.

»Am Alex hat es eine Messerstecherei mit mindestens sechs Verletzten gegeben«, sagte Martin nun. »Du fährst doch sowieso in die Richtung.«

Smillas Gesicht spannte sich an. »Präzise in die Richtung.«

»Dann sammel bitte die zwei auf, die am schwersten verletzt sind. Ich habe Schmittchen und Lauser auch schon auf den Weg geschickt.«

»Alles klar!« Smilla drückte auf einen Knopf und das Martinshorn ertönte.

»Festhalten«, wies sie uns an und trat aufs Gas.

Da ich sonst nichts hatte, an dem ich mich festhalten konnte, klammerte ich mich wie eine Ertrinkende an Toms

Arm und hoffte auf das Beste. Wir schossen vorwärts und die Häuser vor den Fenstern verschwammen zu einer grauen Masse. Ein bisschen war es wie Fliegen.

35

Mit quietschenden Reifen hielten wir direkt vor dem Eingang eines gigantischen Hochhauses. Es war mit Sicherheit höher als das Krankenhaus, doch mir blieb keine Zeit, es genau in Augenschein zu nehmen, da Tom und Smilla mich zur Eile antrieben. Nur am Rande nahm ich wahr, dass sich auf dem großen Platz vor dem Haus eine Unmenge Polizisten und Schaulustige versammelt hatte. Der ganze Tumult war vielleicht fünfzig Meter von uns entfernt. Tom zerrte mich mit einer Hand regelrecht aus dem Wagen, während er mit der anderen hektisch die Müllbeutel voller Klamotten auf die gesprungenen Gehwegplatten warf. Ich hatte kaum Gelegenheit, mich umzusehen oder von Smilla zu verabschieden. Als ich mich zu ihr umwandte, um noch etwas zu sagen, hatte sie die Tür bereits hinter uns zugezogen. Im nächsten Augenblick trat sie aufs Gas und der Wagen schoss in Richtung Platz davon.

»Komm schon«, sagte Tom ungeduldig und zog mich am Ärmel. Er versuchte zwar, ruhig zu bleiben, doch mir entging nicht, dass er sich immer wieder nervös nach allen Seiten umblickte.

Als er sich von mir abwandte, um den Schlüssel in das

Schloss der großen gläsernen Eingangstür zu stecken, nahm ich wahr, dass etwas nicht stimmte. Ein Prickeln zog sich meine Wirbelsäule empor – es war, als würde mein Körper merken, dass sich die Atmosphäre auf dem überfüllten Platz noch einmal verändert hatte. Alarmiert sah ich mich um, und bald schon fanden meine Augen etwas, das mir die Haare zu Berge stehen ließ. Jemand näherte sich mit schnellen Schritten. Natürlich hätte es auch sein können, dass wir gar nicht gemeint waren, doch die Zielstrebigkeit der Schritte, das Gefühl, dass mich die Person genau im Visier hatte, ließen meinen Nacken unangenehm kribbeln. Zwar war es dunkel, doch als die Gestalt näher kam, bemerkte ich, dass ihr Gesicht verhüllt war – sie trug ein dunkles Tuch über Nase und Mund. Die Gefahr, die von ihr ausging, konnte ich förmlich riechen. Ihre Schritte hatten etwas Kompromissloses an sich, der Körper war durchtrainiert und bis auf den letzten Muskel angespannt. Tom bemerkte nichts, er versuchte, mit nervösen Fingern die Haustür aufzuschließen.

»Tom?« Ich wollte ihn nicht beunruhigen, aber er musste sich umdrehen. Es war gefährlich, dem Platz jetzt den Rücken zuzudrehen.

Doch er schüttelte nur den Kopf und sagte: »Ich hab's ja gleich!«

Die vermummte Gestalt verfiel in den Laufschritt, wir würden es nie schaffen, ins Haus zu gelangen, bevor sie uns erreichte. Als sie nur noch ein paar Schritte von uns entfernt war, trafen sich unsere Blicke, und der letzte Zweifel verschwand. Als der Angreifer die Hand hob und ich einen Gegenstand aus Metall darin schimmern sah, ging bei mir der Autopilot an. Mein Körper reagierte schneller, als mein Verstand überhaupt verarbeiten konnte, was geschah. Mein Arm schoss nach vorne, ich sah ein Messer aufblitzen und schlug es zur Seite, riss mein Bein nach oben und brachte die Gestalt mit einem gezielten Tritt gegen die Schläfe zu Fall. Im nächsten Augenblick lag sie unter mir, meine Füße auf ihren Armen, das Messer in meiner Hand. Ich atmete schwer, den sich heftig wehrenden Angreifer unten zu halten, kostete mich alle Kraft, die ich hatte – und das war nicht viel. Doch Technik, das hatte mich Dr. Jen gelehrt, war viel mächtiger als reine Körperkraft.

Ich blickte auf die vermummte Gestalt hinab und bemerkte, wie sich ein Lächeln auf meine Lippen stahl. Zum ersten Mal, seitdem ich aufgewacht war, fühlte ich mich nicht verwirrt, schwach oder nutzlos. Ich wusste genau, wer ich war und was ich tat.

Ganz im Gegensatz zu Tom. »Was zum Teufel tust du da?«, hörte ich ihn entgeistert und leicht panisch fragen, doch ich beachtete ihn nicht. Meine Aufmerksamkeit galt dem Angreifer. Er war nicht besonders groß und auch nicht besonders kräftig, eher sehnig. Dem Körperbau nach zu urteilen, war es durchaus möglich, dass sich das Gesicht einer Frau hinter der Maske verbarg. Doch ich wagte es nicht, mich zu bücken, wollte meinen Kopf nicht in die Nähe seiner oder ihrer Hände bringen, die unaufhaltsam versuchten, meine Füße von sich herunterzuschieben. Doch das konnte er oder sie vergessen. Mein gesamtes Körpergewicht hielt die Gestalt am Boden. Ich verlagerte meinen Schwerpunkt ein wenig, sodass sich meine Fersen schmerzhaft in den Trizeps bohrten. Ein unterdrücktes Stöhnen erklang, und ich schmunzelte noch einmal, weil ich nun wusste, dass ich richtiggelegen hatte. Unter mir lag eine Frau, das verriet die Stimme.

»Was willst du?«, fragte ich kühl. »Wer hat dich geschickt?«
Doch ich bekam keine Antwort. Also verlagerte ich mein
Gewicht erneut. »Was willst du von uns?«

»Hey, was ist denn da drüben los?«, hörte ich auf einmal
eine fremde Stimme schreien, und mein Kopf drehte sich
automatisch in die Richtung. Drei uniformierte Beamte rannten auf uns zu.

Meine kleine Unaufmerksamkeit genügte der Angreiferin,
um sich unter mir wegzurollen und mich damit zu Fall zu
bringen. Das Messer rutschte mir aus der Hand. Sie griff danach, sah sich noch einmal kurz nach mir um und rannte
davon.

»Wir wurden angegriffen«, schrie Tom den Beamten entgegen und zeigte in Richtung der fliehenden Frau. »Er hat ein
Messer!«

›Sie hat ein Messer‹, dachte ich im Stillen. Ich setzte mich
auf und sah, wie die Polizisten die Verfolgung aufnahmen.
Doch irgendetwas sagte mir, dass sie die flüchtende Frau nicht
mehr einholen würden.

Tom trat zu mir und zerrte mich erstaunlich grob am Arm
nach oben und hinter sich her in einen dreckigen, von Graffiti
nur so übersäten Hauseingang. Metallene Briefkästen säum-
ten eine Seite des Eingangsbereichs, doch die meisten waren
aufgebrochen. Aus anderen quoll eine solche Menge Post,
dass es aussah, als wäre der Briefkasten gerade dabei, Papier
zu kotzen.

Tom ließ mich los und starrte mich an, als sähe er mich
zum ersten Mal. »Was zur Hölle ..? Ich ... Du ... Scheiße!« Er
schien nach den richtigen Worten zu suchen, doch mehr als
Flüche kamen nicht über seine Lippen. Er schüttelte den Kopf,

als hätte ich etwas unaussprechlich Furchtbares getan. Im selben Augenblick merkte ich, wie Wut in mir hochstieg.

»Genau dasselbe könnte ich dich fragen, Tom. Was zur Hölle soll das?« Meine Stimme klang bissig und viel zu laut. »Anstatt dich zu bedanken, dass ich dir gerade das Leben gerettet habe, schaust du mich an, als hätte *ich* versucht, dich von hinten zu erstechen.«

Sein Gesichtsausdruck wechselte von angespannt zu beschämt. Doch ich war noch nicht fertig.

»Du hättest sie noch nicht einmal gesehen, weil du dabei warst, die Tür aufzuschließen. Ihr Messer war auf dich gerichtet, Tom! Aber wenn es dir lieber ist, dann lasse ich dich das nächste Mal einfach abstechen.« Ich hob die Hände. »Gar kein Problem damit!«

Die Verwirrung, die Tom voll und ganz auszufüllen schien, war deutlich in seinem Gesicht zu lesen. Er war nicht gut darin, etwas zu verbergen, das konnte man eindeutig sehen. Doch noch etwas stand in seinem Gesicht: Argwohn.

»Ich ...«, setzte er an, wurde jedoch von einem Rattern und einem leisen ›Pling‹ unterbrochen. Links von uns, am hinteren Ende des Einganges, war eine Fahrstuhltür aufgegangen und gab den Blick auf Toms Vater frei, der uns prüfend musterte. Ihm entging nicht, dass wir gerade eine Auseinandersetzung hatten, doch er entschied sich, es nicht weiter zu kommentieren.

»Da seid ihr ja. Eure Mutter hat das Essen fertig und ist schon völlig aufgelöst vor Aufregung.«

Er trat vor und seine große Hand umfasste spielend die Enden der drei prall gefüllten Müllsäcke. Mit langen, festen Schritten ging er zum Aufzug zurück und hielt die freie Hand in die Lichtschranke, damit die Tür nicht gleich wieder zuging. Mit hochgezogenen Augenbrauen fragte er: »Kommt ihr?«

Seine Stimme hatte eine unglaubliche Wärme, aber auch eine nicht zu leugnende Autorität. Es war die Stimme eines Menschen, der es gewohnt war, dass andere auf ihn hörten. *Er klingt wie ein guter Kapitän*, schoss es mir durch den Kopf, und das brachte mich dazu, ihm als Erstes in den engen, nach Urin stinkenden Aufzug zu folgen. Tom quetschte sich neben seinen Vater an die gegenüberliegende Wand, als hätte er Angst, mich zu berühren. Ich schoss ihm einen wütenden Blick zu, den er mit einem schiefen Lächeln quittierte, das seine Augen aber nicht erreichte. Es war ein Pflichtlächeln, das er sich mehr seinem Vater zuliebe abrang, als dass es mir galt.

Toms Vater drückte auf einen der oberen Knöpfe. Die Zahlen, die einst auf den Knöpfen gestanden haben mussten, waren längst von den vielen Fingern abgewetzt, die sie gedrückt hatten, doch eine grobe Schätzung sagte mir, dass das Gebäude über dreißig Stockwerke haben musste.

Ich hob den Kopf und sah, dass mich Toms Vater mit seinen freundlichen, dunklen Augen musterte, während sich der Aufzug lautstark in Bewegung setzte. Zu meiner Überraschung hielt er mir schließlich seine freie Hand hin. »Ich weiß nicht, ob es dir schon jemand gesagt hat, Zoë. Mein Name ist Clemens.«

Ich ergriff die Hand und schüttelte sie, dankbar, dass er nicht von mir zu erwarten schien, dass ich ihn ›Papa‹ nannte. Seine Geste flößte mir Vertrauen ein. Fast war es, als strömte durch seine große, warme Hand Wärme auch in meinen Körper, als wären wir miteinander verkabelt.

»Es freut mich, dich kennenzulernen«, murmelte ich, und Clemens lächelte.

»Die Freude ist ganz auf meiner Seite. Meine Frau heißt Marina. Es würde sie natürlich sehr glücklich machen, wenn du sie ›Mama‹ nennen würdest, aber ich habe ihr schon gesagt, dass wir das nicht von dir verlangen können.«

Also doch. Kurz hatte ich einen bissigen Kommentar auf den Lippen, doch den schluckte ich schnell wieder runter. Ich dachte an die feuchten Augen der freundlichen Frau, die an meinem Bett im Krankenhaus gestanden hatte. An ihre Traurigkeit und ihre Hoffnung.

»Wie wäre es denn mit Ma?«, fragte ich schließlich und lächelte. »Für mich kann es ja die Kurzform für Marina sein.«

»Das ist eine brillante Idee«, sagte Clemens, und ich hörte, wie groß seine Erleichterung war. Es machte mir Freude.

Schließlich stoppte der Aufzug mit einem deutlichen Ruck. Die Türen gingen auf, und ich bemerkte, dass er ein ganzes Stück unterhalb des Stockwerks zum Stehen gekommen war. Wir mussten eine Stufe von ungefähr einem halben Meter überbrücken.

»Jedes Mal, wenn einer von euch dieses Ding benutzt, stehe ich kurz vor einem Herzinfarkt«, hörte ich eine zittrige Stimme sagen.

»Es ist immer noch besser, als dreißig Stockwerke zu laufen«, entgegnete Clemens lachend. »Und außerdem ist doch noch nie was passiert.«

»Einmal ist immer das erste Mal!«

Ma stand in einer offenen Wohnungstür und sah uns entgegen. Ihre Augen glitzerten schon wieder, und ich bekämpfte das unangenehme Gefühl, das bei diesem Anblick in mir aufstieg, indem ich Tom half, die Kleidersäcke über die Stufe zu hieven.

Ma eilte herbei, um zu helfen, doch Clemens hielt sie zurück. »Die sind viel zu schwer. Ich mach das schon, mein Schatz!« Er drückte ihr einen Kuss auf den Scheitel und schob sich mit den Säcken in die Wohnung. Tom sprang leichtfüßig die Stufe nach oben, und Ma streckte mir eine Hand entgegen, die ich dankbar ergriff. Ihr Händedruck war unerwartet stark. Sie zog mich nach oben und lächelte mich glücklich an.

»Es tut mir leid, dass wir dich nicht alle zusammen abholen konnten. Cle und ich mussten heute länger arbeiten.«

»Kein Problem«, versicherte ich schnell. »Tom war ja da.« Meine Augen fanden Toms, der wieder dazu übergegangen war, mich angespannt zu beobachten.

»Seid ihr gut hergekommen?«, fragte Ma.

»Alles bestens«, antworteten Tom und ich unisono, was Ma zum Lachen brachte. »Na, ihr scheint euch ja gut zu verstehen!«

Da bin ich mir nicht so sicher, dachte ich, während ich Ma durch die Tür in die Wohnung folgte.

Sofort wurde ich von einer Mischung verschiedenster Gerüche überwältigt. Es roch nach gebratenen Zwiebeln und Tomaten, nach etwas Süßem, nach Wäsche, aber auch eindeutig nach etwas, das ich sonst nur aus meiner Erinnerung kannte. Feucht und modrig – nach dunklen Kellern. Etwas in mir verkrampfte sich. Als ich mich umsah, erkannte ich schnell, was den Geruch verursachte: Die Decke der gesamten Wohnung war mit Schimmelflecken übersät. Wir standen in einem winzigen Flur, von dem aus mein Blick in ein vollgestopftes Wohnzimmer und eine kleine Küche wandern konnte. Das Bild, das sich mir bot, war in beiden Räumen dasselbe: Auf dem Fußboden, den Fensterbänken, auf Tischen und eigentlich auf jeder freien Stelle standen mit Wasser gefüllte Plastikschalen herum, die Decken jedoch waren beinahe schwarz vor Schimmel. Das konnte doch nicht gesund sein! Wie zur Bestätigung wurde Ma von einem heftigen Hustenkrampf geschüttelt.

Clemens war sofort zur Stelle und legte schützend einen Arm um sie. Mit seiner freien Hand hielt er ihr ein Gerät an die Lippen, an dem sie zwischen zwei Hustenschüben gierig saugte.

»Asthma«, erklärte Clemens knapp, als er meinen fragenden Blick auffing. »Es geht ihr gleich wieder gut.«

Und tatsächlich schien sich Ma schnell zu erholen. Sie lächelte mich schwach an, und dann zeigte sie auf etwas, das über der Eingangstür hing.

»Schau mal«, sagte sie. »Wir haben sogar für dich gebastelt.«

Als ich erkannte, worauf sie zeigte, wollte mir das Herz aus dem Körper rutschen. Über der Wohnungstür hing eine Girlande aus Papier mit verschiedenen, bunten Wimpeln.

›Willkommen zu Hause, Zoë‹, stand darauf.

Ich hätte mich am liebsten in Luft aufgelöst.

34

»Okay, was hast du für mich?«

»Ich kann zumindest sagen, dass ich einen verdammt guten Job gemacht habe.«

»Hör auf, dir selbst Honig ums Maul zu schmieren. Hast du sie?«

»Nein.«

»Was soll das heißen?«

»Sie ist zu gut.«

»Besser als du?«

»Ich fürchte.«

»Aber sie dürfte doch ziemlich schwach sein.«

»Sie hat einen eisernen Willen. Und sie ist schnell. Das war sie immer schon. Verdammt schnell. Mit ihren Instinkten ist auf jeden Fall alles in Ordnung.«

»Was ist passiert?«

»Ich wollte zuschlagen, bevor sie die Wohnung ihrer Familie betritt. Auf dem Alexanderplatz habe ich einen kleinen Tumult organisiert, damit möglichst viele von der örtlichen Polizei anderweitig beschäftigt sind.«

»Gut.«

»Ich wollte den Bruder ausschalten und sie mitnehmen,

aber daraus wurde nichts. Ehe ich wusste, wie mir geschah, lag ich am Boden und war entwaffnet. Ich konnte nur entkommen, weil die Polizei schließlich auf uns aufmerksam wurde.«

»Scheiße noch mal, Cleo. Welchen Eindruck hat sie gemacht?«

»Na ja. Sie hat mich ohne zu zögern zu Boden gebracht, mich fixiert und mich gefragt, für wen ich arbeite.«

»Gut, ich gebe zu, du hast verdammt gute Arbeit geleistet. Jetzt musst du die Früchte deiner Arbeit aber auch wieder einfangen.«

»Ich versuch es ja.«

»Sei bloß froh, dass Cäsar diese Nummer nicht kennt. Er würde die kommenden Tage nur noch damit verbringen, dich anzuschreien.«

»Ist er sauer?«

»Stinksauer.«

»Ich kann es nicht ändern, Hannibal. Und bei allem, was ich sonst noch zu tun habe, kann ich auch nicht alle Kinder bewachen. Es ist unmöglich, überall gleichzeitig zu sein.«

»Ich weiß das. Und ich bin auch nicht derjenige, der an dir zweifelt, also mach mich nicht an.«

»Entschuldige, ich bin nur so angespannt. Ich meine: Was ist, wenn jemand die anderen holt, während ich hier durch Berlin renne?«

»Ich habe vorsorglich alle Zugangsdaten geändert und die Sicherheitsstufe des Zentrums erhöht. Ich glaube, jetzt kommt niemand mehr rein.«

»Ach, und das sagst du mir jetzt? Ich muss nachher unbedingt noch an den Server. Schauen, ob er den Stromausfall von heute Mittag gut verkraftet hat.«

»Reg dich ab, ich schicke dir die Daten gleich rüber. Und ich schalte Geld vom Zentralkonto für dich frei. Hol dir ein bisschen Hilfe.«

»Ich arbeite aber lieber allein. Wir können uns nicht leisten, dass noch mehr Leute von uns erfahren.«

»Das war keine Bitte, Cleo.«

»Okay, schon gut.«

»Noch weniger können wir uns leisten, unsere Arbeit zu gefährden. Mir ist scheißegal, ob sich rumspricht, was wir tun, sobald wir in Sicherheit sind. Begreif doch endlich: Das Einzige, was zählt, ist, dass wir die Mission jetzt durchziehen.«

»Du hast ja recht. Wen soll ich anheuern?«

»Ich schicke dir einen Kontakt mit. Der kennt Männer, die für eine Stange Geld so gut wie alles tun würden.«

»Ich will sie nicht gefährden. Was, wenn ihr etwas zustößt?«

»Das ist Berlin. Hast du mal darüber nachgedacht, was ihr ohne unser Zutun alles zustoßen könnte?«

33

Ich hatte das Abendessen überstanden. Zwei quälend lange Stunden und drei liebevoll vorbereitete Gänge, von denen mir jeder Bissen im Hals stecken geblieben war. Nach allem, was ich über Berlin und die Situation der Familie Baker wusste (ich konnte mich noch nicht dazu bringen, ›meine Familie‹ zu sagen), hatte dieses Abendessen, bestehend aus Suppe, einer Frikadelle aus Bohnen und Nüssen mit frischen Bohnen und Tomatensoße und einem Schokoladenkuchen, in dem todsicher ebenfalls Bohnen die Hauptrolle gespielt hatten, wahrscheinlich ein Vermögen gekostet. Alles hatte gut geschmeckt, aber die verkrampfte Stimmung am Tisch hatte mir das Kauen schwer gemacht. Wenn Ma oder Clemens nicht gerade versucht hatten, die Konversation mit irgendwelchen Anekdoten anzuschieben, hatte uns angespanntes Schweigen umhüllt. Ein Schweigen, das im Raum saß wie eine fünfte Person. Wir alle hatten versucht, es zu ignorieren, doch es war die ganze Zeit da und schluckte jedes Gespräch.

Nach dem Essen hatte mir Clemens das Wassersystem erklärt, das in der ganzen Wohnung vorherrschte. Es gab Gallonen mit Trinkwasser, die gekauft werden mussten – jeder musste sich seine Gallone gut einteilen; Wasser war ein teures Gut – Schüsseln mit Wasser zum Abspülen, das aber aufgefangen wurde, um die diversen Pflanzen auf dem großen Balkon zu wässern. Wasser zum Waschen der Kleidung, das ebenfalls aufgefangen wurde, um damit die Wohnung zu putzen, und einen kleinen Kanister mit Wasser zum Zähneputzen. Nur diesen kleinen Schluck durfte man wegspucken, und allein beim Gedanken daran, wozu dieses trüb-graue Wasser vielleicht vorher verwendet worden war, musste ich würgen.

Clemens erklärte mir, dass Marina eine Art Wasserobsession entwickelt hatte, nachdem ich aufgrund starker Dehydrierung ins Koma gefallen war. Auf keinen Fall wollte sie zulassen, dass noch einem Mitglied der Familie dasselbe Schicksal erlitt, daher horteten sie Wasser, wann immer etwas aus der Leitung kam.

Die Bakers waren aber nicht die Einzigen, die es so handhabten. Die halbe Stadt ›hamsterte‹ Wasser.

Es fiel mir schwer, die ärmliche Behausung, die nun meine Realität war, zu verdauen. In der Akademie hatte ich gefiltertes, angereichertes Wasser gehabt, wann immer mir danach gewesen war. Darüber hinaus noch Säfte, Proteinshakes und verschiedene Smoothies, frisches Obst, Salat, Fisch und mageres Fleisch.

Letzteres, so hatte ich schon in der Klinik gelernt, gab es in dieser Welt nicht. Nutzviehhaltung verbrauchte viel zu viel Wasser und war von der europäischen Regierung schon vor vielen Jahren verboten worden. In dieser Realität gab es hauptsächlich Bohnen. Hülsenfrüchte in allen nur denkbaren Variationen. Mein Bauch fühlte sich permanent wie ein prall gefüllter Luftballon an.

Ich versuchte, Clemens nicht spüren zu lassen, wie sehr mich diese muffige, vollgestopfte Wohnung abstieß. Nur mit Mühe konnte ich die Panik runterschlucken, die in mir aufkam, wenn ich darüber nachdachte, wie ich in Zukunft meine Tage füllen sollte. Clemens, Marina und Tom arbeiteten alle drei den ganzen Tag über. Sollte ich allein in dieser Behausung hocken, immer mit einer Plastikschale bewaffnet, falls aus den Hähnen einmal Wasser strömte? Sollte ich Putzen und Kochen lernen, um sie versorgen zu können, wenn sie abends nach Hause kamen? Musste ich mir über kurz oder lang einen schlecht bezahlten Job suchen, um die Familie zu unterstützen? Und falls nicht: Was sollte ich sonst tun? Ohne Gesellschaft, ohne eine sinnvolle Aufgabe? Mit niemandem, der meinen Fortschritt überwachte, und ohne Perspektive für die Zukunft? Ohne Jonah? Bei diesem Gedanken wurde mir übel. Eigentlich hatte ich mir an diesem Abend jegliche Gedanken an Jonah verboten, doch jetzt war es passiert. Wie ein Bumerang kehrte die Erinnerung an sein Lächeln immer wieder zu mir zurück und traf mich mitten ins Herz. In diesem Augenblick vermisste ich sogar Dr. Jen, etwas, das ich niemals auch nur für möglich gehalten hätte. Normalerweise war ich froh, wenn ich die Lehrerin los war. Ich dachte an ihr vertrautes Gesicht, das heute einfach so mitten in der Menge vor dem Krankenhaus aufgetaucht war. War das eine Illusion gewesen, so wie vor ein paar Tagen, als ich Miriam mit ihr verwechselt hatte? Oder hatte Dr. Jen tatsächlich vor dem Gebäude gestanden und auf mich gewartet?

Du musst akzeptieren, dass es Jonah und Dr. Jen niemals gegeben hat, flüsterte die Vernunftstimme in meinem Kopf, und es kostete mich all meine Selbstbeherrschung, den aufsteigenden Schrei herunterzuschlucken. Die Jahre, die nun vor mir lagen, kamen mir vor wie ein schwarzer, gähnender Abgrund. Hier gab es nichts, wofür es sich lohnte, morgens aufzustehen. Wir standen im Wohnzimmer, und Clemens schickte sich gerade an, die Balkontür zu öffnen, als er meinen Blick auffing. Er lächelte und sah in diesem Augenblick wieder haargenau aus wie Tom.

»Du bist sicher sehr müde. Ich habe vergessen, dass du noch nicht wieder komplett fit bist – bitte entschuldige. Möchtest du schlafen gehen?«

Ich nickte nur, weil ich Angst hatte, in Tränen auszubrechen, wenn ich den Mund aufmachte.

Daraufhin brachte er mich ›in mein Zimmer‹, das mehr eine Besenkammer mit winzigem Fenster war als ein richtiger Raum. Ein schmales Holzbett und ein Nachttisch standen darin, über dem Bett waren ein paar Holzregale mit Büchern angebracht, die sich von der Feuchtigkeit, die in der gesamten Wohnung herrschte, mit der Zeit gewellt hatten. Das Holz der Regale selbst war an einigen Stellen angeschimmelt. Auf einem Stuhl in der Ecke neben der Tür stapelten sich weitere bunte Plastikschüsseln. An den Wänden hingen ausgeblichene Poster von kleinen Hasen, Hunden und Pferden, mit Nadeln in die hellrosa Tapete gepinnt. Ich fragte mich, ob ich die Poster selbst dort aufgehängt, mir die Motive selbst ausgesucht hatte. Eigentlich konnte ich mit Tieren nicht viel anfangen, was vielleicht aber daran lag, dass ich auf der Akademie gelernt hatte, jedem Tier mit Skepsis zu begegnen und ihm im Zweifel den Kopf abzuschlagen. Langsam ließ ich mich auf das Bett sinken, das mit ebenfalls rosafarbener Herzchenbettwäsche bezogen war – wie alles in dieser Wohnung, schon lange nicht mehr neu. Mein Blick glitt noch einmal durch den Raum. Das hier war das Zimmer eines kleinen Mädchens. Und nun war es mein Gefängnis. Ich hatte das Gefühl, in der winzigen Kammer kaum atmen zu können, stieg auf das Bett und riss das Fenster auf. Dann fiel mein Blick auf das Buch, das auf dem Nachttisch lag. ›Harry Potter und der Stein der Weisen‹, las ich. Neugierig nahm ich es zur Hand und streckte mich auf dem Bett aus.

Die Seiten waren abgegriffen, der Buchrücken voller Rillen vom vielen Lesen. Ich drehte es um und las fasziniert den Klappentext. Offenbar ging es in dem Buch um einen kleinen Jungen, der erfuhr, dass er ein Zauberer war und auf eine spezielle Schule gehen sollte. Stirnrunzelnd erinnerte ich mich daran, was Tom im Krankenhaus erzählt hatte. ›Ich habe ihr immer vorgelesen. Die Kindergeschichten mochten wir beide nicht.‹ Augenscheinlich ging es in diesem Buch um etwas, das so niemals stattgefunden hatte.

Ich war perplex. In meinem gesamten Leben hatte ich noch nie etwas gelesen, das mit der Realität nichts zu tun hatte. Mein Lesestoff waren Geschichtsbücher, politische Abhandlungen und technische Kompendien gewesen, Bücher über das antike Griechenland, das Weltall, über Dinosaurier und Hieroglyphen, politische Systeme, biologische Absonderlichkeiten, verschiedene Antriebssysteme und die Geschichte der Raumfahrt. Einzig in meinen Sprachlehrbüchern waren manchmal kleine Geschichten versteckt gewesen, die es mir leichter machen sollten, Spanisch, Chinesisch oder Suaheli zu lernen. Doch noch nie hatte ich einfach nur so zum Spaß gelesen.

Ich klappte das Buch auf und las die erste Überschrift.

›Ein Junge überlebt‹. Mir wurde kalt. Meine Geschichte könnte man überschreiben mit ›Ein Mädchen überlebt‹. Es verging kein Tag, an dem ich mir nicht wenigstens einmal wünschte, dass es anders wäre.

Nach wenigen Minuten hatte mich das Buch völlig in seinen Bann gezogen. Ich las gierig und ungläubig, die Buchstaben flogen nur so an meinen Augen vorbei. Niemals zuvor hatte ich etwas Vergleichbares erlebt. Wie ein Mensch, der kurz vor dem Verhungern auf ein Bankett eingeladen wird, stopfte ich die Worte regelrecht in mich hinein. Schon nach kurzer Zeit vergaß ich alles um mich herum, das muffige Zimmer, die Akademie, mein Schicksal und sogar Jonah, während ich verfolgte, was mit dem kleinen Jungen geschah. Als hätte ich ein Flugzeug bestiegen, das mich weit von hier fortbrachte. Das erste Mal seit Wochen fühlte ich mich nicht vollkommen elend. Deshalb hörte ich auch nicht, wie meine Tür aufging und Tom auf Zehenspitzen in mein Zimmer schlich. Erst als er sich räusperte und mir damit den Schreck meines Lebens verpasste, bemerkte ich ihn überhaupt.

Er stand am Fußende meines Bettes und sah mich noch immer mit einer Mischung aus Neugier, Wachsamkeit und Argwohn an. In seinen Händen hielt er ein uraltes Tablet mit mehrfach gesprungenem Display.

»Ich habe unter dem Türspalt noch Licht gesehen. Darf ich mich setzen?«, fragte er förmlich und deutete auf das Fußende des Bettes.

Ich nickte und zog die Füße an.

Tom setzte sich und atmete durch. Dann sah er mir direkt in die Augen. »Wer bist du?«, fragte er, und ich zog belustigt die Augenbrauen hoch.

»Dass ausgerechnet du das fragst«, sagte ich und legte den Kopf schief.

»Wie meinst du das?«

Ich wählte meine Worte mit Bedacht. »Seit ich aufgewacht bin, scheinen alle Leute um mich herum besser zu wissen, wer ich bin, als ich selbst.«

»Mich interessiert nicht, was alle Leute sagen. Ich will es von dir hören. Also: Wer bist du?«

»Zoë Alma Baker.«

Tom lachte trocken. »Nun, das haben sie uns auch gesagt.«

Ich runzelte die Stirn. »Was soll das heißen?«

Tom machte eine hilflose Geste. »Du kannst dir nicht vorstellen, wie das war, als der Anruf kam. Als das Krankenhaus dran war, um uns zu sagen, dass du wieder aufgewacht bist. Nach zwölf Jahren – ein medizinisches Wunder. Ma hat den ganzen Tag vor Glück geweint, sie war überhaupt nicht zu beruhigen. Und auch Pa hat geweint – das letzte Mal habe ich ihn so gesehen, als du ins Koma gefallen bist. Als wir dich endlich besuchen durften, sind wir sofort in die Charité gefahren, waren aufgeregt, wussten nicht, was auf uns zukommt. Du hast in diesem riesigen, weißen Bett gelegen wie ein kleines Vögelchen. Und du hast mich erkannt.«

Tom schluckte. »Unbeschreiblich, wie sich das angefühlt hat. Ich hatte keinen Zweifel daran, dass du meine kleine Schwester bist.«

Er schüttelte den Kopf und schwieg. Als er keine Anstalten machte, weiterzusprechen, zog ich die Augenbrauen hoch und fragte: »Aber?«

»Aber?«, fragte Tom ungläubig zurück. »Aber meine Schwester ist ins Koma gefallen, als sie fünf Jahre alt war.

Damals konnte sie weder lesen noch sich gegen Messerattacken wehren.« Er schüttelte den Kopf. »Ich habe noch nie jemanden sich so verteidigen sehen. Dein Körper war flinker als meine Augen. Deine Hände schnell wie Pfeile. Genauso habe ich mir immer Ninja-Krieger vorgestellt. Und dein Blick…«

»Was war damit?«

Tom sah mich an. »Er war kalt und unerbittlich. Ich habe genau gesehen, dass du imstande wärst, jemanden umzubringen. Du hast ausgesehen wie eine Soldatin. Und vor allem wie ein völlig fremder Mensch.«

Mein Herz begann, wie wild zu klopfen. »Du glaubst also, dass ich nicht deine Schwester bin?«

Tom verzog das Gesicht. »Ich habe doch auch keine Ahnung!«, sagte er leicht verzweifelt.

»Aber ich muss es wissen!«

Sein rechter Zeigefinger aktivierte das alte Tablet und Bilder erschienen auf dem Screen. Wortlos hielt er mir das Gerät hin.

Vor meinen Augen erschienen Fotos. Familienfotos aus glücklicheren Tagen, Ma und Clemens noch nicht von Kummer gezeichnet, ein Junge und ein Mädchen lachend, spielend. Die beiden schienen unzertrennlich, beinahe auf jedem Foto sah man sie zusammen spielen oder einander im Arm halten. Das Grinsen des kleinen Jungen war genau das, was ich an Tom wiedererkannt hatte. Und das kleine Mädchen erkannte ich ebenfalls. Ihre Augen, ihren Mund, ihr weites, sorgloses Lachen. Kein Zweifel möglich: Ich sah mich selbst auf den Bildern.

In der Akademie hatte ich Fotos von meiner Einschulung in meinem persönlichen Erinnerungsordner gehabt. Sie konnten nicht lange nach den Aufnahmen gemacht worden sein, die ich mir gerade ansah. Das kleine, dünne Mädchen mit den mausbraunen Haaren und der großen Zahnlücke. Das war beinahe zu viel für mich. Ich hielt den ersten richtigen Beweis in Händen, dass ich hier tatsächlich bei meiner Familie war. Was ich sah, konnte ich nicht leugnen.

»Und?«, fragte Tom schließlich. »Erkennst du was wieder?«

Ich nickte und nahm nur am Rande wahr, dass Tränen auf die Oberfläche des Tablets tropften.

»Ich erkenne mich«, flüsterte ich. »Und dich.«

Meine Tränen schienen Tom milder zu stimmen, seine Stimme wurde eine Spur sanfter. »Dann kapier ich das einfach nicht, Zoë.«

Ich schniefte. »Was meinst du?«

Er lachte. »Ist das nicht offensichtlich?«, fragte er. »Zoë, du warst immer schon ein schlaues Mädchen, richtig auf Zack. Wir alle dachten, aus dir würde mal was werden. Eine Ärztin vielleicht, Juristin oder Lehrerin.« Hilflos gestikulierte er in Richtung des Buches, das in meinem Schoß lag. »Aber auch du kannst dir nicht im Koma selbst Lesen beibringen. Oder Kampfsport. Heute Abend habe ich dich mehrfach Worte wie ›eruieren‹, ›Dehydration‹ und ›Überpopulation‹ benutzen hören. Eine Fünfjährige kennt solche Wörter nicht!«

Er raufte sich seine ohnehin unordentlichen Haare. »Die meisten Menschen überleben so ein Koma nicht, Zoë, und ich bin auch kein Arzt, aber eins weiß ich: Wer zwölf Jahre in einem Krankenhausbett gelegen hat, anstatt in die Schule zu gehen, der kann solche Dinge nicht wissen. Und deine Muskeln müssten so degeneriert sein, dass du eigentlich auch nicht laufen können solltest. Geschweige denn jemanden niederschlagen, der mit einem Messer auf dich zurennt. Das passt alles überhaupt nicht zusammen!«

Er bedachte mich wieder mit einem seiner bohrenden Blicke. »Was verbirgst du vor uns, Zoë? Woher weißt du das alles?«

Mir wurde heiß und kalt. Tom hatte recht. Eigentlich dürfte ich all das, was ich wusste und konnte, nicht wissen und können. Es war völlig unlogisch, absolut surreal. Mir schwirrte der Kopf. Einerseits hatte ich mit dem Tablet den Beweis vor mir liegen, dass ich Toms Schwester Zoë war. Das kleine Mädchen, das im Alter von fünf Jahren ins Koma gefallen und vor zwei Wochen überraschend wieder aufgewacht war. Andererseits lieferte er mir gleichzeitig noch den Beweis mit, dass ich es eigentlich gar nicht sein konnte. Das Gesamtbild passte nicht, etwas hing schief, etwas saß wie ein Stachel in der Wirklichkeit. Was war, konnte eigentlich nicht sein. Mehr noch: Es war unmöglich.

Was war nur mit mir passiert? Was sollte das Ganze? Meine ohnehin instabile Fassung geriet ins Wanken und ich fühlte die vertraute Panik wieder hochsteigen. Mein Atem ging stoßweise, doch diesmal schaffte ich es, mich wieder zu beruhigen. Immerhin, so sagte ich mir, waren Toms Zweifel etwas Gutes. Ich fühlte mich nicht mehr ganz so allein.

»Zoë?«, fragte er leise und erinnerte mich daran, dass er noch eine Antwort von mir erwartete. Doch ich hatte keine Ahnung, was ich Tom auf seine Fragen antworten sollte. Konnte ich ihm wirklich anvertrauen, was alles geschehen war? Was ich dachte? Welche Wahrheit sie versucht hatten, mir auszutreiben? Was sie versucht hatten, mir zu nehmen? Konnte ich ihn ins Vertrauen ziehen, obwohl ich ihn doch gar nicht richtig kannte? Obwohl ich gesehen hatte, wie misstrauisch er war; bereit, für das Wohl seiner Eltern beinahe alles zu opfern? Was würde er tun, wenn er ›meine‹ Wahrheit kannte? Würde er mich für verrückt halten, wie Dr. Akalin und alle anderen in der Klinik?

Ich wog meine Möglichkeiten ab. Irgendetwas sagte mir, dass Tom mir niemals vertrauen würde, wenn ich ihm jetzt nicht die Wahrheit sagte. Immerhin nahm er so viel mehr wahr als alle anderen. Er würde sich mit lahmen Ausreden und lauwarmen Erklärungsversuchen wohl kaum zufriedengeben. Und wenn ich die Wahrheit herausfinden wollte, brauchte ich einen Verbündeten. Den brauchte ich sowieso in dieser fremden Realität.

Warum nur war Dr. Akalin oder Miriam nicht aufgefallen, dass ich viel mehr konnte, als ich können sollte? Wieso hatten sie sich nicht gefragt, warum ich sprechen und laufen konnte? Wahrscheinlich hatten das ganze Elend und der Stress der Klinik sie blind gemacht für das Offensichtliche. Doch Tom war nicht blind. Mein Bruder sah mich. Und was er sah, verstand er nicht. Ich konnte es ihm nicht übel nehmen. Wenn ich in den Spiegel schaute, verstand ich es ja genauso wenig.

Tom war der einzige Mensch, den mein Herz in dieser Welt zu kennen schien. Aus irgendeinem Grund traute ich ihm mehr als jedem anderen, der mir hier begegnet war. Zumindest bis zu einem gewissen Punkt.

Ich holte tief Luft und sah ihn an. »Du willst wissen, woher ich das alles weiß?«, fragte ich, und Tom nickte.

»Ich habe es gelernt.« Meine Stimme war kaum mehr als ein Flüstern.

»Wo?«, fragte er nur.

»Auf der Akademie.«

»Erzähl es mir«, forderte er mich auf, und ich schloss die Augen.

32

Ich erzählte meinem Bruder die halbe Nacht von der Akademie, behielt allerdings auch ein paar Dinge für mich. Ich hatte mir geschworen, dass Jonah mein Geheimnis blieb, deshalb erzählte ich Tom nichts über ihn. Als müsste ich ihn schützen, wie etwas, das sehr kostbar und sehr zerbrechlich ist. Trotzdem fragte ich mich insgeheim, wie Tom wohl reagieren würde, wenn ich es ihm doch erzählte. Immerhin war er mein großer Bruder, und ich hatte keine Ahnung, wie er es fände, wenn seine kleine Schwester einen Freund hatte. Aus irgendeinem verrückten Grund beschäftigte mich diese Frage, wenn auch nur ein wenig. Der Gedanke hatte etwas verlockend Normales.

Tom unterbrach mich kaum, stellte nur selten Fragen, sondern hörte mir die meiste Zeit mit verschränkten Armen zu. In seinem Gesicht war nicht zu lesen, ob er mir nun glaubte oder nicht, und das machte mich nervös. Aber es tat gut, jemandem von meinem Leben ›davor‹ zu erzählen, der nicht gleich versuchte, alles, was ich sagte, zu relativieren oder eine ›logische Erklärung‹ dafür zu finden.

»Du sagst, ihr wärt für eine bestimmte Mission ausgebildet worden.«

Ich nickte.

»Was für eine Mission?«, fragte Tom.

Ich dachte eine Weile nach, schüttelte dann aber den Kopf. Nicht weil ich mit ihm nicht darüber sprechen wollte, sondern weil ich mich nicht mehr richtig erinnerte. Der Bereich in meinem Kopf, in dem der tatsächliche Inhalt der Mission gespeichert war, lag im Nebel, als wollte er sich vor meinen Blicken verbergen. Doch das konnte ich nicht zugeben. Es wäre mir wie eine Schwäche vorgekommen. Und als Beweis dafür, dass ich nicht glaubwürdig war. »Darüber darf ich nicht reden«, antwortete ich daher knapp.

Er schnaubte verärgert, nickte aber langsam. Vielleicht weil er wusste, dass er nichts aus mir rausbekommen würde.

»Okay … okay.« Er atmete hörbar aus.

»Und die Akademie heißt Home?«

Ich nickte. »Ja, aber H.O.M.E. geschrieben.«

»Also heißt es gar nicht ›Zuhause‹.« Es war mehr eine Feststellung.

Ich schluckte schwer und schlug die Augen nieder. »Für mich hieß es das immer. Aber es ist auch eine Abkürzung.«

»Und wofür steht diese Abkürzung?«

Mit Entsetzen musste ich feststellen, dass ich mich auch daran nicht mehr erinnern konnte. Es war viel schlimmer, sich an etwas nicht mehr zu erinnern, aber sehr wohl zu wissen, dass man es früher einmal gewusst hatte. Lieber hätte ich auch das vergessen. Es fühlte sich an, als hätte mir jemand etwas gestohlen. Direkt aus meinem Gedächtnis stibitzt – bei Nacht und Nebel. Ich schüttelte abermals den Kopf.

»Die Entschlüsselung des Akronyms würde schon zu viel preisgeben«, log ich, und er lachte trocken. »Bis jetzt wusste ich nicht einmal, dass man solche Abkürzungen Akronyme nennt.«

Er sah mich forschend an. »Was habt ihr denn auf dieser Akademie alles gelernt?«

Ich runzelte die Stirn, versuchte mich zu erinnern, und diesmal fiel es mir erstaunlich leicht. Erleichtert atmete ich auf und begann, an meinen Fingern abzuzählen.

»Kampfsport zum Beispiel«, sagte ich, und Tom machte eine wegwerfende Handbewegung. »Das weiß ich bereits.«

»Überlebenstraining, Geschichte, verschiedene Sprachen, Astronomie, Luft- und Raumfahrttechnik ...«

»Luft- und Raumfahrttechnik?«, echote er, und ich nickte.

»Moment, Moment«, unterbrach mich Tom, tippte etwas in sein Tablet und runzelte die Stirn.

»Wie schnell fliegt das schnellste bemannte Raumschiff?«, fragte er überraschend.

Meine Antwort kam wie aus der Pistole geschossen: »1000 Kilometer in der Sekunde.«

»Antrieb?«

»Photonen.«

»Ist das Lichtgeschwindigkeit?«

Ich lachte ungläubig. »Ganz sicher nicht. Lichtgeschwindigkeit beträgt genau 299.792.458 Meter pro Sekunde.«

Tom schnaubte, schüttelte den Kopf und sah mich amüsiert an. »Okay«, sagte er noch einmal. »Okay. Nehmen wir einfach einmal an, ich würde dir glauben – dann wüsste ich ja nicht einmal, was genau ich da überhaupt glaube. Was dahintersteckt oder wo das noch hinführen soll.« Dabei sah er mich an, als hätte ich all das genauso geplant.

»Ich doch auch nicht«, versuchte ich, mich zu verteidigen.

Ich wünschte so sehr, dass es anders wäre, fügte ich im Stillen noch hinzu.

»Willst du es denn herausfinden?«

Ich nickte heftig. »Natürlich. Immerhin sprechen wir hier über mein Leben. Bei mir ist alles auseinandergefallen!« Ich unterdrückte den Impuls, vom Bett aufzuspringen. Meine Beine kribbelten, am liebsten wäre ich auf und ab gelaufen, doch dafür war in dem winzigen Zimmer kein Platz. Um etwas zu tun zu haben, fuhr ich mit meiner Handfläche über den kahl geschorenen Kopf. Das Kribbeln, das von meinen kurzen Haarstoppeln hervorgerufen wurde, beruhigte mich irgendwie.

»Du kannst dir nicht vorstellen, wie das ist. Dein ganzes Leben ist in Ordnung, alles hat seinen Platz, du weißt, wer du bist, wo dein Zuhause ist und wer deine Freunde sind. Du hast einen Platz in der Welt, hast eine Aufgabe. Und auf einmal wachst du auf, und ein Arzt mit viel zu markanten Augenbrauen erklärt dir, dass alles, was du gekannt und geliebt hast, bloß Einbildung war.« Ich schluckte die Tränen herunter, die in mir aufstiegen. »Und dann stehen auf einmal fremde Menschen an deinem Bett und erklären dir, dass sie deine Familie sind. Sie sehen dich an, als wärst du ein verfluchtes Weltwunder. Weinen und ringen die Hände vor Rührung, während du dich nur nach Hause wünschst. An einen Ort, den es angeblich nicht gibt. Und dann, eines Tages, nehmen die Fremden dich mit.«

Nun rollten die Tränen doch. So viel wie in den letzten Tagen und Wochen hatte ich in meinem ganzen Leben noch nicht geweint. Tränen waren an der Akademie nicht gern gesehen.

Verärgert wischte ich mir die Wangen trocken. »Das ist auch nicht so leicht, weißt du? Von mir wird erwartet, freundlich und dankbar zu sein, Verständnis zu haben und mich anzupassen. Alle sind völlig aus dem Häuschen darüber, dass ich aufgewacht bin.«

Ich sah zu Tom hinüber, in dessen Blick nun echte Wärme lag. »Dabei wünschte ich, ich wäre niemals aufgewacht. Alles, was ich will, ist, wieder zurück nach Hause zu können«, flüsterte ich. »Ich hasse es hier.«

Tom zog die Stirn kraus. »So schlimm?«

Ich nickte. »Auf der Akademie hatte ich Freunde. Es gab weiche Betten und gutes Essen, Bäume und Wiesen im Garten, Sonne und Wasser und alles, was du dir sonst noch vorstellen kannst. Ich war gut in der Schule, die Ausbilder haben sich richtig um mich gekümmert. Ich hatte alles.« Ich biss mir auf die Lippe. »Jetzt habe ich gar nichts mehr. Sie sind alle fort.«

»Oder es hat sie nie gegeben«, ergänzte Tom.

Ich wurde wütend. »Jetzt klingst du wie all die anderen«, warf ich ihm vor. »Ich dachte, dass wenigstens du versuchen würdest, mich zu verstehen.«

Tom nickte. »Du hast recht. Gehen wir also davon aus, diese Akademie gäbe es wirklich. Wo soll sie liegen? Ich kenne keinen einzigen Ort in ganz Europa, auf den diese Beschreibung passt.«

»Uns hat man immer gesagt, sie läge in der Nähe von Köln. Irgendwo am Rhein.«

Tom schüttelte den Kopf. »Ausgeschlossen. Je weiter man nach Süden kommt, desto schlimmer wird es. In Köln gibt es sicher keine Bäume oder Wiesen. Der Rhein ist nicht mehr als ein matschiges Rinnsal – an seinen besten Tagen. Sie muss woanders sein. Vielleicht irgendwo in Schweden?«

Ich runzelte die Stirn. »Nein, es ist eindeutig eine deutsche Akademie. Auch wenn wir zum Teil Schüler aus anderen Ländern hatten. Wir haben Deutsch und Englisch gesprochen, niemals Schwedisch.«

Tom massierte sich die Stirn. Das viele Nachdenken schien ihm Kopfschmerzen zu bereiten.

»Es ist spät«, sagte er schließlich. »Vielleicht sollten wir morgen weiterreden.«

Ich war enttäuscht. »Du kannst mich jetzt nicht einfach so sitzen lassen«, protestierte ich. »Nicht, nachdem ich dich ins Vertrauen gezogen habe!«

»Ich muss das auch erst mal verdauen, Zoë«, entgegnete er ungehalten.

»Ich musste auch so einiges verdauen, Tom. Komm schon, du kannst jetzt nicht einfach so verschwinden!«

Er schaute mich leicht belustigt an. »Was willst du denn hören?«, fragte er.

»Dass du mir glaubst, zum Beispiel«, sagte ich hitzig. »Dass du mich nicht für verrückt hältst. Dass du mir helfen wirst, herauszufinden, was hier läuft!«

»Ich kann dir nicht alles glauben.« Tom klang flehend. »Das kannst du nicht von mir verlangen. Es ist zu viel. Zu verrückt.«

»Hm«, machte ich. Mehr bekam ich nicht über die Lippen.

»Aber ich werde dir helfen, herauszufinden, was hier läuft«, ergänzte er, und mir fiel ein Stein vom Herzen.

»Danke«, sagte ich und lächelte.

»Keine Ursache. Ich glaube, wenn wir es nicht tun, dann findet keiner von uns beiden Ruhe.«

»Ich jedenfalls nicht. So kann ich nicht leben.«

»Und ich kann meine kleine Schwester mit solch einer Aufgabe nicht allein lassen.« Dann hob er den Zeigefinger, als wollte er eine Wortmeldung in der Schule machen. »Aber eins musst du mir versprechen, Zoë.«

»Und das wäre?«, fragte ich, obwohl ich mir schon denken konnte, worauf er hinauswollte.

»Kein Wort zu Ma und Pa«, forderte er. »Das ist meine Bedingung.«

»Klar.« Ich nickte, auch wenn ich nicht wusste, ob man das, was wir vielleicht herausfanden, dauerhaft vor den beiden verbergen konnte. Doch das war mir in diesem Moment egal. Wichtig war nur, dass Tom bereit war, mir zu helfen. Denn wenn ich ehrlich war, hatte ich keine Ahnung, wo ich mit meiner Suche beginnen sollte.

»Und wo fangen wir an?«, fragte ich.

Tom lächelte. »Lass mich darüber ein bisschen nachdenken, okay? Morgen, wenn ich von der Arbeit komme, überlegen wir uns einen Schlachtplan.«

»Und was soll ich bis dahin anfangen?«

Er zeigte auf das Buch auf meinem Nachttisch. »Du hast doch was zu lesen.«

»Schon, aber besonders dick ist das Buch jetzt nicht gerade.«

Tom lachte. »Keine Sorge. Es sind sieben Bände. Und sie werden immer dicker.«

»Sieben?«, fragte ich ungläubig und fühlte, wie sich Vorfreude in mir breitmachte.

»Sieben. Das sollte doch fürs Erste ausreichen, oder?«

31

Ich las, bis mir die Augen zufielen, und als ich aufwachte, las ich einfach weiter. Dabei gab ich mir Mühe, möglichst wenig Geräusche zu machen, damit die anderen nicht merkten, dass ich wach war. Denn mir war nicht danach, am Frühstück teilzunehmen und sie im Anschluss wie eine gute Tochter und Schwester in die Arbeit zu verabschieden. Ich war froh und dankbar, eine Tür zu haben, die ich fest verschließen konnte. Am liebsten hätte ich mich eingeschlossen und das Bett vor die Tür geschoben, damit mich auch wirklich niemand störte. Vielleicht war das Clemens und Ma gegenüber nicht ganz fair, doch ich konnte einfach nicht zu ihnen nach draußen gehen. Es kostete mich schon genug Energie, mich selbst zusammenzuhalten.

Als die Stimmen in der Wohnung erstarben und die Tür ein drittes Mal zufiel, wagte ich mich endlich raus in den Flur. Im Badezimmer wusch ich mich und putzte mir die Zähne mit der pinken Zahnbürste, die sie für mich gekauft hatten – und mit einem Schluck Trinkwasser. Alle Indizien wiesen darauf hin, dass ich die Farbe Pink einst sehr geliebt hatte. Doch das war längst nicht mehr so, eigentlich konnte ich sie nicht leiden. Aber das war mein geringstes Problem. Es war nur normal, dass sie als gegeben annahmen, was sie von mir kannten. Und das waren nun einmal keine aktuellen Informationen.

Anschließend suchte ich nach den anderen Büchern aus der ›Harry Potter‹-Serie und fand sie schließlich im gut gefüllten Bücherregal in Toms Zimmer. Den ersten Band hatte ich bereits ausgelesen, und so ging mir beim Anblick der vielen tausend Seiten, die ich noch vor mir hatte, das Herz auf. Ich musste zwei Mal gehen, um die ganzen Bücher in mein Zimmer zu schleppen. Dort stapelte ich sie sorgsam in der Reihenfolge auf, in der sie auch im Regal gestanden hatten. Ich wollte auf keinen Fall etwas durcheinanderbringen. Vielleicht war es unerwachsen, doch ich hatte angefangen, mich in den Büchern heimisch zu fühlen. Hogwarts, die Zauberschule, erinnerte mich an die Akademie, und ich fühlte eine merkwürdige Verbindung zu Ron, Harry und Hermine. Ich sah Jonah, Sabine und mich selbst in ihnen, ertappte mich dabei, wie ich ihnen unsere Gesichtszüge gab, nach ähnlichen Charakterzügen suchte und auch fand. Hermine schien mir sehr ähnlich, bücherverrückt, strebsam und vernünftig, wie sie war – manchmal auch unerträglich. Harry hatte Jonahs Gesicht. Auch wenn es vielleicht albern war, aber eine gewisse Ähnlichkeit zwischen ihnen und uns war einfach nicht zu leugnen. Schließlich gingen auch sie auf eine Schule, die normale Menschen nicht kannten, um Dinge zu lernen, von denen niemand etwas wissen durfte. Sie kannten Gefahren, die anderen Leuten fremd waren, wussten Dinge, die sonst niemand wusste. Weil sie anders waren. Genau wie Jonah, Sabine und ich. Etwas Besonderes.

Ich holte mir ein Glas Wasser und etwas zu essen und verkrümelte mich wieder in das kleine Zimmer. Eigentlich war das gar nicht nötig, stand mir doch jetzt, wo niemand da war, die gesamte Wohnung offen, doch ich bewegte mich hier wie eine Fremde, fühlte mich wie ein Gast und wollte nicht in Bereiche vordringen, die mir nicht zugedacht waren. Ich fühlte mich wohler, wenn ich das Gefühl hatte, von ihnen distanziert zu sein. Außerdem kam ich mir in dem kleinen Raum sicherer vor.

Am frühen Nachmittag hörte ich, wie sich ein Schlüssel im Schloss drehte, und kurz darauf erklangen Schritte im Flur.

»Zoë?«, hörte ich eine Stimme fragen und war erleichtert, Tom zu erkennen. Mit Ma oder Clemens allein zu sein, wäre mir unangenehm gewesen. Vor allem mit Ma, hatte ich doch das Gefühl, dass sie sich permanent etwas von mir wünschte, das ich ihr nicht geben konnte. Sie war wie eine kaputte Glühbirne, die zwischen Hoffnung und Enttäuschung hin und her flackerte. Und ich war noch nie gut darin gewesen, anderen etwas vorzumachen.

»Ich komme!«, rief ich zurück und rappelte mich hoch, während ich einen letzten wehmütigen Blick auf mein Buch warf. Wenigstens, so sagte ich mir, konnten Harry, Ron und Hermine mir nicht weglaufen. Wenn ich wiederkam, würden sie an genau derselben Stelle auf mich warten. Im Gegensatz zu meinem Leben konnten sie sich nicht in Luft auflösen. Jedenfalls hoffte ich das.

Tom erwartete mich im Wohnzimmer. Er sah müde aus, dunkle Ringe zeugten von der kurzen Nacht und einem anstrengenden Tag. Doch er lächelte.

»Hallo Äffchen«, sagte er, und ich war erleichtert, meinen Spitznamen zu hören. Er schien beschlossen zu haben, mich wieder wie einen normalen Menschen zu behandeln.

»Hi«, sagte ich. »Wie ... ähm ... wie war dein Tag?«

Er zog die Augenbrauen hoch. »Interessiert dich das?«

Ich musste grinsen. »Eigentlich nicht.«

»Dachte ich mir fast. Außerdem hätte ich auch nichts anzubieten, das sich zu erzählen lohnt. Aber darum geht es auch gar nicht«, sagte Tom, ebenfalls grinsend. »Ich habe nachgedacht und glaube, ich weiß nun, wo wir ansetzen sollten.«

Ich wusste sofort, worauf er sich bezog. Mein Körper spannte sich an. »Lass hören!«

»Ich möchte dir einen Freund von mir vorstellen. Ich kenne ihn schon seit einer Ewigkeit und glaube, er kann uns helfen.«

»Was macht dich da so sicher?«, fragte ich skeptisch. Der Gedanke, mich so schnell einer weiteren fremden Person anzuvertrauen, behagte mir überhaupt nicht.

»Nur ein Bauchgefühl.«

Ich zog die Augenbrauen hoch. Mit Bauchgefühlen hatte ich seit jeher so meine Schwierigkeiten.

Tom fing meinen skeptischen Blick auf. »Wart's ab!«, sagte er nur. »Ich dachte, wir könnten einfach zu ihm rüberfahren, damit ihr zwei euch kennenlernt.«

Ich riss die Augen auf. »Jetzt?«, fragte ich entgeistert. Ich war nicht darauf vorbereitet, jemanden kennenzulernen. Immerhin sah ich immer noch aus wie eine haarige Bowlingkugel.

»Wieso, hast du etwa schon was anderes vor? Ich habe nur donnerstags früher Schluss. Außerdem dachte ich nicht, dass du den ganzen Tag in der Wohnung rumhängen willst. Ist das ein Problem?«

Ich schluckte. Wenn dieser Freund mir wirklich helfen

konnte, dann sollten wir wahrscheinlich keine Zeit verlieren.
»Nein«, antwortete ich. »Kein Problem«.

»Dann zieh dir was über und komm!«

Wir überquerten den großen Platz, der im Sonnenschein noch immer dreckig und chaotisch, aber längst nicht mehr so düster und bedrohlich wie am Vortag wirkte. Auf den ersten Blick glich er sogar jedem anderen Platz in einer großen Stadt. Erst auf den zweiten Blick merkte man, wie kaputt auch hier alles war, wie viel fehlte. Allem voran natürlich Wasser.

Ein großer, ausgetrockneter Brunnen stand im Zentrum, auf dessen Rand ein paar Leute saßen und mit müden Gesichtern die Sonne genossen. Man konnte sich gut vorstellen, wie die üppigen Wasserspiele früher die Einwohner Berlins erfreut hatten. Jetzt lag Müll im Brunnenbecken, die nach oben gereckten, dunklen Fontänenarme ließen den Brunnen wirken wie ein totes, stählernes Insekt. Ohne Wasser sah es aus wie ein Alien – und streng genommen war es das ja auch. Irgendwo spielte jemand Akkordeon, und obwohl es sowohl für den Musiker als auch für die Außenwelt besser wäre, wenn er sich eine andere Aufgabe suchte, war es irgendwie schön, Musik zu hören. Bislang hatte ich gedacht, solche Dinge hätten in dieser Welt keinen Platz mehr.

Die meisten Gesichter, über die mein Blick glitt, wirkten müde und ein bisschen ungepflegt, aber die Mienen waren zufrieden, entspannt und zum Teil richtig heiter. Die Sonne schien allen gutzutun. Am liebsten wäre ich mitten auf dem großen Platz stehen geblieben und hätte mich einmal richtig umgesehen, die Lage sondiert und mir alles eingeprägt. Ich wollte genau wissen, was mich umgab, wollte Platzzugänge,

Straßen und Nebenstraßen speichern, doch Tom überquerte den Alexanderplatz, als hätten wir es fürchterlich eilig. Also folgte ich ihm um eine Ecke und hinein in ein großes Gebäude. Da links und rechts Schienen aus dem Bau herausragten, auf denen schäbige, ratternde Züge ein- und ausfuhren, schloss ich, dass wir einen Bahnhof betreten hatten. Ich hatte darüber in Geschichtsbüchern gelesen und Bilder von ihnen studiert, auch wenn ich ziemlich sicher war, diesen speziellen Bahnhof noch nie zuvor gesehen zu haben. Auch war ich in meinem Leben noch mit keinem Zug gefahren, doch das wollte ich Tom lieber nicht verraten. Es kam mir lächerlich vor – *ich* kam mir lächerlich vor.

Tom zog etwas an einem Automaten und drückte es mir in die Hand. Es war ein kleines Stück Papier, gerade mal so lang wie mein Zeigefinger. Als er meinen fragenden Blick auffing, grinste er. »Du weißt doch nicht alles, wie?«

Genervt verzog ich das Gesicht.

»Das ist dein Bahnticket. Für die Fahrt. Steck es ein und wirf es nicht weg. In letzter Zeit wird ständig kontrolliert.«

Ich nickte und schob das Ticket in die Tasche der Hose, die ich aus einem der Müllsäcke gezogen und für erträglich befunden hatte.

Zu meiner Überraschung stiegen wir nicht die Treppen zu den Gleisen hinauf, die ich von draußen gesehen hatte, sondern machten uns auf den Weg nach unten. Eine Treppe führte tiefer und immer tiefer in den Bauch des großen Platzes, bis wir auf eine zweite, unterirdische Bahnhofebene gelangten. Schilder wiesen in verschiedene Richtungen. Straßen- und Liniennamen waren darauf zu lesen. Meine Aufmerksamkeit wanderte jedoch immer wieder zu den Menschen, die hier im

Untergeschoss herumlungerten. Jeder freie Wandzentimeter war von jemandem besetzt, der sich erschöpft dagegenlehnte. Es war ihnen deutlich anzusehen, dass sie kein Zuhause hatten. Manche unterhielten sich leise, andere schliefen, und bei wieder anderen wollte ich nicht wissen, ob sie schliefen oder vielleicht einfach nicht mehr aufwachen würden. Es war ein trauriger, verstörender Anblick. Bis vor einer halben Stunde hatte ich noch gedacht, ärmlicher als Clemens, Tom und Ma könne man in Berlin nicht leben. Nun musste ich einsehen, wie falsch ich damit gelegen hatte.

Die ganze Zeit über musste ich mir Mühe geben, mit Tom Schritt zu halten, der nach wie vor eine beachtliche Geschwindigkeit an den Tag legte.

»Müssen wir so rennen?«, fragte ich schließlich, als ich merkte, dass mir der Krankenhausaufenthalt noch tief in den Knochen steckte. Mir ging allmählich die Puste aus.

Tom drehte sich mit einem entschuldigenden Blick zu mir um, wurde aber kein bisschen langsamer.

»Leider ja. Hier unten ist es nicht sicher.«

»Was meinst du damit?« Ich war ziemlich außer Atem, gab mir nun aber wieder mehr Mühe, zu ihm aufzuschließen.

»Überfälle, Brände, Anschläge, Schlägereien, Tumulte...«, zählte er auf und klang dabei seltsam gleichgültig. »Dieser Bahnhof ist der gefährlichste Ort der Stadt. Und bei einer Metropole mit acht Millionen Einwohnern will das schon was heißen!«

Ich erschauderte. Doch das lag weniger an dem Gedanken an Gefahren, die mich hier ereilen konnten – auf Gefahren war ich schließlich vorbereitet worden –, als vielmehr an dem Versuch, mir vorzustellen, dass ich von acht Millionen Menschen umgeben war. Der Gedanke hatte etwas Klaustrophobisches. Er schnitt mir die Luft ab.

»Keine Sorge, wir sind gleich da. Wir brauchen die U2 Richtung Heinersdorf.« Er deutete auf eine Treppe, die noch weiter nach unten führte. »Siehst du?«

Wir mussten zwei Bahnen fahren lassen, weil sie zu voll waren, um sich noch dazuzuquetschen. Hier unten auf dem Gleis zu stehen und zu warten, inmitten von Menschen, die ich nicht kannte, und auf ankommende Fahrzeuge zu lauschen, machte mich nervös. Es roch nach Dreck, Urin und Backwaren, die aus einem kleinen Kiosk an die Wartenden verkauft wurden.

Ich fand, dass ›Bahnen‹ das falsche Wort war für die kolossalen Metallschlangen, die sich ruckelnd, quietschend und krachend durch die Tunnel schoben, Menschen ausspuckten und verschluckten, wie lebendige, knallbunte Kobras. Die Züge waren über und über mit Farbe besprüht, die Fenster konnte man nur anhand der Rahmen vermuten, tatsächlich zu sehen war kein einziges. Es war ein chaotisches, anarchistisches Bild.

»Sicher, dass die Dinger fahrtüchtig sind?«, fragte ich, und Tom lachte. »In den Bahnen passiert so gut wie nie etwas.«

Noch während ich mich fragte, ob mir *so gut wie nie* zur Beruhigung ausreichte, schob er mich durch eine Tür in die dritte Bahn hinein. Mein Gesicht wurde in die Lederjacke eines riesigen dunkelhäutigen Mannes gedrückt, der mich, als ich es geschafft hatte, trotz des Drucks der Menge den Kopf zu heben, nur entschuldigend anschaute. Ich lächelte matt und ergab mich in mein Schicksal. Während die Bahn anfuhr, versuchte ich, ruhig zu atmen und die ganzen Körper, die meinen eigenen umschlossen, einfach zu ignorieren. Tom blieb dicht hinter mir. Er hakte sich bei mir unter und bekam mit der freien Hand einen von der Decke baumelnden, abgewetzten Griff zu fassen. Eigentlich war es nicht nötig, sich festzuhalten. Die Bahn war so voll, dass es völlig unmöglich war, umzufallen, doch ein wenig sicherer fühlte ich mich trotzdem. Immerhin wurden wir durch die ruckelige, kurvige Fahrt ziemlich heftig durchgeschüttelt, die Oberkörper der Leute bogen sich mit der Fahrtrichtung wie Grashalme im Wind. Ab und zu wurde etwas durchgesagt, doch der Zug war zu laut und die Lautsprecher zu schlecht, um irgendwas zu verstehen. Nach vier Stationen stiegen wir aus, und ich war einigermaßen überrascht, dass wir uns nicht mehr unter der Erde, sondern im Gegenteil auf einer hohen Brücke befanden. Das Metall war grün gestrichen, ein großes Schild über den Gleisen zeigte die Station an. ›Schönhauser Allee‹ war darauf zu lesen.

Zwar war es nur eine Fahrt von wenigen Minuten gewesen, doch die Stadt sah hier komplett anders aus. Die Gebäude waren nicht so hoch und modern, sondern alt und verziert. Sie hätten mich allesamt an Schlösser erinnert, wenn sie nicht in einem solch erbärmlichen Zustand gewesen wären. Der Putz hielt sich nur mit Mühe und Not am Mauerwerk fest, die unteren zwei Meter waren, wie beinahe alles in dieser Stadt, mit Sprühfarbe zugekleistert. Die Schaufenster der Geschäfte, die hier früher einmal die Straßen gesäumt haben mussten, waren entweder ebenfalls farbverschmiert, zugenagelt oder mit Steinen eingeworfen worden. In vielen der verrammelten Geschäftseingänge hatten Bettler ihre Lager aufgeschlagen, dreckige Schlafsäcke, Kartons und aller möglicher Krimskrams stapelten sich in sämtlichen Ecken.

Trotz des ärmlichen Bildes, das diese Gegend bot, fühlte ich mich hier viel wohler als am Alexanderplatz. Alles war weiter – breitere Straßen, breitere Bürgersteige und viel weniger Menschen, was mir nach der Enge in der Bahn ganz besonders auffiel. Sogar die Sonne schien hier heller zu strahlen. Ich sah mich um und hatte das Gefühl, wieder freier atmen zu können.

»Es ist nett hier«, sagte ich, und Tom schnaubte.

»Das kannst du laut sagen. Könnten wir uns nie im Leben leisten. Er hat geerbt.« Mein Bruder schüttelte den Kopf. »Anders hätte er den Quatsch überhaupt nicht bezahlen können.«

Natürlich fragte ich mich, was er damit wohl meinte, beschloss aber, lieber abzuwarten. Ich würde es sicher gleich herausfinden.

Wir gingen ein Stück die breite Straße hinunter und bogen schließlich rechts in eine kleinere Kopfsteinpflasterstraße ein. Hier waren die Häuser in einem weniger schäbigen Zustand, alles sah auf eine bemühte Art ordentlich aus, und ich bemerkte, dass die Sockel der Häuser beinahe alle frisch gestrichen waren. Vermutlich musste die Farbe mehrmals in der Woche erneuert werden. Das sah man auch daran, dass manche Hausbewohner offenbar nicht mehr die richtige Farbe hatten kaufen können, viele der Sockel passten nicht so recht zum Rest, auf einigen Wänden herrschte ein regelrechtes Farbdurcheinander. Doch die Bewohner trotzten der farbenfrohen Flut, die Nacht für Nacht gegen ihre Häuser brandete. Die gestrichenen Sockel waren ein merkwürdiges Sinnbild für Würde und Hoffnung. Und für beispiellose Dickköpfigkeit. Sie mahnten den Betrachter, niemals aufzugeben.

Wir kamen vor einem Geschäft zum Stehen, das wie ein Fort gesichert war.

›Kaufhaus der Wahrheit‹ stand auf einem Leuchtschild oberhalb eines mit dicken Gitterstäben gesicherten Schaufensters, in dem es nichts weiter gab als den Hinweis, dass man die Klingel benutzen und anschließend in die Kamera über der Tür blicken solle. Nichts an diesem Geschäft wirkte auch nur im Ansatz einladend auf mich, doch Tom grinste.

»Ein großer Dekorateur war er noch nie.«

Ich zog die Augenbrauen hoch. »Hier wollen wir hin?«

Tom antwortete nicht, sondern drückte auf die Klingel und blickte danach geradewegs in die kleine Kugelkamera, an der ein rotes Licht aufleuchtete.

Nach wenigen Sekunden bewegte sich die Kamera mit einem Summen, bis die Linse direkt auf mich gerichtete war.

»Sie gehört zu mir«, sagte Tom, und kurz darauf ertönte ein tiefes Brummen, und die Tür ließ sich aufdrücken. Ich folgte meinem Bruder in den Laden.

Meine Augen brauchten eine Weile, um sich an das dämmrige Licht zu gewöhnen, weshalb ich ihn hörte, noch bevor ich ihn sah. Aus dem Halbdunkel eines vollkommen vollgestopften Ladens ertönte eine fröhliche, tiefe Stimme. Ihr Klang erinnerte mich an den warmen Sirup, den ich in der Akademie manchmal bekommen hatte, wenn ich krank gewesen war oder nicht schlafen konnte. Es war, als könnte alleine ihr Klang in meiner Brust ein Licht anzünden. Sie erinnerte mich an etwas, das ich längst vergessen geglaubt hatte.

»Dich habe ich ja eine Ewigkeit nicht gesehen.«

Tom trat ein paar Schritte vor und umarmte einen jungen Mann, der ein bisschen kleiner war als er selbst. Nachdem sich die beiden begrüßt hatten, sagte Tom: »Zoë, das ist mein alter Freund Kip.«

Kip. Auch der Klang des Namens brachte etwas in mir zum Schwingen, er kam mir seltsam bekannt vor, auch wenn ich meinen Finger nicht drauf legen konnte. Der Nachhall geisterte durch meinen Kopf wie das Tropfen eines undichten Wasserhahns. Kipkipkipkipkip.

Der Kerl sah mich an, und ich hatte Schwierigkeiten, nicht zu starren. Weil er so anders war als alle Menschen, denen ich bisher begegnet war. Warm. Fremdartig. Fröhlich. Irgendwie bunt. Das Leuchten, das in seiner Stimme gelegen hatte, schien von irgendwoher aus seinem tiefsten Inneren zu kommen. Obwohl wir im Halbdunkel standen, konnte ich das Glitzern in seinen beinahe schwarzen Augen sehen.

Er wirkte auf die schönste Art uneuropäisch, sogar exotisch. Seine schwarzen langen Haare, die dunkle tätowierte Haut und die breite Nase riefen weitere Erinnerungen in mir wach, die ich nicht greifen konnte, doch etwas an ihm berührte mein Herz.

Er hielt mir eine Hand hin und ich ergriff sie. Zwar war ich mir bewusst, dass ich Kip noch immer anstarrte, doch ich konnte nichts dagegen tun. Etwas an ihm band meinen Blick und ließ ihn nicht mehr los.

»Herzlich willkommen im wahrhaftigsten Kaufhaus der Welt«, sagte Kip, und an Tom gewandt fragte er: »Und wer ist sie genau?«

»Sie ist meine Schwester.«

Kips Kopf schnellte herum, und nun war es an ihm, mich anzustarren, als könnte er nicht glauben, was er da vor sich hatte. Wir sahen einander an, die Blicke tastend und fragend.

»Scheiße«, flüsterte Kip und hielt meine Hand fest umschlossen, obwohl er sie längst nicht mehr schüttelte. Vielmehr schien er sichergehen zu wollen, dass ich nicht davonlief. »Scheiße«, wiederholte er. »Bist du sicher?« Seine Augen schienen in meinem Gesicht nach Ähnlichkeiten mit Tom zu suchen, die dunklen Augäpfel huschten zwischen ihm und mir hin und her, wie bei einem Tennis-Match.

»So sicher, wie man sich in meiner Situation sein kann.«

»Wie lange ist sie schon wach?«, fragte Kip, und ich begann, mich über die Art zu ärgern, wie sie über mich sprachen. Ein bisschen so, als wäre ich eine Kuriosität, die Tom am Straßenrand gefunden hatte.

»Hey!«, sagte ich laut. »Sie ist übrigens anwesend!«, doch die beiden beachteten mich überhaupt nicht.

»Seit elf Tagen«, antwortete Tom.

Endlich ließ Kip meine Hand los. »Alter, und da kommst du erst jetzt?«

Tom fuhr sich nervös durch die Haare, aber sein Ton blieb ganz ruhig, beinahe beiläufig. »Ich hatte nicht gerade viel Freizeit in den letzten Wochen, wie du dir vielleicht vorstellen kannst. Außerdem wohnt sie erst seit gestern bei uns, okay?«

Kip nickte abwesend. In seinem Kopf schien eine Maschine angesprungen zu sein, ich konnte förmlich sehen, wie es hinter seiner Stirn arbeitete.

Er trat an die Tür, neben der unter einer Klappe ein kleines, hochmodernes Tablet eingelassen war, und tippte geschäftig darauf herum.

»Ich möchte nicht, dass wir gestört werden«, murmelte er, und ich wusste nicht, ob die Worte für ihn oder für uns bestimmt waren.

Es piepste, und Kip hob den Kopf, um Tom und mich anzusehen.

»Gehen wir nach hinten«, sagte er. »In mein Büro.«

›Büro‹ hätte ich den chaotischen Raum, in den wir nun gelangten, im Leben nicht genannt. Eher ›Lager‹ oder vielmehr ›Abstellkammer‹. Jeder freie Platz war mit Regalen zugestellt worden, in denen sich nicht nur Bücher und Aktenordner stapelten, sondern auch allerlei merkwürdige und gefährliche Objekte. Mein Blick wanderte über Gasmasken, Leuchtpistolen, Armbrüste, Sprengfallen und Handgranaten, über Berge aus Wasserreinigungstabletten, Zelten, Gaskochern, über Messer in allen Formen und Größen, Konservendosen, die sich zum Teil bis an die Zimmerdecke stapelten, und Hunderte Wasserkanister.

»Was für ein Kaufhaus ist das genau?«, fragte ich, und meine Stimme klang merkwürdig abwesend.

»Kip glaubt, wir stünden kurz vor einem weiteren Weltkrieg«, begann Tom zu erklären.

»Ich glaube es nicht nur, ich bin mir sicher«, warf Kip ein. »Die Regierung verheimlicht eine ganze Menge vor uns. Wenn wir wüssten, was wirklich abgeht, würde Panik ausbrechen.«

»Und du erzählst es den Leuten?«, fragte ich.

Kip grinste. »Sagen wir, es hat sich rumgesprochen, dass ich einer der wenigen Menschen in der Stadt bin, bei dem man Dinge kaufen kann, die man im Ernstfall zum Überleben braucht.«

»Sieht eher aus wie Dinge, die man zum Abschlachten von anderen Menschen braucht«, murmelte ich, jedoch so leise, dass keiner der beiden Jungs mich hören konnte. Im Stillen fragte ich mich, ob ich versuchen sollte, eines der kleineren Messer mitgehen zu lassen, nur zur Sicherheit. Ich fühlte mich schrecklich unbewaffnet und schutzlos, seit ich im Krankenhaus erwacht war. Doch die Videokameras, die überall im ›Büro‹ angebracht waren, hielten mich davon ab. Ich wollte keinen Ärger mit Kip, der mir nun den Rücken zugedreht hatte.

Am einzigen Fleckchen Wand, das nicht von Regalen gesäumt war, stand ein altmodischer, ebenfalls völlig überfüllter Schreibtisch, an dem er sich gerade an einem großen Rechner zu schaffen machte.

Doch nicht etwa das hochmoderne Gerät, sondern etwas anderes zog meine Aufmerksamkeit auf sich. Neben dem großen Computerbildschirm stand noch ein kleinerer Bildschirm auf dem Schreibtisch, über den Fotos eines kleinen Jungen huschten.

Augenblicklich wurde mir kalt und meine Finger fingen an zu zittern. Wie in Trance ging ich auf den Schreibtisch zu und streckte die Hand nach dem Bildschirm aus. Als Kip bemerkte, dass ich ihn hochgehoben hatte, sagte er: »Stell das gefälligst wieder …«, doch seine Stimme erstarb, als er meine Miene bemerkte. Ich atmete schwer, starrte nur auf den Bildschirm, der verschiedene Varianten eines lachenden Gesichts zeigte, das ich nur allzu gut kannte.

»Zac«, sagte ich, und meine Stimme klang viel zu hoch und so fiebrig, wie ich mich fühlte.

»Scheiße, was?«, zischte Kip. »Was hast du gesagt?«

Meine Hände zitterten, als ich ihm den kleinen Bildschirm entgegenstreckte. »Der Junge auf dem Bild«, sagte ich langsam. »Sein Name ist Zac. Richtig?«

»Zoë. Was zur …«, sagte Tom, doch Kip brachte ihn mit einer Handbewegung zum Schweigen.

»Woher kennst du seinen Namen?« Sein Blick war nicht mehr sanft und freundlich, sondern hart und kalt. Ein Blick aus Metall.

Ich suchte nach den richtigen Worten, wusste selbst kaum, wie mir geschah oder wie ich erklären sollte, was mir gerade alles durch den Kopf ging. Zac. Nach einem kurzen Räuspern sagte ich: »Ich ... ich kenne ihn.«

Kips Miene wandelte sich von hart zu skeptisch. »Du kennst meinen Bruder?«, fragte er ungläubig.

»Dein Bruder?«

Er nickte.

Mit einem Schlag war ich hellwach. Wacher, als ich mich in den vergangenen Wochen je gefühlt hatte. Mein Herz schlug rasend schnell, doch ausnahmsweise nicht aus Angst oder Aufregung, sondern vor Freude. Ein bekanntes Gesicht! Ein anderer Akademiestudent. Hier, in Berlin. In dieser Realität!

»Wo ist er?«, fragte ich hastig. »Kann ich ihn sehen?«

Kip seufzte und ließ sich schwer auf den zerfledderten Schreibtischsessel fallen.

»Ich fürchte, das wird nicht möglich sein, Zoë«, sagte er und kniff sich mit zwei Fingern in die Nasenwurzel. Auf einen Schlag sah er unendlich müde aus.

»Er ist tot.«

30

Ich umklammerte die Teetasse, die Kip mir vor ein paar Minuten zwischen die Finger gepresst hatte, als hinge mein Leben davon ab. Eigentlich war sie viel zu heiß, aber das war mir egal. Im Gegenteil, der Schmerz war sogar gut – er half mir, nicht den Verstand zu verlieren. Und das war in meiner Situation wirklich nicht einfach. Zumal ich mir schon lange nicht mehr sicher war, ob das nicht längst passiert war. Ich konnte mir selbst nicht mehr trauen, so schien es zumindest. Es war beinahe unmöglich, einen Sinn hinter alldem zu erkennen. Ich konnte weder Logik noch ein Muster sehen; das Chaos, das in meinem Inneren tobte, machte mir Angst. Und Kip schien es nicht besser zu gehen. Blass und ein wenig verloren saß er in seinem Schreibtischsessel, mit dem er sich geistesabwesend immer wieder um die eigene Achse drehte.

Zac, mein kleiner Freund und Schützling an der Akademie war Kips Bruder – und er war tot. Das war genauso unlogisch und wahr wie die Tatsache, dass ich Toms Schwester war, zwölf Jahre im Koma gelegen hatte und dennoch die Kreiszahl Pi bis auf die dreißigste Nachkommastelle aufsagen konnte. Mir schwirrten Kopf und Herz. Zur Verwirrung über all das, was gerade mit mir und um mich herum geschah, kam die Trauer über Zac. Ich hatte ihn wirklich gerngehabt. Er war genauso strebsam und eigenbrötlerisch gewesen wie ich und wir hatten uns von Anfang an gut verstanden. Da er noch sehr viel jünger war als ich und ein paar Jahre nach mir in der Akademie angekommen war, hatte man mich zu seiner Vertrauensschülerin gemacht. Natürlich hatte ich mich daher für ihn verantwortlich gefühlt, aber nicht nur, weil es meine Aufgabe gewesen war. Zac hatte etwas an sich, das mein Herz gerührt hatte. Er war wie mein kleiner Bruder gewesen, hatte sich nachts oft über den Flur bis in unseren Mädchentrakt geschlichen, um mit seinen eiskalten Füßen zu mir ins Bett zu kriechen und mit meinen Haaren zu spielen, bis er einschlief. Ich hätte ihn mit meinem Leben verteidigt. Und dann war er fort. Einfach so. Als hätte ihn der Wind aus meinem Leben getragen. Ein Teil von mir hatte schon lange geahnt, dass er nicht mehr lebte, auch wenn ich diesen Gedanken immer im hintersten Winkel meines Geistes verborgen hatte, unfähig, ihn genauer zu betrachten. Daher war ich jetzt auch nicht überrascht, fühlte mich jedoch seltsam taub und unwirklich.

Bisher hatte ich noch nicht viel gesagt, obwohl Hunderte Fragen durch den kleinen Raum schwebten wie ein Schwarm Moskitos in warmer Luft. Ich hatte nur versichert, dass ich Zac kannte. Und auf Kips anhaltende Skepsis hin hatte ich ihm ein paar körperliche Merkmale und persönliche Eigenarten des Jungen genannt, die nur jemand wissen konnte, der ihn kannte. Kip war schließlich in eine kleine Küche verschwunden und hatte Tee gemacht – wahrscheinlich, weil er ein wenig allein sein wollte. Während der Wasserkessel auf dem Gasherd ratterte, hatte ich ihn deutlich schniefen hören. Auch hätte ich schwören können, dass in seiner Tasse mehr war als nur Pfefferminztee, da ich eine schwache alkoholische Note in der kleinen Dampffahne wahrnahm, die von seiner Teetasse aufstieg; wie ein kleines Rauchzeichen, ein Ruf um Hilfe oder eine Warnung vor Gefahr. Wir benahmen uns so vorsichtig und höflich, als säßen wir tatsächlich auf einer Trauerfeier.

»In welchen Kindergarten ist Zac noch mal gegangen?«, fragte Tom irgendwann, als er unser Schweigen offenkundig nicht mehr ertrug.

»Er war bei den Driesel-Wieseln in der Driesener Straße«, erwiderte Kip, seine Stimme klang belegt und schwer von Trauer.

Ich schluckte.

»Zoë war am Spittelmarkt in einer der staatlichen Kitas«, murmelte Tom. »Daher können sie sich also nicht kennen.«

»Zoë ist doch auch viel älter«, bemerkte Kip tonlos und nippte an seinem Tee.

»Ich kenne Zac nicht aus dem Kindergarten«, warf ich ein, und selbst in meinen Ohren klang mein Tonfall scharf und ungeduldig. Ich konnte nicht glauben, dass mein Bruder überhaupt mit diesem Quatsch anfing, nach allem, was ich ihm in der Nacht zuvor erzählt hatte. Aber wahrscheinlich suchte er noch immer nach einer logischen Erklärung. Doch die würde er nicht bekommen.

»Und woher kennst du ihn?«, fragte Kip. »Wieso erinnerst du dich an ihn – an seinen Namen?« Er hob den Kopf, als sei ihm eben gerade ein schrecklicher Gedanke gekommen, und starrte meinen Bruder an. »Du hast ihr doch nicht etwa von ihm erzählt, oder? Spielt ihr zwei ein grausames Spiel mit mir? Macht ihr euch einen Spaß daraus, mich zu quälen?«

Tom schüttelte energisch den Kopf. »So was würde ich niemals tun, Kumpel. Das weißt du – du kennst mich, Kip!«

»Er hat mir gar nichts über dich erzählt«, sprang ich ihm bei, auch wenn ich eigentlich noch sauer auf ihn war.

»Ich kapier das einfach nicht.« Kips Blick wanderte fragend zu meinem Bruder, der nur die Achseln zuckte, als wollte er sagen: Ich kapier das genauso wenig wie du, mein Freund. Doch stattdessen sagte er: »Zoë?«

Ich wusste nicht, was sie zu hören hofften. Was ich ihnen sagen sollte oder wie das, was ich ihnen sagen konnte, zur Klärung der ganzen Sache beitragen sollte. Eher, so fürchtete ich, würde es dazu führen, dass wir alle drei verrückt wurden. So verrückt, wie ich es schon war. Doch Kip sah so verloren und elend aus, als wäre Zac gerade erst gestorben. Es war ganz offensichtlich, dass er seinen Bruder sehr geliebt hatte. Es stand mir einfach nicht zu, ihm die Informationen zu verweigern, die ich hatte.

Ich atmete tief durch. »In Ordnung.« Dann wandte ich mich direkt an Kip. »Ich erzähle dir meine Geschichte, wenn du mir deine erzählst. Das ist meine Bedingung. Ich will alles wissen. Was passiert ist, meine ich.«

Er zögerte einen Augenblick, doch dann nickte er.

Nachdem ich eine Weile nachgedacht hatte, sagte ich: »Ich kenne deinen Bruder, wenn du so willst, aus einem anderen Leben.«

Kip riss den Kopf hoch und schnaubte. Ich hatte offensichtlich genau das Falsche gesagt, auch wenn ich nicht wusste, warum.

»Nicht so, wie du vielleicht denkst«, beeilte ich mich zu erklären und suchte nach anderen Worten. Nach den richtigen. Aber was war schon richtig?

»Es ist nur so, dass ich, bevor ich hier nach Berlin kam, woanders gelebt habe. Zusammen mit Zac.«

Kips Gesicht war ein einziges Fragezeichen. »Ihr habt doch im Koma gelegen, ihr zwei.« Er zeigte auf Tom. »Ich habe deinen Bruder in einer Selbsthilfegruppe für verwaiste Geschwister kennengelernt.« Seine Stimme wurde dunkler, als würde die Last der Erinnerung schon ausreichen, um ihn niederzudrücken. »Zac ist zwei Jahre nach dir ins Koma gefallen. Tom war eine riesige Hilfe für mich damals. Ich weiß nicht, was ich ohne ihn getan hätte, als das mit Zac passiert ist.«

Ich schluckte. Die Trauer, die die beiden jungen Männer zusammengeschweißt hatte, zeichnete sich deutlich auf ihren Gesichtern ab. Sie sahen beide aus, als gingen sie auf die dreißig zu. Ich fühlte mich unbehaglich bei dem Gedanken, Tom so viel Kummer bereitet zu haben, auch wenn ich ganz genau wusste, dass ich eigentlich überhaupt nichts dafür konnte.

»Und jetzt sagst du mir, dass du gar nicht im Krankenhaus warst, sondern woanders, zusammen mit meinem kleinen Bruder? Hast du am Ende gar nicht im Koma gelegen?«

Ich zuckte hilflos die Schultern. »Jeder sagt mir, dass ich im Koma gelegen habe. Aber ich ...«

Hilfe suchend sah ich zu Tom, doch der schien nicht gewillt, mir beizustehen. »Gott, was für ein verfluchter Albtraum«, flüsterte ich und schüttelte den Kopf.

Dann drehte ich mich in Kips Richtung und sah ihm fest in die Augen. »Sieh mal, ich erwarte nicht von dir, dass du mir glaubst, in Ordnung? Ich weiß ja selbst nicht, was ich glauben soll. Aber ich werde dir jetzt meine Wahrheit erzählen, und du kannst damit machen, was du willst.«

Kip nickte bedächtig und nahm einen großen Schluck aus seiner Teetasse, mit dem Blick eines Mannes, der in die Schlacht zieht, weil er nichts mehr zu verlieren hat. Ein wenig sah er aus, als müsste er sich jeden Augenblick übergeben. Es war deutlich zu spüren, dass er mir nicht traute, aber dennoch unbedingt hören wollte, was ich zu sagen hatte. Diesen Gesichtsausdruck hatte ich gestern schon bei Tom gesehen. Ein wenig wütend machte es mich ja schon, dass ausgerechnet ich hier diejenige war, die sich ständig beweisen musste. Dabei war es doch mein Leben, das völlig in Trümmern lag.

»Ich weiß nur, dass ich Schülerin auf einer Akademie war, bevor ich hierherkam. Ich war dabei, mich auf eine Mission vorzubereiten, zusammen mit meinem...«, ich zögerte und sagte schließlich:»Leutnant.«

Kips Augenbrauen schossen in die Höhe, doch egal, was ihm gerade auf der Zunge lag, er unterbrach mich nicht, wofür ich ihm wirklich dankbar war.

»Alles war wie immer«, fuhr ich fort. »Ich hatte Unterricht, dann eine kurze Pause, und dann hatte ich Training.« Ich schluckte. »Meine Ausbilderin hat mich fünfzig Liegestütze machen lassen, als Strafe dafür, dass ich mal wieder zu spät gekommen war. Und dann... dann...« Ich fühlte, dass mir allein bei der Erinnerung an das, was dann geschehen war, die Tränen kamen. Ich dachte an die stampfenden Maschinen und die gespenstisch zuckenden Körper, dachte an die Stimme an meinem Ohr und das Blut in meinem Mund. Ich erschauderte. Diesen Teil, so beschloss ich, würde ich lieber für mich behalten, wusste ich doch selbst nicht, ob ich nicht vielleicht geträumt oder mein Hirn mir einen Streich gespielt hatte.

»Dann bin ich aufgewacht«, sagte ich stattdessen. »Überall Piepsen, und es war hell und roch nach Desinfektionsmitteln und … und dann war da dieser Doktor, der mir erklärte, dass ich zwölf Jahre im Koma gelegen habe. Dass alles, was ich zu wissen glaubte, bloß Einbildung war. Eine Maßnahme meines Kopfes, um mich bei Laune zu halten. Dass ich mir alles nur ausgedacht habe.« Mit leicht zitternden Fingern führte ich die Tasse zum Mund und nahm einen Schluck Tee. »Sie hätten mich beinahe dazu gebracht, es zu glauben.«

»Und nun glaubst du es nicht mehr?«, fragte Kip, und ich schüttelte energisch den Kopf. Wie sollte ich das noch glauben?

»Warum kann ich lesen und schreiben? Ich war fünf Jahre alt, als ich ins Koma fiel. Wer hat es mir beigebracht? Ich spreche fünf Sprachen fließend, kann dir die Grundzüge der Quantenphysik in drei Sätzen erklären und ein Funkgerät aus drei Komponenten zusammenlöten. Außerdem kenne ich deinen Bruder. Ich kenne Zac.« Ich schluckte das bittere Gefühl herunter, das in meiner Kehle aufstieg. »Ich kannte ihn.«

Kip starrte mich an, doch ich konnte ihm nicht ansehen, was in seinem Kopf vorging.

»Mir selbst wäre es gar nicht aufgefallen«, sagte ich und merkte, dass ich ein wenig rot im Gesicht wurde. »Es war Tom, der mich mit der Nase draufgestoßen hat.«

Tom kicherte leise. »Ja, als du gestern Abend den Kerl mit dem Messer auf die Matte geschickt hast, dachte ich, dass irgendwas mit dir nicht stimmen kann.«

Kips Augenbrauen wanderten noch ein Stück höher, auch

wenn ich gedacht hätte, dass das gar nicht möglich wäre. Sie verschwanden beinahe in seinem Haaransatz.

»Ich hab dir doch schon gesagt, dass es eine Frau war«, murmelte ich, aber Tom schien mich gar nicht zu hören. Er hatte nur Augen für seinen Freund.

Der räusperte sich nach einer quälend langen Weile und fragte: »Und mein Bruder?«

Ich musste meine Augen schließen, weil mich die Erinnerung an Zac zu überwältigen drohte. »Er war ebenfalls Schüler an der Akademie. Ich war seine Vertrauensschülerin.« Ich lächelte, weil ich sein kleines, kluges Gesicht vor mir sehen konnte. »Er war etwas Besonderes. Blitzgescheit, gut in Mathe und unglaublich schnell. Ist jedem von uns davongelaufen, wenn er wollte.«

»War er noch da, als du aufgewacht bist?«, wollte Kip wissen, und die Hoffnung, die er sich wahrscheinlich mehr als einmal verboten hatte, war deutlich zu hören. Es war die Art, wie er sprach – zu schnell, fast ein wenig ungeduldig –, und die Tatsache, dass er sich auf seinem Sessel ein Stück weit vorgebeugt hatte. Es tat mir beinahe körperlich weh, ihn enttäuschen zu müssen, obwohl er genau wissen musste, welche Antwort ich für ihn hatte. Ich holte tief Luft und schüttelte den Kopf. »Nein.« Ich suchte nach den richtigen Worten, während die Erinnerungen immer schneller auf mich einprasselten. Das lange Gespräch mit Dr. Jen und den anderen Lehrern, meine Trauer, Wut und Verwirrung, die Tage, nachdem Zac verschwunden war. ›Zacarias wurde eine besondere Ehre zuteil‹, hatten sie gesagt, als sie von der Sondermission in den USA berichteten, für die er ausgebildet werden sollte.

»Eines Tages war er nicht mehr da.« Ich starrte die Wand

an, weil ich Kips Blick in diesem Augenblick nicht ertragen hätte. »Sie haben uns gesagt, er sei von einer Partnerschule in den USA für ein spezielles Programm ausgewählt worden, und dass wir alle stolz auf ihn sein sollten.« Ich schluckte und atmete einmal tief durch. Es waren nur Erinnerungen, doch ich sah alles so klar vor mir, als wäre es gestern gewesen. Und ich fühlte meinen Ärger. Die nächsten Worte verließen meinen Mund durch zusammengepresste Zähne. »Ich konnte mich nicht einmal von ihm verabschieden.«

Genau das war der Grund für meine Wut auf Dr. Jen und alle anderen gewesen. Ich hatte getobt und sie angeschrien; eine der wenigen Gelegenheiten, in denen ich mir einen Moment der Respektlosigkeit gegenüber einer Lehrkraft erlaubt hatte. Dass sie mir verwehrt hatten, mich von meinem Schützling zu verabschieden, war für mich unverzeihlich, doch sie hatten es als Teil meiner Ausbildung begriffen und mir erklärt, dass zu einem Leben als Führungspersönlichkeit der H.O.M.E.-Familie nun einmal dazugehörte, mich zusammenzureißen und das große Ganze im Auge zu behalten. Der Einzelne, so hatte mir Dr. Jen mit hartem Blick erklärt, hatte sich in den Dienst der Gemeinschaft zu stellen. Gefühlsduseleien nicht erwünscht. Zac habe das begriffen und sich gefügt, also sollte ich, sein großes Vorbild, doch bitteschön auch in der Lage dazu sein. Also hatte ich mich zusammengenommen und das große Ganze im Auge behalten, obwohl ich selbst nicht einmal wusste, was das große Ganze überhaupt war. Aber die Disziplin, zu der ich aufgerufen war, und die Aufgaben, die ich täglich zu erledigen hatte, hielten mich und mein Leben zusammen. Ich wusste, wo mein Platz war. Auch wenn ich nicht recht verstand, was es geschadet hätte, Zac noch einmal in den Arm zu nehmen.

»Wann genau war das?«, schnitt Kips Stimme durch meine Erinnerung.

Ich runzelte die Stirn. »Vor anderthalb Jahren ungefähr.«

Kip hielt seine Teetasse jetzt so fest umklammert, dass seine Knöchel weiß hervortraten. Ich hatte Angst, sie könnte jeden Augenblick in tausend Stücke zerspringen. »Zac ist vor achtzehn Monaten gestorben«, sagte er tonlos. »Das passt ja dann.« Er schüttelte den Kopf. »Spezielles Programm«, murmelte er fassungslos.

Ohne Vorwarnung schleuderte er seine Tasse quer durch den Raum. Sie krachte in eines der Regale mit den Waffen, was zur Folge hatte, dass ein paar Messer zu Boden segelten. Und gerade, als ich dachte, der Krach wäre vorbei, sah ich, dass ein kleines, rundes Objekt auf den Rand des Regalbrettes zurollte. Bemerkenswert langsam kippte es über den Rand. Ich sprang auf und fing es gerade noch rechtzeitig, bevor es den Boden erreichte. Schwer atmend öffnete ich meine Hand und sah die alte Handgranate darin liegen, die ich nun ungläubig anstarrte. Der Kerl musste völlig verrückt sein, so ein Zeug hier zu lagern. Pistolen und Messer waren eine Sache, aber Handgranaten…

»Reflexe wie eine Schlange«, murmelte Tom.

»Keine Sorge. Die Dinger hier drin sind alle gesichert«, bemerkte Kip beinahe gelangweilt, auch wenn ich mir sicher war, dass es sich nur um aufgesetzte Langeweile handelte. Die Ader an seinem Hals pochte verräterisch unter der dunklen Haut.

»Sehr beruhigend«, gab ich zurück. Ich hatte genug über Sprengstoff und Waffen gelernt, um zu wissen, dass den älteren Exemplaren nicht über den Weg zu trauen war, gesichert oder nicht. Und dieses Ding hatte locker knapp hundert Jahre auf dem Buckel. Aber ich sagte nichts, sondern legte die Granate vorsichtig an ihren Platz im Regal zurück, das nun mit Tassenscherben gesprenkelt war. Immerhin hatten wir so die merkwürdige Situation überbrückt. Ich setzte mich wieder und sagte:»Das war meine Geschichte. Jetzt schuldest du mir deine.«

»Ich schulde dir einen Dreck«, gab Kip zurück, und ich wunderte mich, wo all die Härte auf einmal herkam. Von dem gutmütigen, warmen Mann, der mir vor einer knappen halben Stunde gegenübergestanden hatte, war fast nichts mehr zu erkennen. Sein Gesicht war eine Festung, doch ich hielt seinem Blick stand. Mich konnte er mit harschen Worten nicht verschrecken.

»Als meine Eltern bei einem Unfall ums Leben kamen, war ich von einem Tag auf den anderen für Zac und mich allein verantwortlich. Ich habe versucht, mir einen Job zu suchen, doch ich hatte die Schule noch nicht beendet, hatte nichts Richtiges gelernt, und das Erbe meiner Eltern war noch nicht freigegeben.« Er schluckte. »Niemand wollte uns helfen. Alle waren zu sehr mit ihren eigenen Problemen beschäftigt, um zwei Waisenjungs zu helfen, die in der Klemme steckten.« Er raufte sich die Haare und sah dabei so elend aus, dass ich mich auf meine Hände setzen musste, um sie nicht nach ihm auszustrecken.

»Ich war gerade mal fünfzehn und musste den Tod meiner Eltern verkraften, ihre Trauerfeier organisieren und mich um meinen kleinen Bruder kümmern, der wochenlang nicht aufhörte zu heulen.« Es klang beinahe wie eine Entschuldigung, auch wenn ich nicht wusste, wofür er sich überhaupt entschuldigen müsste. Doch die nächsten Worte erklärten es.

»Ich habe nicht bemerkt, dass es dem Kleinen schlechter ging. Mir ist nicht aufgefallen, dass sich sein Weinen veränderte, dass er schwächer wurde. Ich dachte, es läge an der Trauer. Doch in Wahrheit hatte ich nicht darauf geachtet, dass er genug trank. Ich hatte nicht kontrolliert, ob er es überhaupt tat. Es war einfach alles viel zu viel für mich. Ich war nicht bereit für all die Verantwortung, war nicht auf den ganzen Schmerz und die Schwierigkeiten vorbereitet gewesen, denen ich mich nun stellen musste.«

»Es war nicht deine Schuld«, hörte ich Tom mit ruhiger Stimme sagen, doch Kip schnaubte nur. »Hat dir schon mal jemand gesagt, dass du wie eine kaputte Audiodatei klingst? Oder eine von diesen sprechenden Puppen, die nur einen Satz sagen können?«

Ich schielte zu meinem Bruder hinüber, um zu sehen, ob ihn die Worte trafen, doch Tom lächelte nur. »Das hast du mir schon Hunderte Male gesagt, Alter. Aber danke, dass du mich noch mal dran erinnerst.«

»Und was ist dann passiert?«, fragte ich vorsichtig und riss Kip damit aus seinen Gedanken. Er wirkte verärgert und resigniert zugleich. Als hätte ich ihn aus verdientem Schlaf geweckt.

»Kannst du dir das nicht denken?«, fragte er, und als ich darauf nicht antwortete, fuhr er fort: »Mein kleiner Bruder fiel ins Koma. Ich brachte ihn ins Krankenhaus, aber dort konnte man nicht mehr viel für ihn tun. Er war so dehydriert, dass es unwahrscheinlich war, dass er jemals wieder aufwachen würde. Der Kummer über den Verlust unserer Eltern hatte seinen kleinen Körper genauso geschwächt wie seinen Lebenswillen.« Er schluckte trocken. »Ich habe ihn zum Abschied auf die Stirn geküsst und ihn bei den Ärzten zurückgelassen. Wenn ihn noch jemand retten konnte, davon war ich überzeugt, dann waren sie es. Jahre später habe ich Zac wieder abgeholt.«

Seine Stimme klang hohl, weit entfernt und sehr fremd. »In einem Sarg.«

Ich wollte ihm so viel sagen. Wollte ihm versichern, dass es Zac an der Akademie gut ergangen war, dass er ein fröhliches, glückliches Kind gewesen war, doch ich konnte es nicht. Nicht, weil es lächerlich geklungen hätte, sondern, weil Zac immer ein melancholischer, stiller Junge gewesen war. Mit schweren Lidern und einem schwachen Lächeln, das er nur selten hervorkramte. Auch wenn er nie darüber sprach, so spürte ich doch, dass er für sein junges Alter schon viel zu viel Leid erlebt haben musste. Nun wusste ich es.

Und ich wusste auch, warum mir der Name Kip gleich so bekannt vorgekommen war.

»Er hat manchmal im Schlaf nach dir gerufen«, flüsterte ich, noch bevor ich darüber nachdenken konnte. »Wenn er traurig war oder Angst hatte, hat er gern bei mir im Bett geschlafen«, ergänzte ich. »Und dann hat er im Traum nach dir gerufen.«

Kip blickte mich an, die Augen voller Tränen.

»Ich möchte, dass ihr jetzt geht«, sagte er.

29

Die Tür fiel krachend hinter uns ins Schloss, und wir standen eine Weile auf dem Gehweg und blinzelten, bis sich unsere Augen an die Sonne gewöhnt hatten, die zwar im Sinken begriffen war, aber noch immer ziemliche Kraft hatte.

Tom fuhr sich durch die Haare und sah dabei reichlich verlegen aus. »Das war ...«

»Unhöflich?«, bot ich an und brachte ihn damit zum Lachen.

»Ja, ziemlich unhöflich. Und merkwürdig.«

Ich dachte an die vergangenen Minuten in dem dunklen Büro, an unsere Gespräche, an Zac und all die Rätsel und Fragen, die dieser Besuch aufgeworfen hatte.

»Schlauer sind wir jetzt jedenfalls nicht«, stellte ich fest, und Tom grinste schief.

»Eher im Gegenteil. Und du bist mir noch eine Spur unheimlicher als vorher.«

Ich knuffte ihn in die Rippen und atmete tief durch. Das Licht ließ alles weniger dramatisch erscheinen als noch wenige Minuten zuvor. Es kam mir vor, als wäre ich aus einem Albtraum hochgeschreckt und gerade erst dabei, zu begreifen, dass ich sicher in meinem Bett lag. Vielleicht war es aber auch andersherum. Alles kam mir so unwirklich vor, bedeutsam und bedeutungslos zugleich. Als würde sich mein Unterbewusstsein verzweifelt bemühen, mir etwas mitzuteilen, und ich wäre nur zu dumm, es zu begreifen.

»Hast du Hunger?«, fragte Tom, und wie auf Kommando begann mein Magen zu knurren. Ich hatte seit meinem kleinen Frühstück nichts mehr zu mir genommen, also nickte ich.

»Dein Doc hat uns eingebläut, dass du genug essen musst, um wieder komplett auf die Beine zu kommen. Also los, ich kenne hier einen richtig netten Laden.«

»Hat dieser Laden zufällig etwas mit Hülsenfrüchten zu tun?«, fragte ich und konnte den Sarkasmus in meiner Stimme nicht verbergen.

Tom lachte abermals. »Hat er. Aber nicht so, wie du denkst. Das Essen ist toll, du wirst sehen.«

Selbst wenn das ›New Kanaan‹ Wellblech auf Tellern serviert hätte, hätte sich der Ausflug in das kleine Restaurant gelohnt. Mein Bruder und ich saßen auf einer grob gezimmerten Holzterrasse, die sich ohne erkennbare Halterungen über die Schienen der S-Bahn zogen. Im Minutentakt ratterten die Züge vorbei, die genauso beschmiert waren wie die U-Bahnen, den Bauch voller Pendler auf dem Weg nach Hause. Über den Bahnschienen ging die Sonne langsam unter und tauchte die zerfledderte Stadt in ein gnädiges, rosagoldenes Licht. Es stand den Mauern gut. Die Häuser sahen aus wie fröhliche Kinder mit geröteten Wangen, die nach dem Spielen zum Abendessen reingerufen werden, noch voller Abenteuer des endenden Tages und noch nicht gewillt, ins Bett zu gehen.

Tom hatte für uns bestellt – Hummus, Brot und Burger –, und auch wenn ich nicht sicher war, was genau ich da aß, so war es zwischen dem Hummus und mir doch Liebe auf den ersten Löffel. Nicht jedoch auf den ersten Blick; die hellbraune Pampe hatte mich nicht unbedingt dazu aufgefordert, sie zu probieren, doch nachdem ich mich dazu durchgerungen hatte, konnte ich gar nicht genug davon bekommen. Tom bestellte gleicht eine zweite Portion, weil ich ihn darauf aufmerksam machte, dass ich nicht bereit war, diesen Teller mit ihm zu teilen.

Es war schön, mit ihm auf der Terrasse zu sitzen und zu essen. Wir plauderten ein wenig. Er erzählte mir von seinem langweiligen Job (er sortierte gebrauchte Computerteile in einer Recyclingstelle), von seinem machthungrigen Chef, den niemand so richtig ernst nahm, und von Olivia, dem Nachbarsmädchen, in das er schon seit Jahren heimlich verliebt war, während er hilflos mit ansehen musste, wie sie sich immer wieder für Kerle entschied, die nicht gut für sie waren.

»Aber warum gehst du dann nicht mal mit ihr aus? Bring sie hierher und fütter sie mit Hummus. Wer könnte bei diesem Sonnenuntergang schon Nein sagen?«

Tom lächelte, aber es war ein trauriges Lächeln. »Sie sieht mich nicht als jemanden, mit dem sie abends ausgehen könnte, sondern nur als den Jungen, der ihr im Sandkasten seinen blanken Hintern gezeigt hat.«

Ich prustete.

»Es wäre sicher nur halb so wild, wenn ihre Mutter nicht jedes Mal davon anfangen würde, wenn wir uns im Treppenhaus begegnen.«

»Du solltest vielleicht besser nur noch den Aufzug nehmen«, stellte ich fest, und Tom setzte eine gequälte Miene auf.

»Und wann sehe ich dann Olivia?«

»Auch wieder wahr. Armer Kerl«, lachte ich, streckte meine Hand aus und tätschelte ihm den Arm. Es war ein seltsam vertrauter und entspannter Moment. Ich fühlte mich so gut wie lange nicht mehr.

Und das, obwohl ich gerade erfahren hatte, dass ein Mensch gestorben war, der mir nahegestanden hatte. Doch Zac war mir vor langer Zeit genommen worden und momentan klammerte ich mich an die kleinsten Freuden. Seit ich aufgewacht war, hatte es beinahe nur dunkle Momente gegeben. Natürlich hatte ich ein schlechtes Gewissen, weil ich mir keine Zeit nahm, das Geschehene richtig zu verarbeiten und um Zac zu trauern, doch die bleierne Traurigkeit würde schon noch früh genug einsetzen. Spätestens, wenn ich heute Abend allein im Bett lag. Ich zögerte den schwarzen Moment einfach nur ein Stück hinaus. Mit geschlossenen Augen atmete ich einmal tief durch, dann ließ ich den Blick wieder über die Bahnschienen sowie die Dächer der Häuser schweifen.

Tatsächlich begann ich, der Stadt, die mich umgab, etwas abzugewinnen. Sie war laut und dreckig und ein heilloses Durcheinander. Aber sie war auch spannend, facettenreich, roch nach Abenteuern, unendlichen Möglichkeiten und erzählte von der großen weiten Welt. So wie die Kellnerin, die uns die zweite Portion Hummus brachte. Ihre dunkle Haut schimmerte glatt und eben, um ihren Kopf hatte sie ein Tuch zu einem kunstvollen Turban gewickelt, und als sie Tom die Schüssel reichte, spannte sich ein zauberhaftes Lächeln über ihr Gesicht und ließ eine Reihe blitzweißer, makelloser Zähne sehen.

»Hast du gesehen, wie sie dich angestarrt hat?«, fragte ich Tom, als sie außer Hörweite war. »Ihre Augen haben regelrecht um deine Aufmerksamkeit gebettelt!«

»Du spinnst!«, sagte Tom, während er die Schale mit frischem Hummus mit einer Hand vor mir in Sicherheit brachte.

Ich musterte meinen Bruder und versuchte, ihn mit neutralen Augen zu sehen. Es war nicht zu leugnen, dass er verdammt gut aussah. Das eckige Kinn mit Dreitagebart, die muskulösen Arme, die Mischung aus Kraft, Gutmütigkeit und Traurigkeit, die ihn wie eine Aura umgab – all das konnte Frauen schon den Kopf verdrehen.

»Du hast in letzter Zeit aber schon in einen Spiegel geschaut, oder?«

Nun lachte Tom laut auf. Seine Augen fanden meine und er schüttelte den Kopf.

»Als der Anruf kam und sie uns gesagt haben, dass du aufgewacht bist, war ich darauf vorbereitet, die nächsten Monate an deinem Bett zu sitzen und dich mit Brei zu füttern«, sagte er. »Stattdessen sitzen wir hier und sprechen über meine Attraktivität für das andere Geschlecht. Ich weiß nicht genau, ob ich das besser finden soll.«

Ich schielte zu seiner Hummus-Schale. »Nun, du *könntest* mich mit Brei füttern …«

»Das könnte dir so passen, du Gierschlund! Wie kann jemand, der so klein ist, nur so viel vertilgen?«

Er trat mir unterm Tisch gegen das Schienbein.

»Genug von mir. Reden wir über dich! Hattest du einen Freund auf der Akademie?«

Es war als scherzhafte Frage gemeint, Small Talk und Retourkutsche zugleich, doch die scheinbar harmlosen Worte pressten mir alle Luft aus den Lungen. Die letzten Stunden hatte ich nicht mehr an Jonah gedacht, und ich musste zugeben, dass es eine befreiende Erfahrung gewesen war. Und für die vergangene halbe Stunde hatte ich an gar nichts Schlechtes mehr gedacht. Doch diese kostbare Pause war nun vorbei. Ich schluckte und wich Toms Blick aus. Meine Finger griffen nach einem Stück Brot, mit dem ich so tat, als würde ich den letzten Rest Hummus aus meiner Schale kratzen, dabei war da schon lange nichts mehr, was man hätte herauskratzen können.

Einen kurzen Moment lang war ich versucht, ihn ins Vertrauen zu ziehen. Es wäre sicher schön, mit jemandem über meinen Verlust zu sprechen, die Erinnerungen an Jonah lagen zu Worten geformt immer auf meiner Zunge, zum Absprung bereit; und ich war sicher, dass es mir helfen könnte, über ihn zu sprechen. Doch ich entschied mich dagegen. Auch weil ich selbst langsam nicht mehr wusste, was ich glauben sollte. Ich wollte mich nicht an ihn erinnern, wollte mir keine Hoffnung machen, wenn ich selbst noch nicht wusste, worauf eigentlich. Vorerst würde ich Stillschweigen über ihn bewahren. Er war mein Geheimnis. Etwas, das nur mir gehörte.

»Wenn ich einen hatte, dann kann ich mich zumindest nicht mehr an ihn erinnern«, antwortete ich leichthin und schenkte Tom ein Lächeln.

»Du erinnerst dich doch sonst an alles«, sagte Tom mit hochgezogenen Augenbrauen. »An Zac konntest du dich jedenfalls hervorragend erinnern.«

Die Ereignisse des vergangenen Tages verdunkelten meine Stimmung und legten sich schwer auf meine Schultern. Doch ich wollte mir nicht erlauben, schon wieder schwermütig zu werden.

»Also was sollen wir als Nächstes tun?«, fragte ich Tom, der den Kopf schief legte, als würde er über meine Frage nachdenken.

»Akalin«, sagte er schließlich. »Du solltest mit ihm reden. Im Gegensatz zu Kip kann er uns nicht einfach rauswerfen, wenn es unangenehm wird. Du bist schließlich immer noch seine Patientin.«

Ich seufzte. Alles in mir sträubte sich gegen den Gedanken, wieder einen Fuß in das Krankenhaus zu setzen. Ich würde an all den wartenden Menschen vorbeimüssen, würde ihre Hoffnungslosigkeit und Verzweiflung spüren, würde fühlen, wie sie an mir haften blieb wie ein schlechter Geruch oder ein altes Kaugummi. Ich hatte Angst vor ihrer Dunkelheit.

»Er muss dir helfen«, setzte Tom noch nach.

»Vermutlich hast du recht. Aber ich sollte erst einen Termin bei ihm machen. Wenn ich einfach in die Charité spaziere und nach ihm frage, laufe ich Gefahr, dass er nicht da ist oder in irgendeiner langen Operation steckt.«

Tom nestelte etwas aus seiner Hosentasche und hielt es mir hin. Es war ein Telefon.

»Hier, ruf ihn an!«

Ich muss sehr verunsichert dreingeschaut haben, denn er fragte nach wenigen Sekunden: »Du weißt doch, wie man ein Telefon bedient, oder?«

Ich nickte abwesend. Natürlich wusste ich das. Jeder Schüler auf der Akademie hatte ein Smartphone sein Eigen genannt, auf dem alle Daten zusammenliefen. Es gehörte zur Ausstattung. Aber ich hatte gehofft, erst morgen anrufen zu müssen. Oder nach dem Wochenende. Irgendwann, nur nicht heute. Nach dem Treffen mit Kip hatte ich das Bedürfnis, mich eine Weile in mein Zimmer zu verkrümeln und zu lesen. Nach Hogwarts zurückzukehren und meine Ruhe zu haben. Doch natürlich war das albern, und natürlich war es nur in meinem Interesse, weiterzumachen. Zu suchen und zu bohren. Immerhin war es meine Wahrheit, die wir zu finden versuchten. Ich nickte abermals, diesmal mit ein bisschen mehr Kraft.

»Aber ich habe seine Nummer nicht«, versuchte ich mich an einer lahmen Ausrede.

Tom bedachte mich mit einem argwöhnischen Blick. Er schien mein Zögern zu bemerken, war aber nicht gewillt, mich vom Haken zu lassen.

»Sie ist gespeichert. Im Telefonbuch. Ich habe beinahe jeden Tag mit ihm telefoniert, nachdem du aufgewacht warst.«

Es war nicht das erste Mal, dass ich verwirrt und gerührt zugleich war von der Tatsache, wie sehr sich Tom schon immer für mich aufgeopfert hatte und dass ich nichts getan hatte, um seine Fürsorge zu verdienen. Doch darüber konnte ich jetzt nicht nachdenken. Ich scrollte durch Toms Telefonbuch, fand die Nummer und drückte auf den grünen Hörer.

Schon nach dem zweiten Klingeln nahm eine junge Frau das Gespräch entgegen. Ich nannte ihr meinen Namen und erklärte, dass ich Dr. Akalin dringend sprechen müsse. Die junge Frau bat mich um einen Moment Geduld und kurz darauf ertönte eine nervtötende Melodie.

Ich wusste nicht genau, was ›ein Moment Geduld‹ bedeutete, aber die Zeit, die ich wartend am Hörer verbrachte, das stetige Gedudel im Ohr, war sicher länger als ein Moment. Es waren Hunderte, die mir wie eine Ewigkeit vorkamen. Schließlich brach die Melodie mit einem Knacken ab und Akalins Stimme erklang. »Zoë!«, sagte er außer Atem. Wahrscheinlich war er die langen Flure zu seinem Telefon gerannt. Ich hatte schon während meiner Zeit im Krankenhaus beobachtet, wie der Doktor das mobile Gerät, das er normalerweise am Gürtel trug, immer wieder ablegte. Wahrscheinlich ging es ihm auf die Nerven. Akalin war ein Arzt, der sich seinen Patienten gern mit voller Konzentration widmete; aber wenn es klingelte, musste er es suchen gehen. Akalin schnappte nach Luft.

»Ist alles in Ordnung?«

Ich wusste nicht, was ich auf diese Frage antworten sollte. Es war alles in Ordnung und nichts war in Ordnung. »Ich habe keine Schmerzen, wenn Sie das meinen«, entschied ich mich für den Mittelweg.

Sein Atem beruhigte sich etwas.

»Warum rufst du dann an?«, fragte er. Ich sah ihn vor mir, wie er, sich den Schweiß von der Stirn wischend, in irgendeinem Behandlungszimmer stand, müde vom vergangenen Tag, und das Telefon ans Ohr presste.

»Warum weiß ich, was ein Defibrillator ist?«, fragte ich zurück und ärgerte mich im selben Moment über meine Wortwahl und den Zeitpunkt – ich hätte ihn wenigstens fragen können, wie es ihm ging. Doch solche Höflichkeiten hatte man uns an der Akademie nicht gelehrt; Höflichkeit war ineffizient. Jonah hatte mich mal als ›menschlichen Holzhammer‹ bezeichnet, und tatsächlich hatte ich nicht unbedingt das Talent, subtil zu sein.

»Was?«, fragte Akalin, und ich meinte, Ärger in seiner Stimme zu hören. Wahrscheinlich dachte er gerade, dass ich dabei war, seine Zeit zu stehlen.

»Ich habe ein paar Fragen«, sagte ich daher hektisch. »Kann ich mit Ihnen reden?«

»Wir reden doch«, entgegnete er, und ich schüttelte den Kopf, auch wenn er mich nicht sehen konnte.

»Das ist nichts, was ich am Telefon besprechen möchte. Ich muss Sie sehen. Wann haben Sie Zeit?«

»Wir haben in fünf Tagen einen Termin, Zoë. Kann es nicht so lange warten?«

Wenn ich nur darüber nachdachte, was ich in den letzten vierundzwanzig Stunden herausgefunden hatte, wollte ich mir nicht mal im Traum darüber Gedanken machen, was in fünf Tagen alles geschehen konnte.

»Auf gar keinen Fall. Es ist dringend. Und sehr privat.«

Der Arzt seufzte. Ich konnte förmlich hören, wie er versuchte, Termine in seinem ohnehin viel zu vollen Zeitplan zu verschieben, eine Lücke zu finden, in die er das verrückte Mädchen stopfen konnte, das ihn beim ersten Treffen beinahe aufgespießt hatte.

»Komm morgen um zwölf Uhr in die Klinik. Warte vor der Tür, die aufs Dach führt. Du kannst mir beim Mittagessen Gesellschaft leisten.«

»Okay«, sagte ich. »Danke.«

Im Hintergrund hörte ich jemanden seinen Namen rufen und er legte grußlos auf. Ich gab Tom sein Telefon zurück und fing seinen fragenden Blick auf.

»Morgen um zwölf soll ich bei ihm sein.«

Tom nickte. »Okay. Dann haben wir jetzt noch ein bisschen was zu tun.«

Ich runzelte die Stirn. »Wieso das?«

Tom hob eine Hand und begann, mithilfe seiner Finger

aufzuzählen. »Du brauchst einen Haustürschlüssel, sonst kommst du nicht rein. Darum kümmern wir uns am besten jetzt, damit die Eltern nicht mitbekommen, dass du ohne Begleitung das Haus verlassen willst. Du brauchst Geld, um dein Ticket zu bezahlen, musst den Automaten bedienen können, um eines zu ziehen, und brauchst einen Stadtplan, damit du dich orientieren kannst, ein Handy, damit du zur Not anrufen kannst, und Pfefferspray, damit du dich verteidigen kannst.«

Bei den letzten Worten zog ich die Augenbrauen hoch. Ich holte Luft, um etwas zu sagen, doch Tom schnitt mir mit einer Handbewegung das erste Wort ab, das mir auf die Lippen kam.

»Ich bin dein großer Bruder, und ich sage dir, dass du ohne Pfefferspray nicht auf die Straße gehst.« Er runzelte die Stirn. »Am besten, wir kaufen dir gleich noch eine Tasche für den ganzen Kram. Wenn du alles in deine Hosentaschen stopfst, bist du eine wandelnde Einladung für Taschendiebe.«

Tom zahlte und forderte mich auf, ihm zu folgen. Ich fühlte mich leicht unbehaglich bei dem Gedanken, dass er alles für mich zahlte und ich keine Möglichkeit hatte, mich einzubringen. Es fühlte sich nicht richtig an, ihm so viel zu schulden.

28

Wir nahmen denselben Weg wie zuvor und kamen schließlich auch an Kips ›Kaufhaus der Wahrheit‹ vorbei. Tom schnaubte nur und sah demonstrativ in die andere Richtung, doch ich gönnte mir einen kurzen Blick über die Straße und stellte dabei fest, dass etwas nicht so war, wie wir es vorher verlassen hatten.

»Du hast doch die Tür zugezogen, oder?«, fragte ich Tom, die Augen fest auf den kleinen dunklen Spalt gerichtet, der zwischen Türblatt und Rahmen klaffte. Ich war schon immer gut darin gewesen, kleine Unterschiede zu bemerken. Es gab nicht viel, das mir entging.

»Und selbst wenn nicht«, knurrte Tom, »Kip sichert immer alles doppelt und dreifach. Ich glaube nicht ...« Ich griff nach seinem Arm und brachte ihn zum Schweigen. Er blieb neben mir stehen und sein Blick folgte meinem über die ruhige Kopfsteinpflasterstraße auf die andere Seite.

»Das ist nicht gut«, sagte er, und wie ferngesteuert setzte ich mich in Bewegung. Das verärgerte Hupen des Autos, vor dem ich nur knapp die Straße überquerte, nahm ich genauso wenig wahr wie Toms Rufe, die mich aufforderten, auf ihn zu warten. Ich sah nur die Tür, bemerkte den dunklen Fußabdruck in Höhe des Türschlosses und beim Näherkommen die Schrauben, die aus dem Türblatt ragten. Nur ein Fußabdruck war zu sehen. ›Nur ein Tritt‹, dachte ich, doch ich speicherte diese Information für später, weil ich mich in diesem Augenblick nicht damit befassen konnte. Ich wollte mit meinem Ellbogen die Tür aufstoßen, damit Tom und ich die Situation im Laden abschätzen konnten und sich der Angreifer, falls er sich im Inneren befand, nicht vor uns verstecken konnte. Doch die Tür bewegte sich nicht. Irgendetwas Schweres lag davor. Sie gab nur ein kleines Stück nach. Ich legte mein Ohr an den Türspalt und hörte ein leises Stöhnen.

»Kip, bist du das?«, fragte ich vorsichtig, mein Herz schlug mir bis zum Hals.

Als Antwort bekamen wir ein weiteres Stöhnen.

Ich sah meinen Bruder an und dieser nickte. Mit vereinten Kräften stemmten wir uns gegen die Tür, die sich quälend langsam ein paar Zentimeter öffnete. Als der Spalt breit genug für mich war, schlüpfte ich hindurch und musste sofort über Kips großen Körper steigen, der direkt im Eingang zum Laden lag. Um ein Haar hätte ich das Gleichgewicht verloren; er war ziemlich groß und sah im Liegen beinahe noch größer aus. Wie bereits zuvor herrschte wenig Licht im ›Kaufhaus der Wahrheit‹, doch ich brauchte kein Licht, um festzustellen, dass Kip aus mehreren Wunden blutete.

Ich kniete mich neben ihn und flüsterte: »Was ist passiert?«, doch er schien nicht in der richtigen Verfassung zu sein, mir zu antworten. Seine Augenlider flatterten ein wenig, aber sie blieben geschlossen. Ich strich ihm sanft über den Kopf, und als ich die Hand wieder anhob, war sie voller Blut.

»Alles in Ordnung da drin?«, fragte Tom nervös durch

den Türspalt, durch den er sich weder quetschen noch genug sehen konnte, um die Situation einzuschätzen.

»Ruf einen Krankenwagen«, antwortete ich. »Er ist verletzt.«

»Seid ihr allein?«

Ich blickte mich aufmerksam in dem länglichen Raum um. Hier sah alles aus wie vorher. Der Angriff hatte nicht dem Laden gegolten, sondern Kip persönlich. Es war weder etwas gesucht, noch, soweit ich das erkennen konnte, etwas gestohlen worden. Natürlich gab es in einem solchen Laden genug Ecken, in denen sich jemand vor meinem Blick verbergen konnte, doch ich hatte nicht das Gefühl, dass sich noch jemand in diesem Raum befand. Indizien dafür lieferte auch Kip selbst, und das, obwohl er bewusstlos war. Seine rechte Hand umklammerte den Griff eines alten Degens, und auch die Tatsache, dass er direkt vor seiner Eingangstür lag, sprach dafür, dass er den Angreifer in die Flucht geschlagen hatte. Wahrscheinlich war es ihm gelungen, die Tür zuzuschieben, bevor er zusammengebrochen war. Außerdem vermutete ich, dass jemand, der einen erwachsenen Mann von beachtlicher Größe und Statur angriff, nicht vor einem dürren Mädchen wie mir zurückschrecken würde. Wenn noch jemand mit mir im Laden wäre, so hätte er mich bestimmt längst angegriffen. Aber ganz sicher konnte ich nicht sein.

»Ich denke schon«, antwortete ich dennoch und sah, wie das Auge meines Bruders aus dem Türspalt verschwand. Wenig später hörte ich, wie er anfing, mit jemandem zu sprechen.

Langsam erhob ich mich, ergriff eines der Messer, die im Regal neben der Tür lagen, und zog es aus der Scheide. Es war ein wunderschöner Kaiken-Dolch aus Japan, der in meiner Hand lag, als hätte er schon immer dort hingehört. Professor Nieves hatte mich fünf Jahre lang im Nahkampf ausgebildet und Messerkampf gehörte zu meinen Spezialitäten. Für mich war ein Messer die perfekte Waffe. Ein Messer konnte verborgen werden, man konnte es werfen oder wie ein Schwert führen, man konnte damit drohen, verletzen, töten oder einen Apfel in Spalten schneiden. Man konnte sogar mit der Messerspitze Dreck unterm Fingernagel hervorpulen. So viele Möglichkeiten.

Ein Blick sagte mir, dass dieses Exemplar in meiner Hand geschliffen werden musste, doch fürs Erste würde es genügen.

Nachdem ich mich mit gezückter Waffe vergewissert hatte, dass wirklich niemand mehr hier war, holte ich in der Küche einen halbwegs sauber wirkenden Lappen, den ich in kaltes Wasser tauchte und, zurück im Verkaufsraum, Kip auf die Stirn legte. Nach kurzem Zögern steckte ich den Dolch zurück in die kleine Scheide und steckte ihn unter meinem Shirt in den Hosenbund. Natürlich war es nicht ganz korrekt, die Waffe einfach mitgehen zu lassen, aber mit einem guten Messer fühlte ich mich einfach sicherer. Schusswaffen und Reizgas waren nicht mein Ding.

Ich würde ihn morgen, wenn alle aus dem Haus waren, schärfen, bevor ich ins Krankenhaus aufbrach. Ich konnte nur hoffen, dass die Bakers etwas in ihrer Küche hatten, an dem ich den Dolch schärfen konnte.

»Sie brauchen noch eine Weile«, sagte Tom, sein Gesicht erschien wieder im Türspalt. »Kann ich reinkommen?« Ich blickte einen Moment auf Kips verwundete Gestalt und seufzte. Er war zu schwer, als dass ich ihn allein hätte bewegen können, aber irgendwie musste die Tür ja auch für die Sanitäter aufgehen, die auf dem Weg hierher waren. Durch unser Schieben lag Kip schon in einem merkwürdig verdrehten Winkel auf dem schmutzigen Teppichboden, und obwohl ich mir relativ sicher war, dass er sich nichts gebrochen hatte, wollte ich doch nicht, dass wir seinen Zustand verschlechterten. Ich blickte mich um und dachte nach. Dann fiel mein Blick auf die Türscharniere.

»Warte einen Augenblick!«, forderte ich und drückte die Tür zu. Dann ergriff ich den Degen, der neben Kip lag, und presste seine Spitze erst gegen den oberen Türstift, der kurz darauf mit einem leisen ›Pling‹ das Scharnier verließ und zu Boden fiel. Dann drückte ich den Degen gegen den unteren Stift.

»Was machst du da?«, fragte Tom, von den Geräuschen alarmiert.

»Ich mache die Tür auf«, entgegnete ich durch zusammengepresste Zähne. Der untere Stift ließ sich nicht so leicht lösen, da er sich ein wenig verkeilt hatte und der Winkel ungünstiger war. Ich trieb die Klinge zwischen Stift und Scharnier und drehte.

»Soll ich dir helfen?«, hörte ich Tom fragen.

»Bloß nicht«, gab ich zurück, und es klang wie ein Grunzen. »Fass die Tür nicht an!«

Endlich löste sich auch der zweite Stift. Ich stieg über Kip hinweg und hob die Tür an. Sie wog mehr, als ich gedacht hatte, wahrscheinlich, weil sie unsichtbar verstärkt worden war und damit deutlich schwerer. Ich taumelte und wäre beinahe über Kips schlaffe Beine gestolpert. Meine Füße hatten kaum Raum, Halt zu finden.

»Jetzt wäre ein guter Zeitpunkt, mir zu helfen!«, stöhnte ich, und augenblicklich wurde die Tür von der anderen Seite angehoben.

Gemeinsam wuchteten wir sie auf die Straße, und nun fiel Sonnenlicht auf Kips geschundenen Körper, wodurch das gesamte Ausmaß seiner Verletzungen sichtbar wurde. Er schien mehrere Schnitt- oder Stichwunden zu haben, außerdem wirkte es, als hätte er sich mit jemandem geprügelt. Seine Unterlippe war aufgeplatzt, der rechte Wangenknochen angeschwollen. Beim näheren Hinsehen bemerkte ich, dass sich auf seiner Wange dasselbe Muster abzeichnete wie auf der Tür. Es war der Abdruck einer Schuhsohle. Ich schluckte. Jemand hatte Kip direkt ins Gesicht getreten.

»Scheiße«, flüsterte Tom und ließ sich neben seinem Freund nieder, offensichtlich unsicher, was er tun sollte. Das kaputte Bild, das Kip bot, schürte die Angst, jede Bewegung könnte noch mehr Schaden verursachen.

Toms Augen wanderten ungläubig durch den Verkaufsraum, als könnten die Wände eine Erklärung für das liefern, was hier gerade geschehen war.

»Vielleicht haben die Kameras ja etwas aufgezeichnet«, beantwortete ich seine unausgesprochene Frage.

»Vielleicht. Wenn er das System wieder hochgefahren hat, nachdem wir weg sind.«

Ich erinnerte mich vage daran, dass Kip alles ausgeschaltet hatte, damit wir nicht gestört wurden. Auch war es wahrscheinlich, dass er die Aufzeichnung gestoppt hatte – falls die Kameras mit einem externen Sicherheitsunternehmen verbunden waren, wovon man ausgehen musste, dann hatte er sicher nicht gewollt, dass die Mitarbeiter unser Gespräch mitbekamen. Ich schloss die Augen. »Das kann doch kein Zufall sein«, murmelte ich.

Tom klang verärgert. »In meinem ganzen Leben hatte ich noch nicht mit so einer Scheiße zu tun. Und dann hole ich dich aus dem Krankenhaus ab und in weniger als 24 Stunden passiert so was gleich zweimal!« Er schüttelte den Kopf. Mit Blick auf seinen Freund fragte er: »Was hast du uns da nur eingebrockt?«

Doch ich war mir sicher, dass Tom damit nicht Kip, sondern mich meinte. Er hatte wirklich bemerkenswert großes Talent, mich wütend zu machen.

»Ich? Ich habe dir was eingebrockt?« Tom blickte hoch, und sein Gesichtsausdruck hätte beinahe gereicht, mich zu beruhigen, denn er sah fürchterlich aus. Aber nur beinahe. »Meinst du nicht, wir sollten uns lieber fragen, wer *uns* die ganze Scheiße eingebrockt hat?« Ich stemmte die Hände in die Hüften. »Natürlich, klar. Es ist ja leichter, alles auf die freakige kleine Schwester zu schieben. Aber nur Feiglinge suchen sich einen Sündenbock, Thomas!«

Ein verwirrter Ausdruck erschien auf seinem Gesicht. »Woher weißt du, dass ich Thomas heiße? So nennt mich Pa nur, wenn er richtig sauer ist.«

Ich schnaubte und blickte zu Boden.

»Erinnerst du dich?«, fragte Tom, nun schon etwas sanfter, doch ich konnte nur die Schultern zucken.

Das Martinshorn erlöste uns aus diesem Moment und ich war froh darüber. Die gesamte Situation hatte ein ungreifbares Unbehagen bei mir ausgelöst, und ich war dankbar dafür, dass nun Menschen kamen, die die Zügel in die Hand nahmen und die Situation unter ihre Kontrolle brachten.

Ein Krankenwagen bog um die Ecke und eine kleine Frau mit einem vertrauten, blonden Lockenschopf hüpfte vom Fahrersitz auf den Bürgersteig. Smilla brauchte nur einen kurzen Augenblick, um die Situation einzuschätzen.

»Ihr schon wieder«, sagte sie, wobei das Grinsen, das in ihrer Stimme lag, nicht auf ihrem Gesicht erschien.

»Du schon wieder«, gaben Tom und ich gleichzeitig zurück, doch Smilla hatte nur noch Augen für Kip.

»Okay, ihr zwei. Was könnt ihr mir dazu sagen?«

»Wir haben ihn gefunden«, begann Tom etwas hilflos zu erklären. »Jemand muss ihn überfallen haben.«

Doch das waren nicht die Informationen, die Smilla weiterhalfen, deshalb sprang ich ein.

»Platzwunde am Hinterkopf, Fußtritt ins Gesicht. Sieben blutende Wunden am Körper, soweit ich das sehen konnte aber nicht auf Höhe lebenswichtiger Organe. Atem flach, aber gleichmäßig, Temperatur normal.«

Smilla nickte, sie machte sich bereits an Kip zu schaffen, aber Tom starrte mich schon wieder an, als hätte ich etwas Falsches gesagt.

Ich zog die Augenbrauen hoch. »Was?«, fragte ich, doch er schüttelte nur den Kopf.

Kip stöhnte wieder und ich ließ mich auf die Knie sinken und griff nach seiner Hand. Er drückte sie schwach und öffnete schließlich die Augen.

»Hey«, sagte ich sanft und lächelte. Keine Ahnung, wo dieses Lächeln herkam, doch der Anblick seiner Augen löste es beinahe automatisch aus – es war wie ein Reflex.

»Hey«, sagte auch er. Seine Stimme klang heiser, als hätte

er einen ganzen Nachmittag geschrien. »Tut mir leid, das…
vorhin.«

Ich schüttelte den Kopf. »Mach dir darüber doch keine Gedanken. Allerdings hätten wir dich gegen den Kerl verteidigen können, wenn wir noch hier gewesen wären.« Kip schüttelte beinahe unmerklich den Kopf. Seine Stimme war nur ein Flüstern. »Ei… Au«, hörte ich ihn sagen und runzelte die Stirn. Ich bückte mich, bis mein Gesicht ganz nah an seinem war, und drehte mein Ohr in Richtung seines Mundes. »Sag das noch mal«, forderte ich.

Kip holte tief Luft, als wüsste er schon, dass ihn das, was vor ihm lag, viel Kraft kosten würde.

»Es war eine Frau«, sagte er.

27

»Was ist denn jetzt schon wieder?«

»Zoë.«

»Könntest du ein bisschen ausführlicher werden?«

»Sie und ihr Bruder fangen an, die richtigen Fragen zu stellen.«

»Wie meinst du das?«

»Sie haben sich mit Kip de los Santos getroffen.«

»Wer ist das?«

»Klingelt da nichts bei dir?«

»Der kleine Zacarias?«

»Ganz genau. Kip ist sein älterer Bruder.«

»Der Freak?«

»Wieso nennst du ihn so? Ihr seid doch einer Meinung, wenn es um die Zukunft unseres Planeten geht.«

»Ein Spinner ist er trotzdem.«

»Mag sein. Aber er ist auch eine Verbindung zu uns. Augenscheinlich will Zoë herausfinden, was mit ihr passiert ist.«

»Aber erwischt hast du sie nicht?«

»Nein. Parker, einer der Kerle, die ich für ihre Überwachung angeheuert habe, hat sie in der U-Bahn verloren.«

»Stümper.«

»Ich habe dir doch gesagt, dass ich lieber allein arbeite. Zu seiner Verteidigung muss man jedoch sagen, dass die U-Bahn momentan die Hölle ist. Unglaublich voll. Aber eine der Kameras auf dem U-Bahnhof Schönhauser Allee hat sie aufgezeichnet und auch, in welche Straße sie eingebogen sind. Ich hab gemacht, so schnell ich konnte, aber sie waren schon weg.«

»Hast du dir de los Santos vorgenommen?«

»Natürlich. Allerdings ist er auch ein ziemlich wehrhafter Knabe. Trotzdem konnte ich ihn ganz schön zurichten. Wenn er klug ist, macht er in Zukunft um die Bakers einen großen Bogen.«

»Etwas sagt mir, dass er nicht klug ist. Am besten, du lässt ihn auch überwachen.«

»Jetzt landet er sowieso erst einmal im Krankenhaus.«

»Cleo, du verkackst es gerade ziemlich.«

»Hey, ich tue doch schon, was ich kann! Und ich hab auch noch achtundzwanzig andere Kinder, um die ich mich kümmern muss, falls du das schon vergessen hast.«

»Trotzdem geht sie dir ständig durch die Lappen. Das darf einfach nicht passieren.«

»Ich bin Psychologin und Neurologin, keine Kampfmaschine.«

»Du bist all das. Verkauf mich nicht für dumm.«

»Keine Sorge. Ich weiß schon, was ich zu tun habe.«

»Das hoffe ich für dich. Allzu lange kann ich mich nicht mehr schützend vor dich stellen. Wir haben noch sieben Tage. Vergiss das nicht.«

»Natürlich nicht.«

»Und da ist noch etwas.«

»Was denn?«

»Cäsar sagt, wenn du sie nicht erwischst, musst du ihren Platz einnehmen.«

»Was?«

»Ich weiß. Es tut mir leid. Aber er hat recht. Eine andere Alternative haben wir nicht.«

»Das könnt ihr nicht machen.«

»Und ob wir das können.«

»Aber … Ich habe nicht auf der Mother trainiert.«

»Ich bitte dich. Wer den Kapitän ausbildet, der kann auch selbst einer sein.«

»Ihr braucht mich hier.«

»Du gibst dir gerade große Mühe, uns vom Gegenteil zu überzeugen.«

»Ich fasse es nicht.«

»Komm mir jetzt nicht mit irgendeiner Tränennummer von wegen ›Ich hab gedacht, wir wären Freunde‹.«

»Für wen hältst du mich?«

»Ich hatte dich für meine beste Mitarbeiterin gehalten.«

»Ich bin deine beste Mitarbeiterin.«

»Dann beweis es mir gefälligst!«

»Das werde ich.«

26

Im Unterricht hatte ich gelernt, was ›Relativität der Zeit‹ bedeutet. Trotzdem hatte ich diese Relativität niemals am eigenen Leib erfahren. Ich konnte nur vermuten, dass es daran lag, dass mein Leben an der Akademie festgelegten zeitlichen Routinen gefolgt war, mein Alltag eingefasst in genau definierte Stunden- und Minutenhäppchen.

An diesem Abend lernte ich, dass sich Zeit ausdehnen kann, zäh und gummiartig. Da Kip eindeutig einem Verbrechen zum Opfer gefallen war, hatte Smilla die Polizei rufen müssen, die uns getrennt voneinander ziemlich lange befragt hatte. Es war bereits dunkel, als die Beamten uns endlich entlassen hatten. Und obwohl es schon später Nachmittag gewesen war, als wir das Kanaan verlassen hatten, wir seitdem mindestens zwei Stunden vor Kips Kaufhaus verbracht hatten und die Sonne längst untergegangen war, schafften wir es noch, all die Sachen zu besorgen, die ich für den nächsten Tag brauchte. Zu diesem Zweck waren wir in eine ›Mall‹ gefahren – ein riesiger Ort voll mit Geschäften für alles Mögliche, und was noch viel schlimmer war: voll mit Menschen. Sie waren überall. Laut und schmutzig schoben sie sich durch die Gänge des großen

Gebäudes, den Blick immer fest auf ein Ziel gerichtet, das nur ihnen selbst bekannt war. Es war so absurd, dass es so viele Sachen zu kaufen gab, aber kaum Wasser. Dass es einfacher zu sein schien, einen schicken neuen Mantel zu erwerben, als genug Wasser für sich und seine Familie zu besorgen. Doch die meisten Leute, die ich auf den Straßen Berlins gesehen hatte, waren ärmlich oder abgegriffen gekleidet gewesen. Wahrscheinlich ging das meiste Geld, das die Leute verdienten, für Wasser und Essen drauf. Wer brauchte da schon eine neue Handtasche? Und was mich betraf, so hätte ich meine ärmliche Kleidung mit Stolz getragen, wenn ich dafür täglich ein bisschen frisches Obst bekommen hätte. Bereits der Gedanke an einen reifen Pfirsich brachte mich fast um den Verstand, von Salaten und Smoothies einmal ganz abgesehen.

Ich hasste die Mall von der ersten Sekunde an. Wie konnte es sein, dass sich Menschen freiwillig in solch eine Umgebung begaben? Aus den Schaufenstern schrien einen die Produkte förmlich an, dass sie gekauft werden wollten, überall grelles Licht und falsches Lächeln. Ich hatte das Gefühl, die Mall war eine dünne Folie, die jemand über die hässliche Oberfläche dieser Stadt gespannt hatte. Es würde nicht lange dauern, bis sie irgendwo zu reißen begann.

Hier wurde einem vorgegaukelt, dass alles in Ordnung war, es den Menschen gut ging, alle genug von allem hatten. Das gelang nur, indem man die Außenwelt aussperrte. Nur wer eine Kreditkarte besaß, erhielt Zutritt zu diesen Hallen, hatte Tom mir erklärt, als er seine Karte auf ein Kontaktfeld legte und dem Security-Mitarbeiter an der Tür erklärte, dass ich zu ihm gehörte. In diese Welt durfte nur eintreten, wer etwas kaufen konnte.

Ich wählte die billigste Tasche aus, die zu finden war. Es handelte sich um einen dunklen Beutel mit aufgedruckter Berlin-Skyline und Tom kaufte mir noch die passende Geldbörse dazu. Dann besorgten wir den Schlüssel, das Handy und den Stadtplan. Die ganze Zeit ermunterte mich Tom, ruhig ein wenig herumzustöbern und etwas auszusuchen, das mir gefiel, doch es gab kaum etwas, das mir ferner gelegen hätte. Auch beim Handy griff ich zielsicher nach dem günstigsten Gerät und rannte damit förmlich zur Kasse. Irgendwas an diesen Läden weckte in mir das Gefühl, verfolgt und beobachtet zu werden. Ob das an den vielen Menschen lag oder der Tatsache, dass es keinerlei Fenster gab, konnte ich nicht sagen.

Als Tom schließlich in Richtung eines Jagd- und Angelshops lief und mir erklärte, dass wir dort das Pfefferspray für mich kaufen konnten, hielt ich ihn zurück.

»Das ist nicht nötig«, sagte ich, und er seufzte theatralisch. »Ich dachte, das hätten wir geklärt.« Er klang dabei genauso, wie ich mir einen großen Bruder immer vorgestellt hatte.

Ich winkte ihn heran und zog den Dolch, den ich bei Kip eingesteckt hatte ein Stück hervor. Tom riss die Augen auf.

»Das ist nicht dein Ernst«, zischte er, und ich konnte mir ein Grinsen nicht verkneifen.

»Erst klaust du ein Messer, und dann bringst du es fertig, eine Stunde mit der Polizei zu reden, ohne dich in Grund und Boden zu schämen?«

»Ein bisschen nervös hat mich das schon gemacht«, gab ich zu. Schließlich hatte ich keine Ahnung, wie solche Vergehen hier geahndet wurden.

»Das beruhigt mich zutiefst.« Tom schüttelte amüsiert den

Kopf. »Dann sind wir hier wohl fertig. Oder willst du dich noch umsehen?«

Anstelle einer Antwort drehte ich mich auf dem Absatz um und hechtete in Richtung Ausgangstür.

Später lag ich in der kleinen Kammer auf meinem Bett unter dem geöffneten Fenster und lauschte auf die Geräusche der Stadt. Es war zwar erst der zweite Tag in dieser Wohnung, und dennoch begann ich bereits, mich an all das zu gewöhnen. Ich mochte die Stadtgeräusche, die durch die kleine Luke an mein Ohr drangen – die ratternden Trams, das allgemeine Rauschen, die Sirenen der Einsatzwagen. Ich mochte die Lebendigkeit, die Tatsache, dass Berlin einen umgab wie ein fühlendes, atmendes Wesen. Beinahe kam es mir so vor, Seite an Seite mit einem gefährlichen Raubtier zu leben, und diese Vorstellung elektrisierte mich. Berlin konnte einen füttern oder verschlingen – und die Stadt wählte ihre Opfer nach dem Zufallsprinzip. Oder so schien es zumindest. Denn während ich auf dem Bett lag, ging mir eine Frage nicht aus dem Kopf: Was, wenn es die Frau von gestern Abend war, die Kip heute angegriffen hatte? Was, wenn das alles kein Zufall war, sondern geplant? Was, wenn es irgendwas mit mir zu tun hatte? Etwas an den Ereignissen nagte an mir, irgendwo in den Tiefen meines Gehirns lungerte eine Ahnung, doch ich konnte sie nicht greifen. Der Fußabdruck, Kips geschundener Körper, die vermummte Frau mit dem Messer – all das schwirrte mir durch den Kopf, und ab und zu mischte sich der Blutgeruch darunter, den ich offenbar noch immer nicht ganz von meinen Fingern geschrubbt hatte. Nach dem Abendessen musste ich Tom nach einer Nagelschere fragen.

Ich konnte es gar nicht abwarten, dass dieser Abend vorbeiging, der nächste Tag anbrach und ich Akalin mit meinen Fragen bombardieren konnte. Er war derjenige, in den ich am meisten Hoffnung setzte. Und dort oben auf dem Dach der Klinik konnte er mir auch nicht weglaufen.

»Zoë, kommst du essen?«, unterbrach Mas Stimme meine Gedanken. Seufzend rappelte ich mich hoch. Ich musste nur noch dieses Abendessen überstehen, dann durfte ich mich endgültig in meinem Zimmer verkriechen.

Ich trat aus der Tür und ging in die Küche, um zu sehen, ob ich noch irgendwie helfen konnte. Clemens drückte mir lächelnd eine Schüssel mit grünen Erbsen in die Hand, und ich dachte gerade, dass das gar nicht so schlecht war, als ich mich umdrehte und mein Blick ins Wohnzimmer fiel.

Mir stockte der Atem. Das große Zimmer war verschwunden. Dort, wo vorhin noch die schäbige Sofaecke und der Esstisch gestanden hatten, öffnete sich ein viel größerer Raum mit fünf langen Tischen, die ordentlich in Reih und Glied nebeneinanderstanden, alle auf eine große Anzeigentafel neben einer digitalen Uhr ausgerichtet. Ungläubig schüttelte ich den Kopf, doch das Bild wollte einfach nicht verschwinden. Vor mir erstreckte sich der Speisesaal der Akademie. Sogar Sonnenlicht fiel durch die großen Fenster, obwohl ich genau wusste, dass es schon lange dunkel war. Meine Vernunftstimme sagte mir, dass das nicht real war, dass ich mich in Berlin befand, in der kleinen Wohnung am Alexanderplatz, eine Schüssel Erbsen in der Hand, doch ich hörte das zufriedene Gemurmel der anderen Schüler, hörte Besteck auf Teller treffen und roch sogar den köstlichen Duft von Kartoffelbrei mit Putenbrust.

Ich konnte nicht anders. Meine Augen huschten über die Köpfe der Schüler hinüber zu unserem Tisch. Ich suchte nach einem vertrauten, unordentlichen Haarschopf und fand ihn schließlich genau da, wo er hingehörte. Jonah saß auf seinem Platz, und ich lächelte, als ich ihn erblickte. Im Gegensatz zum letzten Mal, als ich ihn gesehen hatte, lachte er; er strahlte regelrecht über das ganze Gesicht. Dieses Strahlen machte mich unheimlich glücklich, als wäre es die Sonne, die mich wärmte. Das war schon so, seitdem ich ihn kannte. Doch im nächsten Augenblick begriff ich, warum er so strahlte. Sabine saß neben ihm und flüsterte ihm etwas ins Ohr. Er hatte grinsend den Kopf in ihre Richtung geneigt, wie er es früher immer bei mir getan hatte, wenn ich ihm etwas sagen wollte, das nicht für fremde Ohren bestimmt war. Mein ganzer Körper verkrampfte sich. Sabine saß auf *meinem* Stuhl, an *meinem* Platz. Meine einzige und beste Freundin – an Jonahs linker Seite.

›Das ist nicht real‹, sagte ich mir, wollte die Augen schließen, doch ich konnte mich nicht dazu bringen, wegzusehen.

Jonah legte den Kopf in den Nacken und lachte noch lauter, sein Grübchen zeichnete sich deutlich in seiner Wange ab. Ich wollte mir einreden, dass es ein gutes Zeichen war, dass es ihm besser ging. Schließlich konnte ich für meine große Liebe nur wollen, dass er glücklich war, oder nicht?

Doch dann lehnte er sich zu Sabine hinüber und küsste sie. Vor den Augen aller anderen, direkt auf den Mund. Es war ein schrecklich langer Kuss.

»Jonah«, hörte ich mich schreien, und im nächsten Augenblick wurde mein Fuß von einem stechenden Schmerz durchzogen. Der Speisesaal verschwand und das Wohnzimmer der

Familie Baker rückte wieder in meinen Fokus. Ich schaute nach unten und sah, dass ich die Schüssel mit den Erbsen fallen gelassen hatte, sie war direkt auf meinen Fuß gekracht. Zwar war sie nicht zerbrochen, doch die Erbsen kullerten überall auf dem Boden herum. Clemens zog mich zur Seite, und Ma kam pfeilschnell mit einem Besen aus der Küche gelaufen und begann, das Abendessen aufzukehren.

Tom zog mich am Ärmel zu sich heran und fragte flüsternd: »Wer zur Hölle ist Jonah?«, doch ich schüttelte nur den Kopf.

Wir verbrachten auch dieses Abendessen, das nun nur noch aus einem undefinierbaren braunen Brei bestand, überwiegend schweigend. Obwohl mir Tom, Clemens und Ma immer wieder versicherten, dass sie mir keinen Vorwurf machten, so waren frische grüne Dinge hier trotzdem absolute Luxusware.

Es tat mir leid, dass ich sie um dieses seltene Festmahl gebracht hatte. Doch die meiste Zeit kreisten meine Gedanken um Jonah und Sabine. Die beiden Menschen, die ich auf der Welt am meisten vermisste, hatten mich betrogen. So unlogisch dieses Gefühl auch war, so wenig konnte ich dagegen tun. Ich war gerade mal zwei Wochen fort, und mein Freund hatte nichts Besseres zu tun, als in aller Öffentlichkeit mit meiner Freundin zu knutschen!

Natürlich wusste ich nicht, ob das, was ich gerade gesehen hatte, echt war, aber es hatte sich verdammt echt angefühlt. Die Gerüche und Geräusche, alles. Am echtesten hatte sich aber die Eifersucht angefühlt, der Stich ins Herz, der mich getroffen hatte, als ich die beiden entdeckte. Streng genommen konnte das alles nicht sein, denn ich wusste ja, dass ich mich die ganze Zeit über im Wohnzimmer befunden hatte. Und dennoch.

Zum ersten Mal, seitdem ich aufgewacht war, wusste ich

nicht mehr, ob ich wollte, dass die Akademie tatsächlich existierte.

Denn wenn sie nicht existierte, dann gab es auch Jonah nicht, und dann hatte er Sabine nur in meiner Fantasie geküsst, weil ich genau davor Angst hatte und mein Gehirn mir einen Streich gespielt hatte.

Doch selbst wenn die Akademie und Jonah existierten, könnte mir mein Gehirn einen Streich gespielt haben. Was also bedeutete, dass es theoretisch möglich war, dass es die Akademie gab und Jonah dort treu um mich weinte oder einfach nur darauf wartete, dass ich wieder nach Hause kam. Ich grübelte so lange darüber nach, bis mir der Kopf wehtat.

Tom und ich erwähnten Kip mit keinem Wort. Es war gar nicht nötig gewesen, darüber zu sprechen, ich wusste, wie wichtig es ihm war, die beiden zu schützen.

Als ich endlich wieder zurück in mein Zimmer konnte, war ich vollkommen erschöpft. Körperlich, seelisch, geistig. Alles war schwer und langsam, ich schaffte es gerade noch, mich aus meinen Klamotten zu schälen, bevor ich ins Bett fiel. Ein bisschen schämte ich mich, so wenig an Kip oder Zac zu denken. Vielleicht schwebte Kip in ernsthafter Gefahr, und irgendwas sagte mir, dass der Zeitpunkt des Überfalls direkt nach unserem Besuch kein Zufall gewesen war. Der Kuss hatte alle anderen Sorgen und Gedanken aus meinem Kopf gewischt, was mir schäbig vorkam bei allem, was heute geschehen war.

Morgen würde ich Kip besuchen. Das nahm ich mir in diesem Augenblick fest vor. Nachdem ich mit Akalin gesprochen hatte, würde ich nachsehen, wie es ihm ging.

Mit diesem Gedanken schlief ich ein, leise hoffend, diesmal nicht träumen zu müssen.

25

Auch am nächsten Morgen blieb ich liegen, bis die letzten Geräusche der Wohnung verklungen waren. Es war ein Genuss, nicht aus den Federn gezerrt zu werden, und es bereitete mir diebische Freude, einfach liegen zu bleiben und zu lesen. Das war eine Form von Luxus, die ich noch nie vorher erleben durfte.

Doch nachdem die Tür ein drittes Mal ins Schloss gefallen war, verlor ich keine Zeit. Ich wusch mich gründlich und suchte zwischen all den Spenderklamotten nach etwas, das nicht so aussah, als wollte es sich um den Preis für die hässlichste Gardine bewerben. Aus irgendeinem Grund hatte ich das Bedürfnis, so hübsch wie möglich auszusehen, auch wenn ich insgeheim wusste, dass ›hübsch‹ im Augenblick keine Vokabel war, die zu mir passte. Es war merkwürdig, dass ich mich so fühlte. Mein ganzes Leben lang hatte ich nie den Drang verspürt, gut auszusehen. Zuerst hatte es mich nicht interessiert, und danach hatte mir Jonah jeden Tag aufs Neue gesagt, wie schön ich war. Und in seinen Augen schön zu sein, hatte mir immer gereicht.

Sobald ich an Jonah dachte, dachte ich auch an den Kuss, was in mir merkwürdigerweise das Bedürfnis, hübsch auszusehen, nur verstärkte. Ich wühlte wie besessen in den Klamotten herum, bis ich schließlich schwarze Leinenshorts und ein graues T-Shirt fand. Zwar sahen beide Kleidungsstücke aus, als hätte ein Elefant auf ihnen geschlafen, aber sie waren lange nicht so schrecklich wie der Rest.

An dem Zustand meines Kopfes konnte ich indes leider wenig ändern. Das Schlimmste waren meine Haare oder das, was von ihnen übrig war. Nicht nur, dass sie mir in wirren Stoppeln vom Kopf abstanden, sie waren auch unterschiedlich lang, was Dr. Akalin damit erklärt hatte, dass Maschinen die ganze Zeit über meine Hirnfrequenzen aufgezeichnet haben mussten. Die kreisrunden Stellen waren so kahl, dass mich die Angst überfiel, dort nie wieder Haare zu bekommen.

Beinahe am schlimmsten daran war, wie mich andere Leute anglotzten, wenn sie es bemerkten. Am Tag zuvor hatte immer irgendjemand geglotzt, und ich hasste es, auf diese Art angestarrt zu werden. Als wäre ich etwas, das nicht richtig war, das sich so nicht gehörte. Sie ließen mich dadurch schwach und verwundbar wirken.

Mein Blick fiel auf ein ausgewaschenes blaues Tuch mit weißen Sternen. Ich griff danach und stellte mich vor den Spiegel. Nach ein paar Versuchen gelang es mir tatsächlich, es einigermaßen elegant um meinen Kopf zu wickeln.

Das war doch schon viel besser. Wenn meine dunklen Augenränder nicht wären, könnte ich beinahe schon zufrieden sein.

Den Dolch steckte ich nach dem Schärfen in meinen Hosenbund. Das T-Shirt war weit genug, dass die Waffe nicht auffiel, wenn man nicht genau hinschaute.

Ich packte meine Tasche und probierte den Schlüssel ein

halbes Dutzend Mal in der Wohnungstür aus, bevor ich mich traute, sie zu verlassen und von außen abzuschließen.

Es war noch weit vor zwölf Uhr, als ich die Charité erreichte, doch wie nicht anders zu erwarten, dauerte es eine halbe Ewigkeit, mich zum Besuchereingang vorzukämpfen, der halb versteckt an der schmalen Seite des Gebäudes lag. Die Panik, die mich überfiel, während ich mich durch die schier endlose Menge Wartender voranschob, konnte ich nur mit dem Gedanken an das Messer zurückdrängen, das mir im Hosenbund steckte. Ich war nicht verwundbar, ich war nicht schwach; das musste ich mir immer wieder sagen. Es war merkwürdig, die ganzen Leute einfach hinter mir zu lassen, zu wissen, dass ich das Gebäude betreten und mit Ärzten sprechen durfte, während die meisten von ihnen unverrichteter Dinge nach Hause zurückkehren oder in der Schlange die Nacht verbringen würden. Natürlich konnte ich nichts für ihr Schicksal, aber die Würdelosigkeit ihrer Situation machte mich wahnsinnig. Sie hatten nichts getan – ihr einziger Fehler war, am falschen Ort geboren worden zu sein. Und ich wusste sehr gut, wie sich das anfühlte.

Es war eine Erleichterung, endlich durch die Glasflügeltür in die kühlen Flure der Klinik zu treten. Ohne Begleitung von Dr. Akalin oder Tom fühlte ich mich in den hellen, geschäftigen und überfüllten Gängen allerdings wie ein Eindringling. Alles hier stieß mich ab. Der Geruch, die Geräusche, sogar der Fußboden. Das gesamte Haus schien mir entgegenzurufen, dass ich besser verschwinden sollte. Doch ich unterdrückte meine Impulse und suchte stattdessen nach den Aufzügen, die ich hinter dem völlig überfüllten Informationsschalter fand. Wie sollte ich herausfinden, wo Kip lag, wenn der Infoschalter beinahe genauso überlaufen war wie die Notaufnahme? Doch damit würde ich mich später befassen, jetzt hatte ich anderes im Sinn.

Wie von Akalin aufgetragen fuhr ich bis ganz nach oben, postierte mich gegenüber der Aufzüge und wartete. Ärzte und Krankenschwestern gingen in dem typischen, schnellen Krankenhausschritt an mir vorbei, manche musterten mich, aber niemand sprach mich an.

Zwölf Uhr kam und ging, ohne, dass Doktor Akalin erschien. Doch ich hatte gar nicht erwartet, dass er pünktlich war, wusste ich doch, dass das Leben hinter diesen Mauern völlig verrücktspielte und einem Arzt wie Akalin alles abverlangte. Er war nie pünktlich gewesen.

Doch nachdem ich eine Dreiviertelstunde gewartet hatte, begann ich, nervös zu werden. Auch auf der Station hinter der Glastür bemerkten sie, dass ich schon eine ganze Weile an ein und demselben Fleck stand. Immer wieder lugte jemand um die Ecke, um nachzusehen, ob ich immer noch da war. Das las ich jedenfalls aus ihren Mienen.

Schließlich kam ein junger Arzt zu mir nach draußen und lächelte mich freundlich an.

»Hallo. Kann ich Ihnen vielleicht helfen?«

Ich überlegte einen Augenblick. »Vielleicht können Sie das«, erwiderte ich schließlich und lächelte zurück. »Eigentlich war ich hier um zwölf Uhr mit meinem Arzt verabredet, aber er ist nicht aufgetaucht.«

Zwischen den hellroten Augenbrauen des Mannes bildete sich eine schnurgerade Falte. Es war ihm deutlich anzusehen, dass er sich keinen Reim auf meine Worte machen konnte.

»Sicher, dass Sie hier verabredet waren?«

Ich hatte einen Fehler gemacht, das wurde mir augenblicklich klar. Welchen Grund sollte ein Arzt auch haben, sich mit seiner Patientin in einem Flur vor einer fremden Station zu treffen? »Ja, ganz sicher!« Mein Lächeln fühlte sich an wie festgefroren. »Ich habe Höhenangst, und Dr. Akalin meinte, es könnte mir helfen, aufs Dach zu gehen.«

Die Augen des jungen Arztes weiteten sich überrascht. »Dr. Akalin?«

Mist.

Ich hatte keine Ahnung, ob sein Ausruf als Frage gemeint war, doch es erschien mir sicherer, einfach nichts zu erwidern. Der Arzt griff nach dem Telefon, das er selbst vorbildlich am weißen Krankenhausgürtel trug, und tippte eine Nummer ein. Er ließ es eine ganze Weile klingeln, bis er wieder auflegte. »In seinem Büro erreiche ich niemanden. Wahrscheinlich ein Notfall.« Er zuckte die Schultern. »Tut mir leid.«

Ich stieß mich von der Wand ab, an der ich nun beinahe eine Stunde gelehnt hatte. Meine Hüfte schmerzte besonders an den Stellen, an denen sich mein Hüftknochen durch die Haut gebohrt hatten. Und das alles für die Katz.

Da ich nicht wusste, was ich sonst tun sollte, dankte ich dem Arzt höflich für seine Mühen und rief den Fahrstuhl. Doch einem Impuls folgend drückte ich nicht auf das E für Erdgeschoss, sondern auf die Nummer elf. Im elften Stock lag die Station, auf der ich behandelt worden war und wo auch Akalins Büro liegen musste.

Ich drückte mich neben der Stationstür an die Wand. Da es sich nicht um eine der Akut- oder Intensivstationen handelte, herrschte auf den Fluren nicht so eine hektische Betriebsamkeit wie in anderen Bereichen des Krankenhauses, weshalb ich eine Weile warten musste, bis ich ein vertrautes Gesicht hinter der Scheibe auftauchen sah.

Ich klopfte gegen das Glas und Bill hob den Kopf von seinem Klemmbrett. Er lächelte überrascht, als er mich sah, und öffnete die Tür.

»Hey Zoë«, sagte er in seinem breiten amerikanischen Akzent, den er auch nach zehn Jahren in Deutschland noch nicht abgelegt hatte.

»Hey Bill«, sagte ich und lächelte. Es war überraschend gut, ihn zu sehen.

»Was machst du hier? Dein nächster Termin ist erst in fünf Tagen!«

Ich schüttelte den Kopf. »Ich war mit Dr. Akalin verabredet.«

Bill schaute mich stirnrunzelnd an. »Mit Metin? Der ist heute nicht hier.«

Diese Worte lösten eine plötzliche Unruhe in mir aus. Mein Frühstück begann, in meinem Magen zu rumoren. Wieso war Dr. Akalin nicht im Krankenhaus?

»Wo ist er denn?«, fragte ich und gab mir Mühe, desinteressiert zu klingen.

Bill kratzte sich am Kopf. »Keine Ahnung, Zoë. Ich hab die letzten zehn Stunden im OP verbracht.«

Bei diesen Worten bemerkte ich die dunklen Stoppeln auf seinen Wangen, die grauen Ringe unter seinen Augen und den leichten Geruch nach Schweiß. Alles an ihm deutete auf eine durchwachte Nacht hin.

»Kannst du denn jetzt nach Hause?«, fragte ich, doch Bill schüttelte resigniert den Kopf.

»Nein, ich muss Metins Patienten mit übernehmen. Habe

gerade die Akten mit einer Notiz in meinem Fach gefunden.«
Er seufzte. »Deshalb muss ich jetzt auch los. Soll ich dich mit
rausnehmen?«

Ich schüttelte den Kopf. Mir war gerade eine Idee gekommen. »Ich würde wenigstens Miriam gern Hallo sagen, wenn
das okay ist.«

Bill grinste. »Na klar, sie wird sich freuen, dich zu sehen.
Warte doch einfach in der Besucherecke, bis sie vom Mittagessen kommt, okay?«

Mit diesen Worten drehte er sich um und verließ die Station. Ich sah ihm nach, bis die Fahrstuhltüren hinter ihm
zuglitten. Dann ließ ich die Besucherstühle links liegen und
schlenderte den langen Gang entlang, immer bemüht, so auszusehen, als gehörte ich hierhin. Doch ich begegnete kaum
jemandem, wofür ich dankbar war. Die Türen zu den Patientenzimmern waren alle fest verschlossen – nach dem Mittagessen war eine Stunde Ruhezeit Pflicht für die Kranken. Unverschämtes Glück wollte es, dass ich genau zur richtigen Zeit
auf der Station war.

Ganz am Ende des Ganges fand ich, wonach ich gesucht
hatte. Neben jeder Tür in diesem Krankenhaus war ein kleines Schild angebracht, das anzeigte, was sich im Inneren des
Raumes befand. Schwesternzimmer, Badezimmer, Röntgen,
Labor – die meisten Schilder aber waren leer, da sich niemand
die Mühe machte, die Namen der Zimmerinsassen darauf zu
schreiben. Doch auf dem Schild neben der Tür, vor der ich
nun stand, war ein Name zu lesen. Dr. M. Akalin – Neurologie.

Pro forma klopfte ich an, weil es rein theoretisch möglich
war, dass der Arzt auf seiner Couch vor Erschöpfung einge-

nickt war, doch im Inneren des Büros regte sich nichts. Die Tür war verschlossen, aber das war kein wirkliches Hindernis für mich, nicht, seit ich den Dolch hatte. Ich sah mich nach allen Seiten um, doch ich war noch immer allein. Mithilfe meiner Klinge und zwei geübten Handgriffen hatte ich die Tür geöffnet; anschließend schob ich mich vorsichtig und leise in das kleine Zimmer.

Es war noch enger, als ich es mir vorgestellt hatte. Ein schmaler Schreibtisch teilte den Raum in zwei Hälften. Zwei ausgefranste Besucherstühle standen davor. Einer der Stühle war halb umgekippt, die Wand des engen Zimmers bewahrte ihn vor dem Umfallen. Der Anblick des halb gekippten Stuhls machte mich nervös, und ich beschloss, mich hier nicht länger aufzuhalten als nötig. Doch vorher wollte ich mich noch ein wenig umsehen.

Der Schreibtisch lag voll mit verschiedenen Krankenakten, aber meine war nicht dabei. Auch im Hängeregister daneben fand ich nichts, genauso wenig wie im Schrank dahinter. Ich wollte schon aufgeben, als ich bemerkte, dass der Schreibtisch über eine weitere schmale Schublade verfügte. Als ich daran zog, gab sie nicht nach, doch das konnte mich nicht abhalten. Es war kein Schloss zu sehen, was mich vermuten ließ, dass es irgendeinen versteckten Mechanismus geben musste, der sie öffnete. Ich ließ meine Finger über die Unterseite der kleinen Schublade gleiten, und schließlich ertastete ich tatsächlich zwei winzige, an den Seitenrändern befindliche Hebel. Ich drückte sie und die Schublade sprang auf.

Sie lag ganz oben. Die schmale Pappakte mit meinem Namen. Warum verbarg der Arzt sie in einer geheimen Schublade? Ich nahm sie heraus und bemerkte die wild durcheinander- und übereinanderliegenden Familienfotos, die sich sonst noch in der Schublade befanden. Ich sah einen weitaus jüngeren Dr. Akalin, eine hübsche, rothaarige Frau und einen kleinen Jungen. Ein Kloß formte sich in meinem Hals bei dem Gedanken daran, was den Arzt wohl bewogen hatte, diese Bilder hier drin vor sich selbst zu verstecken, und beschloss, dass es mir lieber war, die Antwort nicht zu kennen.

Heute war ich froh, mich am Vortag für die Leinentasche entschieden zu haben, da die Mappe nahtlos hineinglitt und von außen überhaupt nicht zu erkennen war.

Ich hatte sie keine Sekunde zu früh eingesteckt, denn in diesem Augenblick hörte ich, wie die Tür hinter mir mit einem Klicken aufging und eine vertraute Stimme fragte: »Was machst du denn hier?«

Es war mehr als deutlich zu erkennen, dass Miriam sich nicht freute, mich zu sehen. Ganz im Gegenteil, in ihrem Gesicht lagen Angst und etwas, das blankem Entsetzen ziemlich nahe kam. Ich riss mich zusammen und machte einen Schritt auf sie zu.

»Miriam!«, sagte ich lächelnd. »Wie schön, dich zu sehen.«

Sie presste die Lippen aufeinander und trat einen Schritt zurück. »Was machst du hier?«, wiederholte sie ihre Frage, und für mich hörte es sich beinahe so an, als wollte sie mir drohen. Doch wenn es so war, scheiterte sie kläglich. Miriam konnte niemandem drohen, schon gar nicht mir.

»Ich war mit Dr. Akalin verabredet, aber er ist nicht aufgetaucht. Da wollte ich nachsehen, ob er vielleicht in seinem Büro ist. Bill hat mich reingelassen.«

Dass es so klang, als hätte mich Bill auch in Akalins Büro gelassen, war Absicht.

Als sich ihr Gesicht noch immer nicht entspannte, begann ich, mir ernsthaft Sorgen zu machen.

»Hey, ist alles in Ordnung mit dir?«

Sie starrte mich wortlos an, es war deutlich zu sehen, dass sie einen inneren Kampf ausfocht. Da ich nicht wollte, dass noch mehr Leute auf uns aufmerksam wurden, zog ich Miriam kurzerhand am Arm weiter in das Büro hinein und schloss die Tür. »Was ist denn los mit dir?«, fragte ich, doch sie schüttelte nur den Kopf, die Lippen farblos. Von Nahem konnte ich sehen, dass ihre Augen rot gerändert und geschwollen waren. Ganz offensichtlich hatte sie geweint.

»Was ist passiert?«, fragte ich noch einmal etwas sanfter, und Miriam schluckte.

»Du musst verschwinden«, forderte sie, und ich erschrak über die Härte, die in ihrer Stimme lag. Ihre Hand umklammerte nun ihrerseits mein Handgelenk und ich konnte den Schrecken in ihren Augen sehen. Was war hier passiert?

»Nicht bevor du mir sagst, was hier los ist. Wo ist Akalin? Was ist mit dir?« Etwas leiser flüsterte ich: »Miriam. Du kannst mir vertrauen, okay? Ich bin deine Freundin!«

Doch sie schüttelte nur vehement den Kopf und presste die Lippen trotzig aufeinander wie ein kleines Kind. Eine Weile standen wir uns einfach nur gegenüber und starrten einander an. Meine Gedanken rasten, während ich zu entscheiden versuchte, was ich nun tun sollte. Ich hätte beinahe alles gegeben, um herauszufinden, was hier vorgefallen war. Für einen kurzen Augenblick fragte ich mich, ob Miriam vielleicht eine Affäre mit Akalin hatte. Das würde erklären, warum seine Familienfotos in der Schublade lagen, er abwesend war und sie die ganze Zeit geheult hatte. Doch die professionelle Unverfänglichkeit, die immer zwischen den beiden geherrscht hatte, sprach dagegen. Miriam war mit einem der Rettungsfahrer verlobt, und ihre Augen hatten immer sehr überzeugend geglitzert, wenn sie von ihm gesprochen hatte.

»Bitte«, versuchte ich es noch mal. »Vielleicht kann ich dir helfen!«

Bei diesen Worten lachte sie und es klang seltsam hohl und tot. Da wusste ich, dass etwas Schlimmeres passiert war. Etwas, das Miriam so verängstigte, dass sie sich weigerte, darüber zu sprechen. Etwas, das Akalin daran gehindert hatte, mich vor der Tür zum Dach zu treffen. Augenblicklich wurde mir kalt, und ich fühlte, wie mir Schweiß auf die Stirn trat. Jeden Tag, seit ich das Krankenhaus verlassen hatte, war etwas Schlimmes passiert. Ich hatte das Gefühl, dass Leuchtpfeile in meine Richtung wiesen, dass alles meinetwegen passierte und ich nicht wusste, warum. Ich brauchte Antworten.

»Okay«, sagte ich, nun wieder lauter. »Dann musst du mir helfen.«

»Ich«, sagte Miriam, doch weiter kam sie nicht, weil ich ihr meine Hand auf den Mund presste.

»Ich muss zu einem Mann, der gestern Abend von Smilla hierhergebracht wurde. Sein Name ist Kip und er wurde überfallen.«

Miriam reagierte nicht, sondern starrte mich nur an. Allmählich begann sie mir auf die Nerven zu gehen. Nur das Wissen um ihr gutes Herz hielt mich davon ab, ihr eine zu knallen. Wie konnte man nur so passiv sein?

»Er ist in Gefahr«, setzte ich schließlich nach. »Habt ihr nicht irgendeinen Eid geschworen, Leute zu beschützen oder so was?«

Miriam straffte die Schultern. »Also gut«, sagte sie. »Aber versprich mir, dass du danach von hier verschwindest!«

Sie griff nach einem Notizzettel von Akalins Schreibtisch und kritzelte eine Stationsnummer darauf. Darunter notierte sie einen zehnstelligen Zahlencode.

Ich las die Stationsnummer und runzelte die Stirn. »Q 32?«, fragte ich verwirrt.

»Die Quarantänestation«, sagte sie ungeduldig. »Akalin hat ihn dort untergebracht.«

Unsere Blicke trafen sich und ich sah zum ersten Mal an diesem Tag wieder die gutmütige, freundliche Krankenschwester hindurchblitzen.

»Smilla hat uns direkt angerufen, weil er ein Freund von dir und deinem Bruder ist. Eigentlich hätten wir ihn nach der Versorgung wieder vor die Tür setzen müssen, aber der Doktor fand es unverantwortlich, ihn einfach nach Hause zu schicken. Es war mitten in der Nacht und immerhin hatte ihn gerade jemand überfallen.« Sie lächelte leicht, und ich sah, dass ihr Tränen in die Augen stiegen. »So was hat er öfter gemacht. Nur er und ich wussten davon.«

»Was …?«, fragte ich, doch diesmal war sie es, die mich zum Schweigen brachte. Sie riss die Tür auf und schubste mich regelrecht auf den Gang hinaus. Wir stolperten in eine Gruppe Pfleger, die offensichtlich gerade auf den Weg in ein Behandlungszimmer war. Überrascht blickten sie uns an.

»Frau Baker hatte einen Termin zur Nachsorge«, sagte sie, und ich war überrascht, wie selbstverständlich diese Lüge ihre Lippen verließ. »Ich muss jetzt zu Frau Marmel. Kann einer von euch sie bitte aus der Station begleiten?«

»Klar, mach ich«, hörte ich eine der Krankenschwestern

sagen, und Miriam lächelte sehr überzeugend. »Danke, Lilli, du bist ein Schatz!«

Und während mir nichts anders übrig blieb, als mich von Lilli vor die Türen der Station bringen zu lassen, fragte ich mich, ob ich Miriam nicht vielleicht völlig falsch eingeschätzt hatte. Und was sie in Dr. Akalins Büro gewollt hatte, wo sie doch offensichtlich längst gewusst hatte, dass er nicht da war.

24

Eine wachsende Unruhe trieb mich voran. Nichts konnte mehr schnell genug gehen, und ich musste gegen den Impuls ankämpfen, den Aufzug anzuschreien, damit er schneller fuhr. Die Quarantänestation lag noch unterhalb der Tiefgaragen für die Rettungswagen, doch der Aufzug fuhr nur bis ins zweite Untergeschoss, und ich hatte keine Ahnung, wie ich von dort weiterkommen sollte. Bereits nach kurzer Zeit fand ich zwar eine Treppe, aber jede verstreichende Sekunde war mir zu viel. Mich verfolgte das Gefühl, schon wieder zu spät zu kommen. Gestern hatte ich Hummus gegessen und mit Tom gescherzt, während jemand Kip mit einem Messer angefallen hatte. Heute hatte ich das Krankenhaus zwar pünktlich zur verabredeten Zeit erreicht, aber ich war dennoch zu spät. Zu spät, um mitzubekommen oder zu verhindern, was vorgefallen war. Mit aller Willenskraft, die ich aufbringen konnte, schob ich die Bilder in meinem Kopf beiseite, die Kip tot in einem weißen Bett liegend zeigten, und versuchte lieber, mich darauf zu konzentrieren, nicht die steile Treppe hinabzustürzen, die ich gerade nach unten rannte.

Immer tiefer schraubte sich das schmale Treppenhaus unter die Erde. Es war logisch, eine Quarantänestation unterirdisch zu betreiben, ich wusste das, hatte ich doch alles über Epidemien und Pandemien gelernt. Ich wusste sogar, wie man eine provisorische Quarantäne einrichtete und Verstorbene so bestattete, dass sie keine Gefahr darstellten.

Natürlich war mir klar, was sich Akalin dabei gedacht hatte, Kip hier unterzubringen – er hatte ihn vor den Augen der Krankenhausverwaltung verbergen wollen. Unglücklicherweise hatte er ihn damit auch vor mir verborgen.

Als endlich eine dicke Doppel-Metalltür mit der Aufschrift ›Sektion Q‹ in Sicht kam, war ich ziemlich außer Atem und konnte nur hoffen, dass ich Kip schnell fand. Die Station erstreckte sich wahrscheinlich über die gesamte Krankenhausfläche und die war erheblich. Ich verfluchte Miriam dafür, dass sie mir nicht gesagt hatte, wie ich zu ihm kam. Stattdessen hatte sie mich einfach losrennen lassen; niemals hätte ich gedacht, dass sie so drauf sein konnte. Ihr Verhalten ließ mich das Schlimmste fürchten.

Mit zitternden Fingern holte ich den Notizzettel, den Miriam mir gegeben hatte, aus der Hosentasche, und tippte den zehnstelligen Code in das Nummernpad neben der Tür.

Keine Karten, schoss es mir durch den Kopf, dafür aber ein längerer Code. Bestimmt, weil auch Plastikkarten Keime transportieren konnten.

Meine Augen suchten das helle Metall nach Fußspuren ab, aber alles war sauber und sah beinahe unberührt aus, was mich ein wenig beruhigte. Die Tür war massiv und sah nicht so aus, als könnte man sie eintreten. Ich stieß sie auf und fand mich in einer Dekontaminierungsschleuse wieder. Ganzkörperanzüge und Schuhe aus Plastik hingen an Haken über

Metallbänken, an denen man sich wohl umziehen sollte. Eine Pumpe mit Desinfektionsmitteln stand ebenfalls bereit. Einen kurzen Augenblick lang fragte ich mich, ob ich ein unnötiges Risiko einging, wenn ich die Station ungeschützt betrat, doch wenn hier unten ein Quarantänezustand herrschen würde, dann hätte Akalin Kip sicher nicht hierher und in Gefahr gebracht. Außerdem war der Fußboden trocken, und die Anzüge hingen in solch makelloser Ordnung, dass eigentlich niemand diesen Raum in letzter Zeit benutzt haben konnte.

Die Station, die ich anschließend betrat, war ein wenig gespenstisch. Das Licht in den Fluren war aus, nichts deutete darauf hin, dass sich überhaupt jemand hier unten befand. Sofort bekam ich Beklemmungen und musste gegen die Panik kämpfen, die in meiner Brust aufstieg. Die Angst um Kip hatte mich eine Sache völlig vergessen lassen: Das hier war nichts anderes als ein Keller. Tief unter der Erde, dunkel und riesengroß.

Mir kam ein schrecklicher Gedanke: Was, wenn Miriam mir eine Falle gestellt hatte? Was, wenn Kip überhaupt nicht hier war?

Ich nahm meinen Mut zusammen und ging ein paar Schritte in den Flur hinein. Sofort sprangen die Lampen an der Flurdecke an und das Licht ließ mich leichter atmen. Keine Lichtschalter, sondern Bewegungsmelder. Natürlich. Auch Lichtschalter waren Keimfänger.

Trotzdem hatte ich kein Bedürfnis, mich länger als unbedingt nötig hier aufzuhalten.

»Kip?«, rief ich, während ich den Gang entlang in Richtung Sektion 32 joggte. Ich hatte keine Zeit, jede der Türen einzeln aufzureißen.

»Kip?«

Es war gespenstisch. Die Lampen gingen erst an, wenn ich an einem der Bewegungsmelder vorbeirannte, sodass ein Teil des riesigen Trakts immer im Dunkeln lag. Im Gegensatz zu den normalen Krankenzimmern hatten die Quarantänezimmer auch große Fensterscheiben zur Flurseite, doch die Vorhänge dahinter waren zugezogen. *Du kommst schon wieder zu spät,* raunte meine innere Stimme, doch ich ignorierte sie und rannte verbissen weiter. Als ich um die gefühlt hundertste Ecke bog, sah ich am Ende des Flures Licht hinter einem der Vorhänge hervorschimmern, Sekunden bevor das Licht in dem Flurabschnitt anging. Völlig außer Atem blieb ich vor dem Zimmer stehen und drückte kurzerhand die Klinke nach unten. Der Raum war abgeschlossen und ich klopfte fluchend an die Tür. »Kip, bist du da drin?«

Ich hörte Geräusche hinter der Tür, doch so unendlich leise, dass sie auch Einbildung gewesen sein könnten. Im nächsten Augenblick wurde der Vorhang ein kleines Stück zur Seite geschoben und Kips Gesicht linste nach draußen.

»Zoë?« Es war vielmehr, dass ich seine Lippen meinen Namen formen sah, als dass ich ihn hörte. Die Wände mussten hier unten so dick sein, dass kein Laut durch sie hindurchdrang. Mein Rufen hätte ich mir wohl sparen können.

Es klackte und die Tür ging auf.

»Zoë, was machst du denn hier?«, fragte Kip, und ein Lächeln stahl sich auf seine Lippen.

Ich scannte seinen Körper. Er trug einen der Krankenhausanzüge, die ich nur allzu gut kannte, und einen Verband um den Kopf, aber er stand aufrecht, und sein Gesicht hatte eine beruhigend normale Farbe.

Gut.

»Wir müssen hier weg«, sagte ich, und seine Miene verfinsterte sich. »Sofort.«

Ich kann nicht sagen, warum ich mir so sicher war, aber ich wusste, dass ich Kip von hier fortbringen musste, und das so schnell wie möglich.

Zu meiner Überraschung stellte er keine Fragen, sondern begann mit raschen Handgriffen, ein paar Sachen zusammenzuraffen. Seine Kleidung vom Vortag hing über einem Stuhl neben dem Bett, und ich stellte mit Erleichterung fest, dass sie gewaschen war. Natürlich hatten sie Löcher von dem Messerangriff davongetragen, aber die fielen längst nicht so auf wie riesige Blutflecke. Als ich wieder aufsah, musste ich kurz schlucken.

Kip hatte sich das Krankenhaushemd über den Kopf gestreift und stand nun in Boxershorts vor mir. Sein Körper war mit großen Pflastern übersät, was ihn viel fragiler wirken ließ. Aber noch stärker als seine Wunden schlugen mich seine Tätowierungen in den Bann. Sein gesamter Oberkörper, Brust, Bauch und Arme, war geschmückt mit tanzenden Wellen und großen, bunten Fischen. Dank seiner dunklen Haut wirkte es, als würde man bei Nacht in einen prächtigen Teich schauen. Ich hatte so etwas noch nie gesehen.

Kip schien meinen Blick zu bemerken, denn seine Miene wurde grimmig. »Der Arzt hat sein Bestes getan, mich wieder so zu flicken, dass es nicht besonders auffällt, aber ich wette, ich sehe trotzdem aus wie ein Puzzle, das jemand durcheinandergeworfen hat.«

Ich schluckte. »Das tut mir leid«, sagte ich, doch Kip winkte ab. »Das muss es nicht.« Dann sah er mich an, und ich hatte das Gefühl, ein schelmisches Glitzern in seinen Augen zu sehen.

»Ich fürchte, du musst mir beim Anziehen helfen. Ich kann das nicht allein.«

Ich nickte und griff nach dem T-Shirt, das über der Stuhllehne hing.

Es war ein merkwürdiges Gefühl, einem fremden Körper so nahe zu kommen. Mein Herz schlug schneller, als ich seine Wärme spürte und ihn roch. Seine Haut war warm und bemerkenswert fest – sie fühlte sich anders an als Jonahs. Älter und irgendwie stärker. Ich hob das T-Shirt über seinen Kopf, wobei ich mich auf die Zehenspitzen stellen musste, und als ich ihm in die Hose half, musste ich all meine Konzentration aufbringen, nicht auf seine Boxershorts zu starren. Kip hatte den Anstand, die ganze Prozedur nicht zu kommentieren, wofür ich ihm sehr dankbar war. Wahrscheinlich spürte er meine Anspannung, die sowohl von meiner Sorge als auch von der absurden Situation herrührte. Als ich ihm endlich den zweiten Schuh zugebunden hatte, atmete ich erleichtert aus. Ich stopfte seine Tabletten in meine Tasche und wir traten auf den Gang hinaus. Und dieser Gang war zu meinem Entsetzen längst nicht mehr so leise wie zuvor. In der Ferne hörte ich das Geräusch der Lampen, die zum Leben erwachten, und den Klang von Türen, die geöffnet und wieder geschlossen wurden. Jemand suchte nach etwas oder vielmehr: nach jemandem. Kip hörte es auch und sah mich fragend an. Natürlich konnte es eine ganz harmlose Erklärung für die Geräusche geben, doch ich glaubte nicht daran. Miriam wäre noch die harmloseste gewesen und auch ihr wollte ich gerade nicht begegnen. Der Weg, den ich gekommen war, war versperrt, also zog ich Kip in die andere Richtung und betete im Stillen, dass wir möglichst schnell einen der anderen Ausgänge fanden. Es musste noch mehr geben, schließlich mussten die Patienten ja auch irgendwie nach hier unten kommen. Wir bewegten uns immer weiter von den Geräuschen weg, konnten jedoch nicht verhindern, selbst welche zu machen. Die Lichter flackerten auch über unseren Köpfen, die Sohlen unserer Schuhe quietschten leise. Die Schritte hinter uns wurden schneller und wir beschleunigten unsere. Kein Zweifel möglich: Wir wurden verfolgt. *Sie dürfen uns nicht erwischen,* schoss es mir durch den Kopf. Inzwischen rannten wir. Wegen der rechtwinklig angelegten Flure wusste ich schon nach kurzer Zeit nicht mehr, ob die Schritte von vorne oder doch von hinten kamen. Und ich hatte keine Ahnung, wo wir uns befanden. Die Flure hier sahen alle gleich aus, wie in einem Albtraum-Labyrinth, aus dem es kein Entrinnen gab. Ich musste all meine Willenskraft aufbringen, um aus meinem Kopf zu verbannen, dass wir uns recht tief unter der Erde befanden. Wenn ich darüber nachdachte, dass diese nackten, sterilen Flure, die auf mich schier endlos wirkten, von tonnenweise Erdreich umgeben waren, wurde mir übel. Ganz abgesehen von der Angst, mit unserem Verfolger zusammenzutreffen oder nicht mehr nach draußen zu finden. Doch trotz allem blieb ich bemerkenswert ruhig. Jetzt, da die Bedrohung real wurde, hatte ich merkwürdigerweise weniger Angst vor ihr. Auch hatte ich das Gefühl, dass Kip wusste, wo wir langgingen, denn er bestimmte die Richtung. Er bog so zielstrebig um jede Ecke, dass ich nichts weiter tun konnte, als ihm zu folgen.

Kip blieb ebenfalls ganz ruhig und wirkte insgesamt erstaunlich gelassen für jemanden, der erst am Vortag überfallen worden war, aber ich vermutete, dass er ein Mensch war, der permanent mit dem Schlimmsten rechnete. Sein Kaufhaus sprach Bände.

Tatsächlich kamen wir an eine weitere Schleuse.

»Woher wusstest du, wo wir lang müssen?«, fragte ich, während ich den zehnstelligen Code eingab, dankbar für die Gelegenheit, ein wenig Luft zu holen.

»Ich bin die Station die ganze Nacht abgelaufen und habe mir die Wege eingeprägt«, raunte er zurück, während er an der ersten Tür der Schleuse stand und sich nach allen Seiten wachsam umsah. Ich war beeindruckt. Es schien tatsächlich kaum möglich, diesen Mann zu überraschen. Die Tür ging mit einem leisen Klicken auf und wir verließen die Station. Dahinter befand sich eine Garage mit zwei Krankenwagen, von der aus eine spiralförmige Rampe nach oben führte. Das war viel besser als eine Treppe.

Wir rannten die Rampe entlang, und nachdem wir eine zweite Schleuse passiert hatten, waren wir endlich draußen. Ein paar Leute schauten sehr überrascht, als wir aus dem beinahe unbenutzten, großen Tor stolperten, doch zum Glück sprach uns niemand darauf an. Auf dem Gelände der Charité hatte jeder seine eigenen Sorgen, um die er sich kümmern musste, und das war mir gerade recht.

So zielstrebig wie auf der Station fasste mich Kip am Arm und zog mich hinter sich her.

»Wir sollten so schnell wie möglich außer Sichtweite«, murmelte er.

»Ich geb ein Taxi aus.«

23

Wir fuhren in die Wohnung, in der Kip aufgewachsen war. Auch sie befand sich in Prenzlauer Berg, unweit des Kaufhauses, aber schon als er die Tür aufschloss, erkannte ich, dass Kip diese Wohnung selbst nicht benutzte.

»Meistens schlafe ich im Kaufhaus«, sagte er, als er meinen forschenden Blick bemerkte, der über die verstaubten Möbelstücke wanderte. »Aber das wäre gerade keine gute Idee.«

Ich schüttelte den Kopf. »Überhaupt keine gute Idee«, murmelte ich. »Du solltest wenigstens warten, bis die Tür wieder richtig schließt.«

»Ein befreundeter Schreiner hat sie zugenagelt – momentan kämen wir nicht mal rein.« Er seufzte. »Also muss ich hiermit vorliebnehmen.«

Und das, dachte ich im Stillen, war nun wahrlich keine Strafe. Es fiel mir schwer, nicht zu starren. Eine solche Wohnung hatte ich in meinem ganzen Leben noch nicht gesehen. Gut, eigentlich war die Wohnung am Alexanderplatz die einzige, die ich kannte, aber dennoch wusste ich, dass diese hier etwas ganz Besonderes war. Sie war riesig, alt und wunderschön. Glänzender Holzfußboden knarrte unter meinen

Füßen, die Decken, Fenster und Türen waren alle sehr hoch, breit und verziert. So hatte ich mir als Kind immer einen Palast vorgestellt. Moderne, teuer wirkende Möbel standen in den Räumen, sie passten alle wunderbar zusammen, auch wenn sie völlig verschieden in Farbe, Form und Material waren. Die Kombination, die aus alt und neu entstanden war, war überwältigend. Diese Wohnung war eine Zeitkapsel; und das im doppelten Sinne. Ich konnte mir schon denken, warum Kip lieber in seinem Kaufhaus übernachtete als hier. Wahrscheinlich hatte er seit dem Tod seiner Eltern und dem Verlust von Zac hier nichts mehr verändert. Er bewahrte die Wohnung auf, ertrug es aber nicht, sie zu bewohnen. Ich konnte ihn gut verstehen. Wer hatte schon das Herz, in einer Wohnung zu leben, in der alles so aussah, als würden die geliebten Menschen gleich wieder durch die Tür treten? Und wegwerfen konnte er die einzigen Dinge schließlich auch nicht, die ihm von seiner Familie geblieben waren. Auch wenn ein Psychologe das vielleicht anders sehen würde.

Ich empfand schneidendes Mitleid für Kip. Immerhin konnte ich mir noch einreden, dass Jonah, Imogene, Sabine und die anderen lebten und atmeten, doch Kip hatte diesen Luxus nicht. Er hatte seine gesamte Familie begraben.

Während ich mich in der Wohnung umsah, beobachtete er mich schweigend. Ich wusste, dass es unhöflich war, nichts zu sagen, doch mir wollte nicht einfallen, was. Die Mischung aus Traurigkeit und Faszination überwältigte mich und lähmte meine Zunge. Und die war ohnehin nicht das schnellste an mir.

»Wow«, sagte ich nach einer Weile.

»Ich weiß.« Kips Worte klangen wie ein Seufzen, und seine

Augen sahen so traurig aus, dass ich mich unbehaglich fühlte. Fieberhaft suchte ich nach etwas, das ich sagen könnte, um ihn aufzuheitern.

»Ist Kip eigentlich dein voller Name?«

Es funktionierte. Seine Mundwinkel schoben sich ein wenig nach oben und er lächelte schief. »Leider ja.«

»Habe ich vorher noch nie gehört. Oder gelesen.«

Kip seufzte theatralisch. »Ich bin der Erstgeborene. Alle Erstgeborenen in unserer Familie hießen Kip, weil angeblich irgendein Ururururgroßkip ein berühmter amerikanischer Schauspieler war.«

Ich lachte. »Aber was bedeutet er?«

»Leider bedeutet er überhaupt nichts. Wenn man außer Acht lässt, dass in Laos mit Kip bezahlt wurde.«

Nun war es an mir, die Augenbrauen hochzuziehen. »Du wurdest nach einer Währung benannt?«

Kip lachte. Es war das erste Mal, dass ich ihn richtig lachen hörte, und sofort machte sich wieder dieses warme, goldene Honiggefühl in meiner Brust breit. Ich wollte es da nicht haben. Es kam mir unangemessen vor.

»Nicht jeder kann einen Namen mit solch großer Bedeutung haben wie du.«

Darüber hatte ich noch gar nicht nachgedacht. »Wieso?«, fragte ich schlicht. »Was bedeutet mein Name denn?«

»Wie, das weißt du nicht?« Kip klang amüsiert, und ich merkte, dass ich rot wurde, während ich den Kopf schüttelte. »Ich bin mit fünf ins Koma gefallen. Schon vergessen?«

Er zuckte die Schultern. »Du gibst dir aber alle Mühe, dass ich es vergesse. Zoë jedenfalls ist Altgriechisch und bedeutet Leben.« Er trat einen Schritt auf mich zu und lächelte. »Und

Alma ist spanisch und bedeutet Seele. Du bist also das Leben und die Seele.«

»Und der Bäcker«, fügte ich hinzu, weil mein Nachname schließlich ›Baker‹ lautete, was Kip noch mehr zum Lachen brachte. Irgendwie war ich auf einmal froh um diesen stinknormalen Nachnamen. Meine Vornamen jedenfalls hatten für meinen Geschmack entschieden zu viel Bedeutung. Sie schienen eine viel größere Bedeutung zu haben, als mir klar war, wie so vieles in meinem Leben. Zu jemandem, der gegen jede Wahrscheinlichkeit aus einem langen Koma erwacht war, passte es jedenfalls.

»Komm, lebendiger Seelenbäcker«, sagte Kip. »Ich mach uns was zu trinken.«

Wir gingen in die Küche und Kip machte Tee. Er setzte Wasser auf, holte zwei Tassen aus einem der glänzenden Schränke und fragte mich, ob ›Oolong‹ in Ordnung für mich sei, was ich nur mit einem Achselzucken beantworten konnte. Ich hatte keine Ahnung von Oolong.

»So langsam sollten wir mal über die wichtigen Dinge sprechen«, sagte Kip, während er Tee auf zwei Tassen verteilte.

»Und das wäre?«

»Fangen wir doch mal an mit: Was ist passiert?«

Wenn ich das so genau wüsste, dachte ich, doch natürlich hatte Kip eine Antwort verdient.

»Ich hatte heute Vormittag einen Termin mit meinem Arzt. Du weißt schon, Akalin.«

Kip nickte und lächelte. »Netter Kerl.«

»Er ist verschwunden«, sagte ich und nahm die Teetasse entgegen. Es roch nicht unbedingt so, als würden Oolong und ich dicke Freunde werden.

»Wie meinst du das?«

»Na so, wie ich es sage. Erst ist er zu unserem Termin nicht aufgetaucht. Und als ich dann nach ihm gefragt habe, wusste niemand, wo er ist.«

»Das ist noch nichts Ungewöhnliches«, sagte Kip und setzte sich zu mir. »In so einem Krankenhaus ist immer eine ganze Menge los.«

»Er ist sehr zuverlässig«, gab ich zu bedenken. »Er lässt mich nicht einfach so sitzen. Wenn ihm etwas dazwischengekommen wäre, dann hätte er angerufen.«

»Hm«, machte Kip und nippte an seinem Tee.

»Sein Assistenzarzt hat auch nicht von ihm persönlich gehört, sondern nur die Patientenakten in seinem Fach gefunden. So was sieht Akalin gar nicht ähnlich. Vielleicht hätte er mich noch vergessen, aber doch nicht all seine Patienten!«

Kip nickte, sagte aber immer noch nichts. Ich mochte die ernste Art, mit der er mich ansah. Wie einen Erwachsenen. Wie jemanden, den man ernst nahm. Niemand hatte mich in Berlin bisher so angesehen.

»Und dann bin ich in sein Büro gegangen und habe meine Akte geholt und ...«

Kips Augenbrauen schossen in die Höhe. Das kannte ich schon.

»Du bist einfach in sein Büro spaziert und hast deine Akte mitgenommen?«

»Nein, ich habe mir gewaltsam Zutritt zum Raum verschafft und anschließend noch eine Geheimschublade geöffnet, aber darum geht es jetzt gar nicht. Ich wurde von meiner Krankenschwester Miriam erwischt, und als ich sie gesehen habe, wusste ich, dass irgendwas absolut nicht in Ordnung ist.«

»Wie das?«

»Sie hatte eine Heidenangst.«

»Hm.«

»Ich kann es dir nicht besser erklären, aber ich wusste, dass du nicht sicher bist. Erst werden Tom und ich von einer vermummten Frau angegriffen, dann du, und dann verschwindet Akalin, und Miriam benimmt sich wie eine Fremde. Sie hat mir gesagt, dass ich so schnell wie möglich verschwinden und nicht zurückkommen soll. So was sagt eine Krankenschwester niemandem, der eigentlich noch wöchentlich zur Kontrolle antanzen muss.«

»Vermutlich nicht«, stimmte Kip zu. »Außerdem hat dich dein Gefühl ja nicht betrogen. Jemand war hinter uns her. Fragt sich nur, ob er zu mir oder zu dir wollte.«

Ja, das war tatsächlich eine gute Frage.

»So oder so danke ich dir, dass du mich aus dem Krankenhaus abgeholt hast.« Kip lächelte mich an. »Das war eine nette Abwechslung.«

»Gern geschehen«, erwiderte ich sein Lächeln. Ich probierte meinen Tee. Er schmeckte bitter und ein bisschen erdig, aber nicht schlecht. Außerdem nimmt Tee schlimmen Situationen ein bisschen was von ihrem Schrecken.

»Jetzt bist du dran. Was wollte diese Frau gestern von dir?«, fragte ich Kip.

»Besonders gesprächig war sie nicht«, sagte er, und als ich ihn fragend ansah, fuhr er fort: »Als es geklopft hat, dachte ich, ihr wärt wieder zurückgekommen, also habe ich die Tür aufgemacht, ohne die Kamera einzuschalten. Es waren keine zwei Minuten vergangen, seit ich euch rausgeworfen hatte, und ich habe niemanden mehr erwartet.«

Er lachte und schüttelte den Kopf. »Da lasse ich den Laden dermaßen absichern und benehme mich selbst wie der letzte Esel. Als ich sah, dass eine vermummte Gestalt auf meiner Schwelle steht, wollte ich die Tür wieder zumachen, doch sie hat mir das Türblatt ins Gesicht getreten. Für ein paar Augenblicke habe ich nur noch Sterne gesehen und dann war sie auch schon drin.«

Ich sah die Szene regelrecht vor mir. Das erklärte den Fußabdruck an der Tür.

»Natürlich dachte ich, jemand wollte mich ausrauben. Mein größter Horror, du hast gesehen, wie viele Waffen bei mir rumliegen.«

Ich schnaubte. »Das habe ich allerdings.«

»Ich habe mir den Degen geschnappt, den ich immer neben der Tür stehen habe, aber ich war nicht ganz auf der Höhe und habe ihr Messer immer wieder abbekommen. Ein paar Mal habe ich sie auch erwischt, aber irgendwann hat sie mich zu Fall gebracht.«

»Woher weißt du, dass es eine Frau war?«, fragte ich, und Kip sah mich an.

»Weil ich ihre Stimme gehört habe.«

Ich runzelte die Stirn. »Aber du hast doch gesagt ...«

Er stellte die Teetasse ab. »Eine Konversation kam nicht zustande, aber als ich am Boden lag, hat sie mir einen Fuß aufs Gesicht gestellt und mich etwas gefragt.«

Mit angehaltenem Atem blickte ich Kip in die dunklen Augen. Die Wunde auf seinem Wangenknochen leuchtete dunkelblau, der Bereich über der linken Augenbraue war dick geschwollen.

»Was hat sie denn gefragt?«, flüsterte ich.

»Wo ist sie?«, antwortete Kip.

Wir sahen einander an. Keiner von uns musste aussprechen, was wir beide glaubten: dass die Frau hinter mir her war. Dass sie mich suchte. Und dass ich ihn heute vielleicht nicht gerettet, sondern vielmehr noch stärker in Gefahr gebracht hatte.

Ich schloss für einen Moment die Augen und atmete tief durch. Die Tatsache, dass mich eine Frau quer durch Berlin verfolgte und vor Gewalt nicht im Geringsten zurückschreckte, machte mich nervös, elektrisierte mich aber gleichzeitig. Es war ein weiteres Puzzlestück zu dem Rätsel, das ich lösen musste. Ein weiterer Beweis dafür, dass ich nicht irgendein Mädchen war, das zufällig aus einem langen Koma erwacht war.

»Hoffentlich geht es Akalin gut«, sagte ich nach einer Weile, und Kip nickte. »Du musst sehr wertvoll sein, Zoë Alma Baker«, sagte er, und seine Stimme klang merkwürdig. Irgendwie bedeutungsschwer. Mir lief ein Schauer über den Rücken. ›Wertvoll‹. Das klang, als wären Leute bereit, einen hohen Preis für mich zu bezahlen. Zumindest zahlte ich selbst einen hohen Preis dafür, ich zu sein.

»Hilfst du mir?«, fragte ich, und Kip nickte.

»Natürlich.« Er lächelte schief und zuckte die Schultern. Ich wusste, was er mir damit sagen wollte. Kip half mir nicht nur um meinetwillen, sondern vor allem wegen Zac. Wenn wir herausfanden, was mit mir geschehen war, dann würde uns das auch mehr über Zac erzählen. Das war okay. Ich würde es an seiner Stelle nicht anders machen.

Kip fragte: »Wo fangen wir an?«

Ich griff nach meiner Tasche und zog meine Akte daraus hervor.

»Für zwölf Jahre Krankenhaus ist die nicht besonders dick«,

stellte er fest, und ich nickte. »Aus dem Krankenhaus, in dem ich angeblich vorher lag, hat Akalin keine Akten bekommen. Und niemand hat vermerkt, von wo ich verlegt wurde.«

Kip runzelte die Stirn und schlug die Akte auf. Direkt auf dem ersten Blatt schien etwas seine Aufmerksamkeit zu erregen. Er drehte es so, dass ich es sehen konnte.

Es war ein Blatt weißes Papier, auf dem Akalin handschriftlich ein paar Notizen gemacht hatte. Genauer gesagt hatte er eine Liste angelegt. Die oberen drei Wörter waren durchgestrichen, doch ich hätte sowieso nicht lesen können, was er geschrieben hatte. Ich hatte nie gelernt, mit der Hand zu schreiben, und konnte das Gekritzel daher auch nicht entziffern.

»Was steht da?«

»Kannst du nicht lesen?«, fragte Kip und klang leicht amüsiert.

»Ich kann in fünf Sprachen lesen und schreiben, vielen Dank. Aber das...«, ich deutete auf die Zacken und Kringel, die sich über das Papier zogen, »kann ich beim besten Willen nicht entziffern.«

»Da steht: Matrix, Hypnose, Savant.«

Ich hatte keine Ahnung, was ›Savant‹ bedeutete, und wusste auch nicht, was eine Matrix mit mir zu tun haben sollte, doch ich wusste, was ›Hypnose‹ ist.

»Augenscheinlich hat Akalin versucht, eine Erklärung für deine verschiedenen Talente zu finden.«

Mir wurde kalt. »Ich habe ihn gestern angerufen und gefragt, wie es sein kann, dass ich weiß, was ein Defibrillator ist. Darum habe ich um ein Treffen mit ihm gebeten. Ich wollte ihn fragen, ob er eine Erklärung hat.«

»Zufall?«, fragte Kip, und ich wusste, dass diese Frage sarkastisch gemeint war. Ich schloss für einen Moment die Augen, während ich mir klarmachte, dass ich Akalin vielleicht auch in Gefahr gebracht hatte.

»Klar. Alles nur Zufall. Völlig normal in dieser Stadt«, brachte ich schließlich heraus, und Kip lächelte.

Ich war unheimlich froh, dass er bei mir war, auch wenn das natürlich ein egoistischer Gedanke war. Hätte Tom mich nicht gestern mit zu ihm genommen, dann wäre Kip höchstwahrscheinlich überhaupt nichts passiert. Er würde unbehelligt in seinem Kaufhaus sitzen und auf das Ende der Welt warten. Mein Blick fiel wieder auf das Blatt Papier.

»Und was steht da unten?«, fragte ich und deutete auf das Wort am Ende der kurzen Liste, das Akalin mit seinem Kugelschreiber mehrfach umkringelt hatte.

Kip kniff die Augen zusammen. »Da steht ›Hypnopädie‹.«

Ich verschränkte die Arme. »Was ist das?«

»Keine Ahnung«, murmelte er, aber seine Finger huschten schon über sein sehr teuer aussehendes Smartphone. »Hypnopädie«, las er vor, »bezeichnet eine Methode, mit der es möglich sein soll, Menschen Wissen zu vermitteln, während sie schlafen.«

»Oder im Koma liegen«, murmelte ich, während meine Gedanken rasten.

»Das steht hier zwar nicht, aber ja. Genau dasselbe habe ich auch gedacht. Und Akalin ebenfalls.«

Ich wurde nervös. Das wäre eine Erklärung dafür, warum ich die unmöglichsten Dinge konnte. Sogar eine verdammt gute Erklärung. Kip sah mich an und seufzte. Es war ein schweres Seufzen und sprach Bände.

»Was ist?«

Er fuhr sich mit der Hand über sein geschundenes Gesicht und sah auf einmal aus wie ein kleiner Junge. »Ich glaube, ich muss dir was erzählen.«

22

Ich rannte. Rannte meiner Wut davon, doch sie holte mich immer wieder ein. Rannte einem Streit entgegen, den ich kaum erwarten konnte. Rannte, um nicht brüllen zu müssen.

Kips Worte hallten durch meinen Kopf, krallten sich in meinem Herzen fest, überschlugen und drehten sich, formten wilde Theorien, von der eine schmerzhafter war als die andere. Sie hatten mich betrogen und verraten. Dieses ganze Gerede von Liebe und Familie – alles nur Fassade. Warum sie das getan hatten, wusste ich nicht, doch ich würde sie zur Rede stellen.

Meine Lunge brannte, und die Beine zitterten, doch ich konnte einfach nicht stehen bleiben. Ich rannte im wilden Zickzack über die vollen Bürgersteige, wich den meisten Leuten aus, rempelte einige von ihnen an und musste mich zusammenreißen, um die verärgerten Kommentare zu überhören, die sie mir hinterherschleuderten. Meine Wut war nicht für sie bestimmt. Ich durfte sie nicht verschwenden. Beinahe wünschte ich mir, die vermummte Frau würde wieder auftauchen und mich angreifen. Es gab keinen Zweifel, dass ich sie auch dieses Mal wieder überwältigen würde. Doch ich würde sie nicht noch ein zweites Mal entwischen lassen. Natürlich konnte ich damit nicht rechnen, und es war töricht, darauf zu hoffen. Es war später Nachmittag und die Straßen waren voller Menschen. Niemand griff in so einer Umgebung ein junges Mädchen an.

So schmerzhaft es auch war, so gut tat es mir, mich zu bewegen. Die letzten Wochen hatte ich ständig nur in kleinen Zimmern verbracht, eingeschlossen, bewacht, bewegungsunfähig. Das war jetzt vorbei.

Normalerweise half mir das Laufen immer, mich runterzubringen, zu fokussieren, den Kopf freizubekommen, doch diesmal konnte es mein wütendes Herz nicht beruhigen. Es war kein kleiner Streit mit Jonah, kein Disput mit Dr. Jen und keine Zensur von Professor Nieves, die mich wütend gemacht hatte, sondern etwas viel Größeres, Ungeheuerliches.

Meine Füße trafen rhythmisch auf den Asphalt und ich mochte das Gefühl. Es war, als würde ich mich mit jedem Schritt wieder mit der Erde verbinden. Ich ließ Kraft in den Boden ab und holte mir neue. Ein Austausch von Energie; die Straße war etwas, auf das ich mich verlassen konnte. Sie war solide, ehrlich und echt. Zwar kannte ich mich in Berlin nicht aus, doch es war einfach, sich an dem hohen Turm zu orientieren, der auf dem Alexanderplatz stand. Ich musste mich einfach nur stetig in seine Richtung bewegen.

Meine Füße taten weh, da sie in Schuhen steckten, die nicht zum Laufen geeignet waren, und ich dachte mit Wehmut an meine Trainingskleidung in der Akademie. Meine schicken Laufschuhe, die sich angefühlt hatten wie eine zweite Haut, meine engen Hosen, die sich passgenau über meine Muskeln gespannt hatten. Muskeln, von denen überhaupt nichts mehr zu sehen war. Die Beine, auf die ich gerade hinabschaute, waren zwei knubbelige Stäbchen, die Knie traten deutlich hervor; es sah aus, als versuche eine Schlange, zwei Billardkugeln zu verdauen. Ohnehin musste ich für Außenstehende ein merkwürdiges Bild abgeben, doch das war mir egal. Sollten sie ein rennendes Mädchen in Shorts und Kopftuch doch merkwürdig finden. Das hieß schließlich nur, dass sie mich die nächsten Minuten vielleicht nicht vergessen würden.

Meine Wut trieb mich sogar dazu, am Alex angekommen nicht den Aufzug in den dreißigsten Stock zu nehmen, sondern die Treppe. Meine Beine zitterten, die Muskeln protestierten, doch ich schob mich mit trotziger Gewalt immer weiter nach oben. Das, was ich nun vorhatte, wollte ich mir verdienen.

Auf meiner Zunge lag der Geschmack von Blut; vor lauter Anstrengung hatte ich mir schon ein paar Mal auf die Innenseiten meiner Wangen gebissen. Es passte zu meinen feuerroten Gefühlen.

Als ich den Schlüssel im Schloss der Wohnungstür drehte, verstärkte sich meine grimmige Entschlossenheit. Er ließ sich nur eine Viertelumdrehung bewegen – jemand war zu Hause.

Und in dem Augenblick, in dem ich die Tür öffnete, kamen mir Ma und Clemens förmlich entgegengerannt.

»Zoë, Gott sei Dank ist dir nichts passiert!«, rief Ma aus, und ich konnte ihr ansehen, dass sie den Impuls niederkämpfte, sich in meine Arme zu werfen.

»Wo warst du?«, fragte Clemens, sichtlich um Fassung bemüht.

»Das geht euch überhaupt nichts an«, zischte ich, und sie wichen vor mir zurück. Gut so. Beinahe hätte ich ein schlechtes Gewissen bekommen, weil sie sich um mich gesorgt hatten. Natürlich. Sie hatten nicht gewusst, dass ich einen Schlüssel hatte, einen Termin bei Akalin, dass ich das Haus ohne Begleitung verlassen würde. Thomas und ich hatten ihnen nichts davon erzählt.

In jeder anderen Situation hätte ich mich entschuldigt, doch heute würde ich mich für gar nichts mehr entschuldigen. Ich stapfte ins Wohnzimmer und sie folgten mir. Ma machte eine kleine Handbewegung in Richtung der Sitzecke, doch ich schüttelte nur den Kopf. Ich wollte stehen bleiben.

»Zoë, was...?«, fragte Clemens, doch ich brachte ihn mit einer Geste zum Schweigen. Er baute sich vor mir auf, die Hände in die Hüften gestemmt. Es kostete ihn sichtlich Kraft, den Mund zu halten.

»Was haben sie euch gezahlt?«, fragte ich, um Fassung bemüht.

»Wie bitte?«, fragte Ma, doch Clemens war anzusehen, dass er ahnte, worauf ich hinauswollte. In meinem Kopf hallten Kips Worte nach. ›Du musst sehr wertvoll sein, Zoë Alma Baker‹.

»Ich möchte von euch wissen«, sagte ich langsam, und selbst mir war der Klang meiner Stimme ein bisschen unheimlich, »für welche Summe ihr mich an die Forschung verkauft habt.«

Ma stieß ein kleines ›Oh‹ aus und Clemens sackte in sich zusammen. Es sah aus, als hätte man ihm den Stecker gezogen.

»Woher weißt du davon?«, fragte er tonlos.

»Das geht euch gar nichts an!« Ich hatte nicht übel Lust, in ihre Richtung zu spucken oder irgendwas Wertvolles auf den Boden zu schmeißen. Die Wut war überall, sie füllte mich vollständig aus. So sehr, dass ich gar nicht mehr wusste, wohin mit mir. Ich hätte nie gedacht, dass ich überhaupt so wütend werden konnte.

In diesem Augenblick drehte sich ein Schlüssel in der Wohnungstür. Kurz darauf hörte ich Tom fragen: »Was ist denn hier los?«

Ich wirbelte herum. Da stand mein großer Bruder, der Junge, der mir vorgelesen und mich beschützt hatte. Der einzige Mensch in diesem Raum, der mein Geheimnis kannte. Ich hoffte sehr, mich in ihm nicht getäuscht zu haben. Seine wuscheligen Haare standen zu allen Seiten von seinem Kopf ab, unter seinen Augen waren dunkle Ringe zu sehen. Stirnrunzelnd versuchte er abzuschätzen, was hier gerade vor sich ging.

Ich verschränkte die Arme. »Ich habe heute erfahren müssen, dass man Kip Geld angeboten hat, weil sein kleiner Bruder Teil eines Forschungsprogramms wurde, nachdem er ins Koma fiel.«

Tom riss die Augen auf und schnappte nach Luft. »Was sagst du da?« Seine Überraschung war echt. Warum hätten Ma und Clemens dieses Geheimnis auch mit ihrem kleinen Sohn teilen sollen?

»Und jetzt will ich wissen, wie viel Geld ihr für mich bekommen habt. Für welche Summe ihr mich verkauft habt und an wen.«

Clemens schüttelte den Kopf. »Zoë, so war das nicht«, sagte er flehend, doch sein bittender Blick konnte mich nicht erweichen. Die Reaktion der beiden war der letzte Beweis, den ich gebraucht hatte. Sie hatten mich tatsächlich als kleines

Mädchen an die Forschung verkauft. In meinen Augen war so etwas unentschuldbar.

»Ihr seid widerlich. Wisst ihr das?«

Clemens machte eine Bewegung, als wollte er nach mir greifen, doch ich wich vor ihm zurück. Es kostete mich unheimliche Beherrschung, seine Hand nicht wegzuschlagen, mehr noch: nicht auf ihn einzuschlagen, denn das war es, was ich eigentlich wollte. Sie hatten mich verkauft. Sie waren schuld an meinem katastrophalen Zustand, dem ganzen Chaos und der Gefahr, die mich verfolgte. Sie waren verantwortlich dafür, dass ich so kaputt und einsam war.

»Wie war es dann?«, fragte Tom und stellte sich neben mich, die Arme ebenfalls über Kreuz.

»Wollt ihr euch nicht lieber setzen?«, fragte Ma, verzweifelt um Frieden bemüht. »Es wird eine lange Geschichte.« Das letzte Wort ging in einem besonders langen Hustenanfall unter, es klang beinahe, als müsste sie ersticken. Clemens schoss mir einen Blick zu, der klarmachte, dass er mir die Schuld dafür gab.

Leicht zerknirscht ließ ich mich auf der Armlehne des zerfetzten Lesesessels nieder. Ganz sicher würde ich mich nicht zu ihnen auf die Couch setzen. Tom schnappte sich einen Stuhl vom Esstisch und setzte sich rittlings darauf, die Rückenlehne nach vorne. Fast so, als wollte er eine sichtbare Barriere zwischen sich und seine Eltern bringen. In seinem Gesicht war zu lesen, dass auch er tief getroffen war. Das mir bekannte Misstrauen war in sein Gesicht zurückgekehrt, doch diesmal galt es ausnahmsweise seinen Eltern und nicht seiner wild gewordenen kleinen Schwester.

Clemens half Ma mit dem Asthmaspray, und wir sahen

schweigend dabei zu, wie sie sich wieder beruhigte. Es dauerte deutlich länger als sonst, doch es berührte mich nicht. Es war, als hätte sich meine Seele mit einer dicken Schicht Eis überzogen. Wenn ich ehrlich war, wusste ich, dass die beiden nicht den Hauch einer Chance hatten, zu mir vorzudringen. Es gab nichts, was sie sagen konnten, um mich zu besänftigen. All meine Schmerzen, die Wut und die Verzweiflung der letzten Wochen, all meine Wunden brachen auf und vergifteten mich von innen. Mein zurückhaltendes Wesen hatte sich verzogen und einer Zoë Platz gemacht, die ich noch nie zuvor gesehen hatte. Selbst mir war sie nicht ganz geheuer.

Irgendwann bekam Ma wieder Luft und sah mich an, doch es war Clemens, der sprach. Natürlich, er schützte Ma vor allem, also auch davor, jetzt mit mir sprechen zu müssen.

»Es ist verständlich, dass du wütend bist, Zoë«, sagte er, und ich schnaubte. ›Wütend‹ war eine bodenlose Untertreibung.

»Lass mich erklären, was damals passiert ist.«

Seine Stimme war ruhig und fest, er war wieder der Kapitän in einer Krisensituation. Kurz fragte ich mich, ob ich das Talent zur Führungskraft von ihm geerbt hatte. Er war wirklich gut. Und eine Erklärung war es schließlich auch, was sie mir schuldeten. Ich nickte knapp.

Clemens machte eine Handbewegung, die das gesamte Apartment umfasste. »Dir ist sicher schon aufgefallen, dass wir keine reichen Leute sind. Als du ins Koma gefallen bist, war das nicht anders. Es war die Zeit der ersten Dürre, wir waren solche Phänomene noch nicht gewöhnt, hatten kein Wasser gebunkert, weil wir es nie zuvor mussten. Und der Rest Berlins hatte den gleichen Fehler gemacht. Es war ein unbeschreibliches Chaos.«

Ma schluckte und legte eine Hand auf die Hand ihres Mannes. »Die Preise für Wasser gingen binnen weniger Stunden durch die Decke. Die reichen Menschen kauften die Läden leer, findige Händler verkauften kleine Flaschen für das Zehn- oder sogar Hundertfache des Originalpreises. Jedenfalls am Anfang. Doch schon nach ein oder zwei Tagen konnte man überhaupt kein Wasser mehr kaufen, und auch die Händler behielten das, was sie hatten, lieber für sich selbst.« Sie seufzte. »Jeder wollte es für sich.«

»Die Regierung hatte versagt«, schaltete sich Clemens wieder ein. »Es wäre ihre Aufgabe gewesen, das vorauszusehen und Wasservorräte anzulegen, doch kurz zuvor war ein Kanzler an die Macht gekommen, der alle Probleme abstritt und die Bevölkerung mit leeren Versprechen zu beruhigen versuchte. Er wurde gewählt und somit nahm das Drama seinen Lauf. Kurz nachdem die Dürre ausgebrochen war, fand man ihn tot in seinem Büro. Er hatte sich erhängt.«

»Was für ein Feigling«, entfuhr es mir, und Clemens lachte trocken. »Das kannst du laut sagen. Er hat sich einfach entzogen. Danach wurde es noch chaotischer.«

»Ich kann mich noch gut daran erinnern«, murmelte Tom nun. »Zuerst waren wir fünfunddreißig Kinder in der Klasse, dann dreißig, dann zwanzig. Irgendwann nur noch achtzehn.«

»Was ist mit den anderen passiert?«, fragte ich.

»Manche sind in den Norden geflohen, wenn sie Verwandte dort hatten. In Berlin Mitte gab es damals noch einen Haufen reicher Skandinavier, die haben sich recht schnell aus dem Staub gemacht. Aber viele sind auch ins Koma gefallen. So wie du.«

»Die Krankenhäuser waren völlig überfüllt. Du warst glühend heiß, dein Fieber war so hoch, dass ich es kaum wagte, meine Hand auf deine Stirn zu legen.« Ma wischte sich mit dem Handrücken ein paar Tränen aus den Augen. »Eine halbe Ewigkeit habe ich mit dir in der Notaufnahme gewartet, um mich herum einige Mütter mit kleinen Kindern, die in dem gleichen Zustand waren wie du. Die Schwestern haben uns zwar ein bisschen Wasser gebracht, aber du warst nicht mehr bei Bewusstsein.« Sie schluchzte. »Du konntest nicht mehr trinken. Doch dein Herz schlug noch, und ich wollte nicht aufgeben, solang das so war.«

Sie sah mich an, ihre Augen flehten um Verständnis, doch ich presste die Lippen zusammen.

»Ein privates Krankenhaus hätten wir niemals bezahlen können«, sagte Clemens bitter. »Mit unserem letzten Geld habe ich versucht, ein paar Ärzte zu bestechen, doch ich hatte keinen Erfolg. Entweder war die Summe zu lächerlich oder diese Menschen wollten niemanden vorziehen.«

Clemens fuhr sich mit der großen Hand durch das Gesicht und seufzte schwer. Ich konnte den Schmerz von damals spüren, das konnte ich wirklich, doch er mehrte nur meinen eigenen. Mittlerweile war ich ein Klumpen schwarzer Materie, bereit, alles um mich herum zu schlucken. Ich wollte sie nicht verstehen und ich wollte ihnen nicht verzeihen. Ich wollte nur die Wahrheit hören.

»Und dann kam das Angebot«, sagte Clemens und blickte mich direkt an.

»Klingt, als hättet ihr ein neues Auto gekauft«, sagte ich giftig und bemerkte mit Genugtuung, wie meine Worte ihr Ziel trafen. Ma und Clemens sahen aus, als hätte ich sie geschlagen.

»Wieso habe ich davon nichts mitbekommen?«, fragte Tom.

»Du hast geschlafen. Sie kamen mitten in der Nacht in das Wartezimmer der Notaufnahme und sprachen mit allen Eltern, deren Kinder durch Wassermangel ins Koma gefallen waren.«

Toms Augen weiteten sich. »Ich bin aufgewacht, und ihr habt mir erzählt, dass Zoë endlich aufgenommen wurde und dass man sich nun um sie kümmern würde.« Seine Stimme klang ruhig, aber auch ein wenig bedrohlich. »Wieso habt ihr mich angelogen?«

Mas Mund umspielte ein trauriges Lächeln. »Aber wir haben dich doch nicht angelogen, mein Schatz. Diese Leute haben gesagt, dass sie eine neue Forschungsstation aufgebaut hätten und uns angeboten, unsere Kinder aufzunehmen. Wir waren einfach nur dankbar, dass endlich jemand kam, der uns helfen konnte.«

»Warum haben sie euch dann Geld gegeben, wenn sie nur helfen wollten?«, fragte ich. »Wofür haben sie bezahlt?«

Clemens rutschte unbehaglich auf seinem Sessel hin und her. Wir näherten uns dem kritischen Punkt und ich hielt den Atem an.

»Sie sagten, dass sie Hirnforscher seien und eure Hirnaktivitäten aufzeichnen wollten. Sie sagten auch, dass während eures Aufenthalts eventuell kleinere Eingriffe an euren Gehirnen notwendig würden.«

Es war, als würde ich fallen. Meine Hand schoss zum Kopf und tastete die Stellen ab, die kahl geblieben waren. Bisher hatte ich es vermieden, sie anzufassen, da die Stellen sehr empfindlich auf Berührung reagierten und ich mich zudem für sie schämte. Sie sahen fürchterlich aus. Doch nun fuhren meine Finger jeden Zentimeter meines Kopfes entlang. Und tatsächlich fand ich drei feine, lange Narben an kahlen Stellen auf meinem Kopf. Alles drehte sich. »Wie eine Laborratte«, flüsterte ich fassungslos und musste mich an der Armlehne des Sessels festhalten, um nicht herunterzurutschen.

»So war es nicht.« Mas Stimme war nur noch ein Flehen. »Sie haben uns versichert, dass sie alles Menschenmögliche unternehmen werden, um euch zu schützen. Es waren doch Ärzte. Was hätten wir denn tun sollen?«

Ich schluckte und holte tief Luft. »Mich nicht an einen Metzger verkaufen zu Beispiel«, zischte ich.

Die Ungeheuerlichkeit dessen, was ich gerade gehört hatte, ließ mir das Blut in den Adern gefrieren. Eine Ahnung wuchs in mir – was, wenn Zac bei einem dieser Eingriffe ums Leben gekommen war? Ich hielt es einfach nicht mehr aus, der Raum wurde mir zu eng, zu klein. Die Schuld und die Erwartung von Ma und Clemens, dass ich sie verstand und ihnen verzieh, all das schnürte mir die Luft ab. Ich musste hier raus.

Ich sprang von der Sessellehne auf und griff nach meinem Beutel. Clemens war ebenfalls aufgesprungen und legte mir eine Hand auf den Arm. Er wollte mich aufhalten, mich besänftigen, doch das war unmöglich. Ich schlug seine Hand so fest ich konnte zur Seite. »Fass mich nicht an!«, schrie ich und rannte zur Tür.

Erst wollte ich einfach nur raus, doch dann drehte ich mich noch mal um und sah sie an.

»Ein Kind ist dabei ums Leben gekommen, ist euch das klar? Und ich bin nicht gesund und glücklich, ich bin vollkommen kaputt. Von innen und von außen.« Ich griff nach der Türklinke und öffnete die Tür. »Ihr hättet es drauf ankommen lassen sollen.«

»Aber dann wärst du gestorben!«, protestierte Ma, und ihre Stimme zitterte. »Das hätte ich niemals zugelassen. Du bist doch unser kleines Mädchen!«

Ich lachte bitter. »Wisst ihr was? Seit zwei Wochen vergeht kein Tag, an dem sich euer kleines Mädchen nicht wünscht, niemals geboren zu sein.«

Mit diesen Worten ließ ich sie im Wohnzimmer zurück und knallte die Tür hinter mir zu.

21

Mir war klar, dass ich mich beeilen musste. Ich hatte vielleicht zehn Sekunden, bis sich die Familie Baker wieder so weit gefangen hatte, um mir nachzueilen. Schließlich konnten sie mich nicht einfach so ziehen lassen.

Zum Glück stand der Aufzug noch oben, seit Toms Ankunft hatte ihn wohl niemand mehr benutzt. Ich öffnete die Tür und sprang hinein, gerade rechtzeitig, denn ich hörte schon, wie sich die Wohnungstür öffnete.

Ich wusste nicht, wie schnell Clemens war, wenn er die Treppen hinunterhechtete, doch ich wusste, dass er mich nicht erreichen durfte. Es ging einfach nicht – ich konnte heute mit keinem von ihnen mehr reden. Meine Seele war ein Fass – und es war übergelaufen. Kein Wort, das sie sagen konnten, würde es heute noch besser machen. Ich wollte nur noch weg von diesen Menschen.

Der Aufzug bewegte sich quälend langsam, und ich konnte nur hoffen, dass ihn niemand auf dem Weg nach unten rufen würde. Der schmale Vorsprung, den ich hatte, würde nicht ausreichen, wenn noch etwas dazwischenkam. Doch der Fahrstuhl glitt ohne Störungen nach unten, die Tür öffnete sich mit einem leisen ›Pling‹, und ich hastete der Tür entgegen. Nicht weit entfernt hörte ich Clemens' Schritte im Treppenhaus.

»Zoë, warte!«, rief er, doch ich dachte nicht im Traum daran. Allein der Gedanke, in dieser Nacht mit den Menschen unter einem Dach zu schlafen, die mich an dubiose Forscher verschachert hatten, machte mich rasend. Jeder Ort in Berlin war besser als diese Wohnung.

Ich drückte die Türklinke nach unten und warf mich mit meinem gesamten Gewicht gegen die Tür, um sie zu öffnen. Als ich sie wieder schloss, sah ich, wie Clemens den letzten Treppenabsatz hinuntersprang. Es würde nicht lange dauern, bis er mich eingeholt hatte. Meine Hand fuhr in die Tasche der Shorts und holte den Haustürschlüssel hervor, den ich in das Türschloss rammte und zweimal umdrehte. Clemens erreichte die große Glastür und unsere Blicke trafen sich.

»Zoë, bitte!«, rief er und rüttelte an der Tür, doch ich schüttelte nur den Kopf. Dann rannte ich davon.

Es war dunkel, doch der Alexanderplatz wurde von verschiedenen Lichtquellen erhellt, was die Schatten der herumlungernden Gestalten allerdings nur länger und bedrohlicher wirken ließ. Hier trieben sich abends Menschen herum, die nichts mehr zu verlieren hatten, und das waren immer die gefährlichsten. Doch ich war eine von ihnen und noch dazu gut ausgebildet. Ich hatte keine Angst. Trotzdem verspürte ich nicht das Bedürfnis, ins Fadenkreuz eines Verzweifelten zu geraten, und darüber hinaus wollte ich nicht von Clemens oder Tom gefunden werden, die sicherlich gleich beginnen würden, den Platz nach mir abzusuchen. Also überquerte ich den

Alex in der Richtung, aus der ich vorhin gekommen war, denn der einzige Ort, wo ich hinkonnte, war Kips Wohnung. Ich hatte kein Geld für eine andere Unterkunft und kannte sonst niemanden in dieser riesigen Stadt. Ich zwang mich, nicht an die acht Millionen Menschen zu denken, um mich nicht zu fürchten. Furcht ist eine Schwäche und Schwäche konnte ich mir nicht erlauben.

Bald hatte ich den großen Platz mit seinen lärmenden Jugendlichen und den Obdachlosen hinter mir gelassen. Mein Plan war, die nächste Station auf der Strecke ausfindig zu machen und dort in die Bahn zu steigen, in der Hoffnung, dass Tom und Clemens erst mal den Bahnsteig am Alexanderplatz selbst absuchen würden, bevor sie in eine Bahn stiegen. Eine Weile joggte ich an der großen Straße entlang, die nach Norden führte, doch hier fühlte ich mich zu verwundbar. Große Scheinwerfer beleuchteten die Straßenspuren und den Bürgersteig, und ich hatte keine Lust, entdeckt und am Ende vielleicht sogar aufgegriffen zu werden. Ich wollte mich nicht erklären, ich wollte nur meine Ruhe. Also bog ich in eine kleine dunkle Straße ein, die parallel zur großen verlief.

Hier war alles ruhig, die Straßenlaternen funktionierten zu einem Großteil nicht, die Geräusche der Stadt wurden von den hohen Häusern geschluckt. Es war, wie in eine völlig fremde Welt einzutauchen. Das Hinterland der glitzernden, breiten Straßen – die Kehrseite der Metropole Berlin. Die Dunkelheit beruhigte mich, ich konnte wieder freier atmen. Ich hatte keine Angst. Unter freiem Himmel konnte mir Dunkelheit nichts anhaben. Nur in Kellern, unter der Erde, bekam die Schwärze für mich ihren Schrecken. Mit Schaudern dachte ich an die feuchten Keller der Akademie, in die ich früher öfter geschickt worden war, um Unterlagen zu holen, die dort in großen Metallschränken lagerten. Der Geruch lag mir noch heute in der Nase.

Es war meine Schuld, dass ich sie so spät entdeckte. Ich hatte zu oft hinter mich geschaut, um zu bemerken, was vor mir los war. Als ich einen kleinen Platz überqueren wollte, bauten sich drei Typen vor mir auf und schnitten mir den Weg ab. Das Licht einer einzelnen Straßenlaterne fiel auf ihre massigen Gestalten, ihre Gesichter lagen größtenteils im Dunkeln. Nur ihre Augen blitzten im schwachen Widerschein der Stadt.

Verflucht. Mein Herz begann, wie wild Blut durch meine Adern zu pumpen, wo es sich mit frischem Adrenalin vermischte, und ich spürte, wie meine Hände feucht wurden und sich zu Fäusten ballten.

Ich brachte so viel Abstand zwischen sie und mich, wie ich konnte. »Würdet ihr mich bitte durchlassen?«, fragte ich betont beiläufig.

Der mittlere grinste und entblößte eine Reihe schiefer Zähne, die blassgelb leuchteten. »Ich fürchte, das wird nicht möglich sein, mein Täubchen«, sagte er, und der Klang seiner Stimme jagte mir einen Schauer den Rücken herunter. Er klang wie eine alte, rostige Tür.

»Ach. Und warum nicht?«

Sie machten alle drei gleichzeitig einen Schritt auf mich zu, und ich ahnte, was das bedeutete.

»Weil wir so einsam sind«, raunte der rechte Typ, und die Freundlichkeit in seiner Stimme klang so unendlich falsch. Sie troff vor unterdrücktem Verlangen. Mein Magen drehte sich um. Das hier war keine Simulation – das hier war echt.

Ich konnte ihren Bieratem und ihre ungewaschene Kleidung riechen, spürte die Nähe ihrer verschwitzten Körper, roch ihren Schweiß. Schon der Gedanke daran, auch nur eine ihrer Hände auf meiner Haut zu spüren, machte mich schier wahnsinnig. Diese Kerle würden mich nicht anfassen.

»Du möchtest doch nicht, dass wir einsam sind. Nicht wahr, Püppi?«, fragte der Erste wieder, und ich ließ mit einem Lächeln meine Tasche auf den Boden gleiten.

»Natürlich nicht«, säuselte ich, meine Hand ergriff den Saum meines T-Shirts, das ich langsam nach oben zog. Der mittlere Kerl lachte ein ungläubiges Lachen. »Jetzt schaut euch dieses verdorbene Flittchen an!« Seine beiden Kumpels stimmten ein.

Meinen Dolch sahen sie zu spät. Sie lachten noch, als er dem linken Kerl einmal quer durchs Gesicht schnitt. Sofort kippte die Stimmung, und ich sah, welche Brutalität in ihnen lauerte.

»Du kleines Miststück!«, brüllte der Kerl, den ich verwundet hatte, sein Kompagnon bückte sich und hob einen schweren Pflasterstein auf. Mein Atem ging stoßweise, ich war voll konzentriert. Mit gezücktem Dolch ging ich ein paar Schritte rückwärts und sie folgten mir. Ich wollte sie in den Lichtkegel der nächsten Straßenlaterne zwingen, damit ich sehen konnte, was sie taten, und wir auch für andere sichtbar wurden. Denn so gut ich auch kämpfen konnte: Ich war noch schwach. Meine Muskeln schmerzten und zitterten von den Anstrengungen des Tages – ich wünschte, ich wäre nicht so viel gerannt, denn so war ich zu einem gezielten Tritt vielleicht nicht mehr fähig. Die drei Männer zögerten eine Weile. Sie musterten mich, um abzuschätzen, ob ich eine tatsächliche Bedrohung für sie darstellte. Doch es dauerte nur wenige Sekunden. Als hätten sie sich abgesprochen, stürzten sie sich gleichzeitig auf mich. Sie waren zwar stark, aber schwerfällig, und so gelang es mir, ihnen auszuweichen – der schwere Stein traf mich dennoch an der Schulter, und ich strauchelte. Wenn ich zu Boden fiel, war ich verloren, deshalb kämpfte ich verzweifelt um mein Gleichgewicht, während ich die drei nicht aus den Augen ließ. Mittlerweile konnte ich sehen, dass die Männer Mitte zwanzig waren und das Leben ihnen höchstwahrscheinlich noch nicht viele gute Tage beschert hatte. Ihre Gesichter waren schmutzig, Bärte überzogen Kinn und Wangen, harte Augen lagen in tiefen Höhlen, und krumme Finger starrten vor Dreck. Es waren eben Menschen, die nichts mehr zu verlieren hatten. Unter anderen Umständen hätte ich Mitleid mit ihnen gehabt, doch gerade empfand ich nichts als Abneigung. Sie sahen mich an, wie ein Raubtier den Hasen anschaut, den es sich ausgesucht hat. Ruhig, entschlossen, nicht zu stoppen. Einer der drei schubste mich nach hinten, und da ich noch auf wackligen Beinen stand, taumelte ich und stolperte über einen Stein. Das war gar nicht gut, meine Füße fanden den Boden nicht mehr. Ich konnte mich nicht halten und fiel.

Im letzten Moment wurde ich von einer kräftigen Hand aufgefangen und zurückgestoßen. Der Stoß hatte eine solche Wucht, dass mein Messer eher zufällig als zielgerichtet tief in den Arm eines der Angreifer sank. Ich nutzte den entstandenen Tumult, um mich nach meinem Retter umzusehen, und erstarrte, als ich die vermummte Frau erkannte. Sie stand ein kleines Stück hinter mir in ihrer schwarzen Funktionskleidung, ein Tuch über Mund und Nase, Kapuze über dem Kopf,

Beine breit und sicher aufgestellt, den Kopf in Richtung Angreifer. Wartend, lauernd.

Was tat sie hier? Und warum hatte sie mich aufgefangen? Wenn sie ebenfalls gekommen war, um mir zu schaden, dann war ich endgültig verloren, aber danach sah es nicht aus. Im Gegenteil. Zu meiner Verwunderung machte sie mich mit einem kurzen Kopfnicken darauf aufmerksam, dass sich die drei Kerle wieder gefangen hatten und uns anstarrten, augenscheinlich wussten sie ebenso wenig mit dem Neuankömmling anzufangen wie ich. Irgendetwas an der Körperhaltung der Frau kam mir bekannt vor, ihre ruhige Art, die schmale, sehnige Statur, die sicheren Bewegungen. Ich trat einen Schritt zurück, sodass ich nun an ihrer linken Seite stand. Sie sagte nichts und sah mich auch nicht an, sondern hatte die drei Männer fest im Blick. Es war einer dieser Momente, in denen man nur abwarten, nur reagieren kann. Hätten die Männer das Weite gesucht, dann hätten wir sie ziehen lassen, da bin ich sicher. Es war an ihnen, sich zu entscheiden. Doch wir hatten sie verwundet und verärgert, sie waren viel zu wütend, um sich zwei zierlichen Frauen geschlagen zu geben. Und ich sah in ihren Augen, dass sie zumindest die Grundzüge der Mathematik beherrschten. Ihr Hunger war größer als ihre Angst – und zwei von uns bedeuteten mehr Spaß für jeden von ihnen.

Wie zur Bestätigung legte der dritte, unverletzte Mann den Kopf schief und sagte: »Euch ist schon klar, dass ihr eure Kratzbürstigkeit jetzt wieder gutmachen müsst. Oder?«

Sie hätten gehen sollen.

Die Frau neben mir machte eine Kopfbewegung in Richtung der drei und wir griffen an. Das Gefühl der Vertrautheit verstärkte sich, während wir kämpften. Einander halb den Rücken zugewandt und ohne uns abgesprochen zu haben, bedienten wir uns beide der alten Kampfkunst ›Kali‹, die besonders effektiv ist, wenn man sie im Nahkampf mit Waffen ausübt. Wir ließen die Kerle nicht mehr an uns heran, fügten ihnen eine Wunde nach der anderen zu, wobei ich darauf achtete, keine wichtigen Organe zu verletzen. Ich wollte sie vertreiben, nicht töten. Nach jedem Vorstoß kehrte ich wieder in meine Ausgangsposition an der Seite der Unbekannten zurück, fühlte mich mit jeder Sekunde sicherer, als hätte ihre Anwesenheit etwas in mir wachgerufen, mir die Möglichkeit gegeben, mich zu konzentrieren. Ich bestand nur noch aus meiner Aufgabe, aus Atem und Körper; die Stadt um mich herum war verschwunden, genauso der Streit und die Wut des Abends. Alles, was zählte, war, dass ich keine dieser dreckigen Hände an mich heranließ.

Plötzlich beleuchtete ein Scheinwerfer die Szene und eine Sirene erklang. Wahrscheinlich hatte ein Anwohner die Polizei gerufen.

Der Klang der Sirene hatte eine erstaunliche Wirkung auf die anderen vier. Die drei Männer ließen sofort von uns ab und rannten in verschiedene Richtungen davon. Die rechte Hand der Frau, die in einem schwarzen Lederhandschuh steckte, schloss sich wie eine Schraubzwinge um mein linkes Handgelenk.

»Hey, was soll denn das?«, rief ich, doch die Frau reagierte nicht, sie blickte mich nicht mal an. Stattdessen rannte sie los und zog mich mit sich – es blieb mir nichts anderes übrig, als hinter ihr herzulaufen. Wir bogen in eine weitere Seitenstraße ein und nach wenigen Augenblicken gingen bei einem seitlich geparkten schwarzen Auto die Lichter an. Als wir es erreichten, sprang die hintere Tür auf.

›Auf keinen Fall!‹, dachte ich und fühlte, wie ich von heißer Wut gepackt wurde. Mein Ärger war noch frisch und lebendig, ich hatte noch genug für die Fremde übrig, die gerade versuchte, mich auf den Rücksitz des Wagens zu zerren. Das konnte sie vergessen. Mit aller Kraft, die ich aufbringen konnte, stemmte ich mich gegen das Ziehen an meinem Handgelenk, meinen linken Fuß gegen ein Fahrzeugrad, die rechte Hand gegen den Rahmen des Wagens gestemmt.

»Lassen Sie mich los«, zischte ich, doch die Frau sagte noch immer nichts. Dafür hörte ich, wie die Fahrertür aufging. Ich hatte nicht mehr viel Zeit. Mit aller Kraft riss ich an meinem linken Arm und trat gleichzeitig mit dem rechten Fuß gegen die Autotür. Es funktionierte. Als die Tür auf ihren Handgelenkknochen krachte, entstand ein gruseliges Geräusch. Sie ließ sofort los, und ich beeilte mich, so viel Abstand wie möglich zwischen mich und das Auto zu bringen, wobei ich in Richtung des kreisenden Blaulichts rannte, das auf dem Asphalt der Straße tanzte. Wenig später hörte ich den Motor aufheulen und zwei Türen zuschlagen. Dann schoss der schwarze Wagen in entgegengesetzter Richtung davon. Ich blieb stehen und schnappte vornübergebeugt nach Luft. Was zur Hölle...? Wieso war die Frau, die mich und wahrscheinlich auch Kip angegriffen hatte, zu meiner Verteidigung geeilt? Und wieso hatte sie danach versucht, mich zu entführen? In meinem Kopf drehte sich alles, wurde allerdings von der rauschhaften Erleichterung überlagert, die mein Entkommen mit sich gebracht hatte. Mein Atem beruhigte sich quälend langsam, meine Lunge rasselte wie ein alter Ventilator. Ich war überhaupt nicht in Form.

Hinter mir glitten Scheinwerfer die Straße entlang und ich steckte hastig den Dolch wieder in seine Scheide und ließ mein Shirt darübergleiten. Schließlich hielt das Polizeiauto neben mir. Der Polizist hinterm Steuer ließ die Scheibe nach unten.

»Hey, Mädchen. Was war denn das gerade?«

Ich atmete tief durch und lächelte. »Wie gut, dass Sie gekommen sind. Diese Typen haben mich angegriffen. Aber als sie die Sirene gehört haben, sind sie weggerannt.«

Der Polizist und seine Kollegin auf dem Beifahrersitz musterten mich skeptisch.

»Eine Nachbarin hat uns verständigt. Sie hat erzählt, dass vor ihrem Fenster ein bewaffneter Kampf stattfindet. Sie sprach von befeindeten Banden.« Er zog die Augenbrauen hoch. »Kommt dir das bekannt vor?«

Kurz erwog ich, dem Mann von der versuchten Entführung zu erzählen, doch irgendwas hielt mich davon ab. Etwas in mir sagte, dass die Fremde meine Angelegenheit war und nicht die der Polizei. Ich grinste. »Sehe ich aus, als würde ich zu einer kriminellen Bande gehören?«

Die Blicke der Beamten wanderten von meinem Sternchenkopftuch über meine Leinenshorts bis hin zu den uralten Turnschuhen an meinen Füßen.

Der Mann hinterm Steuer drehte sich zu seiner Kollegin. »Was meinst du?«, fragte er, und sie kniff die Augen zusammen.

Schließlich sagte sie: »Schau sie dir doch an, die Kleine ist ja nicht mehr als Haut und Knochen. Wie sollte sie es mit jemandem aufnehmen?«

Ich musste mir das Grinsen verkneifen, das in mir aufstieg

und mit der Unschuldsmiene auf meinem Gesicht konkurrieren wollte.

»Du hast recht«, sagte der Mann. »Wahrscheinlich hat die Anwohnerin die Situation falsch gedeutet. Immerhin passiert hier ständig irgendwas.« Er wandte sich wieder an mich. »Sollen wir dich nach Hause fahren?«

Ich schüttelte den Kopf und lächelte höflich. »Nein, danke. Ich bin okay.«

Er brummte zustimmend. Wahrscheinlich war es ihm selbst auch lieber so. Er hatte ein typisches ›Dienst nach Vorschrift‹-Gesicht. »Dann sieh aber zu, dass du wieder auf die Mollstraße zurückkommst. Die Seitenstraßen sind um diese Uhrzeit kein Ort für ein Mädchen wie dich.«

Ich nickte. »Das werde ich. Vielen Dank noch mal.«

Der Polizist tippte sich an die Mütze und ließ das Fenster wieder hoch. Er nickte mir noch mal zu, dann fuhr das Polizeiauto davon.

Endlich erlaubte ich mir zu grinsen. Mehr noch, ein Lachen brodelte in mir, blubberte hoch bis in meine Kehle. Ich konnte nicht anders. Natürlich wusste ich, dass die Euphorie eine Nebenwirkung des Adrenalins darstellte, das durch meinen Körper gerauscht war, doch das war mir egal. Ich genoss das köstliche Lachen, das mich durchflutete und mich für ein paar Augenblicke mit Glück füllte. Und mit dem Gefühl, am Leben zu sein.

Als ich mich weitgehend beruhigt hatte, zog ich mein Telefon heraus und sah, dass Tom über dreißig Mal versucht hatte, mich anzurufen. Doch statt zurückzurufen, wählte ich Kips Nummer. Bereits nach dem ersten Klingeln hob er ab.

»Zoë?«

Ich grinste noch breiter, weil es guttat, meinen Namen aus seinem Mund zu hören.

»Ist alles in Ordnung? Tom hat angerufen. Er macht sich Sorgen.«

Ich schlenderte in Richtung der beleuchteten Straße und genoss den warmen Abendwind, der den Schweißfilm auf meinem Körper trocknete.

»Das kann ich so nicht sagen«, antwortete ich schließlich. »Aber es geht mir gut.« Ich atmete tief durch. »Kann ich vielleicht zu dir kommen?«

Kip war aufrichtig überrascht. »Zu mir?«, echote er.

»Ist das nicht in Ordnung?«, fragte ich und schloss die Augen. Die Ereignisse des Abends prasselten auf mich ein, und ich wollte nichts weniger, als zum Hochhaus am Alexanderplatz zurückzukehren. »Ich will nicht ...« Ich wusste noch nicht mal, wie ich diesen Satz enden lassen wollte. Nach Hause? Zu meiner Familie? Das passte alles nicht.

»Doch, natürlich«, erwiderte Kip zu meiner Erleichterung. »Du kannst kommen und bleiben, solange du willst.«

»Danke«, sagte ich aufrichtig erleichtert.

»Keine Ursache. Nimm dir ein Taxi, Zoë. Ich zahle.«

Kurz wollte ich protestieren, doch dann merkte ich, wie wackelig ich noch immer auf den Beinen war. Ich hatte mich bis weit über meine Grenzen hinaus erschöpft, es wäre nicht vernünftig, meine Muskeln noch weiter zu strapazieren. Schließlich konnte niemand wissen, was die nächsten Tage vor mir lag.

»Okay, danke«, sagte ich schließlich. »Ich bin gleich bei dir.«

»Sag deiner Familie Bescheid«, forderte Kip. »Sie machen sich Sorgen.«

»Okay«, wiederholte ich. »Bis gleich.«

Ich tippte eine kurze Nachricht an Tom und schickte sie ab. Danach machte ich mein Handy aus und suchte nach einem Taxi.

20

»Ja?«

»Sie hat dir die Hand gebrochen?«

»Lässt du mich etwa auch beschatten?«

»Beantworte meine Frage.«

»Beantworte du doch meine.«

»Natürlich lasse ich dich beschatten. Für wen hältst du dich?«

…

»Cleo!?«

»Ist ja gut. Herrgott. Ja, sie hat mir die Hand gebrochen. Ich hatte einen Plan, der Plan ging wunderbar auf, ich hatte sie beinahe im Auto, da tritt sie mir die Tür gegen die Hand. Trümmerbruch.«

»Welche Hand?«

»Die rechte natürlich.«

»Natürlich. Und was ist mit dem Arzt?«

»Ich habe ihn unter Kontrolle, mach dir über den keine Sorgen. Außerdem weiß er sowieso nichts.«

»Ist mir scheißegal. Wir behalten ihn vorerst.«

»Ja, das wird wohl das Beste sein. Wer weiß, wofür wir ihn noch brauchen können.«

»Genau so musst du denken. Wir können uns keine Fehltritte mehr erlauben, und wir können es uns erst recht nicht erlauben, das Projekt in den Sand zu setzen. Die ganze Sache läuft allmählich aus dem Ruder.«

»Was du nicht sagst.«

»Es reicht mir jetzt mit deinem Kuschelkurs, Cleo. Es wird Zeit, dass wir zu anderen Maßnahmen greifen.«

»Mit Maßnahmen meinst du Schusswaffen?«

»Mir ist jedes Mittel recht. Aber ja, in die Richtung hatte ich tatsächlich gedacht.«

»Es wird eine Weile dauern.«

»Es darf aber keine Weile dauern. Eigentlich hättest du die Sachen gestern schon besorgen müssen. Ach was: vorgestern.«

»Ich hab's kapiert, okay?«

»Das will ich hoffen. Sicherheitshalber komme ich aber schon früher nach Berlin.«

»Wann?«

»Die nächsten drei Sitzungen muss ich noch leiten, da kann ich nicht weg. Immerhin haben wir offiziell die Hoffnung, den Konflikt friedlich beizulegen, noch lange nicht aufgegeben, und ich spiele bei der ganzen Sache eine Schlüsselrolle.«

»Ich weiß, wie wichtig du bist. Wann wirst du hier sein?«

»Montag.«

»Okay.«

»Weißt du was, Cleo? Ich habe einen Plan.«

»Und der wäre?«

»Du versuchst es noch einmal auf eigene Faust. Wenn der Zugriff wieder scheitert, dann ziehen wir am Montag alle Register.«

»Und die wären?«

»Benutz deine Fantasie.«

»Ich bin Wissenschaftlerin, kein Schriftsteller.«

»Du sorgst für zwei oder drei skrupellose Männer mehr und besorgst zwei nicht registrierte Waffen.«

»Und dein Plan?«

»Bleibt mein Plan, bis ich dich einweihe.«

»Ich verstehe.«

19

Kip hatte gesaugt und Staub gewischt. Als ich zum zweiten Mal an diesem verrückten Tag in der Wohnung seiner Eltern ankam, wirkte es, als hätte er die ganze Zeit schon gewusst, dass Besuch kommt – und sich darauf vorbereitet. In den blank geputzten Räumen sah er mit seinem ausgewaschenen Shirt aus wie etwas, das jemandem aus der Tasche gefallen war. Es war fast ein bisschen witzig, ihn so zu sehen; immerhin war sein Kaufhaus bis an die Decke vollgestopft mit Krempel und dort hatte sicher seit einer Ewigkeit niemand mehr Staub gewischt. Er ließ mich hinein, nahm mir die Tasche ab und begleitete mich in die Küche, wo er mir einen Becher Tee in die Hand drückte. Ich bemerkte unzählige Trinkwasserkanister, die Kip in einer Ecke übereinandergestapelt hatte, und war beeindruckt, was er trotz seiner Verletzungen in so kurzer Zeit erledigt hatte. Er fing meinen Blick auf und lächelte ertappt. »Ich habe sie mir liefern lassen. Und geputzt habe ich auch nicht selbst, sondern ich habe jemanden kommen lassen.« Er kratzte sich verschämt am Kopf, und trotz der Tatsache, dass er größer war als ich, brachte er es fertig, mich von unten anzusehen. Ich wollte nicht darüber nachdenken, wie viel Geld er zur Verfügung hatte, wenn er es sich leisten konnte, all das einfach von anderen erledigen zu lassen. Normalerweise hatte ich was gegen reiche Menschen; sie waren mir bisher immer arrogant und hochnäsig vorgekommen, aber Kip hatte keine dieser Eigenschaften, ganz im Gegenteil. In seinen abgerissenen Klamotten, mit den langen Haaren und dem müden Blick unterschied er sich äußerlich überhaupt nicht von den anderen Menschen in dieser Stadt. Zudem wirkte er bescheiden und großzügig.

»Es ist gut, dass du dir hast helfen lassen«, sagte ich und meinte es auch so. »Die Wunden sind noch frisch, und glaub mir: Du willst nicht wissen, wie es sich anfühlt, wenn eine Naht aufplatzt.«

Er legte den Kopf schief. »Und du weißt es?«

Mit Schaudern erinnerte ich mich an die zwei Gelegenheiten in meinem Leben, an denen mir genähte Wunden wieder aufgerissen waren. »Ich weiß es«, bestätigte ich bitter. Dann zeigte ich auf die Wasserkanister. »Du bleibst also länger hier?«

Er lächelte. »Ja, ich denke schon. Und du kannst wirklich auch so lange bleiben, wie du möchtest. Das Angebot steht.«

Es tat gut, so selbstverständlich willkommen geheißen zu werden, ich fühlte mich tatsächlich wie eine alte Freundin des Hauses.

»Ich dachte, ich koche uns was«, sagte er, und ich nickte, während ich mich auf einem der gepolsterten Küchenstühle niederließ. Die Stühle waren bequem und so makellos wie der gesamte Rest der Wohnung. Sie hatte etwas Anderweltliches, kam mir vor wie eine Insel des Guten und Schönen, eine Insel der Ordnung mitten in dieser kaputten, gefährlichen und chaotischen Stadt. Kurz ertappte ich mich bei dem Gedanken, dass ich mich bis ans Ende meines Lebens hier verkriechen könnte, wenn man mich ließe. Doch ich wusste natürlich, dass ich mir diese Hoffnung versagen musste. Die Außenwelt drang stetig in mein Leben ein, schob sich immer tiefer in meinen Alltag. Ob ich wollte oder nicht – ich war ein Mensch, der sich nirgendwo verstecken konnte. Nicht vor meinen Dämonen, nicht vor der vermummten Frau und auch nicht vor mir selbst.

Kip stellte ein Brettchen mit Zwiebeln vor mir ab. »Kannst du die schneiden?«

Ich runzelte die Stirn. »Keine Ahnung. Ich habe noch nie gekocht, sondern immer nur gegessen. Also habe ich auch noch nie Zwiebeln geschnitten.«

Kip kicherte. »Dann wird es Zeit. Du bist bald volljährig, da sollte jeder Mensch zumindest eine Zwiebel schneiden können.«

»Es wäre sinnvoller, wenn du mir zeigen würdest, wie man Bohnen kocht«, brummelte ich, nahm aber das Brett entgegen.

»Ein Bohnengericht ist nichts ohne Zwiebeln«, neckte er und lachte.

Kip zeigte mir mit einer der kleinen Zwiebeln, wie es ging, und ich machte mich ans Werk. Bald schon brannten meine Augen wie Feuer und Tränen liefen meine Wangen herab. Ich hatte nicht gewusst, dass Gemüse einen Menschen zum Weinen bringen konnte. »Muss das so sein?«, fragte ich und zog die Nase hoch.

»Allerdings«, bestätigte Kip. »Deshalb lässt man den unfähigen Küchenhelfer ja auch diese niedere Arbeit verrichten.

Echte Köche geben sich damit nicht mehr ab. Pass bloß auf, dass du dir davon nichts in die Augen reibst. Das ist die Hölle auf Erden.« Er hob die Augenbrauen. »Aber mit einem Messer scheinst du umgehen zu können. Das sieht gut aus!«

Ich grinste. »O ja, mit einem Messer kann ich umgehen.« Kip rührte in einem Topf und köstlicher Duft stieg daraus hervor. Ich wagte sogar zu hoffen, mein erstes Essen ohne Hülsenfrüchte vor mir zu haben.

»Was wird das denn?«, fragte ich, doch Kip schüttelte nur den Kopf. »Du wirst schon sehen.«

Er öffnete den Kühlschrank und zog mehrere Tüten aus einem der unteren Fächer. Mit skeptischer Miene sagte er: »Die sind schon viele Jahre alt, dürften aber noch gut sein. Sie waren schließlich eingefroren.«

»Wenn ich zwölf Jahre rumliegen kann, ohne zu schimmeln, dann wird das Zeug auch noch gut sein«, bemerkte ich, und Kip prustete. »An dir ist aber nichts dran. Dich zu kochen, würde sich nicht lohnen.« Er winkte mit einer der Tüten. »Dann nehmen wir doch lieber die.«

Die Tüten waren so stark mit Eis überzogen, dass ich nicht sehen konnte, was sie enthielten. Eigentlich war es auch egal. »Erzähl mir, was passiert ist, Zoë«, forderte Kip, während er Eis von den Plastiktüten wischte.

Ich fragte mich, ob die Sachen noch von seiner Mutter oder seinem Vater gekauft worden waren, als sie noch lebten. Der Gedanke machte mich unruhig und ich traute mich nicht zu fragen. Es kam mir wie ein Wunder vor, dass Kip so warm, fröhlich und heil wirken konnte nach allem, was ihm widerfahren war. Er hatte niemanden mehr.

Ich holte tief Luft und erzählte ihm von meiner unangenehmen Begegnung in der Seitenstraße. An der Stelle, an der die Frau ins Spiel kam, sog er scharf Luft durch die Zähne, und als ich berichtete, wie sie mir geholfen hatte, hörte er kurz auf, die Tüten zu inspizieren, und starrte mich an. Als ich dann auch noch berichtete, wie sie versucht hatte, mich in ein schwarzes Auto zu ziehen, riss er erschrocken die Augen auf.

Er war ein exzellenter Zuhörer, genau das richtige Publikum. Mir machte es eine riesige Freude, sein Gesicht zu beobachten, weil jede Emotion so unmissverständlich darauf zu lesen war. Ich hatte gelernt, mir nichts anmerken zu lassen, aber dennoch oder gerade deshalb genoss ich Kips Mienenspiel aufs Schönste. Natürlich war es gefährlich, sein Herz im Gesicht oder auf der Zunge zu tragen, aber in diesem Augenblick fragte ich mich, ob es wirklich so viel besser war, es zu verstecken und zu verleugnen. Wenn man es zu oft zum Schweigen brachte, hörte es vielleicht irgendwann auf zu sprechen, dachte ich. Als ich meinen Bericht beendet hatte und Kip noch immer dastand, als erwarte er eine weitere Erklärung, kam mir eine Idee.

»Kannst du mal kurz dein Shirt ausziehen?!«, fragte ich und fühlte eine Millisekunde darauf, wie mein Gesicht rot anlief.

Kip lachte ungläubig. »Bitte was?«

»Ich muss was überprüfen«, sagte ich nur.

»Okaaay«, erwiderte er gedehnt und musterte mich belustigt, zog sich aber mit einer fließenden Bewegung das Shirt über den Kopf. Ich sah die Position der weißen Pflaster auf dem wunderschönen Tattoo. Farbenfrohe Fische, die durch dunkles Wasser glitten und sich an viel zu weißen, eckigen Pflastern die Köpfe stießen.

»Komm her zu mir!«, forderte ich ihn auf und versuchte,

nicht darüber nachzudenken, wie die Gesamtsituation auf ihn wirken musste.

Mit einem halben Lächeln auf den Lippen kam er ein paar Schritte auf mich zu, bis ich ihn mit der Hand aufforderte, stehen zu bleiben. »Halt! Da ist perfekt«, sagte ich.

Ich selbst griff nach einem hölzernen Kochlöffel und spulte im Geiste den Kampf mit den widerlichen Kerlen noch mal ab. Ich konzentrierte mich, versuchte, alles genau zu rekonstruieren, von dem Moment, als die schwarze Frau auf den Plan getreten war. Dann kopierte ich meine Bewegungen. Ausfallschritt, Schlag, Parade, Ausgangsposition. Ausfallschritt, Schlag, Ausgangsposition.

Kip beobachtete mich verwundert und ein wenig irritiert, doch ich konnte mich jetzt nicht um ihn kümmern. Meine Gedanken rasten, ein paar Puzzelteile fielen an ihren Platz, mit jedem Mal, mit dem der Holzkochlöffel sanft, aber zielsicher auf eines von Kips Pflastern traf.

Schließlich trat ich einen Schritt zurück und sah ihn an. »Es war definitiv dieselbe Frau, die dich gestern angegriffen hat.«

Kip griff nach seinem Shirt und zog es sich schnell wieder über den Kopf. Schade eigentlich.

»Nun, das ist keine Überraschung«, sagte er, und ich musste ihm zustimmen.

»Aber sie wollte dich nicht ernsthaft verletzen.«

»Ach.« Kip klang leicht verärgert. »Und warum sehe ich dann aus wie eine verfluchte Weihnachtsgans?«

»Sie *hat* dich nicht ernsthaft verletzt, oder?«, beharrte ich. »Die Wunden sind weder tief noch an gefährlichen Stellen.«

»Stimmt schon«, brummte Kip. »Und? Das kann genauso gut Zufall sein.«

Ich schüttelte heftig den Kopf. »Auf keinen Fall. Sie wurde dazu ausgebildet. Genau wie ich. Als mich die Typen vorhin angriffen, wollte ich mich verteidigen, aber niemanden töten. Und ich habe dem einem der Kerle genau die gleichen Wunden zugefügt, wie du sie trägst. Das sind Verteidigungsschläge des Kali. Automatisierte Bewegungen, Schritte und Stöße, die ich auf der Akademie gelernt habe.«

Ich setzte mich wieder auf den Stuhl und atmete tief durch. Die ganze Zeit über war ich davon ausgegangen, dass die vermummte Frau mich verletzen wollte. Dass sie böse war, eine Bedrohung. Doch dessen war ich mir nun nicht mehr ganz so sicher.

»Okay, gehen wir einfach davon aus, dass sie mich nicht töten wollte. Das macht sie aber noch nicht zu einem guten Menschen. Und auch nicht zu einem ungefährlichen. Immerhin hat sie mir eine Tür ins Gesicht getreten und mich ziemlich schwer verletzt.« Er hob das Messer, das er in der Hand hielt, als wollte er seinen Punkt unterstreichen.

»Da ist natürlich was dran«, sagte ich nachdenklich und widmete mich wieder den Zwiebeln.

»Bleibt trotzdem noch die Frage, warum sie mich heute Abend verteidigt hat«, gab ich zu bedenken, und Kip lächelte.

»Ich habe dir doch schon heute Nachmittag gesagt, dass du sehr wertvoll sein musst. Und Menschen neigen dazu, ihren wertvollen Besitz zu schützen. Je wertvoller, desto skrupelloser geht der Besitzer bei der Verteidigung vor.«

Ich schluckte, weil ich das Wort ›Besitz‹ in Zusammenhang mit mir nicht hören wollte. Besitztümer konnte man verkaufen, so, wie ich verkauft worden war. So war es üblich und normal. Es weckte das ungute Gefühl, das ich seit dem Gespräch mit Kip am heutigen Nachmittag in mir trug. Alles klang und wirkte so, als wäre ich kein Mensch, sondern viel mehr eine teure Sache. Etwas, das man normalerweise unter Verschluss aufbewahrte. Ich fröstelte. ›Sie will mich einsperren‹, schoss es mir durch den Kopf. Sie war nicht gekommen, um mich zu töten, sondern um mich einzufangen. Unterm Strich, so dachte ich, kam das aber auf dasselbe raus.

»Ich gehöre niemandem«, knurrte ich, während ich die letzte Zwiebelhälfte zu winzigen Stücken verarbeitete. »Du gehörst dir selbst«, bestätigte Kip, »die Frage ist nur, ob das die anderen Menschen auch so sehen.« Seine Stimme klang wieder so sanft und dunkel und wunderbar, dass mein Herz einen kleinen Sprung machte. Warum fühlte ich mich bei ihm nur so wohl? Er war der einzige Mensch in Berlin, mit dem ich wirklich aufrichtig gern Zeit verbrachte. Dabei kannte ich ihn noch am wenigsten. Vielleicht, weil er Zacs großer Bruder war. Er trug Gesichts- und Wesenszüge, die ich von einem Menschen kannte, den ich einmal sehr gerngehabt hatte. Und der nun fort war. Beim Gedanken an Zac liefen ein paar Tränen meine Wangen hinab, die nicht von den Zwiebeln kamen. Kips Ratschlag folgend wischte ich sie nicht weg.

Ich brachte die Zwiebelwürfel zu ihm hinüber, und als mein Blick auf den großen Topf fiel, der auf dem blank polierten Gasherd stand, runzelte ich die Stirn. »Wie viele Gäste erwartest du eigentlich?«

Kip zog ein Gesicht, das ich zunächst nicht deuten konnte, doch dann erinnerte ich mich daran, dass sein kleiner Bruder genauso dreingeschaut hatte, wenn er etwas beichten musste. In diesem Augenblick klingelte es an der Tür.

Kip schob sich mit einem verlegenen Lächeln an mir vorbei

in den Flur, und ich ahnte schon, was jetzt kam. Meine Ruhe war augenblicklich dahin. Tatsächlich stand Tom wenig später in der Küchentür.

Mein erster Impuls war, ihm etwas an den Kopf zu werfen, und zwar nicht sprichwörtlich, sondern tatsächlich. Wenn ich sauer wurde, konnte das schon einmal vorkommen. Ich hatte mal ein belegtes Brötchen nach Dr. Jen geworfen, als ich noch klein gewesen war, und mit einer Woche Stubenarrest dafür gebüßt. Zu sehen, wie sie sich mit wütender Miene Orangenmarmelade von der Wange gewischt hatte, war dieses Opfer allerdings wert gewesen. Diese Szene gehörte noch heute zu meinen liebsten Erinnerungen. Doch jetzt hatte ich nur ein paar Zwiebelschalen und ein Messer zur Auswahl, wobei die Schalen zu ungefährlich und das Messer viel zu gefährlich war.

»Hey«, sagte Tom und lächelte unsicher.

Ich grunzte und begann, unsichtbare Krümel von der Tischplatte zu picken. Das wunderbar warme Gefühl in meinem Bauch hatte einem riesigen Eisklumpen Platz gemacht.

»Kannst du mich nicht einfach in Ruhe lassen?«, fragte ich, ohne zu ihm aufzusehen.

»Ich hatte ihn eingeladen, bevor du hier aufgekreuzt bist«, beeilte sich Kip, seinem Freund zur Seite zu springen, doch ich glaubte ihm kein Wort.

»Ach, und du hast es nicht für nötig befunden, mich darüber zu informieren?«, zischte ich. »Schönen Dank auch.«

»Hör mal«, sagte Tom und kam ein paar Schritte auf mich zu. »Ich kann verstehen, dass du sauer bist, aber lass das doch nicht an mir aus. Ich war noch nicht mal acht Jahre alt, als das alles passiert ist. Ich habe geschlafen, als sie dich holen kamen.«

»Aber du hast die letzten Jahre ganz gut von dem Geld gelebt, das sie bekommen haben.« Ich wusste genau, dass ich jetzt diejenige war, die Mist erzählte, aber ich konnte es mir nicht verkneifen.

»Gut gelebt ist doch etwas übertrieben, findest du nicht?«

»Besser als vorher«, beharrte ich und verschränkte die Arme vor der Brust. Wie hatte sich sein Leben wohl verbessert, nachdem seine kleine Schwester verschachert worden war?

»Von dem Geld habe ich nichts gewusst, Äffchen«, sagte Tom leise, und ich war wütend, dass er mich so nannte. Er kämpfte mit unfairen Mitteln. Und als hätten seine Worte einen Schalter umgelegt, traten mir Tränen in die Augen.

»Sieh mich doch mal an«, rief ich aus und fuhr mit den flachen Händen über meinen stoppeligen Kopf. »Jemand hat an meinem Gehirn herumgeschnippelt, und ich weiß nicht mal genau, wer oder warum. Auch weiß ich nicht, was Erinnerung und was Einbildung ist, was Traum und was Wirklichkeit. Ich bin ein körperliches Wrack, habe ständig Angst, werde nicht ernst genommen und habe das Gefühl, nirgendwo hinzugehören.« Mein Atem ging schwer und zittrig, jeder Atemzug kostete so viel Kraft, weil ich dagegen ankämpfen musste, zu schluchzen.

»Ich fühle mich so verdammt betrogen«, brachte ich heraus, und die Bitterkeit, die ich in mir trug, war deutlich zu hören. Sie füllte mich von Kopf bis Fuß aus. »Wie würdest du dich fühlen, wenn du erfahren hättest, dass du als Laborratte verkauft wurdest?«

Tom zog einen Stuhl heran und setzte sich mir gegenüber, wie vorher mit der Lehne nach vorne. Am liebsten hätte ich es ihm verboten, aber das hier war nicht meine Küche und ich nicht in der Position, ihm den Platz zu verwehren. »Verdammt betrogen«, antwortete er, und ich schnaubte.

»Deshalb habe ich dir ja auch was mitgebracht. Ich bin entschlossener denn je, dir zu helfen, und das werde ich dir auch beweisen.«

»Ach«, sagte ich und versuchte, möglichst unbeteiligt zu klingen, während ich beobachtete, wie Tom einen Briefumschlag aus der Innenseite seiner dünnen Jacke fischte. Tatsächlich wurden meine Hände feucht vor Nervosität. Er legte den Umschlag vorsichtig auf der Tischplatte vor mir ab, so sanft und langsam, als wollte er ein wildes Tier beruhigen. Und irgendwie traf das ja auch zu. Ich hatte nicht übel Lust, nach ihm zu schnappen.

»Nachdem du weg warst, habe ich mich mit den beiden weiter gestritten. Ich wollte die Wahrheit wissen, aber viel mehr als dir konnten sie mir auch nicht erzählen. Doch sie haben mir den hier gegeben.«

Ich nahm den Umschlag und zog ein Blatt Papier daraus hervor. Es war ein Vertrag und ich schnappte sofort nach Luft. Das Logo, das den Briefkopf zierte, war mir nur allzu vertraut. Kip war hinter mich getreten und las ebenfalls, eine Hand sanft auf meine Schulter gelegt. Wieso wusste er genau, was ich jetzt brauchte? Nach einem tiefen Atemzug begann ich zu lesen.

Obhutsvertrag zwischen der
H.O.M.E.-Fundation
10623 Berlin

Und

Eheleute Clemens und Marina Baker
Alexanderstraße 112
10179 Berlin

1. Die Parteien vereinbaren einvernehmlich, dass die Pflege und Obhut der zum Zeitpunkt des Vertragsschlusses fünfjährigen Zoë Alma Baker fortan der H.O.M.E.-Fundation obliegt.

2. Zur Durchführung der medizinisch erforderlichen Maßnahmen wird das Kind in die privaten Klinikräume der Fundation verbracht und dort verbleiben, bis es genesen, verschieden oder volljährig ist.

3. Die Fundation versichert dem Ehepaar, alles zu tun, was für die Sicherheit und körperliche Unversehrtheit des Kindes notwendig und angezeigt ist.

4. Die Eltern willigen im Gegenzug in die Teilnahme ihrer Tochter am neurologischen Forschungsprogramm der Fundation ein. Während der Laufzeit des Forschungsprogramms wird es ihnen nicht möglich sein, ihre Tochter zu sehen, sie werden jedoch jederzeit über den gesundheitlichen Zustand des Mädchens informiert.

5. Darüber hinaus willigen die Eltern hiermit im Voraus in geringfügige operative Eingriffe an ihrer Tochter ein, die deren Leib und Leben nicht in unvernünftigem Maße gefährden und für die Durchführung des Forschungsprogramms zwingend vonnöten sind.

6. Sollte die Tochter aus ihrem derzeitigen komatö-

sen Zustand aufwachen, werden die Eltern umgehend informiert. Sollte das Mädchen bis zum Erreichen der Volljährigkeit nicht erwacht sein, wird über eine Fortführung des Vertrages verhandelt. Sollte das Mädchen während des Aufenthaltes versterben, wird die Leiche der Familie umgehend übergeben. Darüber hinaus übernimmt die H.O.M.E.-Fundation keine Verantwortung für eventuelle Todesfälle und wird von den Eltern hiermit von allen Ansprüchen freigesprochen.

7. Als Kompensation ihrer Unterstützung zahlt die H.O.M.E.-Fundation einen monatlichen Betrag von ▮▮▮▮▮▮▮ Euro auf das Konto der Eheleute.

8. Die Parteien verpflichten sich, Stillschweigen über diese Vereinbarung sowie das Forschungsprogramm zu wahren. Die Nichteinhaltung der Schweigepflicht führt zur sofortigen Beendigung des Vertrages.

9. Weitere Abreden wurden nicht getroffen, Veränderungen dieses Vertrages bedürfen der Schriftform. Gerichtsstand ist Berlin.

Darunter kamen Datum und Unterschrift. Mehr war es nicht. Dieses eine Blatt Papier hatte ausgereicht, alles zu verändern. Ich fühlte, wie die mittlerweile vertraute Übelkeit wieder in mir hochstieg, und versuchte, möglichst ruhig zu atmen.

»Wie viel haben sie bekommen?«, fragte ich tonlos.

Kip drückte meine Schulter und machte sich daran, wieder im Topf zu rühren.

Tom schüttelte den Kopf. »Ich habe keine Ahnung. Sie haben den Betrag geschwärzt, bevor sie mir die Unterlagen gegeben haben. Wahrscheinlich war es ihnen unangenehm.«

Ich nahm das Blatt in die Hände und hielt es ins Licht, um sehen zu können, ob sich die Ziffern vielleicht durchdrückten, doch ich konnte nichts erkennen.

Ich schnaubte. »Das sollte es auch. Kip, weißt du noch, wie viel es war?«

Kip schaute nicht vom Topf auf und hörte auch nicht auf, darin zu rühren. Dabei hatte ich den Verdacht, dass das Essen längst fertig war.

»Nein, ich weiß es nicht mehr«, antwortete er. »Aber ich glaube, sie haben es mir auch gar nicht gesagt. Ich war schließlich noch nicht volljährig, meine Eltern waren tot und die ganzen Vormundschaftsfragen noch nicht geklärt. Ich stand völlig neben mir an dem Tag, zerfressen von Angst und Schuldgefühlen. Falls sie es mir gesagt haben, dann weiß ich es nicht mehr. Ich kann mich an den ganzen verdammten Tag kaum noch erinnern und das ist auch ganz gut so. Am Ende haben sie ihn einfach mitgenommen und ich habe kein Geld gesehen.«

»Ist es nicht eigentlich egal, wie viel Geld sie bekommen haben?«, fragte Tom, und ich zuckte mit den Schultern.

»Du hast doch gesehen, dass wir nicht im Reichtum leben. Und keiner der beiden hat auch nur ein Wort über das Geld verloren, nachdem du aufgewacht bist.« Er griff nach meiner Hand und ich zog sie nicht weg. Etwas an diesem Gespräch machte mich auf eine traurige Art müde. Oder auf eine müde Art traurig. So genau konnte ich das gar nicht sagen.

»Unsere Eltern sind gute Menschen, Zoë.«

Ich presste die Lippen aufeinander, sagte aber nichts. Es war leicht und vernünftig, Tom zu verzeihen. Er war noch ein Kind, nicht viel älter als ich, als das alles geschah. Was mit mir passiert ist, war nicht seine Schuld – er trug keine Verantwortung. Aber ich wusste nicht, ob ich Clemens und Marina jemals verzeihen konnte. Sie hätten es einfach nicht tun dürfen.

Als Tom nach einer Weile einsah, dass er bei mir in diesem Punkt auf Granit biss, tippte er auf das Logo der H.O.M.E.-Fundation.

»Immerhin haben wir es jetzt schwarz auf weiß. Wenn eine Fundation mit diesem Namen existiert, dann bin ich geneigt zu glauben, dass deine Akademie ebenfalls existiert.«

»Bleibt nur die Frage, wo«, warf Kip ein.

»Und warum du nicht mehr dort bist«, ergänzte Tom.

»Wie es meinen Freunden geht. Ob sie okay sind«, schloss ich flüsternd und schluckte.

Tom drückte meine Hand. »Es wird ihnen sicher gut gehen«, versuchte er, mich zu beruhigen. »Ist dieser Jonah einer von ihnen?«

»Welcher Jonah?«, fragte Kip betont beiläufig.

Ich fühlte, wie meine Wangen heiß wurden. »Das geht euch beide gar nichts an«, schimpfte ich und ärgerte mich über die vielsagenden Blicke, die Kip und Tom über meinen Kopf hinweg wechselten. In diesem Moment konnte ich sie beide auf den Tod nicht ausstehen.

Doch darüber hinaus beschäftigte mich etwas völlig anderes. Immerhin hatte Tom recht. Wenn es eine H.O.M.E.-Fundation gab, dann konnte es auch eine H.O.M.E.-Akademie geben. Und das könnte bedeuten, dass Jonah kein Produkt meiner Fantasie war, sondern ein echter Mensch, der lebte und atmete, der mich tatsächlich geliebt und geküsst hatte. Und der mich entweder längst vergessen hatte oder noch immer in der Akademie um mich trauerte. Der mich vielleicht noch immer liebte und darauf wartete, dass ich wieder nach Hause kam. Was das betraf, so wusste ich schließlich nicht, ob die Dinge, die ich gesehen hatte, real waren oder nur Produkte meines Geistes. Meine Narben waren Beweis genug dafür, dass ich allen Grund hatte, meinem Gehirn zu misstrauen. Theoretisch war alles möglich.

»Hat noch jemand Hunger?«, fragte Kip eine Spur zu fröhlich, doch ich hatte keine Lust, noch weiter zu schmollen. Außerdem hatte ich tatsächlich ziemlich großen Hunger. »Ich bin am Verhungern!«, rief ich theatralisch.

Wir deckten den Tisch und Kip zündete sogar ein paar Kerzen an. Draußen war es stockfinster, was die Küche noch ein Stück gemütlicher machte.

Es gab Gemüse mit einer cremigen Kokos-Soße, dazu Wildreis und sogar ein paar Kekse zum Nachtisch. Ich ließ mir zweimal nachgeben und genoss das Gefühl, dass der Bund meiner Shorts in meine Haut schnitt. Keine Ahnung, wann ich das letzte Mal so satt und zufrieden gewesen war. Wir saßen am Tisch, kratzten die Reste aus dem Topf und erzählten. Unser Gespräch wanderte von lustigen über ernste und traurige Themen zu Belanglosigkeiten, von wilden Lästereien über geflüsterte Geheimnisse. Tom erzählte, warum er kein Abitur gemacht, sondern lieber den Eltern finanziell geholfen hatte, Kip, wie er nach Zacs Verlust das Kaufhaus eröffnet hatte. Er erklärte uns, warum er niemandem traute und was die Regierung in seinen Augen vor uns verheimlichte. Seiner Meinung nach stand die Welt kurz vor einem Wasserkrieg, da die Staaten, die am stärksten von der nächsten Dürrewelle getroffen werden würden, reicher waren als die Staaten, die bereits zusammengebrochen waren. Ich hielt dieses Szenario nicht für unwahrscheinlich, doch Tom winkte ab. Er schien nicht zu glauben, dass politisch etwas im Argen lag, und Kip ließ ihm seine Meinung. Er schien es gewohnt zu sein, dass ihm niemand beipflichtete. Wir lachten, als er uns von schrägen Kunden erzählte, und runzelten besorgt die Stirn, als er die verschiedenen Einbruchsversuche in das Kaufhaus Revue passieren ließ. Die meiste Zeit redeten die Jungs und ich genoss es in vollen Zügen. Es tat gut, ihnen einfach nur zuzuhören und sie immer besser kennenzulernen, den Geschmack von Kokos und Curry noch immer auf der Zunge. In mir verstärkte sich das Gefühl, auf einer sicheren Insel zu sitzen, die ich nicht verlassen wollte. Doch das Vertrauen der beiden drängte mich immer tiefer in eine Zwickmühle. Tom hatte mir von seiner heimlichen Liebe erzählt, von der Zeit, in der ich ins Koma gefallen war, von seinem Leben und seinen Nöten. Kip hatte von Zac erzählt, von seinen großen Verlusten und der schweren Zeit danach. Beide hatten mich tief in ihre Seelen blicken lassen und das brachte mich in einen gefühlten Zugzwang. Ich hatte das starke Bedürfnis, mich ihnen ebenfalls zu öffnen, ihnen von Jonah zu erzählen, von meinen Freunden, meinem Leben. In dieser Runde saß ich wie eine Fremde mittendrin. Und das lag nicht daran, dass ich ausgeschlossen war, sondern daran, dass ich mich selbst ausschloss. Meine Isolation hatte ich selbst zu verantworten.

Bevor ich es mir anders überlegen konnte, nutzte ich einen kurzen Moment der Stille und sagte: »Jonah ist mein Leutnant.« Mit dem Löffel zog ich Schlieren durch die Soßenreste auf meinem Teller. »Er hat dunkelbraune Locken und hellblaue Augen, kann mit jeder Waffe umgehen, die man sich vorstellen kann, und beherrscht fünf verschiedene Kampfsportarten bis zur Perfektion.« Ich schluckte, weil mir seine Abwesenheit mal wieder schmerzlich bewusst wurde.

»Soso«, sagte Tom, und ich hörte die Belustigung in seiner Stimme. »Dein Leutnant.«

Ein Lächeln stahl sich auf meine Lippen. »Die Anführungszeichen kannst du dir sparen.«

Tom hob die Hände, wie um zu zeigen, dass er unbewaffnet war. »Ich hab doch überhaupt nichts gesagt!«

»Ich hab sie aber genau gehört.«

Mein Blick wanderte zu Kip. Er lächelte nicht, seine Miene war undurchsichtig. Das Bedürfnis, über Jonah zu sprechen, erlosch augenblicklich. Doch leider bekam Tom davon überhaupt nichts mit.

»So verzweifelt, wie du neulich nach ihm geschrien hast, kann er nicht nur dein Leutnant sein.«

Ich hatte noch immer nur Augen für Kip, zwischen dessen Brauen sich eine tiefe Furche bildete. Bei diesem Anblick hüpften meine Eingeweide.

»Es ist aber so«, sagte ich und knuffte Tom in die Seite. Die Lüge kam mir so leicht und selbstverständlich über die Lippen, dass mir erst überhaupt nicht auffiel, dass ich log. Doch dann schämte ich mich. Warum sagte ich ihnen nicht einfach die Wahrheit?

»Kip«, sagte ich, und er blickte mich an.

»Hmm?«

»Kann ich wirklich hierbleiben?«

Die Worte waren raus, bevor ich noch länger darüber nachdenken konnte. Tom drehte sich überrascht zu mir um und auch Kip wirkte verblüfft. Beide schienen zu denken, dass ich mit Tom nach Hause fahren würde, jetzt, da wir uns versöhnt hatten. »Aber …«, sagte Tom, doch ich schüttelte nur den Kopf.

»Vergiss es«, schnitt ich ihm das Wort ab. »Ich werde nicht mit dir gehen.«

»Na, dann habe ich sowieso keine Wahl«, sagte Kip und seufzte gespielt theatralisch. Er breitete die Arme aus. »Mein Zuhause ist dein Zuhause. Eigentlich bin ich sogar ganz froh, dass ich hier nicht allein schlafen muss.« Er lächelte und sah auf einmal aus wie ein kleiner Junge. »Und da ich erst mal nicht ins Kaufhaus kann, habe ich Zeit, dir zu helfen. Immerhin müssen wir herausfinden, was hinter dieser Fundation steckt.«

Ich lächelte. »Danke«, sagte ich, und wir sahen einander in die Augen – einen Moment zu lange.

Tom räusperte sich. »Wenn das so ist, dann bleibe ich auch hier.«

Ich rollte die Augen. Wo stand es eigentlich, dass große Brüder unausstehliche Kletten sein mussten?

Doch Kip schien sich aufrichtig zu freuen. »Pyjama-Party!«, rief er überschwänglich aus, und seine Euphorie brachte mich zum Lachen. Auf der Akademie hatte mich nie jemand zu einer Pyjama-Party eingeladen und das hatte mich auch nie gestört. Doch gerade freute ich mich auf den Rest des Abends – auch wenn ich gar keinen Pyjama besaß.

Wir standen auf und begannen, den Tisch abzuräumen. Ich trug den großen Topf zur Spüle, und als ich mich umdrehte, sah ich aus dem Augenwinkel die Klinge eines großen Messers aufblitzen.

Wieder dauerte es nur wenige Sekunden. Das Messer flog aus Kips Hand, und er lag auf dem dunklen Küchenboden, noch bevor ich realisiert hatte, dass es sich um das Messer handelte, das ich zuvor zum Zwiebelschneiden benutzt hatte. Meine Verteidigungsmechanismen schienen so tief in mir verwurzelt zu sein, dass es unmöglich war, sie zu kontrollieren. Erschrocken trat ich von Kip zurück und prallte mit der Hüfte schmerzhaft gegen die Arbeitsplatte.

»Tut mir leid!«, sagte ich, während mein Herz heftig schlug und ich schwer atmete. Ich versuchte, mir zu versichern, dass er mit dem Messer keine bösen Absichten verfolgt hatte, doch es war nicht leicht, mich davon zu überzeugen. Das Adrenalin hatte ganze Arbeit geleistet, mein Körper war gespannt wie eine Bogensehne. Gleichzeitig war ich nervös, weil ich mich fragte, ob Kip mir die plötzliche Attacke übel nahm.

Doch er grinste, während er sich von Tom wieder auf die Füße ziehen ließ.

»Kann man dich buchen?«, fragte er, während er sich den schmerzenden Hinterkopf rieb. »Wenn ich das Kaufhaus wieder aufmache, sollte ich meine Sicherheitsstandards erhöhen.«

Ich knuffte ihn in die Seite. »Ich bin nicht käuflich. Das weißt du doch.«

»Wer hat gesagt, dass ich dich bezahlen würde?« Nun lachte auch ich, doch mir entging nicht, dass Tom mir wieder einen seiner argwöhnischen Blicke schenkte. Ich fragte mich, wann er aufhören würde, mich auf diese Art anzusehen.

Wir schoben die Sofas und Sessel im Wohnzimmer an die Wand und verteilten sämtliche Matratzen auf dem Boden, die wir in der Wohnung finden konnten. Kip verschwand in einer völlig überfüllten Abstellkammer, nur um wenig später mit drei nagelneu wirkenden Schlafsäcken wieder hervorzukommen.

»Fehlt nur noch ein Lagerfeuer«, witzelte ich, und Kip warf einen der Schlafsäcke nach mir. »Untersteh dich. Das ist Fischgrätparkett!«

Wenig später lagen wir alle drei auf den Matratzen. Mein Kopf ruhte auf Kips Bauch, meine Knie wölbten sich über Toms Hüfte. Gemeinsam formten wir ein krummes H. H wie H.O.M.E., dachte ich. Und H.O.M.E. wie Zuhause.

Ich blickte nach oben an die Decke des Wohnzimmers, an die der Kronleuchter unzählige kleine Regenbögen auf den Putz warf, und fühlte mich friedlich und ein wenig schläfrig. Während Kip und Tom in Erinnerungen an die merkwürdigen Mitglieder der Selbsthilfegruppe schwelgten, hörte ich ihnen mit halbem Ohr zu, meine Gedanken drifteten immer wieder ab.

Tom lachte gerade über etwas, das Kip gesagt hatte, und sein Körper wackelte unter meinen Knien.

»Ja, aber immerhin haben wir uns nicht mehr ganz so allein gefühlt«, sagte Tom und kicherte. »Wir wussten, dass wir nicht die Einzigen waren.«

›Nicht die Einzigen.‹

Etwas an seinen Worten schien Kips Aufmerksamkeit zu erregen. Ich spürte, wie sich sein Körper unter meinem Kopf versteifte.

»Zoë«, sagte er, und seine Stimme klang mit einem Schlag sehr ernst.

Ich drehte den Kopf so, dass ich sein Gesicht sehen konnte. »Was?«

»Sind noch mehr Kinder verschwunden?«

Mir wurde kalt. In meinem Kopf formte sich ein Gedanke, so hart, logisch und offensichtlich, dass ich mich wunderte, warum er nicht schon die ganze Zeit da gewesen war. Ich schnellte hoch, wobei ich Tom etwas unsanft mit den Fersen in den Magen trat.

»Autsch, verdammt.«

Ich war wieder hellwach und drehte mich zu Kip. »Weißt du denn, ob Zac der Einzige war, der während des Komas gestorben ist?«

»Ach Leute, es war doch gerade so schön. Wie kommt ihr denn jetzt da drauf?«, fragte Tom, der sich mit zusammengezogenen Augenbrauen den Bauch rieb.

Kip fixierte mich. Seine Frage stand noch immer im Raum. Ich hatte sie nicht beantwortet, genauso wenig wie er meine. Die Fragen öffneten eine Tür zu weit schrecklicheren Konsequenzen, zu monströsen Möglichkeiten. Das Leben wäre schöner, wenn sie unbeantwortet blieben, die Türen geschlossen. Und dennoch.

Es tat weh, daran zu denken, und noch mehr, da ich ahnte, was nun kommen musste. Zac war mir zwar der Liebste gewesen, aber bei Weitem nicht der Einzige, der verschwunden war. Ich nickte knapp.

»Scheiße«, murmelte Kip.

»Es sind immer mal wieder Menschen im Koma gestorben«, sagte Tom, offensichtlich noch immer nicht im Bilde. Verstand er denn nicht, was das bedeutete?

Ungeduldig versuchte ich zu erklären. »Tom, es sind noch andere Kinder aus der Akademie verschwunden, während ich dort war. Es kam immer mal wieder vor, dass Kinder an andere Schulen geschickt wurden oder den ›Anforderungen für die Mission nicht entsprochen haben‹, wie man sich uns gegenüber ausdrückte. Wir dachten damals, sie wären einfach von der Schule geflogen. Immerhin war es eine harte Ausbildung.«

»Und?«, fragte Tom, sein Gesicht ein einziges Fragezeichen. Ich wollte ihn schütteln.

»Denk doch mal nach, Alter!«, sagte Kip, elektrisiert, besorgt und genauso ungeduldig wie ich. »Wenn noch mehr Kinder aus der Akademie verschwunden und noch mehr Kinder im Koma gestorben sind …« Er ließ den Rest des Satzes in der Luft stehen, um Tom die Möglichkeit zu geben, es doch noch selbst herauszufinden.

»Oh, scheiße«, murmelte mein Bruder schließlich.

»Verstehst du es jetzt?«, fragte ich bissig, und Tom nickte. Sein Gesicht hatte eine ungesunde Farbe angenommen. Er starrte mich an wie ein fleischgewordenes Wunder.

Dann, ganz plötzlich und ohne Vorwarnung, zog er mich fest in seine Arme. Überrascht erwiderte ich seine Umarmung und schmiegte nach kurzem Zögern den Kopf in seine Halsbeuge.

»Ich bin so froh, dass du nicht eine von ihnen warst«, flüsterte er, den Mund in meinen stoppeligen Haaren.

Ich schluckte, doch das, was gerade in mir hochstieg, ließ sich nicht einfach so runterschlucken.

»Das bin ich auch.« Zu meiner eigenen Überraschung meinte ich, was ich da sagte.

18

Danach war an Schlaf nicht mehr zu denken. Ich lag auf dem Rücken, ausgestreckt, mit geschlossenen Augen, aber hellwachem Geist.

Ich wühlte in meinen Erinnerungen, suchte nach Namen, Haar- und Augenfarben, ging zu dunklen Tagen an der Akademie zurück, durchlebte Abschied um Abschied.

Es fiel mir schwerer, als ich gedacht hätte. Nicht weil es so traurig war, sich an all das zu erinnern, sondern weil diese speziellen Erinnerungen neblig und unwirklich waren, schlechter greifbar. Als hätte jemand versucht, sie mir auszutreiben und aus meinem Bewusstsein zu löschen. Ich fragte mich, wie ich die ganze Zeit mit dem Wissen im Hinterkopf hatte leben können, dass einige von uns verschwunden waren, ohne dass wir jemals wieder von ihnen gehört hatten.

Als Erstes erinnerte ich mich an Calla. Ein ruhiges, sehr blasses und insgesamt ungemein weißes Mädchen. Sie hatte hellblondes Haar und sehr hellblaue Augen, ihre Augenbrauen hatten sich kaum auf ihrer Porzellanhaut abgezeichnet, ihre dünnen Lippen selten etwas gesagt. Aber sie konnte jedes Computerproblem beheben, das jemals im Team bestanden hatte, und traf mit einer Pistole immer ins Schwarze.

Sie war kein Mensch, der Aufhebens um irgendetwas gemacht hatte, am wenigsten aber um sich selbst. Daher waren die Feuerwaffen auch ihr Metier gewesen. Sie hatte es geschätzt, wenn Dinge erledigt wurden. Das war alles. Und deshalb hatte ich mich immer ein wenig vor Calla gefürchtet, auch wenn sie mir niemals etwas getan hatte. Merkwürdig, dass ich mich ausgerechnet an das blasse, stille Mädchen zuerst erinnerte. Ihre Leistungen waren stets brillant gewesen, und dennoch hatte man uns gesagt, dass sie von der Schule geflogen war. Und wir hatten keine Fragen gestellt. Keine Fragen zu stellen, war eine der ersten Lektionen, die man auf der H.O.M.E.-Akademie lernte.

Doch ich wusste, dass Calla nicht die Einzige war. Die Erinnerungen nagten an den Rändern meines Bewusstseins, doch sie rutschten mir ein ums andere Mal weg. Sosehr ich mich auch anstrengte, meist entglitten mir die Gesichter und Namen, sobald ich mich ihnen näherte, wie scheue Tiere, die im Bau verschwanden, wenn sie Gefahr witterten.

Doch Kip und Tom halfen mir mit Fragen. Sie fragten alles Mögliche über die Akademie, über die anderen Schüler, fragten nach der Sitzordnung im Speisesaal oder nach Bettnachbarn, nach Trainingspartnern, dem Klassenstreber, nach Schlägertypen. Nach Pärchen, Freundschaften, Lehrerlieblingen, kuriosen Hobbys, nach Cliquen und Feindschaften.

Es war merkwürdig, wie gut sie sich mit alldem auszukennen schienen, doch auf meine Frage, warum das so war, hatte Tom nur mit den Schultern gezuckt und geantwortet: »Am Ende sind doch alle Schulen gleich. Da bildet deine Akademie keine Ausnahme.«

Kip holte noch mehr Kekse, Chips und ein paar andere

Dinge, die er für essbar hielt, und setzte Tee auf. Es war gemütlich und gleichzeitig unheimlich anstrengend, ich war in Sicherheit und fühlte mich dennoch bedroht. Wahrscheinlich lag es daran, dass mein Leben immer größere Kreise zog, deren Ränder nicht zu sehen waren. Daran, dass ich mich an viele Dinge erinnerte, mich aber an so viel mehr nicht erinnerte. Und diese schwarze Masse in meinem Kopf macht mir Angst, denn ich trug Verantwortung. Nun betraf es nicht mehr nur mich, Kip, Tom und seine Eltern, sondern noch andere Eltern, Geschwister, Kinder. Wie viele von uns waren während Operationen gestorben oder Komplikationen zum Opfer gefallen, die während medizinischer Experimente aufgetreten waren? Ich war der einzige Mensch, der das herausfinden konnte, und diese Tatsache machte mir große Angst. Wenigstens war ich nicht allein.

»Eines verstehe ich immer noch nicht«, sagte Tom in ein längeres Schweigen hinein.

»Was denn?«, fragte Kip und ließ Papier und Stift sinken.

»Die Sache mit der H.O.M.E.-Fundation habe ich mittlerweile begriffen. Sie brauchten menschliche Versuchskaninchen für ihre Experimente und haben sie bei armen, verzweifelten Familien gefunden. Die wurden mit ein bisschen Geld ruhiggestellt und keiner hat jemals den Mund aufgemacht. Auch dann nicht, als Kinder in dem Programm ums Leben kamen.«

»Eine sehr treffende Zusammenfassung«, sagte ich. »Und weiter?«

»Warum die Akademie?«, fragte Tom. »Sie hatten doch alles, was sie brauchen. Warum haben sie euch ausgebildet? Wieso haben sie so viel von ihren Ressourcen in euch hineingepumpt und euch gleichzeitig in Gefahr gebracht? Wozu dieser finanzielle Aufwand, warum dieses Risiko?«

Wir starrten einander an.

»Das«, sagte Kip langsam, »ist die ganz große Frage, nicht wahr?«

Angestrengt rieb ich mir mit der flachen Hand durchs Gesicht. Ein wenig fühlte es sich so an, als könnte ich mir die Gesichtshaut wie eine Maske vom Knochen lösen. Es wäre so schön, seine Identität einfach so wechseln zu können. Doch gerade in diesem Augenblick wusste ich auch nicht, wer ich lieber sein würde. Zu diesem Leben gab es keine brauchbare Alternative.

»Es gibt ein Ziel, das die Akademie und die Operationen miteinander verbindet«, murmelte ich zwischen den Fingern hindurch. »Sie müssen ein und derselben Sache dienen. Das ist die einzige Erklärung.«

»Deine Mission«, folgerte Tom, und ich nickte. »Meine Mission.«

»Was war denn deine Mission?«, fragte Kip, doch ich schüttelte nur den Kopf. Dieser Bereich lag genauso im Nebel wie die Erinnerung an die verschwundenen Mitschüler. Ich wusste, dass sie da war, doch ich konnte sie einfach nicht abrufen. Das war zum Verrücktwerden. Zwar wusste ich, dass ich auf eine Mission vorbereitet worden war, doch nicht, was sie beinhaltet hatte.

»Ich versuche, mich daran zu erinnern, seitdem ich aufgewacht bin«, sagte ich. »Doch es geht nicht. Der Bereich in meinem Kopf ist irgendwie blockiert.«

»Du hast doch gesagt, dass du nicht darüber reden darfst.«
Tom war sichtlich empört.

»Das war gelogen. Ich wollte nicht, dass du denkst, ich will mich einfach nur wichtig machen. Du wusstest noch nicht, was du jetzt weißt. Ich hatte Angst, dass du mich nicht mehr ernst nehmen würdest.«

Tom nickte leicht zerknirscht. »Gut, das verstehe ich.«

Ich schluckte, weil ich das Gefühl hatte, bei einer wichtigen Aufgabe zu versagen. »Ich würde mich so gern erinnern, aber es geht nicht. Es tut mir echt leid!«

»Das ist doch nicht deine Schuld!«, protestierte Kip und legte einen Arm um mich, als wollte er mich vor mir selbst beschützen. Es war ein schönes Gefühl, ich ließ meinen Kopf auf seine Schulter sinken und schloss die Augen.

»Viel wahrscheinlicher ist doch, dass dein Gehirn manipuliert wurde, damit du dich an diese Sachen nicht mehr erinnern kannst.«

Das war gar nicht so abwegig. Immerhin war es doch merkwürdig, dass ich mich an die genaue Sitzordnung im Speisesaal, an das Essen und mein eigenes Zimmer erinnerte, aber nicht an die wirklich wichtigen Sachen.

»Vielleicht war das der Zweck der Operationen«, schlug Tom vor. »Ihr solltet zwar lernen und gehorsam sein, aber nicht wissen, warum. Und ihr solltet auch nicht bemerken, was alles schiefgeht.«

Die altvertraute Kälte kroch meine Wirbelsäule hoch. *Laborratte*, sagte die leise Stimme in meinem Kopf.

»Das ist mit Abstand das Klügste, was du heute Abend gesagt hast«, murmelte ich tonlos, und Kips Griff um meine Schulter verstärkte sich.

Ich steckte mir einen Keks in den Mund, weil Zucker recht zuverlässig in der Lage war, die dunkelsten Gefühle im Zaum zu halten. Es war beinahe unmöglich, den Geschmack von schmelzender Schokolade auf der Zunge zu haben und gleichzeitig in Panik zu geraten.

Die ganze Sache war monströs. Und trotzdem stieg in mir der unbändige Wunsch hoch, das Knäuel zu entwirren, das Rätsel zu lösen und der Sache ein Ende zu bereiten. Denn ich war sicher, dass außer mir niemand mehr aufgewacht war. Auch wenn ich nicht genau sagen konnte, warum.

»Aber an etwas erinnere ich mich doch«, murmelte ich. Als die Erinnerung an die zuckenden Körper und das Stampfen und Dröhnen zurückkam, erschauderte ich.

»Bevor ich in der Charité aufgewacht bin, war ich schon mal wach.« Schlagartig hatte ich die volle Aufmerksamkeit der beiden Jungs.

»Ich war in einem dunklen Raum, um mich herum war es unheimlich laut, es klang, als wäre ich umgeben von Maschinen.«

»Warum hast du uns das noch nie erzählt?«, fragte Tom.

»Weil ich bis jetzt gedacht habe, ich hätte es geträumt. Aber nun bin ich mir nicht mehr sicher.« Nach kurzem Nachdenken verbesserte ich mich. »Ich bin mir sogar sicher, dass es kein Traum war.«

Kip sah mich an. »Und was ist dort passiert?«

»Ein Mann hat mir den Mund zugehalten und ich habe ihn gebissen. Aber er hat nicht aufgeschrien. Ich glaube, er hatte Angst.«

»Ein Mann?«, fragte Tom, und ich nickte.

»Wer?«

»Ich habe keine Ahnung. Er war maskiert und ich war gefesselt. Es war unmöglich, etwas zu erkennen.«

»Hat er etwas gesagt?«, fragte Kip, und ich nickte.

»Ja. Deshalb bin ich ja auch so sicher, dass es kein Traum war. Er hat gesagt, dass ich keine Angst haben soll. Und dass er gekommen sei, um mich rauszuholen.«

Mein Atem zitterte, weil ich nun das ganze Ausmaß meiner Erinnerung begriff. Meine Brust wurde so eng, dass ich das Gefühl hatte, jemand hätte ein eisernes Band drum herumgelegt.

»Da waren noch andere«, flüsterte ich, und Tom griff nach meiner Hand.

»Andere?«, fragte er sanft, und während ich nickte, liefen mir Tränen über die Wangen.

»Andere Kinder. Sie…« Ich suchte nach den richtigen Worten, versuchte, mir einen Reim auf das zu machen, was ich in der Dunkelheit des Raumes zu erkennen geglaubt hatte. Die Erkenntnis traf mich wie ein Blitz.

»Sie waren angeschlossen«, murmelte ich, und die Haare an meinem gesamten Körper stellten sich auf.

»Was meinst du damit?«, fragte Kip, und Tom streichelte mit dem Daumen über meinen Handrücken. Ohne es zu bemerken, hatte ich angefangen zu weinen.

»Sie waren an Maschinen angeschlossen. Und sie haben sich bewegt.«

Es war eine Erleichterung zu wissen, dass ich mir den dunklen Raum mit den zuckenden Silhouetten nicht eingebildet hatte, auch wenn die Vorstellung, dass es diesen Raum wirklich gab, nahezu monströs war. Doch nun lag mein Weg ganz deutlich vor mir. Ich musste diesen Raum finden und die anderen da rausholen. Immerhin war ich ihr Kapitän und sie hatten sich immer auf mich verlassen. Auf keinen Fall wollte ich sie enttäuschen. Mein Ziel war, sie zu retten und darüber hinaus ihnen und ihren Familien erklären zu können, warum ihnen all das angetan worden war. Ich atmete tief durch und wischte mir mit meinem T-Shirt ungeduldig die Tränen aus dem Gesicht.

›Heulerei hat noch niemandem geholfen‹, hatte Dr. Jen immer gesagt. Oh, wie recht sie doch hatte. Ich fragte mich, welche Rolle sie bei der ganzen Sache spielte, doch ich ahnte Böses.

»Machen wir weiter«, sagte ich schließlich und straffte die Schultern.

»Wollen wir nicht lieber schlafen gehen?«, fragte Tom. »Es ist echt schon spät.«

Ich bedachte ihn mit einem hoffentlich vernichtenden Blick. »Ich bin kein Baby mehr, und außerdem ist es nicht so, als müsste einer von uns morgen früh aufstehen. Wenn ich mich an den dunklen Raum erinnern kann, dann vielleicht auch noch an mehr Sachen. Außerdem habe ich das Gefühl, dass uns die Zeit wegrennt.«

Nach weiteren zwei Stunden hatten wir schließlich fünf Namen auf der Liste, wobei ich mich bei manchen nur an den Nachnamen erinnern konnte. Natürlich wusste ich nicht, ob diese Kinder tatsächlich existiert hatten und ob ich mich korrekt an ihre Namen erinnerte, doch jeder brachte mein Innerstes zum Schwingen und mich zu der Überzeugung, auf der richtigen Fährte zu sein. Mit dem guten Gefühl, tatsächlich ein Stück vorangekommen zu sein, schlief ich schließlich ein.

17

Ich schlief unruhig in jener Nacht, wahrscheinlich, weil ich es nicht gewohnt war, so dicht neben anderen Menschen zu liegen. Tom schnarchte und Kip drehte sich immer wieder von einer Seite auf die andere. Dabei gab er kleine, klägliche Laute von sich, die den Eindruck hervorriefen, dass er von schrecklichen Albträumen geplagt wurde. Zwischendurch sah es aus, als würde er versuchen, seinem Schlafsack zu entkommen. Gegen welche Dämonen er wohl gerade ankämpfte?

Aber es waren nicht nur die beiden anderen, die mich vom Schlafen abhielten. Meine Gedanken rasten und ließen mir keine Ruhe. Zwar wusste ich genau, dass ich meinen Schlaf brauchte, und fand es völlig unglaublich, dass seit meinem Besuch im Krankenhaus noch keine vierundzwanzig Stunden vergangen waren, doch ich konnte meinen Kopf einfach nicht abschalten.

Immer klarer schälten sich die Gesichter der verschwundenen Kinder aus meinem nebligen Gedächtnis; Calla sah ich mittlerweile scharf und deutlich vor mir, genau wie den kleinen Reto. In meiner Erinnerung waren sie konserviert, eingefroren und unsterblich glücklich. Bald würde ich vielleicht erfahren, ob sie tot waren oder noch lebten. Ich wagte kaum zu hoffen, dass sie genau wie ich aufgewacht und in Sicherheit waren.

Die Sorge um Jonah brachte mich beinahe um den Verstand. Jetzt, da ich wusste, dass es an der Akademie keinesfalls sicher war, hatte ich große Angst um ihn. Was, wenn er kurz vor einer Operation stand, die er nicht überleben würde? Immer wenn mir der Gedanke kam, wollte ich Tom und Kip anschreien, dass wir auf keinen Fall schlafen durften, sondern dringend etwas tun mussten. Doch natürlich wusste ich, dass ich geduldig sein musste. Kip und ich wollten am nächsten Tag versuchen, die Angehörigen der Kinder ausfindig zu machen, die verschwunden waren. Im Internet, per Telefon, in Selbsthilfegruppen. Das würde Zeit kosten, und natürlich war fünf Uhr morgens nicht der richtige Moment, um bei Leuten zu Hause anzurufen, die man nicht kannte.

Wenigstens, so sagte ich mir, wurde es immer wahrscheinlicher, dass Jonah existierte, und immer unwahrscheinlicher, dass er nur ein Hirngespinst war. Dieser Gedanke elektrisierte mich. Wenn ich alles richtig machte, dann würde ich ihn wiedersehen, und wir wären wieder zusammen. So, wie es sein sollte.

Dabei nagte die Frage an mir, ob er mich noch lieben konnte, wenn er mich so sähe. Die Vogelscheuche mit dem Kiwi-Kopf. Ich hingegen wusste genau, dass ich Jonah lieben würde, ganz egal, wie er in dieser Welt aussah. Ich kannte ihn, und mein Herz liebte ihn, das war alles, was zählte.

Es war eine Erleichterung, als Tom mit Sonnenaufgang die Augen aufschlug. Verschlafen lächelte er mich an.

»Hey Äffchen«, flüsterte er.

»Hey!« Ich lächelte zurück.

»Warum schläfst du nicht?«

Ich zuckte die Schultern.

»Zu viele Gedanken?«

»Hmm.«

»Das kenne ich. Normalerweise schlafe ich furchtbar, weil ich mir immer um irgendetwas Sorgen mache, aber jetzt geht es.«

Er nestelte am Reißverschluss seines Schlafsacks herum und machte ihn auf. Dann hob er seinen Arm und schaute mich an. »Willst du rüberkommen?«

Ich zögerte. Konnte ich wirklich zu ihm in den Schlafsack kriechen? Immerhin wäre er mir damit so nah, wie bisher nur Jonah gekommen war. Und ich hatte den Verdacht, dass ich noch schlechter schlafen würde, wenn ich so nah an ihn gepresst liegen würde. Andererseits war er mein Bruder, sein Blick so liebevoll und erwartend, dass ich es nicht übers Herz brachte, sein Angebot abzulehnen. Also kroch ich aus meinem eigenen Schlafsack hinüber in seinen und er nahm mich in den Arm.

Tom roch gut, nach Duschgel, getragenem T-Shirt und nach Mensch. Nicht unangenehm, sondern gemütlich und sicher.

Als ich die Augen das nächste Mal aufschlug, schien die Sonne gleißend hell ins Wohnzimmer. Kip war schon aufgestanden und werkelte in der Küche, Tom tippte mit der freien Hand auf seinem Mobiltelefon herum.

Ich drehte den Kopf und musste leicht beschämt feststellen, dass ich auf Toms Shirt gesabbert hatte.

»Du kannst schlafen wie ein Stein«, bemerkte er trocken, als er meinen Blick auffing. »Es ist schon kurz nach elf.«

Verlegen wischte ich mir über den Mund. »Du hättest mich ja auch wecken können!«, gähnte ich, und er schüttelte den Kopf.

»Das hätte ich niemals übers Herz gebracht, Dornröschen.« Ich schnaubte und schälte mich aus dem Schlafsack, was erstaunlich wehtat, da ich die letzten Stunden in leicht unnatürlicher Haltung verbracht hatte, und auch Tom schüttelte seinen offenbar taub gewordenen Arm mit schmerzverzerrtem Gesicht.

»Kommst du nachher mit nach Hause?«, fragte er und versuchte, möglichst unverfänglich zu klingen, doch ich durchschaute ihn.

Ich wollte ihn angiften, ihm sagen, dass ich kein Zuhause hatte, doch das brachte ich nicht über mich. Die letzten Stunden, die er mich gehalten hatte, während ich schlief, hatten etwas verändert. Es war, als wüsste meine Seele genau, wer dieser Mensch war, und auch mein Körper hatte sich an ihn erinnert. Ohne dass er es sagen musste, wusste ich, dass ich als kleines Mädchen oft zu ihm ins Bett gekrabbelt war – so wie Zac zu mir. Und bei diesem Gedanken stieg etwas in mir hoch, das mein Herz mit Wärme füllte bis zum Rand. Liebe.

Trotzdem schüttelte ich den Kopf. »Ich bleibe lieber hier.« Tom sah mich lange an. Ich ahnte, dass er etwas sagen wollte, das mich umstimmte, doch er verkniff es sich schlussendlich.

»Okay. Vielleicht kommst du ja morgen zum Abendessen.« Ich verzog das Gesicht.

»Du musst ja nicht über Nacht bleiben«, beeilte er sich zu

ergänzen. »Aber es würde Ma sicher viel bedeuten, wenn du kämst.«

Natürlich würde es ihr viel bedeuten, dachte ich bitter. Es war nicht so, dass ich grausam sein wollte. Normalerweise war ich gut darin, anderen Menschen zu verzeihen, und keinesfalls nachtragend. Im Gegenteil. Doch in diesem Fall hatte ich das Gefühl, dass Clemens und Ma nach Absolution suchten. Nach dem Gefühl, nichts falsch oder kaputt gemacht zu haben. Und genau das wollte ich ihnen nicht geben. Denn sie hatten so einiges kaputt gemacht – mehr noch: Sie hatten mich kaputt gemacht. Zumindest hatten sie es zugelassen. Andererseits war es vermessen, Kips Gastfreundschaft so stark zu strapazieren, und nur recht und billig, wenn Clemens und Ma für mein Essen zahlten. Doch ich wusste einfach nicht, wie ich ihnen gegenübertreten sollte.

»Ich werde es mir überlegen«, sagte ich schließlich, und Tom nickte.

»Ich würde ja bleiben und euch helfen, aber ich habe Ma versprochen, mit ihr heute raus in die Wälder zu fahren.«

»Was macht ihr denn dort?«, fragte ich neugierig.

»Wir sammeln Essbares«, sagte Tom mit einem Schulterzucken. »Du glaubst nicht, wie viel man damit sparen kann. Es gibt die verschiedensten essbaren Wurzeln und Pilze. Die Wälder um Berlin sind eine einzige Vorratskammer.«

»Warum nutzen das dann nicht noch mehr Leute?«, fragte ich.

»Wer sagt denn, dass sie es nicht tun? Ich muss Ma begleiten. Für sie allein ist es zu gefährlich.«

16

Tom trank noch einen Tee und verabschiedete sich von uns. Nachdem wir gefrühstückt hatten, holte Kip einen Laptop und ein Tablet aus einem der unzähligen Zimmer hervor und loggte beide ins Internet ein. Mir überließ er den Rechner, und ich kam nicht umhin, mich zu fragen, wessen Gerät es einmal gewesen war. Der Laptop war offensichtlich total veraltet, schien aber so gut wie nie genutzt worden zu sein. Er lief gut und erschien makellos.

Wir teilten die Namen auf. Ich suchte nach Calla Moore und Reto Weingarten, Kip nach Iris Niemüller, Edgar Paul und ›Raab‹, den Jungen, von dem ich nur noch den Nachnamen wusste.

Er zeigte mir die Foren, in denen sich verwaiste Eltern und Geschwister austauschten, Koma-Hilfeplattformen, soziale Netzwerke und Informationsseiten sowie die verschiedenen Suchmaschinen. Als ich sah, wie viele Plattformen es einzig für von Koma betroffene Familien gab, schwirrte mir der Kopf. Es waren unzählige. Wie sollten wir in dem ganzen Wust fünf Familien finden?

»Wir sollten unsere Suche zunächst auf Berlin konzentrieren«, sagte Kip, als könnte er meine Gedanken lesen. »Hier ist die Versorgung am besten. Und es gibt diverse medizinische Institute in der Stadt sowie Universitäten und so weiter.«

»Außerdem leben wir in Berlin.«

Kip schnalzte mit der Zunge. »Ganz genau so ist es«, sagte er.

»Das klingt vielversprechend«, bemerkte ich sarkastisch. »Immerhin leben hier nur noch acht Millionen andere Menschen. Wir suchen also nach 0,00006 Prozent. Ein Kinderspiel.«

Kip starrte mich an. »Was bist du? Ein menschlicher Taschenrechner?«

Ich schnaubte, während meine Finger über die Tasten flogen. »Du hättest deinen Bruder mal sehen sollen.«

Als er darauf nichts erwiderte, sah ich hoch und bemerkte den Schmerz, der auf seinem Gesicht lag. Ich musste schlucken. »Tut mir leid, ich wollte nicht…«

»Ist schon gut, Zoë«, beeilte er sich zu sagen. »Ich bin es nur nicht mehr gewohnt, an ihn zu denken. Aber eigentlich wird das dem Zwerg nicht gerecht. Oder was meinst du?«

Ich legte so viel Wärme in meinen Blick, wie ich konnte. »Ganz und gar nicht. Er war niemand, den man vergessen darf.«

Die Suche gestaltete sich mehr als schwierig. Schon bald bereute ich, mit Calla angefangen zu haben. Die Anzahl der Familien mit Namen Moore in Berlin war schier endlos. Auch war es unmöglich, einzelne Personen einander zuzuordnen. Ich versuchte es mit Bildersuche und notierte alle Leute mit Nachnahmen Moore, die mir besonders blass vorkamen. Kip trieb sich in den Selbsthilfeforen rum, in denen er noch immer angemeldet war. Doch auch für ihn war es kompliziert, da die Leute dort nur mit Decknamen verkehrten und er in den unendlichen Unterhaltungen nach vertrauten Namen oder passenden Geschichten suchen musste. Immerhin gelang es ihm, ein paar Leute anzuschreiben. Allerdings, so sagte er mir, antworteten die meisten seiner Erfahrung nach nicht einmal.

Viele Stunden arbeiteten wir in stiller Eintracht vor uns hin, zwischen uns eine Kanne Tee, die Finger tippten und klickten, ab und zu zeigten wir einander, was wir entdeckt hatten. Doch das war leider nicht viel. Als es auf die Mittagszeit zuging, reckte sich Kip und verzog dabei schmerzverzerrt das Gesicht. Beinahe hätte ich vergessen, dass er verwundet war.

»Alles in Ordnung?«, fragte ich besorgt, und er nickte. »Ja, es geht schon.« Als er meinen Blick auffing, legte er seine große, warme Hand auf meine. »Mach dir keine Sorgen, Zoë. Ich bin okay.«

Ich betrachtete unsere Hände und fragte mich, wie Kip mich wohl wahrnahm. Als kleine Schwester seines Freundes? Als merkwürdiges Phänomen? Als erwachsene Frau? Als Freundin? Ich hätte es gern gewusst.

»Vielleicht sollten wir die Verbände wechseln«, schlug ich vor und zog meine Hand weg. »Hast du deine Tabletten schon genommen?«

»Du klingst wie eine Krankenschwester.« Kip grinste und formte mit den Händen eine Schwesternhaube auf dem Kopf. »Hallo, ich bin Schwester Zoë, wie geht es uns denn heute?«, säuselte er und klang dabei wie ein verschnupfter Dackel. Ich bedachte ihn mit einem vernichtenden Blick. »Du hast leider überhaupt kein Talent.«

»Du verstehst nur keinen Spaß«, gab er zurück. »Aber ja,

Verbandswechsel ist eine gute Idee. Und ich sollte auch die Schmerztabletten nehmen. Eigentlich gehöre ich nicht zu den Männern, die den Starken markieren wollen. Ich habe es schlicht vergessen.«

Ich holte ihm seine Tabletten und versuchte anschließend, Doktor Akalin zu erreichen, obwohl ich nicht damit rechnete, Erfolg zu haben. Tatsächlich landete ich nach unzähligen Freizeichen in der Zentrale, wo mir eine Frau mit gelangweilter Stimme erklärte, dass Dr. Akalin ›nicht im Haus‹ sei. Als ich danach darum bat, mit Miriam verbunden zu werden, ließ sie mich auflaufen, da ich tatsächlich nicht wusste, wie Miriam mit Nachnamen hieß. Alle hatten sie immer nur ›Schwester Miriam‹ genannt. Wie dämlich eigentlich. Jeder Mensch hat schließlich einen Nachnamen. »Kein Nachname, keine Verbindung«, hatte die Frau geblafft und gruẞlos aufgelegt. Schönen Dank auch.

Ich half Kip dabei, die Wunden zu reinigen, zu desinfizieren und neue Wundpflaster aufzubringen. Es fiel mir nicht schwer, mich darauf zu konzentrieren, und der Anblick der frisch genähten Wunden machte mir rein gar nichts aus. Tatsächlich war ich recht geübt in solchen Sachen, da als Kapitän regelmäßig Erstversorgung auf meinem Stundenplan gestanden hatte. Allerdings hatte ich damals mit Dummies geübt.

Merkwürdig, dass ich so genau wusste, dass ich Kapitän war, aber nicht mehr, von was. Schon der Gedanke kam mir lächerlich vor. ›Folgen Sie mir, ich bin der Kapitän!‹ Ich schnaubte.

Kips dunkle Augen beobachteten mich und ich sah schnell wieder auf die Wunde schräg oberhalb seines Bauchnabels. Die Frau hatte eine von Kips kunstvoll gestochenen Wellen zerschnitten. Diese wirkte nun merkwürdig krumm. Mein Gesicht war so nah an seinem Oberkörper, dass ich die kleinen Härchen sehen konnte, die sich in schmalen Straßen durch die tätowierten Fische zogen.

»Suchst du was Bestimmtes?«, fragte Kip, doch ich ignorierte ihn. Stattdessen fragte ich: »Hat das Tattoo eine bestimmte Bedeutung?«

Er lächelte. »Natürlich hat es das. Oder meinst du, ich hätte die ganzen Schmerzen nur für ein hübsches buntes Bild auf mich genommen?« Sein rechter Zeigefinger deutete auf den größten und schönsten Fisch, der sich, wie ich jetzt bemerkte, ein Stück den Hals hoch in Richtung seines Ohrs bewegte. Er war leuchtend rot und hatte einen schwarzen Punkt auf dem Kopf. »Koikarpfen stehen für Stärke, Mut und Zielstrebigkeit«, sagte er. »Dieser hier, der große, steht für meinen Vater. Er hat mir alles beigebracht, was ich weiß.« Sein Finger wanderte zu einem schmaleren, beinahe weißen Fisch, der sich gerundet wie ein Schutzschild über sein Herz legte. »Dieser Fisch steht für meine Mutter. Sie war das Herz und die Seele unserer Familie und hat mir beigebracht, dass es manchmal völlig egal ist, ob man etwas weiß, solange man es nur fühlt.«

Ich schluckte und mein Hals wurde eng. Diese wunderschönen Fische standen für Kips verstorbene Familie. Er hatte ihnen mit seiner eigenen Haut ein Denkmal gesetzt.

Kips Finger wanderte noch ein Stück weiter nach unten bis zu einem kleinen, leuchtend orangefarbenen Fisch direkt unterhalb seines Bauchnabels. »Und der kleine Kerl hier ist Zac. Er liegt auf meinem Bauch, wie er es früher immer getan hat. So wie du gestern Abend.«

Er suchte meine Augen und unsere Blicke trafen sich. Mein Mund wurde ganz trocken. Ich wollte nicht, dass Kip mich auf diese Art nervös machte. Das durfte nur Jonah. Auch wenn ich keine Ahnung hatte, ob er auf dieses Privileg überhaupt noch Wert legte. Und eigentlich hätte ich auch gedacht, dass kein anderer Mann in der Lage war, mich auf diese Art nervös zu machen. Ein Teil von mir wollte ihn küssen.

»Und wofür stehen die anderen Fische?«, fragte ich hastig. Kip lächelte traurig. »Ich wollte nicht, dass sie so allein sind. Aber die anderen sind keine Kois. Es sind Goldfische, Tintenfische, Clownfische.« Während er aufzählte, zeigte er mir die verschiedenen Exemplare.

Das Bild, das seinen Oberkörper zierte, war wirklich wunderschön. Und beinahe noch schöner, wenn man daran dachte, dass es vergänglich war. Wenn Kip eines Tages starb, würde er mit den anderen Fischen schwimmen.

»Zum Glück ist deine Familie von der Attacke unversehrt«, bemerkte ich lächelnd.

»Ja, alles andere hätte mich auch wirklich richtig wütend gemacht.«

»Und wo ist dein Koi?« Zielsicher klebte ich das letzte Pflaster auf seinen Rippenbogen.

»Ich habe keinen Koi«, sagte er, und seine Stimme klang sehr bitter. »Wir sind nicht mehr zusammen, wieso sollte ich mich dann in ihre Mitte stellen?«

Die Einsamkeit, die Kip stets wie ein lebendiges Wesen umgab, nahm sein Gesicht in Beschlag. Er schenkte mir noch einen forschenden Blick, dann fragte er: »Aber ich habe trotzdem ein Tattoo. Willst du es sehen?«

Ohne meine Antwort abzuwarten, rollte er sich auf den

Bauch, und ich schnappte nach Luft, als ich sah, was seinen Rücken zierte.

Über die gesamte Rückseite seines Körpers zog sich ein riesiger Drache. Der Kopf saß genau zwischen den Schulterblättern, er war leuchtend orange, wie sein kleiner Bruder der Fisch. Doch sein Blick war nicht verspielt und fröhlich, sondern entschlossen, wütend. Beinahe grausam. Die smaragdgrünen Augen schienen mich direkt anzustarren.

»Der ist ziemlich beeindruckend«, brachte ich heraus.

Kip rollte sich zur Seite und setzte sich auf. »Er soll mich daran erinnern, dass ich stark sein kann und auch stark sein muss. Der Drache passt darauf auf, dass ich mich nicht gehen lasse.« Dann stand er mit erstaunlicher Entschlossenheit auf. »Das ist genau das richtige Stichwort. Ich zieh mir mal was anderes an.«

Wenig später kam er aus dem Badezimmer und roch frisch. Seine Finger schlossen die letzten Knöpfe eines weißen Hemdes, das sich in einem großartigen Kontrast von seiner dunklen, tätowierten Haut abhob. Es sah gut und ein wenig unpassend zugleich aus.

»Was grinst du so?«, fragte er belustigt.

»Du siehst aus wie ein Krieger, der zu einem Banktermin geht.«

Kip lachte. »Tatsächlich dachte ich, wir könnten rausgehen. Hier kommen wir im Moment nicht weiter. Vielleicht sollten wir in die Stabi fahren. Es ist möglich, dass wir dort etwas finden.«

»Was ist denn die Stabi?«, wollte ich wissen.

»Die Staatsbibliothek. Dort befindet sich auch das Zeitungsarchiv der Stadt. Vielleicht finden wir da mehr heraus.«

Ich streckte mich und merkte, dass die Nacht auf dem Boden auch bei mir Spuren hinterlassen hatte. »Immerhin können wir das Ganze dann zeitlich eingrenzen«, stöhnte ich.

Kip grinste. »Also ist das abgemacht. Wir können auf dem Weg dorthin auch etwas essen.«

Verschämt blickte ich an mir hinunter. Was würden wohl die Leute denken, wenn sie den schicken jungen Mann in dem blütenweißen Hemd mit einer wie mir auf der Straße sähen? Nun, es war nicht zu ändern.

Wie schon ein paar Mal zuvor schien Kip meine Gedanken zu lesen. Er streckte die Hand nach mir aus. »Komm, wir besorgen dir vorher noch was Nettes zum Anziehen.«

Ich verzog das Gesicht. »Ich habe kein Geld«, setzte ich an, doch Kip unterbrach mich. »Das ist völlig zweitrangig. Ich bezahle.«

Geld. Seitdem ich das Krankenhaus verlassen hatte, war ich immer wieder mit diesem Thema konfrontiert worden, und es berührte mich auf unangenehme Weise. Beinahe hatte ich das Gefühl, die gesamte Stadt bestand nur aus Dingen, die man kaufen konnte und auch kaufen musste. Ununterbrochen wurde mir vor Augen geführt, was mein größtes Defizit war: Ich hatte kein Geld, ich konnte nichts für mich selbst bezahlen. Wie gern hätte ich für mich selbst gesorgt, meine eigene Kleidung gekauft, vielleicht sogar meine eigene Wohnung bewohnt. Aber das war unmöglich und ich fühlte mich ein ums andere Mal bloßgestellt. Selbst wenn mein Gegenüber es anders empfand: Alles in mir wand sich vor Scham.

»Ich will das nicht«, sagte ich brüsk und wich seinem Blick aus. Meine Augen studierten stattdessen scheinbar interessiert das moderne Teppichmuster.

»Sei nicht albern, Zoë«, sagte er sanft. »Ich habe mehr Geld, als ich jemals ausgeben kann. Mir würde es eine Freude machen, es einmal für etwas Nützliches verwenden zu können. Du hast ziemlich viel durchgemacht in letzter Zeit – was ist falsch daran, wenn ich dir eine Freude machen möchte?«

Zwar war der Gedanke an anständige Kleidung verlockend, dennoch schüttelte ich wiederholt den Kopf. Und Kip verstand.

»Okay, machen wir es so: Ich leihe dir das Geld. Wir heben die Rechnung auf, und du kannst es mir zurückzahlen, wenn du es hast. In Ordnung?«

Mein schweres Herz wurde mit diesem Vorschlag augenblicklich leichter. Damit konnte ich leben, obwohl ich keine Ahnung hatte, wie ich jemals mein eigenes Geld verdienen sollte. Was zählte, war das Grundgefühl. Es war kein Geschenk, sondern ein Darlehen. Irgendwas würde ich ihm zurückzahlen, um meine Schulden zu begleichen. Ganz sicher. Nun stahl sich doch ein Lächeln auf mein Gesicht. »In Ordnung. Aber nur, wenn wir nicht in eine dieser Malls gehen.«

»Was hast du gegen sie?«

Ich schnaubte. »Das sind dunkle, böse Orte.«

Kip griff lachend nach meiner Hand und zog mich aus der Wohnung. Ich ließ es geschehen und fragte mich, wo das noch alles hinführen sollte. Doch da ich ohnehin nicht in die Zukunft sehen konnte, blieb mir nichts anderes übrig, als einen Schritt nach dem anderen zu gehen.

Die Mittagshitze prallte unerbittlich auf die schmucke Kopfsteinpflasterstraße, vor den wenigen Cafés saßen Leute unter Sonnenschirmen, die so ausgeblichen waren, dass sie beinahe durchsichtig wirkten. Zu meiner Erleichterung ließen wir die Mall tatsächlich links liegen und schlenderten durch unzählige Straßen, die aussahen wie die, in der Kips Wohnung lag. Die Häuser waren alle gleich hoch und von ähnlicher Bauart. Sie standen dicht an dicht, ohne Gärten oder Garagen, die einzigen Unterschiede lagen in den Farben, Balkonen und Verzierungen der Häuser. Wie gigantische steinerne Mauern ragten sie links und rechts der belebten Straßen auf. Das gesamte Viertel machte den Eindruck, als sei es in einem Rutsch aus der Erde gestampft worden. Es gefiel mir hier viel besser als in allen anderen Teilen der Stadt, die ich kannte, doch erst nach einer ganzen Weile begriff ich, warum: Dieser Teil der Stadt war bemerkenswert bunt. Die Menschen bemühten sich, mit bescheidenen Mitteln etwas aus ihrem Viertel zu machen. Hier und da waren die Fassaden mit schönen Bildern geschmückt, in den Fenstern hingen Papierkraniche oder bunte Perlenspiele, von den Balkonbrüstungen flatterten bunte Fahnen. Es gab ein paar Kinderspielplätze und die Leute lachten mehr als am Alexanderplatz. So entstand eine Atmosphäre der Leichtigkeit und Sicherheit, das Gefühl, dass Glück auch in dieser Realität eine Möglichkeit war.

Schließlich machten wir vor einer Tür halt, die der von Kips Kaufhaus gar nicht unähnlich war, nur das Schaufenster war sehr viel ansprechender dekoriert.

›Alice im Wunderland‹, sagte das Schild, das über der Tür hing, und ich zog fragend die Augenbrauen hoch.

»Die beste Boutique weit und breit.« Kip grinste und drückte auf die Klingel.

Ich hörte schwere, schnelle Schritte und wenig später flog die Tür auf. Es kostete mich enorme Mühe, bei dem Anblick nicht mit offenem Mund zu starren. Vor mir stand das bemerkenswerteste menschliche Wesen, das ich jemals gesehen hatte. Ich konnte nicht mal sagen, ob es ein Mann oder eine Frau war. Jedenfalls war die Gestalt sehr groß, sehr schlank und auf eine düstere Art bunt. Insofern passte sie perfekt zu Kip, auch wenn der Eindruck von Düsternis nicht von ihrer Haut herrührte, denn die war schneeweiß. Als würde sie ihre Boutique niemals während der Sonnenstunden verlassen. Ihre Kleidung war eine Kombination aus Schwarz, Lila und Pink, eine zerschnittene Leggins spannte sich über geringelte Strumpfhosen, drei Trägertops übereinander bedeckten das Nötigste ihres Oberkörpers, das Gesicht war an allen nur erdenklichen Stellen gepierct und die bunt gefärbten Haare beinahe komplett kurz geschoren, bis auf einen Teil am Hinterkopf, den sie zu einem großen Knoten gewunden hatte.

Die Schuhe, die ich bereits vor der Tür gehört hatte, waren nur deshalb so laut, weil sie beinahe komplett aus riesigen Sohlen bestanden.

Als das Wunderwesen Kip erblickte, zog sich ein übergroßes Grinsen über sein Gesicht, und eine breite Zahnlücke zwischen den Schneidezähnen kam zum Vorschein. Es brachte die großen, dramatisch geschminkten grünen Augen zum Leuchten. Dieser Mensch war so schön, dass er kaum echt sein konnte. Ich war sofort schockverliebt.

»Na, dich hab ich ja ewig nicht gesehen!«, rief sie aus. Ihre sanfte, hohe Stimme verriet, dass ich eine Frau vor mir hatte, und sie warf sich Kip ohne Zögern in die Arme.

Er drückte sie an sich und sagte: »Hallo Alice.« Dann machte er sich los und zeigte auf mich. »Das ist Zoë.«

Alice beugte sich zu mir herunter und nahm auch mich fest

in die Arme. Sie roch nach Rosen und Lavendel. Ihre grünen Augen, die mich an den Drachen auf Kips Rücken erinnerten, musterten mich forschend. Es war ihr deutlich anzusehen, dass sie sich fragte, ob ich Kips neue Freundin war. Dann zog sie uns in das Geschäft.

So einen Ort wie diesen hatte ich noch nie zuvor gesehen. Der Laden war bis unter die Decke mit Kleidung vollgestopft in verschiedenen Farben, unter den Kleiderstangen stapelten sich Schuhe, darüber wuchsen Türme mit Hüten in die Höhe. Große Drehständer mit Brillen, Ketten, Ohrringen und allem möglichen Tand standen im Weg herum, in einer hinteren Ecke sah ich einen Friseurstuhl vor einem Spiegel, dahinter eine Liege. Über der Liege waren verschiedene Zeichnungen angebracht. Über einem schmalen Durchgang, der in den hinteren Teil des Ladens führte, hing ein quietschbuntes Schild mit der Aufschrift ›WE ARE ALL MAD IN HERE.‹

»Was kann ich für dich tun, mein Hübscher?«, hörte ich Alice fragen.

»Für mich gar nichts«, sagte Kip und lächelte.

»Bist du sicher? Du weißt, wie ich zu deinen Haaren stehe …« Sie griff nach Kips Zopf, doch der schlug ihre Hand weg. »Finger weg von meinem Zopf, du Hexe! Ich bin zufrieden. Danke. Aber Zoë könnte etwas Hilfe gebrauchen.«

Alices dunkle, schwarz geschminkte Augen wanderten über meinen Körper, und ich hatte das Gefühl, mit einem Scanner abgetastet zu werden. Dabei kam ich mir seltsam nackt vor und musste den Impuls unterdrücken, an meinem Shirt zu ziehen.

»Klamotten, Haare, Tattoo?«, fragte sie, und mir wurde schwindelig ob der vielen Möglichkeiten.

Kip zog sich einen Stuhl heran und ließ sich lachend darauf nieder. »Was sie möchte. Wir haben Zeit.«

Alice grinste breit. Sie sah wohl all die schönen Möglichkeiten. »Und was möchtest du, Schätzchen?«

»Ähm«, sagte ich. Tatsächlich war es das erste Mal in meinem Leben, das mich jemand fragte, wie ich aussehen wollte. In der Akademie war das niemals eine Frage gewesen. Es hatte Kleidung für verschiedene Altersstufen, Aktivitäten und Anlässe gegeben. Ganz simpel. Niemals zuvor hatte ich das, was ich am Leibe trug, als Ausdruck meiner Identität gesehen, so, wie Alice Klamotten zu nutzen schien. Zwar wusste ich, was Mode war, hatte mich aber nie dafür interessiert, sodass ich keine Ahnung davon hatte. Aber die Kleidung war auch nicht mein Hauptproblem; die meisten Leute in dieser Stadt waren schlecht angezogen. Ich hob eine Hand zum Kopftuch und rupfte es herunter. Alice Augen weiteten sich ein wenig.

»Scheiße, Kleines. Was ist denn mit dir passiert?«

»Ich war krank«, murmelte ich so leise wie möglich, und ihre Augen wurden weich.

»Kannst du da was machen?«

»Na klar doch.« Sie lächelte. »Was ist deine Lieblingsfarbe?«

»Schwarz«, antwortete ich wie aus der Pistole geschossen. Alice schnalzte ungehalten mit ihrer Zunge. »Schwarz ist keine Farbe«, sagte sie bestimmt. »Es ist die Abwesenheit von Farbe.«

Da war was dran. Ich betrachtete sie einen Augenblick und stellte fest, dass mir die Farbe Pink an ihr ziemlich gut gefiel. Sie wirkte nicht so mädchenhaft und süßlich wie in meinem alten Kinderzimmer, sondern eher wie ein Ausrufezeichen.

»Dann Pink«, sagte ich todesmutig, und sie grinste. »Gute Wahl. Dann legen wir mal los.«

Drei Stunden später trug ich pink gefärbte Haarstoppel, auf denen ein schwarzer Strohhut saß, der meine hässlichen Narben verbarg, schwarze Leggins und eine luftige schwarze Leinenbluse mit pinken Punkten. Um die Hüfte trug ich einen Gürtel, in dem mein Messer steckte, von der Bluse vollständig vor ungewollten Blicken verborgen. Meine Füße steckten in ebenfalls pinken, leichten Leinenschuhen, und mein Handgelenk zierte eine kleine, perfekt gestochene Taube, über die sich ein Stück Frischhaltefolie spannte. Mit einem Lächeln dachte ich daran, dass Ma solch ein Tattoo bestimmt nicht gutheißen würde, sie aber nicht das Geringste dagegen tun konnte. Ich liebte es jetzt schon. Jonah, so hatte mir Kip auf Nachfrage erklärt, kam aus dem Hebräischen und hieß Taube. Mir war klar, dass er seine eigenen Schlüsse daraus ziehen würde, und das war mir eigentlich ganz recht. Gegen die Schmetterlinge in meinem Bauch musste ich Insektenspray einsetzen, wenn ich nicht wollte, dass sie sich unkontrolliert vermehrten.

Alice hatte mich noch geschminkt und meine Augen dabei genauso hervorgehoben wie ihre eigenen. Sie bildeten nun das Zentrum meines Gesichts – ein Gesicht, das ich das erste Mal seit Ewigkeiten tatsächlich gern im Spiegel betrachtete. Von der Verwandlung, die ich in den letzten Stunden durchgemacht hatte, war ich völlig überrumpelt. Mir war, als blickte mir ein völlig fremder Mensch entgegen. Jemand, dem ich auf der Straße nachschauen würde.

»Du bist eine Magierin«, sagte ich, und Alice schnalzte mit der Zunge. »Hast du Kip nicht eben gehört? Ich bin eine *Hexe*. Das ist ein beträchtlicher und sehr wichtiger Unterschied. Du bist jedenfalls der Hammer, Schätzchen! Dein Anblick wird eindeutig für eine Menge verdrehter Halswirbel sorgen.«

Ich stopfte meine alten Klamotten in meinen Leinenbeutel und schwatzte Kip noch eine Kette mit dunkelbraunen Holzperlen auf, die wunderbar zu ihm passte. Zum Abschied hauchte mir Alice grinsend einen Kuss auf die Wange. »Besuch mich bald wieder, ja, Süße?«

Ich versprach es gern.

15

Wir aßen noch schnell in einer asiatischen Nu-
delbar, dann nahmen wir die U-Bahn. Der Weg
in die Bibliothek kam mir unendlich lang vor.
Er führte beinahe durch die ganze Stadt; meine Hand wurde
taub, weil ich mich die ganze Zeit an einer Schlinge festhalten musste, die mir schmerzhaft in die Hand schnitt, und das
Rattern des Zuges dröhnte in meinen Ohren. Vielleicht zog
sich die Zeit auch nur aufgrund dieser Umstände derart; oder
weil ich in einen engen Waggon gequetscht durch eine unterirdische Röhre geschossen wurde. Fliegen war mir da doch
um einiges lieber. Immerhin bedeutete Fliegen Licht und Luft.
Dank Alices' Bemühungen fühlte ich mich allerdings nicht
mehr so verwundbar wie vorher. Mein neues Aussehen ver-
lieh mir Selbstsicherheit, ich blickte nicht mehr so oft nach
unten, sah mehr Leuten ins Gesicht und wurde sogar das eine
oder andere Mal angelächelt. Es fühlte sich auf einmal überraschend gut an, ich zu sein. Und das war was vollkommen
Neues.

Als wir endlich ausstiegen, sah die Stadt schon wieder ganz
anders aus. Noch reicher und noch heiler als im Prenzlauer
Berg. Genau genommen wirkte sie wie eine völlig andere

Welt. Oder anders gesagt: wie aus der Zukunft oder einem Paralleluniversum.

Hier schraubten sich gläserne Hochhäuser in die Höhe, größtenteils unversehrt, saubere Autos schossen eine achtspurige Straße entlang, und große Bildschirme warben für unzählige Produkte. Weit und breit sah ich niemanden herumlungern oder um Geld betteln. Auch Graffiti war nicht zu sehen. Die Leute, die hier über die Gehwege hetzten, trugen allesamt teuer wirkende Anzüge und Kostüme. Nun war ich noch dankbarer als vorher, dass Kip mich neu eingekleidet hatte.

Mein Blick fiel auf ein großes blaues Gebäude, vor dem sich Leute auf einem roten Teppich die Beine in den Bauch standen. Zwei große, bullige Türsteher mit Knöpfen in den Ohren und teuren Sonnenbrillen versperrten ihnen den Weg. Links und rechts der Tür zeigten zwei riesige Flachbildschirme Bilder von übergroßen Wassertropfen, die in Wirbeln und Spiralen miteinander tanzten. Der Anblick nahm mich so gefangen, dass ich unwillkürlich stehen blieb. Weil ich wissen wollte, was es mit der ganzen Sache auf sich hatte, fragte ich Kip: »Was ist das da drüben?«

Angewidert antwortete er: »Das ist das Aquae del mundi. Das teuerste Restaurant der Stadt.«

»Die Wasser der Welt«, übersetzte ich flüsternd.

Er lachte freudlos. »Den Namen kannst du wörtlich nehmen. Sie servieren dort Wasser aus aller Herren Länder, das jeden Morgen frisch per Express eingeflogen wird. Besonders teuer ist Wasser aus verlassenen Regionen. Das Restaurant beschäftigt eine ganze Armee von sogenannten Water-Huntern.« Er verzog das Gesicht. »Habe gehört, dass es einer der bestbezahlten Jobs auf der ganzen Welt sein soll.«

»Warum das?«

»Weißt du, verlassene Regionen sind nicht wirklich menschenleer. Dort leben oder vielmehr überleben all jene, die sich eine Flucht nicht leisten können. Verlassen von der Regierung, abgeschnitten von jeder Infrastruktur, kämpfen sie jeden Tag darum, den nächsten noch erleben zu dürfen. Und jetzt stell dir mal vor, da kommt irgendein Kerl aus Deutschland, um dir das letzte bisschen Wasser wegzunehmen, damit er es in einem teuren Schickimicki-Restaurant an gelangweilte Reiche verkaufen kann.«

Ich schnappte nach Luft. »Das kann nicht wahr sein«, murmelte ich, aber mehr zu mir selbst.

»O doch. Für ein Schnapsglas voll Wasser aus Südafrika zahlen diese Leute so viel wie für einen Mittelklassewagen.« Er schnaubte. »Nicht dass es ihnen was ausmachen würde.«

Ich betrachtete die Wartenden und meine Augen verengten sich. Sie schwatzten und lachten, ganz offensichtlich bester Laune in Erwartung des perfekten Zeitvertreibs für einen Samstagnachmittag: Wasser zu trinken, das Verdurstenden weggenommen worden war. Die glitzernden Ohrringe der Frauen wetteiferten mit den gewienerten Schuhen der Männer um die Aufmerksamkeit der Umstehenden.

»Da wird einem ja ganz schlecht«, zischte ich und wünschte mir, dass wenigstens einer von ihnen mich hören konnte.

Kip zupfte am Ärmel meiner Bluse. »Das kannst du laut sagen. Oder besser nicht, sonst bemerkt noch einer dieser Türsteher-Gorillas, dass wir lästern, und verjagt uns von hier. Lass uns weitergehen.«

»Warum ist es hier so?«, fragte ich, und Kip lachte grimmig. In diesem Augenblick konnte ich den Drachen in ihm sehen.

Er pulsierte vor unterdrückter Abscheu. »Weil hier die Pharmakonzerne zu Hause sind. Nachts wird dieser Teil der Stadt zur Festung. Sie wollen nichts in ihrer Nähe haben, das sie an das wahre Leben erinnert. Wenn hier nicht auch die StaBi wäre, hätten sie sich aus Angst vor normalen Leuten sicherlich schon längst eingemauert. Aber der Zugang zur Bibliothek ist das Recht aller Berliner. Das steht so in der Landesverfassung.«

Ich legte den Kopf in den Nacken und betrachtete eines der Hochhäuser, das sich schier unendlich in den stahlgrauen Himmel schraubte. ›PhaCon‹, stand in großen Lettern über dem Eingang.

»Lass mich raten«, sagte ich freudlos. »Diese Konzerne zwingt niemand, sich den ganzen Flüchtlingen vor den Toren der Stadt anzunehmen, damit sie medizinisch versorgt werden.«

»Du hast eine bemerkenswerte Auffassungsgabe.« Er machte eine ausladende Bewegung mit seinem rechten Arm. »Der Kanzler der Bundesrepublik Deutschland heißt Angebot, der Präsident heißt Nachfrage. Und sie sind schon verdammt lange im Amt.«

»Müssen die nicht auch einen hippokratischen Eid schwören oder so was?« Bei der Vorstellung, dass hinter diesen Glasfenstern eigentlich alles zu finden war, was die Menschen zum Überleben brauchten, schwirrte mir der Kopf.

»Das Allerletzte, was diese Menschen wollen, ist, jemandem zu helfen. Schließlich verdienen sie daran, dass Leute krank sind. Wenn sie gesund wären, gäbe es nichts mehr zu verdienen.«

Die Konsequenz dieser Worte sickerte in mein Bewusstsein. Was stimmte nur mit dieser Welt nicht, dass solche Geschwüre ungehindert wachsen konnten? Wie hatte es so weit kommen können, dass man Wasser aus fernen Ländern genauso verkaufen durfte wie komatöse Söhne und Töchter? Oder war es vielleicht niemals anders gewesen?

Das Gebäude, in dem die Bibliothek untergebracht war, war an Hässlichkeit schwer zu überbieten. Es sah aus wie ein rostiges altes Schiff, das mitten auf der Straße auf Grund gelaufen war. Als hätte jemand einfach die Gelegenheit beim Schopfe gepackt und Bücher reingestellt, wenn schon keiner bereit zu sein schien, das Schiffswrack von der Straße zu räumen.

Wir passierten die Sicherheitsschleuse ohne Probleme, was umso bemerkenswerter war, weil ich eine Waffe am Körper trug. Wahrscheinlich waren die Geräte völlig veraltet oder kaputt. Oder die Mitarbeiter achteten nicht darauf, ob Alarm ausgelöst wurde. Sie machten mir nicht unbedingt den aufgewecktesten Eindruck. Kip zahlte für uns beide den Eintritt und zog mich hinter sich her ein paar Gänge entlang in einen Saal, der mir den Mund vor Staunen offen stehen ließ. So viele Bücher hatte ich in meinem ganzen Leben noch nicht gesehen. Sie zogen sich in schier endlosen Regalen die Wände entlang, genauso wie im nächsten Saal, im übernächsten, im überübernächsten. Es sah aus wie eine Spiegelung, die sich bis in die Unendlichkeit fortsetzte. Jeder Saal hatte noch auf halber Höhe eine Empore eingezogen, damit man die höher stehenden Bücher bequem erreichen konnte. Kreisrunde Oberlichter versorgten den Raum mit Tageslicht, wodurch es aussah, als würden Hunderte heller Sonnen den leuchtend orangefarbenen Teppichboden überziehen. Noch so ein Raum, der nicht von dieser Welt zu sein schien.

Kip lotste mich zu einem freien Tisch in der Mitte des Saales.

»Warte hier«, flüsterte er. »Ich bin gleich zurück.«

Ich beobachtete, wie er zu einem Informationsschalter ging und mit der Frau sprach, die dahinter stand. Diese nickte, tippte etwas in ihren Computer, und kurz darauf kamen drei große, blaue Kisten auf einem Rollband angefahren. Die Frau half Kip, die Kisten auf einen kleinen Wagen zu stellen, mit dem er zu mir gefahren kam. Die Rollen quietschten leise in die beinahe vollkommene Stille des Saales hinein. Einige der anwesenden Leute schossen irritierte Blicke in unsere Richtung ab, doch keiner sagte etwas. Ich hob fragend die Augenbrauen.

»Das sind Zeitungssammlungen«, erklärte er. »Ich habe jetzt mal zehn Jahre von der großen Dürre zurückgerechnet und nur die drei größten Tageszeitungen der Stadt genommen. Wenn wir hier nichts finden, dann können wir immer noch weitersehen. Wir sollten mit dem Tagesspiegel anfangen. Am besten, du beginnst mit dem ältesten Band, ich nehme mir den neusten vor.«

Er knallte eines der riesigen Bücher vor mir auf den Tisch und ich schlug es auf. Es dauerte nicht lange, bis ich tief in die Lektüre versunken war. Die Zeitungen waren das Tor in eine völlig andere Welt.

Sie erzählten von einem Berlin und einer ganzen Welt vor der Krise, einer Stadt vor der Dürre, vor Flüchtlingswellen und Wasserknappheit. Ich las von Morden und Bürgermeisterwahlen, von Jungtieren im Zoo und Bauvorhaben. Besonders hatten es mir die Stellen- und Kontaktanzeigen angetan, die ich so lange begierig las, bis Kip mich erwischte und mich darauf aufmerksam machte, dass wir bei ›Einsame Herzen‹ sicher nichts Nützliches finden würden.

Die Stadt, wie sie einst gewesen sein musste, offenbarte sich zwischen den Zeilen und ließ mich eine Zeit vermissen, in der ich noch gar nicht geboren worden war. Doch meine Eltern hatten bereits gelebt, hatten sich vielleicht sogar schon geliebt. Wie schnell eine ganze Welt doch aus dem Ruder laufen konnte. Ich arbeitete den nächsten Sammelband durch, und dann den nächsten. Allmählich wurden die Überschriften schärfer, der journalistische Ton besorgter, teilweise sogar anklagend oder ängstlich. Die Katastrophe schien hinter jeder Seite zu lauern, doch niemand hatte wohl den Finger darauf legen wollen. Es wirkte, als wären alle fröhlich um den sprichwörtlichen heißen Brei herumgetanzt. Doch vielleicht hatten sie es auch einfach nicht kommen sehen.

»Noch nichts gefunden?«, fragte ich Kip, und dieser schüttelte den Kopf, ohne aufzusehen. Draußen war es bereits dunkel, die Oberlichter des Lesesaals wurden schwarz, und das künstliche Licht ging an. Die meisten Leute um uns herum standen auf und gingen.

Allmählich wurden meine Augen müde, einzig die Tatsache, dass ich mich wirklich für das interessierte, was ich las, hielt mich wach.

Und dann, auf der letzten Seite des vierten Sammelbandes, fand ich eine Notiz.

»Kip«, flüsterte ich und drehte das Buch so, dass er es lesen konnte.

Leise murmelte er: »H.O.M.E.-Projekt der Bundesregierung eingestellt. Wie das Verteidigungsministerium am Nachmittag mitteilte, wird das H.O.M.E.-Projekt nach dem Scheitern der ersten Mission mit sofortiger Wirkung eingestellt. ›Es gibt keinen vernünftigen Grund, noch mehr Steuergelder zu verschwenden oder Menschenleben in Gefahr zu bringen‹, sagte Minister Schneider am Nachmittag in Berlin. Welche Konsequenzen das für die Mitarbeiter des millionenschweren Projektes nach sich zieht, ist noch nicht bekannt.«

Wir sahen einander an.

»Vielleicht handelt es sich um ein anderes H.O.M.E.-Projekt«, flüsterte Kip, während seine Stirn schnurgerade Falten warf. »Immerhin steht hier, dass es eingestellt wurde.«

Ich schüttelte den Kopf. »Das glaube ich nicht. Wäre doch ein zu großer Zufall, oder?«

Wieder und wieder las ich die wenigen Zeilen, als könnte ich ihnen noch mehr Informationen abtrotzen, aber natürlich war da nichts. Schließlich tippte ich auf den Namen, der unter dem Artikel stand. M. Kowalski.

»Können wir rausfinden, wer das ist?«, fragte ich. »Ich würde gern mit ihm reden.«

14

Manuel Kowalski war nicht schwierig zu finden, was mal eine angenehme Abwechslung war. Er arbeitete noch immer als Journalist für dieselbe Zeitung, doch als wir in der Redaktion anriefen, um uns nach ihm zu erkundigen, hatten wir keinen Erfolg. Er hatte dieses Wochenende keinen Dienst. Und so blieb uns nichts anderes übrig, als die Bibliothek zu verlassen und uns darauf einzustellen, erst am Montag wieder voranzukommen. Was frustrierend war, jetzt, wo wir wenigstens eine Spur hatten. Doch ich war froh, endlich von meinem Stuhl im Lesesaal aufstehen zu dürfen. Die vergangene Nacht hatte ich nicht sonderlich viel geschlafen, und ich gähnte daher mittlerweile so heftig, dass ich Gefahr lief, mir den Kiefer auszurenken.

Als Kip die Sammelbände auf den Wagen stapelte, um sie zurückzugeben, blickte ich mich kurz um, um sicherzugehen, dass niemand hinsah, dann riss ich die Seite mit dem kleinen Artikel heraus, so vorsichtig ich konnte. Das leise Ratschen schreckte Kip auf, der mir einen strengen Blick zuwarf, doch ich hätte schwören können, dass ein Lächeln in seinen Augen lag. Mit Unschuldsmiene faltete ich das Blatt zusammen und steckte es in meinen Hosenbund.

Die Luft, die uns draußen erwartete, war herrlich. Sommerlich warm und trotzdem frisch umfing sie mich und versprach eine wundervolle Nacht. In meiner Fantasie sah ich Kip und mich am Abend auf dem Balkon oder vor einem der kleinen Restaurants sitzen und den lauen Abend genießen. Seitdem ich klein war, gab es für mich nichts Herrlicheres auf der Welt, als im Sommer lange draußen zu bleiben. Ich atmete tief durch, breitete in einem Anfall von Überschwang meine Arme aus und schloss kurz die Augen. Allein dieser neue Hinweis, die neue Möglichkeit, etwas über meine rätselhafte Vergangenheit in Erfahrung zu bringen, ließ mein Herz schneller schlagen.

Mit Kip war Hoffnung in mein Leben getreten und dafür liebte ich ihn.

Ich sog die Luft tief in meine Lunge. Sie roch nach Stadt, sommerlicher Wärme und Asphalt, nach dem Metall der vorbeifahrenden Autos und ein bisschen nach Kip, der neben mir stand. In diesem Moment fühlte ich mich friedlich und beschwingt.

»Was soll das denn werden, wenn es fertig ist?«, hörte ich Kip fragen und grinste. »Ich wollte nur testen, ob ich nicht vielleicht doch fliegen kann. Wäre das nicht wunderbar?«

»Hmm. Tut mir leid, ich kann dir nur eine U-Bahn oder ein Taxi anbieten. Aber wenn du willst, können wir natürlich auch hier vor der StaBi Wurzeln schlagen. Macht mir gar nichts aus. Und sieht auch überhaupt nicht blöd aus.«

Ich grinste noch breiter und schlug die Augen wieder auf. »Können wir irgendwo draußen…«, setzte ich an, doch der Rest des Satzes blieb mir im Hals stecken. Ich blinzelte, um sicherzugehen, dass meine Augen mir keinen Streich spielten. Doch sie war noch da.

Auf der anderen Straßenseite stand Dr. Jen und sah mich an. Vielmehr starrte sie zu uns herüber, unbeweglich und ohne Mimik, die Arme hinterm Rücken verschränkt.

Kip sagte etwas, doch ich beachtete ihn nicht. Ich hatte nur noch Augen für meine Ausbilderin. Diesmal würde sie mir nicht entwischen.

»Dr. Jen!«, rief ich, doch meine Stimme wurde vom Verkehr auf der achtspurigen Straße vor mir geschluckt. Sie konnte mich unmöglich hören. Doch ich wollte Antworten und wer konnte mir die besser geben als sie? Noch bevor ich wusste, was ich tat, rannte ich los auf die enorm breite Straße.

Um mich herum hörte ich Schreie, doch alles, was mich interessierte, war das vertraute Gesicht meiner Ausbilderin, in dem sich gerade die Stirn minimal runzelte. Ich kannte diesen Blick. Sie war nicht zufrieden mit mir, und das war in Ordnung, schließlich war ich auch ganz und gar nicht zufrieden mit ihr.

Plötzlich wurde ich von einem gleißenden Licht geblendet. Ein Auto kam auf mich zu. Da ich gerade die Straße kreuzte, konnte das eigentlich gar nicht sein. Doch die beiden Scheinwerfer des Wagens blendeten mich und kamen immer näher. Ich befand mich mitten auf dem vertrockneten Erdstreifen, der die Spuren in verschiedenen Richtungen voneinander trennte, hinter mir rauschte der Verkehr, und vor mir fräste ein großer schwarzer Geländewagen eine Schneise durch die fahrenden Autos. Direkt auf mich zu.

Überall wurde gehupt, Blech krachte auf Blech, doch der Geländewagen stoppte nicht. Zu meinem Glück wurde er allerdings von den anderen Wagen gebremst, sodass ich mich wappnen konnte. Als das Auto mich fast erreicht hatte, sprang ich hoch. Ich stützte mich mit aller Kraft vom Boden ab und zog die Beine so weit ich konnte nach oben. So hatte ich es im Kali gelernt, doch nun war es das erste Mal überlebenswichtig.

Meine Füße krachten auf die Motorhaube, von der Wucht des Sprungs wurde mein Körper zusammengedrückt wie eine Sprungfeder. Mir wurde die Luft aus der Lunge gepresst, und ich verlor das Gleichgewicht und konnte mich gerade so an der Motorhaube festklammern.

»Zoë!«, schrie Kip in genau demselben Augenblick, in dem Dr. Jen »Baker!« brüllte. Der Klang ihrer Stimme traf mich ins Mark. *Das hier ist keine Simulation*, erinnerte ich mich. *Das ist echt.*

Beinahe gleichzeitig gingen Fahrer- und Beifahrertür des Autos auf, und zwei Männer, die ich noch nie zuvor gesehen hatte, stiegen aus. Doch ihre Gesichter wirkten brutal und grobschlächtig. Zu allem bereit. Ich wusste genau, dass sie zu mir wollten. Mit schmerzenden Gelenken drückte ich mich hoch und trat mit voller Wucht gegen die Beifahrertür. Dieser Trick hatte sich schon einmal bewährt. Und tatsächlich konnte ich so etwas Zeit gewinnen, um mich wenigstens von der Motorhaube gleiten zu lassen. Doch der massige Kerl brauchte nicht lange, um sich von meinem Angriff zu erholen. Allerdings hatte sich etwas verändert: Ich war nicht mehr allein.

Kip hatte es über die Straße bis zu mir geschafft, wurde aber sofort von dem anderen Mann mit einer Pistole gestoppt. Mein Freund starrte die Waffe an, als hätte er so was noch nie gesehen, und die Angst in seinen Augen schnürte mir das Herz ab. Auf keinen Fall durfte ihm etwas zustoßen.

Ich kniete vor dem Wagen direkt auf Höhe der Stoßstange,

meine Gedanken rasten. Vorsichtig drehte ich den Kopf, aber von Dr. Jen war nichts zu sehen. Auf der Straße herrschte das blanke Chaos, doch die Zeit und alle Menschen standen still, seit der eine Mann mit der Waffe direkt auf Kips Stirn zielte. Die Welt schien den Atem anzuhalten.

»Okay Kleines, Schluss mit dem Unsinn«, sagte der Fahrer, seine Stimme klang tief und kehlig, als hätte er in seinem Leben schon sehr viel geschrien. »Wenn du jetzt einfach in den Wagen steigst, wird deinem Freund nichts passieren. Und auch sonst niemandem.«

Ich fluchte innerlich. Das durfte doch nicht wahr sein. Natürlich hatte ich genug gelernt, um zu wissen, dass man auf einen solchen Handel niemals eingehen sollte, auch wenn alles in mir darauf eingehen wollte. Es schien so einfach, so logisch, sich selbst zu opfern, um den anderen zu schützen. Schließlich hatte ich Kip erst in diese unmögliche Situation gebracht. Meinetwegen trug er die Schnittwunden am Körper, meinetwegen zielte gerade jemand mit einer Waffe auf seinen Kopf. Wäre es da nicht unausweichlich und richtig, wenn ich diejenige war, die sich für ihn aufgab? Der Gedanke hatte etwas Verlockendes. Wenn ich in diesen Wagen stieg, dann würde es enden. Egal, wie. Doch Menschen, die einem derart drohten, hatten keinen Grund, die Wahrheit zu sagen. Sie hatten keinen Grund, sich an den Handel zu halten.

»Lasst ihn erst frei, dann werde ich ohne Widerstand mit euch gehen!«, sagte ich und sah dem Fahrer dabei direkt in die Augen. Sie waren blutunterlaufen und geschwollen. Wenn er unter Drogen stand, war dieser Mann völlig unberechenbar. Ein Grund mehr, ihm nicht zu trauen.

Der Fahrer lachte kehlig. »Netter Versuch, Süße.«

Ich hatte es geahnt. Wenn ich tat, was sie sagten, wären Kip und ich am Ende beide tot.

Der Fahrer trat um das Auto herum und sah auf mich herab. Aus meiner Perspektive wirkte er riesig, beinahe übermannsgroß. Doch zu meiner Überraschung trug er keine Waffe. Wahrscheinlich hatte er sie im Auto liegen lassen, fest davon überzeugt, bei einem kleinen Mädchen wie mir keine zu brauchen. Vielleicht hatte er auch Hemmungen, vor solch großem Publikum eine Waffe zu zücken. Aus dem Augenwinkel hatte ich bereits ein paar Leute ihre Smartphones aktivieren sehen. Wir wurden gefilmt, dessen war ich mir ganz sicher. Und vielleicht hatte es ja auch einer der Umstehenden geschafft, unbemerkt die Polizei zu verständigen. Doch die würde eine ganze Weile brauchen, bis sie hier war. Die Straße war in beide Richtungen völlig verstopft. Darauf, dass wir gerettet wurden, konnte ich nicht hoffen. Es lag in meiner Hand.

Ich krümmte mich wie vor Schmerzen und fing an zu schluchzen. »Nein«, stammelte ich. »Bitte, tun Sie das nicht! Tun Sie ihm nicht weh!«

Mein Gesicht drehte ich weg. Keiner sollte sehen, dass es knochentrocken war. »Tun Sie ihm nichts, bitte!« Mein Körper zuckte und zitterte, während ich beinahe unkontrolliert weiterschluchzte.

»Jetzt reiß dich gefälligst am Riemen, Mädchen«, brüllte der Fahrer des Wagens.

Und genau das hatte ich vor. Denn mittlerweile hatte ich den Dolch unbemerkt aus der Scheide gezogen.

Als sich der Fahrer zu mir runterbeugte, schnellte ich nach oben, mein Hinterkopf traf den Mann mit voller Wucht ins Gesicht, sodass seine Nase augenblicklich zu bluten begann.

Aus dem Knacken schloss ich, dass ich sie gebrochen hatte. Gut so.

Noch in der Bewegung zielte ich und warf mein Messer. Es landete genau im Zentrum der Hand, die die Waffe hielt. Der andere Mann heulte auf und ließ die Pistole fallen, die Kip geistesgegenwärtig sofort an sich nahm. Ich stellte mich neben ihn und für einen kurzen Augenblick rührte sich niemand. Nur das Winseln der beiden verwundeten Männer erfüllte die Luft.

Kip hob die Waffe, und ich konnte sehen, dass seine Arme zitterten.

»Ihr rührt euch nicht von der Stelle«, sagte er. Als hätte er damit den Bann gebrochen, lösten sich die beiden Männer aus ihrer Starre. In Windeseile waren sie im Auto verschwunden und hatten die Türen hinter sich zugezogen. Der Motor lief noch und binnen weniger Sekunden raste der schwarze Geländewagen über die Erdnarbe davon. Kip gab keinen Schuss ab. Ich konnte es ihm nicht übel nehmen.

Sobald die beiden Kerle verschwunden waren, ließ er die Pistole fallen, als sei sie brennend heiß.

Ich sank schwer atmend auf die Knie, erleichtert, aufgepeitscht und noch immer von Panik durchzogen. Meine Augen suchten auf der gegenüberliegenden Straßenseite nach Dr. Jen, doch sie war nicht mehr da. Nun liefen Leute von allen Seiten auf mich zu, unzählige Hände berührten mich, Stimmen überschütteten mich mit Fragen. Sie waren überall.

13

»Das war ja fast schon abzusehen.«

»Diesmal war es aber, wirklich nicht meine Schuld.«

»Du hast ja recht. Das Mädchen ist ein ziemlicher Hammer.«

»Danke, dass du das sagst.«

»Also wird es jetzt Zeit für meinen Plan.«

»Und der lautet?«

»Hast du alles für Montag organisiert?«

»Ja.«

»In Ordnung. Dann schicke ich dir gleich eine Adresse. Komm heute Abend dort hin und klingel bei ›Neumann‹. Ich werde da sein.«

»Wann?«

»Wann bist du mit den Kindern fertig?«

»Wenn ich mich beeile gegen zwanzig Uhr.«

»Gut. Dann beeil dich. Ich mache uns Abendessen.«

»Du kannst kochen?«

»Du würdest dich wundern. Und wir sollten meinen Weinvorrat dezimieren. Wäre doch schade, wenn die ganzen guten Tropfen ungetrunken bleiben.«

»Du rechnest tatsächlich mit dem Weltuntergang.«

»Die Welt wird das schon überstehen. Sie hat schon so viele andere Dinge überstanden. Aber ich rechne mit einem verheerenden Krieg zwischen den verbleibenden Staaten, der sein Zentrum hier in Mitteleuropa haben wird. Und ich würde es vorziehen, der ganzen Sache nicht beizuwohnen. Vorher möchte ich aber mit dir einen schönen Abend verbringen.«

»Ich werde da sein. Und Hannibal?«

»Hm?«

»Es ist oberste Priorität, dass Zoë nichts zustößt, richtig? Darüber sind wir uns doch immer noch einig.«

»Cleo. Wir sind schon lange über den Punkt hinaus, an dem ich das garantieren konnte.«

12

Die Luft war glühend heiß, ich konnte kaum atmen, so sehr schnitt sie in meine Lunge. Gekrümmt und verletzt lag ich am Boden und wollte den Kopf nicht heben, denn wenn ich das tat, wurde die Hitze in meinem Gesicht unerträglich. Wie konnte nur irgendwas in dieser Umgebung überleben? Eigentlich war das unmöglich. Doch trotz der Hitze umfing mich von allen Seiten sattes Grün, Kondenswasser tropfte von unzähligen Blättern auf mich herab. Ich schwitzte, mein ganzer Körper war klitschnass, das Hemd klebte auf meiner Haut, die Füße in meinen Stiefeln brannten wie Feuer. Am liebsten hätte ich mir die Uniform einfach vom Leib gerissen, aber das ging natürlich nicht. Alles war nass und heiß und widerlich. Verfluchter Dschungel. Ich war allein gewesen, als das Biest mich angriff. Es hatte ausgesehen wie ein Wildschwein, nur doppelt so groß. Offensichtlich war ich in sein Territorium eingedrungen. Bei einem Dschungel wie diesem war das auch nicht besonders schwer. Was wohl noch alles zwischen diesen Bäumen lauerte? Und ob das Schwein der größte Einwohner dieses Gebietes war? Ich hatte keine Lust, es herauszufinden. Zwar hatte ich das Tier erschossen, doch ich hatte eine Wunde in der Wade, dort, wo mich seine Hauer getroffen hatten, und war mit dem Hinterkopf gegen einen Stein geprallt. Als ich die Stelle vorsichtig abtastete, hatte ich Blut an den Fingern. Was ich brauchte, war medizinische Versorgung, doch ohne Hilfe kam ich wohl nicht vom Fleck. Wo waren die anderen?

Ich versuchte, mein Bein probehalber ein wenig zu bewegen, und stöhnte vor Schmerzen laut auf. Nicht ganz unwahrscheinlich, dass es gebrochen war, das Tier hatte sicher über hundert Kilo auf die Waage gebracht. Immerhin. Wenn es uns gelang, es zu zerlegen, hatten wir die nächsten Wochen einen ordentlichen Vorrat. Aber nun musste ich erst einmal die anderen finden. Oder vielmehr: mich von ihnen finden lassen.

Meine Finger tasteten nach meinem Funkgerät. Es hing immer an meinem Gürtel, doch da war es nicht mehr. Ich musste es während der Verfolgungsjagd mit dem Schwein verloren haben. Meine Augen suchten den moosigen Boden ab, konnten es aber nicht entdecken. Das war nicht gut. Das Funkgerät war meine Lebensader, die Verbindung zu den anderen. Ich hätte es nicht verlieren dürfen. Nervös sah ich mich nach allen Seiten um, doch Jonah und Sabine waren nirgends zu sehen. Kein Blatt raschelte, kein Lüftchen wehte, und ich hörte keine Schritte in der Nähe.

Normalerweise war es nicht so günstig, in einer neuen Umgebung lautstark auf sich aufmerksam zu machen, doch mir blieb nichts anderes übrig. So laut ich konnte, rief ich: »Jonah! Fähnrich? Wo seid ihr?«

Ich lauschte eine Weile, doch es regte sich nichts. Mein Herz klopfte laut und hart in meiner Brust, und ich gab mir

Mühe, tief und gleichmäßig zu atmen. Eine Panikattacke war das Letzte, was ich jetzt brauchte.

Im Unterholz zu meiner Linken begann es plötzlich zu rascheln, und ich starrte in die Richtung, aus der das Geräusch kam.

»Jonah?«, fragte ich und ärgerte mich darüber, wie kläglich meine Stimme klang. Natürlich war es nicht Jonah, schließlich hatten sich nur die Blätter bewegt, die knapp über der Erde hingen. Etwas anderes kam auf mich zu.

Trotz schmerzender Glieder bemühte ich mich, möglichst viel Abstand zwischen mich und das raschelnde Unterholz zu bringen. Das Wildschwein hatte mir schon gereicht. Doch das, was da gerade auf mich zukam, war auch nicht viel besser.

Eine riesige grüne Schlange schlängelte sich zwischen den Farnen hindurch in meine Richtung. Ich hatte sie vorher nicht sehen können, da ihre Körperfarbe perfekt an ihre Umgebung angepasst war. Sie war von den Blättern, durch die sie sich ihren Weg bahnte, kaum zu unterscheiden. Erst als ich ihre glänzenden schwarzen Augen sah, erkannte ich das Tier. Ich schrie laut auf. Eine Schlange! Da wäre mir eine große Spinne ja noch bedeutend lieber gewesen. Oder das Schwein von vorhin. Meine zitternden Hände tasteten nach einem Stock. Natürlich konnte ich auch auf das Tier schießen, doch meine Arme schmerzten und zitterten, und die Schlange war kein sonderlich dankbares Ziel. Viel zu dünn und viel zu lang. Ich würde mich besser fühlen, wenn ich etwas hätte, mit dem ich zuschlagen konnte.

Langsam, ganz langsam bewegte ich meinen Arm. Die gespaltene Zunge des Tieres glitt immer wieder heraus, ich wusste, dass sie mit den Sensoren auf der Zunge riechen konnte. Sie witterte mich, roch meinen Schweiß und meine Angst. Ihr kräftiger Körper trug sie fast lautlos in meine Richtung. Sie hatte keine Eile. Solange ich keine hektischen Bewegungen machte, würde sie nicht angreifen.

»Ich bin viel zu groß für dich«, flüsterte ich. »Wenn du versuchst, mich zu verdauen, wirst du ersticken.«

Meine Finger schlossen sich um einen großen Stein, der hinter meinem Rücken lag. Das war sogar noch besser als ein Ast.

Stöhnend hob ich meinen Arm und die Schlange griff an. Ihr Kopf schoss nach vorne. Ich erwischte sie zwar, doch sie war zu schnell. Ihre Zähne gruben sich tief in meine linke Schulter. Der muskulöse Körper des Tieres wand und krümmte sich, doch ihr Kiefer ließ nicht locker. Auch ich ließ nicht locker, drückte den schweren Stein mit aller Macht nach unten, was ziemlich wehtat, da ich ihn damit auch kräftig gegen meinen Rippenbogen drückte. Es fühlte sich widerlich an und ich musste für einen Moment die Augen schließen. Meine Gedanken waren beherrscht von dem schmerzhaften Tod, der mir nun wahrscheinlich bevorstand. Zwar hatten wir ein paar Gegengifte im Lager, doch ich konnte das Tier nicht zuordnen. Wahrscheinlich gehörte es zu einer der Akademie nicht bekannten Spezies. Darauf hatte man uns vorbereitet. Das Einzige, was ich tun konnte, war, zu versuchen, das Gift aus meinem Körper zu saugen. Und dafür brauchte ich Jonah oder Sabine.

Doch dort, wo die Schlange zugebissen hatte, verspürte ich keinen Schmerz. Der Körper des Tieres hatte aufgehört, sich zu winden, also griff ich danach. Vorsichtig zog ich ihre Zähne aus meiner Schulter und bemerkte erleichtert, dass sie gar nicht bis in mein Fleisch vorgedrungen waren. Meine Uniform hatte den Biss abgehalten, ihre Zähne hatten den festen, dicken Stoff nicht durchdrungen. Erleichtert atmete ich tief durch, dann schleuderte ich die Schlange so weit es ging von mir weg.

»Zoë?«, hörte ich ein paar Meter entfernt eine wunderbar vertraute Stimme rufen und hätte am liebsten laut aufgelacht. Das wurde aber auch Zeit. Sie suchte nach mir. Sie kamen.

»Ich bin hier!«, schrie ich und versuchte, nicht hysterisch zu klingen. »Hier drüben!«

Zu meiner Linken begann sich das Laub der Bäume heftig zu bewegen, Vögel und Insekten wurden aufgeschreckt und flogen in alle Himmelsrichtungen davon. Ich hörte Jonah kommen, hörte seine festen Schritte durch das Unterholz pflügen, hörte seine Machete, die das Blattwerk zerteilte.

Endlich brach er durch die grüne Wand aus Blättern und Geäst und stand schließlich vor mir. Erschöpft, außer Atem und unversehrt. Er war so nass, als wäre er in einen Regenguss geraten, die dunklen Locken klebten ihm im vor Anstrengung geröteten Gesicht. Mit besorgtem Blick ließ er sich neben mir nieder und begann sofort, meine Wunde zu inspizieren.

»Was ist passiert?«, fragte er, während er den Stoff meiner Hose von der Wunde klappte. Ich biss die Zähne zusammen; es brannte höllisch.

»Das sieht nicht gut aus, Zoë. Vielleicht ist dein Bein gebrochen.«

»Es war ein wilder Eber oder so was. Groß wie ein Pony«, presste ich hervor. Ich hob meine Hand und zeigte hinter mich. »Ich hab ihn erwischt. Könnte ein nettes Abendessen geben.«

Jonah grinste. »Du bist der Hammer, Zoë. Haben wir noch Knoblauch und Rosmarin? Vielleicht ein paar Kartoffeln?«

Jonah machte aus jeder Situation etwas Besonderes, war immer so locker und selbstsicher, dass ich das Gefühl hatte, nichts auf der Welt könnte ihm etwas anhaben. Wie die Helden aus den alten Filmen war er in der Lage, sich mit vier verschiedenen Männern zu prügeln, alle zu besiegen und danach noch mit einem coolen Spruch zum Teufel zu schicken. Bei ihm sah das alles immer so leicht aus. Als wäre er einzig und allein zu diesem Zweck geboren worden. Er sollte der Kapitän sein, schoss es mir durch den Kopf. Doch ich wusste, warum er es nicht war. Jonah war leichtsinnig und undiszipliniert. Faul und einfach nur umwerfend. Ich lächelte gequält. Eigentlich wollte ich lachen, doch mein Brustkorb tat mir zu weh.

»Wo ist dein Funkgerät?«, fragte er nun, und ich schüttelte den Kopf. »Ich muss es verloren haben, als das Vieh mir gefolgt ist.«

»Mist. Aber ein paar haben wir ja noch in Reserve.« Er stand auf und sah sich um. »Ich speichere nur noch die Koordinaten, dann kann es losgehen.«

»Nimm von hier drei Punkte und beim Wildschwein auch drei Punkte. Wir wollen es schließlich wiederfinden.«

»Aye, Captain«, sagte Jonah und sah mich spöttisch an.

»Den Blick kannst du dir sparen«, gab ich zurück und hätte ebenfalls gegrinst, wenn mein Bein nicht so höllisch gebrannt hätte.

Es dauerte eine halbe Ewigkeit, bis er endlich fertig war – jedenfalls kam es mir so vor. Das Adrenalin hatte meine Adern komplett verlassen und nun dem Schmerz das alleinige Feld überlassen. Nicht mehr lange, und mein Körper wäre komplett ausgefüllt.

Endlich beugte sich Jonah zu mir herab und hauchte mir einen Kuss auf die Stirn. Während er meinen Arm um seine Schulter legte und mein linkes Bein umfasste, um mich auf seine Schultern zu hieven, fragte ich: »Wo ist der Fähnrich?«

»Sabine?«, fragte Jonah zurück und hob mich hoch, als wäre ich nicht mehr als eine kleine Katze. Ich wusste nicht, warum, aber in letzter Zeit war mein Verhältnis zu Sabine ein wenig abgekühlt. Zwar wollte ich es mir nicht eingestehen, doch ich war eifersüchtig auf sie. Seitdem wir unterwegs waren, hingen sie und Jonah abends zusammen, während ich den Papierkram erledigte. Das war normal und gut so. Trotzdem …

»Sie ist schon im Lager und wartet auf uns. Ich dachte, es wäre gut, sie zurückzuschicken. So hätte sie dich in Empfang nehmen können, wenn du vor mir zurückgekehrt wärst.«

»Gut gemacht«, murmelte ich, vom Schmerz mittlerweile leicht benebelt. Ich erlaubte mir, die Augen zu schließen, während sich Jonah mit mir in Bewegung setzte.

Ich musste ohnmächtig geworden sein, denn als ich die Augen wieder öffnete, lag ich auf meiner Pritsche im Zelt, mein Bein war bandagiert und gestützt, mein Kopf lag auf einem weichen Kissen. Ich fühlte eine Hand in meiner und drückte sie sanft.

»Hey.« Jonah schaute von dem Buch auf, das er gerade las, und lächelte. »Na, Schlafmütze. Geht es dir besser?«

Ich runzelte die Stirn und horchte in mich hinein. Mein

Bein tat unglaublich weh. »Nicht wirklich«, antwortete ich wahrheitsgemäß, und Jonah griff nach einem Glas, das neben ihm auf dem Tisch stand.

»Hatte ich auch nicht erwartet. Ich habe dich eben nicht zum Trinken bewegen können, deshalb konnte ich dir noch keine Schmerzmittel geben.« Er drückte mir zwei Tabletten und, nachdem ich sie auf meine Zunge gelegt hatte, das Wasserglas in die Hand. Ich trank gierig, nicht nur, weil ich wollte, dass der Schmerz aufhörte, sondern auch, weil ich unbändigen Durst hatte.

»Dein Bein ist definitiv gebrochen. Ich habe es geschient, aber am besten siehst du es dir nachher selbst noch mal an. Du bist besser in so was als ich. Tja, die nächsten zehn Tage werden Sabine und ich wohl ohne dich losziehen müssen. Immerhin hast du noch deinen Papierkram.«

Er grinste, aber ich konnte sehen, dass ich ihm leidtat. Doch beim Gedanken, Jonah und Sabine zehn Tage allein gehen zu lassen, während ich hier untätig im Zelt hockte, durchzog mich Eifersucht wie ein Strahl glühender Lava. Und es war nicht mal abzusehen, ob zehn Tage wirklich ausreichen würden. Natürlich durfte die Mission jetzt nicht ins Stocken geraten, nur weil ich verwundet war. Natürlich mussten sie gemeinsam gehen. Und dennoch…

Ich stellte das Glas mit Nachdruck neben mir ab und zog Jonah entschlossen zu mir heran.

»Na, allzu schlecht scheint es dir ja nicht zu gehen«, feixte er und streichelte mein Gesicht.

»Ach, sei still.« Ich schloss die Augen und küsste ihn. Küsste ihn mit einer solchen Leidenschaft, dass er niemals auch nur auf die Idee kommen konnte, Sabine mir vorzuziehen. Jonah gehörte mir. Wir gehörten zusammen. Und dieser Kuss war der Beweis dafür.

Meine Lippen suchten immer wieder nach seinen, ich wollte diesen Kuss nicht enden lassen. Meine Hände strichen über seinen Hinterkopf, die Finger fühlten das Muster seines langen, geflochtenen Zopfes…

11

Ich riss die Augen auf und blickte direkt in das verwunderte, völlig paralysierte Gesicht von Kip. Wo war Jonah? Was lief hier? Und wo war ich? Alles um mich herum drehte sich, mein Kopf drohte, vor Schmerzen zu zerspringen. Panisch wich ich vor ihm zurück, als hätte er mich gebissen.

»Was machst du hier? Was soll das?«, schrie ich und hörte die Panik in meiner Stimme.

Kip runzelte die Stirn. »Jetzt beruhige dich doch, Zoë. Wir sind bei mir zu Hause«, sagte er langsam und wischte sich mit dem Handrücken verlegen über den Mund.

Ich blickte mich um und erkannte sofort, dass er die Wahrheit sagte. Das Zelt verschwand und langsam rückten andere Dinge in meinen Fokus. Es war, als würde die eine Realität von der anderen verdrängt. Das Wohnzimmer mit seinen teuren Polstermöbeln und den großen Fenstern sah aus, wie wir es heute Morgen verlassen hatten. Ich lag auf der mittleren Matratze und war von Kopf bis Fuß durchgeschwitzt. Augenblicklich schossen mir Tränen in die Augen. Vor Scham und Verwirrung verbarg ich mein Gesicht in den Händen und fing bitterlich an zu weinen.

Kip setzte sich neben mich und begann, mir sanft über den Rücken zu streicheln, doch ich rutschte eilig von ihm weg.

»Ganz ruhig, Zoë«, sagte er leise. »Es ist alles in Ordnung.«

Du hast ihn geküsst!, sagte meine innere Stimme. Sie klang höhnisch. *Hast dich ihm an den Hals geworfen, als wäre er der letzte Mann auf Erden. Du hast Jonah betrogen.*

»Das ist nicht wahr!«, schrie ich gegen Kip und die Stimme in meinem Kopf an. Kip zuckte zusammen, weil er mit einer solchen Lautstärke wohl nicht gerechnet hatte.

Ich schluchzte. »Kip«, stammelte ich, und meine Augen suchten seine. Sie waren dunkel, stark und ruhig. So wie immer. Stumm forderten sie mich auf, weiterzusprechen.

»Ich glaube, ich werde verrückt.«

Er zog ein Taschentuch aus einer Box, die neben ihm auf dem Tisch stand, und hielt es mir hin. Dankbar nahm ich es entgegen.

Mit nasaler, schwacher Stimme fragte ich: »Was ist passiert?«

Er setzte sich auf die Couch und ließ mir so ein wenig Raum, was in diesem Augenblick genau richtig war. Ich wagte kaum, ihn anzusehen, sondern knetete das Taschentuch in meiner Faust, so fest ich konnte. Es schien mir das einzig Reale auf der Welt zu sein.

»Erinnerst du dich, dass wir überfallen wurden?«

Ich nickte. »Die Typen haben versucht, mich mitzunehmen. Also habe ich mir das schon mal nicht eingebildet.«

»Auf keinen Fall! Diesen Schock werde ich so schnell nicht überwinden. Zwei Überfälle in wenigen Tagen. Als mir der eine Typ die Waffe an den Kopf hielt, war ich kurz davor, mir in die Hose zu machen. Und das meine ich leider nicht im übertragenen Sinne.«

Verschämt blickte ich zu ihm auf und bemerkte, wie müde er aussah. Mitgenommen, irgendwie verbraucht.

»Tut mir leid«, flüsterte ich, doch Kip schüttelte energisch den Kopf. »Das ist nicht deine Schuld. Daran solltest du nicht mal denken, Zoë. Du kannst nichts dafür, dass diese Arschlöcher hinter dir her sind.«

»Aber ohne mich hättest du ein ruhiges Leben«, widersprach ich matt. Ich wurde von dem unbändigen Wunsch gepackt, meine Tasche mit Vorräten zu füllen und die Stadt zu verlassen. Das war natürlich Blödsinn – trotzdem verlockend.

Kip kicherte leise. »Wer will schon ein langweiliges, ruhiges Leben? Aber im Ernst: So anstrengend das alles ist, ich würde nichts wieder rückgängig machen wollen. Mein Leben war traurig und festgefahren, bevor du kamst. Jetzt habe ich wenigstens die Möglichkeit, etwas Gutes zu tun. Außerdem schulde ich es meinem Bruder. Auch wenn ich zugeben muss, dass ich es vorziehen würde, seltener in Lebensgefahr zu geraten.«

Ich lächelte matt und starrte wieder auf mein Taschentuch. Egal, was Kip sagte, es tat mir unendlich leid, dass ich ihn solchen Gefahren aussetzte.

»Nachdem die Typen weg waren, bist du zusammengeklappt. Du hast dich auf dem Boden gewälzt, gestöhnt und immer wieder nach Jonah geschrien.«

Hitze kroch in meine Wangen. Die Vorstellung, vor den Augen dieser vielen Menschen ausgerastet zu sein, war mir unangenehm. Ich wollte lieber nicht darüber nachdenken, wie ich dabei ausgesehen hatte.

»Ich hatte nicht viel Zeit zu entscheiden, was ich tue«, fuhr er fort. »Da ich mir dachte, dass es besser wäre, wenn du nicht schon wieder im Krankenhaus landest, habe ich beschlossen, dich von dort wegzubringen. Ich musste dich tragen und darf sagen: Du bist ganz schön schwer.«

»Tut mir leid.« Etwas anderes fiel mir einfach nicht ein. Auch wenn ich mir blöd vorkam, mich ständig zu entschuldigen. Kip winkte ab.

»Wie sind wir von da weggekommen? Es kam doch sicher Polizei und da waren tausend Leute.«

Auf diese Frage hatte Kip ganz augenscheinlich nur gewartet, denn er setzte sich kerzengerade hin und wirkte mit einem Mal viel größer.

»Ich habe ihnen erzählt, dass du Epileptikerin bist und der Stress einen Anfall bei dir ausgelöst hat. Deshalb sei es nötig, dich irgendwo hinzulegen, wo Ruhe herrscht. Ich habe ihnen auch erklärt, dass wir deine Medikamente in einem Spind in der Bibliothek haben. Also bin ich mit dir in die Stabi und unbemerkt zu einem anderen Ausgang gleich wieder raus.« Er blies die Wangen auf, als wollte er sagen, dass diese Mission ganz schön anstrengend gewesen sei.

»Das war perfekt. Richtig brillant.« Ich schenkte ihm ein kurzes Lächeln, das ich leider nicht fühlte, weil mir unendlich elend zumute war.

»Es war gar nicht so leicht, ein Taxi zu finden, das uns mitnimmt. Ich muss ausgesehen haben wie ein Zuhälter oder ein prügelnder Ehemann oder was weiß ich. Wahrscheinlich hätte ich mich auch nicht mitgenommen. Dem Fahrer, den ich schließlich breitschlagen konnte, habe ich erzählt, dass du Narkoleptikerin bist.«

»War ich nicht eben noch Epileptikerin?«

»Narkoleptiker leiden unter unkontrollierbaren Schlafanfällen, Epileptiker unter Krämpfen. Die passende Krankheit zur passenden Situation.«

Ich nickte. »Und wie lange war ich insgesamt weg?«

Kip nahm sein Handy und blickte auf die Uhr. »Mindestens zwei Stunden. Ich habe angefangen, mir ernsthaft Sorgen zu machen, und hatte Angst, die falsche Entscheidung getroffen zu haben. Zum Glück hast du die ganze Zeit vor dich hin gemurmelt und deine Augen haben sich hinter den Lidern wie verrückt bewegt. So unglaublich mir das auch vorkam: Es sah aus, als würdest du einfach nur träumen.«

Ich schloss die Augen. Die letzten Tage war so viel passiert, dass ich zu hoffen gewagt hatte, dass Jonah und die anderen existierten. Dass es die Akademie wirklich gab. Doch jetzt wurde all das wieder infrage gestellt. Und das schnürte mir das Herz ab.

»Trotzdem habe ich dich nicht aus den Augen gelassen«, fuhr Kip fort. »Ich habe deine Temperatur geprüft, aber du hattest kein Fieber.« Er schenkte mir einen entschuldigenden Blick und fügte hinzu: »Auch wenn das eine Erklärung gewesen wäre.«

Ich schluckte. Mein Hals war schmerzhaft trocken, und ich griff nach dem Glas, das neben mir auf dem kleinen Tisch stand. Ich trank auch, um nicht sprechen zu müssen.

»Tja. Und dann hast du mich plötzlich am Kragen gepackt und geküsst wie eine Wahnsinnige. Den Rest kennst du.«

»Entschuldige. Normalerweise mache ich so was nicht. Ich …« Augenblicklich hatte ich einen dicken Kloß im Hals. Ich räusperte mich, doch er machte keine Anstalten, zu verschwinden.

»Du musst dich nicht entschuldigen, das habe ich dir doch

schon gesagt. Auf diese Weise werde ich meinen ersten Kuss wohl ganz sicher nicht vergessen.«

Ich war entsetzt. »Das war dein erster Kuss?«

»Wenn man Tillie aus meiner Kindergartengruppe nicht mitzählt, dann schon. Nachdem meine Eltern gestorben waren, hatte ich einfach andere Dinge im Kopf. Und seitdem Zac auch noch tot ist...«

»O Gott!« Ich schloss für einen Moment die Augen, weil ich dachte, dass ich zerspringen würde, wenn ich Kip jetzt ansah.

»Ich dachte, du wärst jemand anders«, murmelte ich und fühlte meine Wangen heißer und heißer werden.

»Jonah«, sagte Kip.

Es war keine Frage. Ich nickte trotzdem und schämte mich in diesem Augenblick mehr als jemals zuvor in meinem Leben. Niemals hätte ich gedacht, dass sich ein Mensch überhaupt so fühlen konnte. Ich wollte mich auflösen und in die Zwischenräume der Bodenbretter sickern. Mich in Luft aufzulösen, wäre eigentlich noch zu gnädig.

Was musste Kip jetzt von mir denken? Meine Eingeweide verkrampften sich bei dem Gedanken daran, wie er sich gerade fühlen musste. Was, wenn ich ihn beleidigt oder verletzt hatte? Was, wenn er glaubte, einen Psycho vor sich zu haben? Kein Mensch auf der Welt könnte ihm verdenken, wenn er mich nicht mehr sehen wollte.

Egal, was er sagte: Für ihn wäre es besser gewesen, wenn er mir niemals begegnet wäre. Ich wagte kaum, die Augen wieder zu öffnen, und als ich es schließlich doch tat, waren da weder Wut noch Verachtung in Kips Blick. Nur ein Lächeln und ein Hauch von Melancholie.

»Mach dir keine Sorgen, Zoë«, sagte er sanft. »Ich weiß schon, wie ich das alles einzuordnen habe. Der Kuss galt nicht mir und das ist in Ordnung. Liebe folgt ihren eigenen Regeln und auch das ist in Ordnung. Nicht dass ich es nicht genossen hätte.«

»Ich glaube, ich will sterben«, murmelte ich, und Kip lachte laut auf.

»Na komm. Mach es nicht größer, als es ist. Wir sind schließlich zwei erwachsene Menschen.«

Konnte man einen Kuss größer machen, als er war? Oder kleiner? Ich wusste es nicht. Für mich war jeder Kuss, den ich mit Jonah ausgetauscht hatte, eine große Sache gewesen. Und der erste Kuss, den man bekam, war immer eine himmelgroße Sache. Am liebsten hätte ich ihn schwören lassen, dass es ihm gut ging und er nicht sauer auf mich war, doch allmählich wurde es mir selbst zu unangenehm, über den Kuss zu reden, also wechselte ich das Thema.

»Was glaubst du war das eben?«, fragte ich ihn, und er rieb sich angestrengt mit der flachen Hand durchs Gesicht.

»Das habe ich mich die ganze Zeit über gefragt«, sagte er. »Aber ich habe nicht die leiseste Ahnung. Was war es denn für dich?«

»Auf jeden Fall war es ziemlich real.« Ich runzelte die Stirn, versuchte, mich zu erinnern. »Ich war in einem Dschungel und hatte mich verletzt. Die anderen waren nicht bei mir. Ich habe nach ihnen gerufen und dann kam Jonah.«

»Zum Glück«, sagte Kip. »Du hast immer wieder nach ihm gerufen. Ich war ganz froh, dass er irgendwann aufgekreuzt ist, sonst hätte uns sicher kein einziger Taxifahrer mitgenommen.«

»Das ist nicht komisch«, schimpfte ich. »Ich habe das Gefühl, dass ich den Verstand verliere.«

Kip schüttelte den Kopf. »Ich glaube, mit deinem Verstand ist alles in Ordnung.«

»Und wieso habe ich dann diese...« Ich suchte nach den richtigen Worten. Träume? Visionen? »...gottverdammten Aussetzer?«, schloss ich.

»Ich weiß es doch auch nicht, Zoë. Aber ich glaube, wer immer dir all das angetan hat, dir und Zac, hat auch deine Aussetzer zu verantworten. Und deshalb müssen wir herausfinden, was dahintersteckt.«

»Du glaubst also nicht, dass ich mir alles nur einbilde?«

Kip schüttelte energisch den Kopf. »Das halte ich für völlig abwegig. Überleg doch mal, was wir schon alles herausgefunden haben. Es wäre doch ein großer Zufall, wenn das alles einfach nur so zu deinen Erinnerungen und Aussetzern, wie du sie nennst, passt.«

»Aber ich war nicht im Dschungel«, murmelte ich, und obwohl ich mich weder nach der Hitze noch nach der riesigen Schlange zurücksehnte, war der Gedanke, dass ich niemals in diesem Dschungel gewesen war, unerträglich.

»Okay«, lenkte Kip ein. »Vielleicht warst du nicht im Dschungel. Das heißt aber noch lange nicht, dass du dir *alles* nur einbildest. Der Dschungel muss eine Stressreaktion deines Gehirns gewesen sein. Du wärst immerhin beinahe entführt worden, es war laut, und überall waren Leute. Vielleicht hat dein Hirn einfach mal eine Auszeit gebraucht.«

»Wie eine Auszeit hat sich das aber nicht angefühlt«, knurrte ich, fühlte mich aber allmählich ein bisschen besser.

Das Schlimmste an der ganzen Sache war, dass ich mir

selbst nicht trauen konnte. Ich hatte keine Kontrolle über meine Gedanken, über das, was ich sah oder zu sehen glaubte. Mein Gehirn machte sich immer wieder selbstständig und das jagte mir gehörige Angst ein.

Ich hasste es, keine Kontrolle zu haben. Den Dschungel und Jonah hatte ich mir einfach nur eingebildet, daran gab es keinen Zweifel. Beinahe schien es, als wollte mein Hirn mit aller Macht an die Akademie zurückkehren – notfalls sogar ohne mich. Mein Körper konnte nicht nach Hause, aber vielleicht konnte es ja mein Geist? Schließlich hatte es schon vorher zwei Versionen von mir gegeben. Im Dschungel hatte ich meine langen Haare wie früher zu einem Pferdeschwanz nach hinten gebunden getragen, dabei hatte ich tatsächlich raspelkurze Haare. Was, wenn es die ganze Zeit eine ›Geist-Zoë‹ und eine ›Körper-Zoë‹ gegeben hatte und nur die ›Geist-Zoë‹ Zutritt zur Akademie hatte? In unseren Träumen konnten wir schließlich auch fliegen. Andererseits konnte es auch einfach sein, dass ich versuchte, meine Hirngespinste mit weiteren Hirngespinsten zu erklären. Am wahrscheinlichsten war noch immer, dass ich einfach nur geisteskrank war. Trotzdem war an dem, was Kip sagte, etwas dran. Wenn ich eine harmlose Verrückte war, warum versuchte dann jemand dermaßen hartnäckig, an mich heranzukommen? Meine Gedanken wanderten zur Straße vor der Bibliothek zurück.

»Vorhin, vor der Stabi. Hast du da auch die Frau mit dem dunklen Pferdeschwanz gesehen?«

Kip zog belustigt die Augenbrauen hoch. »Wegen der du einfach auf eine achtspurige Straße gerannt bist?«

Ich nickte.

»Ja, die habe ich gesehen. Ich weiß noch, dass ich mich gewundert habe, warum sie dir nicht entgegenkommt. Es war offensichtlich, dass sie dich kennt.«

Ich atmete erleichtert aus. Wenigstens Dr. Jen hatte ich mir nicht eingebildet. Kip hatte sie ebenfalls gesehen. Sie war real und sie hielt sich in Berlin auf. Dieser Gedanke beruhigte mich ungemein.

»Allerdings hat sich recht schnell erklärt, warum sie wie angewurzelt stehen blieb, nicht wahr?«

Ich war überrascht. »Was meinst du?«

»Na, was werde ich wohl meinen? Die Frau muss mit den beiden Kerlen unter einer Decke gesteckt haben. Das Auto parkte direkt neben ihr, und als du zu ihr rüberlaufen wolltest, ist es losgefahren. Sie hat nichts dagegen getan, hat nicht geschrien oder versucht, dir zu helfen. Hat einfach nur ruhig dagestanden und die ganze Sache beobachtet. Und dann hat sie sich seelenruhig aus dem Staub gemacht.« Er sah mich an. »Zoë?«, fragte er, ehrlich besorgt.

Offenbar war der Schreck, den ich empfand, in meinem Gesicht zu lesen.

»Ist alles in Ordnung?«

Schweiß trat auf meine Oberlippe, mein Herz raste mit meinen Gedanken um die Wette. Zwar hatte ich nicht bemerkt, dass neben ihr ein Auto geparkt hatte, doch ich hatte auch nicht darauf geachtet. Es könnte sein, dass Kip recht hatte. Und natürlich war das eine Erklärung dafür, dass sie mir nicht zu Hilfe geeilt war. Die einzige Erklärung, um genau zu sein.

Dr. Jen. Mein Leben lang habe ich diese Frau gefürchtet, doch ich habe ihr auch vertraut. Sie hat mich viele Jahre lang begleitet und aus mir den Menschen gemacht, der ich nun war. Es fiel mir unglaublich schwer, mir vorzustellen, dass sie mir etwas antun wollte.

Kips fragender Blick lag noch immer auf mir. Ich fühlte mich wie gelähmt. Die Erinnerungen an die Akademie, mein scheinbar so wundervolles, altes Leben bekamen immer stärkere Risse. Nicht mehr lange, und das fragile Glashaus, das ich Leben nannte, würde vollends in Scherben liegen.

»Nichts ist in Ordnung. Ich kann das einfach nicht glauben.«

»Wieso nicht? Es gibt so viele falsche Menschen auf der Welt – warum sollte diese Frau eine Ausnahme sein?«

Ich kämpfte gegen die Tränen an, doch es hatte keinen Zweck. Die vergangenen Tage hatten mich zur Heulboje gemacht.

»Weil sie mich großgezogen hat«, antwortete ich und wischte mir ruppig die Tränen von meinen Wangen.

»Scheiße«, stieß Kip aus.

Ich nickte. »Für meine Begriffe fasst das meine Gesamtsituation ziemlich treffend zusammen.«

10

Tom kam wieder zum Abendessen, und in dem Augenblick, als er durch die Tür trat, verstummten meine wirren, quälenden Gedanken. Tom hatte etwas an sich, das jeden Raum, den er betrat, gleich ruhiger und friedlicher wirken ließ.

Als er mich erblickte, blieb er mit offenem Mund mitten im Flur stehen, und es dauerte eine Weile, bis ich mich daran erinnerte, dass er mich so, wie ich jetzt aussah, ja noch gar nicht gesehen hatte. Ich selbst hatte die letzten Stunden überhaupt nicht mehr daran gedacht. Der Besuch bei Alice kam mir wie eine Anekdote aus einem völlig anderen Leben vor.

»Donnerwetter«, stieß er irgendwann hervor und zog mich kopfschüttelnd in seine Arme. »Meine kleine Schwester ist ein Vamp!«

Ich knuffte ihn gegen die Schulter und grinste.

»Im Ernst, Zoë. Du siehst umwerfend aus! So erwachsen und so…« Er suchte nach den richtigen Worten, blieb aber erfolglos. »Wann habt ihr das denn alles gemacht?«

»Heute Vormittag!«, antwortete ich lachend und erzählte ihm vom Besuch in Alices Wunderland. Er hatte ja keine Ahnung, was er heute noch so alles verpasst hatte.

Kip und ich erzählten ihm nichts von alledem, was am Nachmittag geschehen war. Was mit einer versuchten Entführung begonnen und mit einem Kuss geendet hatte, war einfach nicht für die Ohren meines Bruders bestimmt. Sicherlich hätte er sehr viele Großebrudersachen dazu zu sagen gehabt, worauf ich überhaupt keine Lust hatte.

Zu meiner großen Verzückung hatte mir Tom die nächsten zwei Harry-Potter-Bücher mitgebracht, und ich wusste schon jetzt, womit ich den kommenden Sonntag füllen würde. Ich musste mich zurückhalten, um nicht jetzt und hier in der Küche anzufangen zu lesen.

Selig lächelnd klappte ich den zweiten Band auf, einfach nur, um einen Blick auf die ersten paar Wörter zu erhaschen. Dabei fiel mir ein Briefumschlag mit meinem Namen entgegen.

»Was ist das?«, fragte ich, und Tom zuckte entschuldigend mit den Schultern.

»Mach doch einfach auf!«

Also öffnete ich den Umschlag und zog zwei Geldscheine und eine kleine Karte hervor. In einer ordentlichen Handschrift, die sogar ich zu lesen imstande war, stand dort:

Meine liebe Zoë,
Es tut mir unendlich leid, was vorgefallen ist, und ich verstehe, dass du wütend bist. Nimm dir so viel Zeit, wie du brauchst, um zur Ruhe zu kommen. Da ich weiß, dass du kein Geld hast, lege ich dir hier ein bisschen was dazu. Verstehe es bitte nicht als Bestechung, ich würde mich nur nicht gut fühlen, wenn ich wüsste, dass du völlig ohne Bargeld in der Stadt unterwegs bist.

Ich habe am Montag Geburtstag und werde beim Abendessen einfach für dich mitdecken. Es würde mir viel bedeuten, wenn du kämst, aber fühl dich nicht verpflichtet. Alles Liebe,

Ma

Ich blickte auf die Geldscheine in meiner Hand und hatte das Gefühl, dass sie mehrere Tonnen schwer waren.

»Wo hat sie das Geld her?«, fragte ich.

»Sie hat es gespart. Hätte sie mehr gehabt, hätte sie dir mehr gegeben.«

Zwar war ich nicht in Berlin aufgewachsen, aber in den letzten Tagen hatte ich ein Gefühl für die Währung bekommen und wusste genau, dass die zweihundert Euro, die ich in der Hand hielt, für Ma und Clemens ein Vermögen waren. Ich schüttelte den Kopf und streckte Tom das Geld wieder hin. Zwar war die Vorstellung, endlich mal etwas selbst bezahlen zu können, sehr verlockend, aber das konnte ich nicht annehmen.

»Das geht nicht. Es ist viel zu viel.«

»Bitte behalte es«, beharrte Tom. »Für Ma wäre es sehr schlimm, wenn ich mit dem Geld wieder zurückkäme. Immerhin ist es das Einzige, was sie dir überhaupt geben kann.«

»Und was sagt Clemens dazu?«

»Du hast Paps doch gesehen. Für ihn gibt es nichts Wichtigeres auf der Welt als Ma. Er würde alles tun, damit es ihr gut geht.«

Meine Gedanken wanderten in die kleine Wohnung am Alexanderplatz, zu Ma und Clemens. Ich erinnerte mich an die Art, wie Clemens seine Frau immer in den Arm genommen hatte, die unterdrückte Wut in seinen Augen, nicht mehr für sie tun zu können. Wie musste es wohl sein, alles zu tun und dennoch nicht in der Lage zu sein, seiner Familie ein schönes Leben zu ermöglichen? Sie konnten ja trotz Mas Asthma nicht einmal in eine andere Wohnung ziehen. Für einen Mann wie Clemens war das sicher nur schwer zu ertragen.

Ich sah Tom an und legte den Kopf schief. Liebe und Würde waren sehr komplizierte Angelegenheiten, die verwundbarsten Punkte des Menschen.

»Es ist ihr wirklich sehr wichtig«, setzte er nach.

»Aber ihr braucht das Geld«, protestierte ich weiter, doch Tom schüttelte nur den Kopf.

»Du brauchst es auch. Jetzt lass dich doch nicht so lange bitten, Zoë. Was glaubst du, wie schwer es mir fällt, dir zweihundert Euro aufzudrängen?«

Ich wusste genau, dass er die Wahrheit sagte. Tom war nicht der Typ für dramatische Lügengeschichten und wüsste mit dem Geld sicher auch was anderes anzufangen. Wenn es wirklich so war, wie er sagte, dann musste ich das Geld behalten. Natürlich könnte man denken, dass Ma nur versuchte, mich zu bestechen, doch ich wusste, dass es nicht so war. Der Blick, den sie mir geschenkt hatte, als ich noch im Krankenhausbett gelegen hatte, war Beweis genug.

»Okay«, sagte ich. »Dann kann ich Kip wenigstens das Geld zurückgeben, das er mir für die Klamotten geliehen hat.«

Doch Kip, der von der Küche aus zugehört hatte, protestierte bereits lautstark. »Als ich gesagt habe, dass du mir das Geld irgendwann wiedergeben kannst, habe ich ganz sicher nicht heute gemeint. Irgendwann liegt in ferner Zukunft. Den heutigen Abend nicht eingeschlossen.«

Hatten sich hier denn alle gegen mich verschworen?

Seufzend griff ich nach meiner Tasche, in der seit dem Einkauf ein unberührter Geldbeutel lag. Ich riss das Preisschild ab und legte die beiden Geldscheine hinein.

»Siehst du, jetzt hast du wenigstens eine Verwendung dafür!«, freute sich Tom, und seine Augen sagten ›Danke‹.

Er fragte mich nicht, ob ich am Montag zum Abendessen kommen würde, und ich rechnete es ihm hoch an. Wahrscheinlich wollte er sein Glück mit seiner launischen kleinen Schwester nicht überstrapazieren. Tatsächlich hatte ich so viel zu verarbeiten, dass ich gar nicht dazu kam, darüber überhaupt nachzudenken. Meine Gedanken standen in meinem Gehirn im Stau, alle Straßen waren verstopft, so viele waren es. Hupend forderten sie meine Aufmerksamkeit, doch ich ignorierte sie. Wenigstens für diesen Augenblick.

Während ich Tom am Küchentisch den kleinen Zeitungsausschnitt zeigte, machte Kip für uns alle Pfannkuchen. Ganz selbstverständlich stellte er sich an die riesige Küchenzeile, holte die Zutaten aus den Schränken und machte sich ans Werk. Dabei summte er leise vor sich hin. In diesem Augenblick schoss mir durch den Kopf, dass Kip einen wunderbaren Vater abgeben würde.

Es war erstaunlich: Selten hatte ich jemanden getroffen, der einfach alles richtig machte. Die meisten Menschen brachten mich in regelmäßigen Abständen zur Verzweiflung, aber Kip hatte das bislang noch nicht geschafft. Zwar kannte ich ihn erst seit ein paar Tagen, aber ein Gefühl sagte mir, dass er mich auch niemals auf die Palme bringen würde. Dafür war er viel zu sehr … Kip. Unwillkürlich fasste ich mir an die Lippen, dorthin, wo seine vor nicht einmal einer Stunde gelegen hatten. Hätte ich ihn geküsst, wenn ich einfach nur Zoë wäre? Ein ganz normaler Teenager, aufgewachsen in Berlin? Hätte ich mich vielleicht in den geheimnisvollen, traurigen Kerl mit den Mandelaugen verliebt, mit dem mein großer Bruder befreundet war? In einem anderen Leben?

Die schreckliche Wahrheit war: Es kam mir ziemlich wahrscheinlich vor. Und das machte mir Angst.

In meinem ganzen Leben war es immer nur Jonah gewesen. Dass ich ihn liebte und nur ihn jemals lieben würde, war so richtig und natürlich gewesen wie atmen. Aber während ich den intelligenten, verschlossenen und absolut wundervollen Kip betrachtete, geriet diese Sicherheit ins Wanken. Jede wunderbare Geste und jedes gute Wort gelang ihm so leicht und selbstverständlich, dass man das Gefühl bekam, wirklich wichtig zu sein. Etwas zu bedeuten, seine Freundlichkeit wirklich verdient zu haben. Zwar gab es auch eine dunkle, harte Seite an ihm, doch die hatte ich bisher nur ein einziges Mal kurz aufblitzen sehen. Nachdem er uns aus seinem Kaufhaus geworfen hatte, war sie nicht mehr zum Vorschein gekommen.

Er hatte heute genau das Richtige getan, indem er mich wieder nach Hause gebracht hatte. Hatte mich getragen und umsorgt. Mich nicht der Polizei und ihren Fragen oder der besorgten Meute überlassen. Nicht auszudenken, was mit mir geschehen wäre, wenn ich in diesem Zustand den Behörden in die Finger geraten wäre. Sie hätten mich sicher in ein Irrenhaus gesteckt. In gewisser Weise hatte mir Kip heute das Leben gerettet.

Sein verkopftes, ruhiges Wesen stand im krassen Gegensatz zu Jonahs Quecksilbermentalität. Wenn Jonah mein Gegenstück war, so war Kip meine Verlängerung. Er war mir unheimlich ähnlich. Stark und verschlossen, im Notfall bewahrte er einen kühlen Kopf. Er konnte witzig sein, ließ aber auch gern mal die Gelegenheit für einen Witz verstreichen, wenn es gerade nicht passte. Er musste nicht um jeden Preis gewinnen oder gefallen und schien nicht das Gefühl zu haben, sich beweisen zu müssen. Kip hatte seine Meinung und die tiefe, unabänderliche Trauer, die immer nur eine Handbreit unter seiner Oberfläche schlummerte. Dazu kam noch die große Kraft, die er in sich trug. Eine ungewöhnliche Kombination. Und er war allein – genau wie ich.

Tom klatschte vor meinem Gesicht in die Hände und ich zuckte zusammen.

»Hey, Zoë!«

»Was ist denn?« Ich schüttelte meine Gedanken an Kip ab wie einen bösen Traum und hoffte, dass sich auf meinem Gesicht nichts davon widerspiegelte.

»Ich rede mit dir und du starrst vor dich hin wie eine Puppe. Ist alles in Ordnung?«

Entgegen meiner Hoffnung fühlte ich, wie ich schon wieder rot wurde, und nickte. »Alles gut. Entschuldige. Was hast du gesagt?«

Toms Gesichtsausdruck schwankte zwischen belustigt und besorgt. »Warst du schon wieder woanders? Du weißt schon …«

Kip schaute vom Herd alarmiert zu uns herüber.

»Nein, nein, ich bin hier«, beeilte ich mich zu versichern und lächelte. »Ich bin nur ein bisschen müde. Es ist anstrengend, so einen völlig neuen Look zu bekommen.«

Tom lachte erleichtert auf. »Für die Begleitung ist es doch

meistens sehr viel anstrengender«, bemerkte er und warf seinem Freund einen amüsierten Blick zu.

»Es war ein reines Vergnügen«, beteuerte Kip ein wenig zu ernst, und Tom schnaubte.

»Als ich mit meiner kleinen Schwester shoppen war, hätte man meinen können, ich hätte sie zum Schafott gezerrt.«

»Aber nur, weil du mich in eine Mall gezerrt hast. Was ungefähr auf dasselbe rauskommt.«

Die beiden Jungs brachen in lautes Gelächter aus, und da ich das Gefühl hatte, dass sie sich auf meine Kosten amüsierten, sagte ich, so laut ich konnte: »Was wolltest du denn vorhin sagen, Tom?«

Tom räusperte sich und fing sich erstaunlich schnell wieder. »Ja, also ich wollte wissen, ob ihr schon herausgefunden habt, wer dieser M. Kowalski ist.«

»Das haben wir«, bestätigte ich. »War gar nicht schwer. Er ist immer noch Journalist beim Tagesspiegel. Wir haben dort angerufen, doch er hat keinen Wochenenddienst. Am Montag wollen wir in der Redaktion vorbeigehen.«

Tom zog die Augenbrauen hoch. »Soso. Wollt *ihr* das.« Dabei betonte er das *ihr* auffallend lange. Ich hatte das ungute Gefühl, dass er gerade eine andere, viel zutreffendere Erklärung für meine Unaufmerksamkeit gefunden hatte, und musste schlucken.

Ein Pfannkuchen mit Marmelade erlöste mich aus dem unangenehmen Moment, von dem Kip zum Glück nichts mitbekommen hatte. Allein der Duft, der vom Teller vor mir aufstieg, reichte aus, um ein ganzes Kilo zuzunehmen. Ich konnte förmlich spüren, wie er meine Atemwege auf dem Weg zur Lunge mit einer zuckrigen Butterschicht überzog.

Aus alter Gewohnheit ermahnte ich mich halbherzig, nicht so viele Süßigkeiten zu essen, weil ich mir sonst meinen BMI ruinieren würde, doch das war natürlich Blödsinn. Ich war so abgemagert, dass ich jede Kalorie gut gebrauchen konnte. Wenn ich noch ein bisschen zulegte, konnte ich bald wieder mit meinem Training beginnen, und nichts anderes wollte ich. Denn ob Berlin oder die Akademie: Ich wollte in Form sein, um schnell flüchten und mich effektiv verteidigen zu können – zur Not auch vor Angriffen mehrerer. Das war momentan meine größte Schwachstelle. Das und meine Kondition.

Es war himmlisch, einfach mal so viele Pfannkuchen essen zu können, wie ich wollte. Ohne, dass mir Dr. Jen strafende Blicke über den Tisch hinweg zuschickte. Schon mein Leben lang hatte ich eine Schwäche für Süßigkeiten, die sie natürlich nicht gebilligt und meine Zuckerzufuhr streng überwacht hatte.

Doch sie konnte mir ohnehin gestohlen bleiben. Bei der Erinnerung an das, was Kip mir vorhin erzählt hatte, stieg heiße Wut in mir auf. Ich rammte meine Gabel etwas zu fest in den Pfannkuchen auf meinem Teller.

»Der ist doch schon tot, Zoë«, sagte Tom lachend. »Du musst ihn nicht mehr erstechen.«

»Ha, ha«, zischte ich, doch ich konnte mir ein Schmunzeln nicht verkneifen.

In diesem Augenblick ertönte ein leises ›Pling‹ aus Kips Hosentasche und er zog sein Smartphone hervor. Mit gerunzelter Stirn las er die Nachricht. Von Sekunde zu Sekunde verdunkelte sich seine Miene.

»Was ist denn los?«, fragte ich, und er hob den Blick.

»Ich habe eine private Nachricht über eines der Foren für

verwaiste Familien bekommen«, sagte er, und mein Nacken begann zu kribbeln. Ich ließ die Gabel sinken.

»Hört euch das an: Lieber Waisenbruder, wir haben uns hier im Forum noch nicht getroffen, ich bin nicht besonders aktiv. Eine Freundin hat mich hier mal angemeldet, weil sie dachte, das könnte mir helfen, aber da hat sie sich geschnitten. Nichts kann mir helfen. Sie war es auch, die mir deine Nachricht weitergeleitet hat. Ich habe beschlossen, dir zu antworten, weil ich es bewundere, dass du die Vergangenheit nicht ruhen lassen möchtest – eine Sache, die ich mir für mich niemals vorstellen kann. Die Kraft habe ich einfach nicht. Ich versuche alles, um zu vergessen, was geschehen ist. Deshalb werde ich dir auch nur diese eine Nachricht schreiben. Danach werde ich mein Profil hier endgültig löschen. Ich hatte eigentlich schon vergessen, es jemals angelegt zu haben.

Da ich glaube, dass du Kontakt zu mir suchst, erzähle ich dir meine Geschichte, oder vielmehr eine Geschichte meines Bruders, die ich nicht kenne. Aber von vorne.

Kurz nach meiner Geburt fiel mein großer Bruder, Milan Raab, nach einem schweren Unfall ins Koma. Über diese Zeit kann ich natürlich nichts sagen, weil ich selbst erst ein Baby war und nur knapp überlebt habe. Mein Vater hat immer gesagt, ich hätte das Leben einfach die ganze Zeit so laut angeschrien, dass es keine andere Wahl hatte, als bei mir zu bleiben. Ich bin mit dem Wissen aufgewachsen, einen sehr kranken großen Bruder zu haben, der in einem Krankenhaus lebt, in dem man ihn nicht besuchen kann. Ich weiß noch, dass ich ihn vergöttert habe, als ich klein war, ohne ihn zu kennen. Ich habe meine Eltern angefleht, mir von ihm zu erzählen. Andere Kinder hören gern Märchen zum Einschlafen, ich wollte immer nur Milan-Geschichten hören. Er war für mich wie eine Märchengestalt, ich fing sogar an, von ihm zu träumen, war davon überzeugt, ihn zu kennen, und habe mir ausgemalt, wie schön das Leben erst werden würde, wenn er endlich nach Hause kam.«

Kip nahm einen Schluck Wasser, und mir fiel auf, dass seine Hände zitterten. Gleichzeitig bemerkte ich, wie eng mein Brustkorb geworden war. Milan. Natürlich. Das war sein Name gewesen. Der älteste Schüler an der H.O.M.E.-Akademie. Ein schmaler, blonder Kerl mit grünen Augen, einem gewinnenden Lächeln und bemerkenswerten Kletterkünsten, der beinahe alles über Elektrik wusste. Wie hatte ich ihn überhaupt vergessen können? Ich wollte nicht hören, was als Nächstes kam. Aber ich musste.

»Aber er kam nie nach Hause«, las Kip weiter. »Er ist in der Klinik gestorben. Das Telefon klingelte eines Tages, kurz nachdem ich aus der Schule gekommen war. Allein, wenn ich darüber schreibe, bekomme ich eine Gänsehaut. Ich wünschte, ich könnte diesen Moment einfach vergessen, doch er hat sich mir ins Gedächtnis gebrannt, so klar und deutlich, als hätte ihn mir jemand ins Gehirn tätowiert. Unsere schäbige, aber sonnige Küche in Tempelhof. Meine Mutter, die gut gelaunt den Hörer abnimmt und kurz darauf so laut zu schreien anfängt, dass unsere Nachbarin kommen musste, um mich von ihr wegzuholen. Die überlauten nächsten Stunden, in denen ich die ganze Zeit die Klagen meiner Eltern durch papierdünne Wände mit anhören musste. Die stillen Tage danach. Die Scham und das Leiden meiner Mutter.

Mein Vater bestand darauf, dass wir Milan selbst begruben. Die Klinik bot zwar an, die Kosten zu übernehmen, aber meine Eltern lehnten ab. Sie wollten, dass er noch mal nach Hause kam. Wollten ihn noch einmal sehen, sich von ihm verabschieden. Bis heute denke ich, dass sie das besser gelassen hätten.

Die Ärzte willigten ein, und mein Vater fuhr am nächsten Tag los, um Milan abzuholen. Doch der junge Mann, den er nach Hause brachte, war nicht mein Bruder. Es war nicht Milan. Im ersten Augenblick dachte ich sogar, dass es gar kein Mensch sein konnte, der da in seinem alten Bett lag. Er war dünn wie ein kleiner Vogel, mit struppigen kurzen Haaren und grauer Haut. Doch das war nicht das Schlimmste. Ich war noch klein und nicht auf das vorbereitet gewesen, was ich nun sah. Sein Kopf war vernarbt. Drei große, pinkfarbene Narben waren zu sehen, und eine, die noch sehr frisch war. Die Fäden waren noch nicht gezogen worden. Ich schäme mich bis heute, aber bei dem Anblick meines toten Bruders übergab ich mich auf den Kinderzimmerteppich. Mein Vater trug mich zur Nachbarin und wir sprachen nie wieder ein Wort über Milan.

Doch meine Mutter konnte das, was geschehen war, einfach nicht verkraften. Sie verfiel in tiefe Depressionen und hat sich schließlich drei Jahre nach Milans Tod das Leben genommen. Mein Vater sagte immer, dass sie sich die Schuld daran gegeben hatte, dass er starb. Nachdem auch sie gegangen war, legte sich tiefes Schweigen über unser Leben. Ich weiß nicht, wie ich es ausdrücken soll, aber meine ganze Jugend über hatte ich das Gefühl, von meinem Vater belogen zu werden. Was natürlich nicht ganz stimmen kann, weil er gar nicht mit mir über Milan sprach und ich ihm die wenigen Dinge, die ich wusste, mit Gewalt aus der Nase hatte ziehen müssen. Doch immerzu hatte ich das Gefühl, dass da mehr sein muss als nur die Geschichte eines kranken Jungen, der schlussendlich an seiner Krankheit starb. Dass mein Vater die Wahrheit vor mir verbirgt. Das hat mich lange wütend gemacht, doch nun bin ich darüber hinaus. Mit meinem Vater ist vor ein paar Wochen der letzte Mensch gestorben, der mir die wahre Milan-Geschichte hätte erzählen können. Und ich möchte sie mittlerweile auch gar nicht mehr hören, sondern einfach nur ein normales Leben führen, sofern das in dieser Stadt überhaupt möglich ist.

Ich weiß nicht, ob dir und deinen Freunden diese Geschichte weiterhilft, aber es hat mir erstaunlich gutgetan, sie jemandem zu erzählen. Wenn ihr was damit anfangen könnt, dann ist es umso besser. Ich hoffe, ihr findet, wonach ihr sucht, und wünsche euch alles Gute. Jenny.«

Nachdem Kip verstummt war, legte sich ein langes Schweigen über die Küche. Ich wusste einfach nicht, was ich sagen sollte, als hätten mich alle Worte dieser Welt auf einmal verlassen, weil sie sich nicht würdig genug fühlten. Alles, was man sagen konnte, war zu klein. Die Geschichte dieser Familie war irgendwie auch unsere Geschichte. Von Dürre und Armut, von verzweifelten Eltern, verwirrten Geschwistern, von Lügen, Angst und Schweigen. Von kleinen Kriegern mit vernarbten Köpfen und Seelen. Ich schluckte. Irgendwie war es ein Trost zu wissen, dass Milans Eltern der Fundation nicht erlaubt hatten, ihren Sohn zu begraben. Dass er mit Liebe hinausbegleitet worden war. Doch dass sich seine Mutter vor Kummer das Leben genommen hatte, war beinahe zu viel, um es zu begreifen. Es brachte mein Herz zum Überlaufen, weil im Innern einfach nicht genug Platz für all die widersprüchlichen Gefühle war.

Ich streckte meine Hände zu beiden Seiten aus und die Jungs ergriffen sie. So saßen wir eine Weile Hand in Hand. Ich bin mir sicher, dass Kip und Tom genauso wie ich versuchten, Jenny all das Unausgesprochene und Unaussprechliche zu senden, das wir gerade im Herzen trugen.

Es war gut, diese Verbindung zu Tom und Kip zu fühlen. Sie waren mein Band und ich war ihre Mitte.

Eine Kette ist immer nur so stark wie ihr schwächstes Glied. Und in diesem Augenblick schwor ich mir, dass nicht ich dieses Glied sein würde. Ich würde diese Kette nicht zerreißen. Ich würde nicht zulassen, dass Wut, Eitelkeit, Dummheit oder falscher Stolz uns auseinanderbrachte oder den beiden Jungs das Leben schwer machte. Also fasste ich einen Entschluss.

»Sag Ma, dass ich am Montagabend komme«, brach ich schließlich die Stille.

Tom drückte meine Hand, und ich merkte erstaunt, dass ich nicht mehr wütend auf meine Eltern war. Nicht das kleinste bisschen. Sie hatten genauso unter der H.O.M.E.-Fundation gelitten wie wir alle. Wer war ich, sie dafür zu verurteilen, dass sie die Rolle gespielt hatten, die ihnen jemand anderes zugedacht hatte? Schließlich hatte ich mein Leben lang nichts anderes getan.

9

Den nächsten Tag verbrachte ich wie eine eingebildete Kranke im Bett, oder vielmehr auf meinem Matratzenlager im Wohnzimmer.

Kip hatte sich mit einer der Matratzen ins Büro seines
Vaters zurückgezogen; nach dem Kuss schien es ihm wohl
unangemessen, ohne Toms Anwesenheit mit mir in einem
Raum zu schlafen, was mir sehr gelegen kam. Ich brauchte
ein paar Stunden in Ruhe mit meinen Gedanken. Natürlich
hätte ich Kip niemals darum gebeten, schließlich war das hier
seine Wohnung, und ich wollte nicht, dass er irgendwo schlafen musste, wo er sich nicht wohlfühlte und ihn die Vergangenheit ständig einholte. Doch wie immer hatte er einfach von
sich aus das Richtige getan. Beinahe wünschte ich mir, dass er
auch mal etwas falsch machte, damit mein emotionales Zentrum endlich wieder ins Gleichgewicht geriet. Aber diesen Gefallen schien er mir nicht tun zu wollen.

Dafür halfen mir Harry, Ron und Hermine ganz gut. Die
Stunden, die ich mit ihnen zusammen verbrachte, waren die
reinste Erholung. So konnte ich nicht nur verarbeiten, was geschehen war, sondern auch Kraft tanken für all das, was in der
kommenden Woche auf mich warten würde. Ich hatte zwar

keine Ahnung, was mir bevorstand, aber ereignislos würden die kommenden Tage wohl kaum werden. Kip und ich würden weiteren Spuren nachgehen, so lange, bis wir die Wahrheit gefunden hatten.

Doch heute hatte ich Pause. Ich lag einfach nur mitten im Wohnzimmer auf meinem Lager und las, eine Hand hatte ich immer in der Schüssel mit trockenem Müsli, das ich zwischendurch knabberte. Die Sonne schien durch die großen Fenster auf meine Beine, und wann immer ich den Kopf hob, um nach draußen über die angrenzenden Dächer zu blicken, hatte ich das Gefühl, dass sich all meine Risse allmählich wieder schlossen. Zwischendurch beobachtete ich die Krähen, die über den Dächern kreisten. Andere Städte hatten Tauben, in der Akademie lebten bemerkenswert viele, doch Berlin hatte Krähen. Es passte zur Stadt. Die Tiere wussten nichts von Wasserproblemen, von Gehirnoperationen oder Flüchtlingsströmen, hatten keine Geheimnisse und keine Sorgen. Sie folgten nur den Luftströmen, ihrem Hunger und ihren Instinkten, schwebten über den Dingen und landeten nur dort, wo sie landen wollten. Ich fragte mich, ob sie wussten, was für ein Glück sie eigentlich hatten.

Sonntage hatten mir bisher im Leben noch nie etwas bedeutet, aber heute liebte ich die Tatsache, dass es Sonntag war. Es erlaubte uns, einfach mal nichts zu tun, ohne uns schlecht zu fühlen.

Obwohl, eigentlich lag nur ich faul in der Gegend rum und las. Kip rumorte derweil in der Wohnung umher. Ich hörte es immer wieder krachen, poltern und schleifen, doch als ich ihn fragte, ob er Hilfe brauchte, hatte er vehement darauf bestanden, dass ich ins Wohnzimmer zurückging und mich ausruhte. Eigentlich war ich darüber auch ganz froh. Ich wollte nicht in den privaten Dingen von Menschen herumwühlen, die ich gar nicht gekannt hatte. Das, was Kip gerade tat, musste er mit sich selbst ausmachen. Es war eine Familiensache.

Ich las bis tief in die Nacht, doch als mich die Sonne am nächsten Tag weckte, fühlte ich mich trotzdem so wach und erholt wie schon lange nicht mehr. Heute würden wir zum Journalisten Kowalski fahren und ihm ein paar Fragen zu dem Artikel stellen, den er damals geschrieben hatte, und dann würde ich mich zum Alexanderplatz aufmachen und mit meinen Eltern aussöhnen, was ich hauptsächlich Tom zuliebe tat, aber das war vollkommen in Ordnung. Warum sollte ich nicht etwas einfach nur für ihn tun?

Gähnend schlurfte ich in die Küche und staunte nicht schlecht, als ich sah, was mich dort erwartete. Auf dem großen Küchentisch verteilt lagen unzählige Herren- und Damenklamotten, hohe und blank geputzte Schuhe, Krawatten, Perücken und große Sonnenbrillen. Kip lächelte und hielt mir einen Kaffeebecher entgegen.

»Wa…?«, fragte ich, doch weiter kam ich nicht, weil er mich an der Hand nahm und hinter sich herzog.

»Das erkläre ich dir gleich, aber erst mal muss ich dir was zeigen.«

Wir gingen durch den langen Flur, an dessen Ende zwei große Holztüren lagen. Kip öffnete die rechte, und als sie aufschwang, stockte mir förmlich der Atem. Vor mir lag ein lichtdurchflutetes leeres Zimmer mit hohen, verzierten Decken (mittlerweile wusste ich auch, dass diese Verzierungen ›Stuck‹ hießen und typisch für alte Berliner Häuser waren), honig-

farbenem Holzboden und einem niedlichen Balkon mit ge-
schnörkelter Eisengitterbrüstung. Das war mit Abstand das
schönste Zimmer, das ich je gesehen hatte. Vorsichtig ging ich
ein paar Schritte in den Raum hinein, völlig gefangen von dem
warmen Licht, das jeden Zentimeter ausfüllte. Dann wirbelte
ich herum und strahlte Kip an. »Das ist ja wunderschön!«
Er grinste selbstzufrieden. »Schön, dass es dir gefällt. Es ist
perfekt für dich!«
»Für mich?«
Kip nickte. »Du kannst doch nicht die ganze Zeit im Wohnzimmer auf dem Fußboden schlafen!«
Ich konnte es kaum glauben. Das hatte er also die ganze
Zeit gemacht. Er hatte mir ein Zimmer freigeräumt. Verstohlen blinzelte ich die Tränen weg, die mir vor Rührung in die
Augen traten. Solch ein Geschenk hatte mir noch nie jemand
gemacht. Kip schenkte mir Licht – das wunderschönste Licht
der Welt. Einen hellen Raum nur für mich, in dem ich wohnen konnte, ohne etwas dafür tun zu müssen. Die Chance auf
ein richtiges Zuhause. Ich sah mich schon in der Sonne auf
meiner Matratze sitzen, das Fenster weit geöffnet, damit ich
die Krähen sich gegenseitig rufen hören konnte. Ich malte mir
aus, hier für die Schule zu lernen oder später für ein Studium,
ein ganz normales Leben zu führen, mit Kip gemeinsam zu
kochen, das Leben und den Alltag zu teilen. In diesem Augenblick, als ich im Zimmer auf den warmen Holzdielen stand,
erschien ein normales Leben möglich. Doch das war es nicht.
Und es wäre nicht richtig, Kips Angebot anzunehmen. Weil
ich ich war, weil ich zu Jonah gehörte, weil ich völlig verkorkst
war und sein Leben schon genug durcheinandergebracht
hatte. Weil ich mich nicht verstecken konnte vor dem, was

mich verfolgte. Gerade als ich Luft holen wollte, um zu protestieren, hielt er mir den Mund zu. »Ich will kein Wort hören«, sagte er streng. Dann zog er mich weiter in das nächste Zimmer, das die Spiegelung von ›meinem‹ Zimmer war, nur viel größer, ein wenig dunkler, und anstelle eines Balkons führte die Tür raus auf eine große Holzterrasse.

Der Raum war spärlich eingerichtet, eine Matratze lag am Boden, und auf einer Kommode neben dem Bett standen mehrere gerahmte Familienfotos.

Ich war verwirrt. »Wo sind denn die ganzen Sachen?«

Als hätte er auf diese Frage gewartet, zog er mich wieder aus dem Zimmer hinein in den Flur und öffnete eine dritte Tür. Der Raum, der sich dahinter verbarg, war nicht zu sehen, so vollgestopft war er mit Möbeln und Kleidungstücken, Spielzeug und Bildern, Deko, Stühlen und Tischen. Kip hatte beinahe das gesamte alte Leben seiner Familie übereinandergestapelt.

»Puh«, brachte ich heraus. Nicht nur, weil mich nur die Vorstellung, all diese Möbel zu bewegen, anstrengte, sondern auch, weil ich mir denken konnte, was Kip dieser Schritt gekostet haben musste.

»Du findest immer die richtigen Worte«, schmunzelte er. Kip stand im Türrahmen und ließ den Blick über all die Dinge schweifen, die ihn einst umgeben hatten. Gegenstände, aufgeladen mit Erinnerungen an eine Familie, die längst verschwunden war, und an ein Leben, in das er nicht zurückkonnte. Als hätte er meine Gedanken gelesen, atmete er tief durch, griff nach der Tür und knallte sie zu. Dann schloss er von außen ab und drückte mir den Schlüssel in die Hand. Ich sah ihn fragend an.

»Wirf ihn weg«, sagte er mit fester Stimme, und ich erschrak.

»Jetzt guck nicht so. Wir beide wissen, dass ich hier nicht in einem Museum leben kann. Und nur dank dir habe ich das Gefühl, überhaupt hier leben zu können. Also tu mir zwei Gefallen: Zieh in das kleine Zimmer und wirf diesen Schlüssel weg.«

Ich starrte ihn an. Der Moment war mir selbst unangenehm, weil ich ganz genau wusste, dass ich starrte, aber ich konnte nicht damit aufhören. Mein Gehirn war viel zu sehr damit beschäftigt zu entscheiden, was ich jetzt tun sollte.

»Bitte sieh mich nicht so an«, sagte Kip, und ich hörte die Unsicherheit in seiner Stimme. Ich begriff, dass er Angst hatte, ich könnte sein Angebot ablehnen. Verschwinden und nie mehr wiederkommen. Ihn allein lassen, so wie alle anderen vor mir.

»Die letzten Tage waren so... lebendig«, fuhr er beinahe schon flehend fort. »Verstehst du, Zoë? Endlich habe ich wieder das Gefühl, am Leben zu sein. Etwas tun zu können. Und das liegt nur an dir. Ich weiß zwar, dass du das anders siehst, aber ich bin froh, dass du aufgewacht bist. Du hast mich gerettet. Wenn du nicht gekommen wärst, dann wäre ich vermutlich verschimmelt.«

Ich schniefte und schüttelte den Kopf. »Du hast mein Leben gerettet. Ich wäre längst im Irrenhaus, wenn du mich gestern nicht weggeschafft hättest.«

Kip legte den Kopf schief. »Da ist was dran. Also stehst du tief in meiner Schuld.« Er baute sich grinsend vor mir auf und verschränkte die Arme vor der Brust. »Du hast jetzt zwei Möglichkeiten, diese Schuld zu begleichen: Entweder, du stellst dein Leben in meine Dienste und schwörst, mich so lange zu begleiten und zu verteidigen, bis diese Schuld beglichen ist. Oder du wirfst diesen Schlüssel weg, richtest dein Zimmer ein, und wir reden nie wieder darüber.«

Ein Lächeln kroch auf meine Lippen. Konnte das wirklich wahr sein? »Wenn ich mein Leben in deine Dienste stelle, welchen Befehl wirst du mir dann als Erstes erteilen?«

»Ich würde dir befehlen, den Schlüssel wegzuwerfen und dein Zimmer einzurichten«, erwiderte er ernst, und ich war geneigt, ihm zu glauben. Vielleicht hatte ich ja doch eine Chance auf ein normales Leben. Vielleicht musste ich, genau wie Kip, meine Vergangenheit ruhen lassen, die Tür zuschließen und akzeptieren, dass ich nun in Berlin lebte und nicht mehr an die Akademie zurückkonnte. Ich wusste nicht, ob ich dazu schon bereit war, aber ich könnte ja auch einfach erst mal in das Zimmer mit dem honigfarbenen Boden ziehen und schauen, wie sich das anfühlte. Vielleicht wäre das genau das Richtige für mich. Mein Widerstand schmolz dahin.

Meine Finger umschlossen den kleinen Metallschlüssel und ich sah Kip direkt in die dunklen Augen. »Ich werde den Schlüssel an einen Ort bringen, an dem du ihn niemals finden wirst. Das verspreche ich dir.«

Kip nickte zufrieden. »Na also. Dann wäre das ja geklärt.«

»Aber ich möchte für mein Zimmer zahlen«, fügte ich hastig hinzu, und Kip seufzte.

»Du bist echt eine harte Nuss. Ich habe diese Wohnung geerbt. Sie kostet mich nichts. Warum um alles in der Welt solltest du dann etwas zahlen?«

Gut, diese Frage konnte ich ihm jetzt auch nicht beantworten.

Wir gingen zurück in die Küche, und ich musste mich zusammenreißen, um nicht sofort meine Matratze durch den Flur in mein Zimmer zu schleifen. Jetzt, da ich eingewilligt hatte, es zu beziehen, konnte es mir nicht schnell genug gehen. Ich nahm mir fest vor, mit den zweihundert Euro, die Ma mir geschenkt hatte, ein paar hübsche gebrauchte Möbel zu kaufen. Nicht viel, immerhin besaß ich kaum etwas, das ich in Schränke oder Kommoden räumen konnte. Außerdem wollte ich dem Licht nicht den Platz streitig machen.

Nun erklärte mir Kip auch, was es mit den ganzen Sachen, die in der Küche herumlagen, auf sich hatte. Seiner Meinung nach sollten wir uns für unseren bevorstehenden Ausflug verkleiden. Da mittlerweile klar war, dass mich jemand verfolgte, der keine guten Absichten hegte, war es tatsächlich besser, sich zu tarnen. Immerhin waren ein schlankes Mädchen mit kurzen, knallpinken Haaren und ein Halbfilipino mit langem Zopf nicht gerade leicht zu übersehen. Ich war beeindruckt, wie weit er in diesem Punkt schon gedacht hatte. Und was er so alles zusammengetragen hatte. Kips Eltern waren berühmte Schauspieler gewesen und deshalb waren ihre Schränke auch noch voller Requisiten aus ihren verschiedenen Filmen. Alles hier, erklärte mir Kip, war für große Kinoproduktionen handgefertigt worden und würde uns gute Dienste leisten.

Tatsächlich sahen die Perücken sehr echt aus. Ich setzte einen schwarzen Pagenkopf auf und staunte nicht schlecht, als ich in den Spiegel blickte. Es sah aus, als hätte ich schon immer diese Frisur getragen.

»Edel«, sagte Kip und drückte mir eine große Sonnenbrille in die Hand, die ich sogleich aufsetzte.

»Ich sehe aus, als wollte ich jemanden überfallen«, sagte ich.

»Quatsch. Du siehst aus wie eine Geheimagentin. Viel zu auffällig. Aber ziemlich cool.«

Ich grinste.

»Fehlt nur noch die Pistole. Wollen wir vorher noch im Kaufhaus der Wahrheit vorbei?«

Kip schnalzte mit der Zunge und pikte mich in die Rippen.

»Reicht dir das Messer nicht, das du mir gemopst hast?«

Ich schlug die Augen nieder. »Ein Mädchen muss sich doch verteidigen!«

Wir wühlten uns durch die Sachen, bis wir Kostüme gefunden hatten, die uns passten und unauffällig genug waren. Meine Wahl fiel schließlich auf eine Perücke mit langen, blonden Haaren und einem dichten Pony, blaue Jeans und eine weiße Bluse. Kip schlug vor, dass ich hohe Schuhe tragen sollte, doch die Idee musste ich ihm austreiben. Ich war noch nie auf hohen Schuhen gelaufen und hatte nicht vor, jetzt damit anzufangen. Außerdem konnte es immer noch sein, dass wir von jetzt auf gleich die Flucht antreten mussten, und da wollte ich nicht in Schuhen mit hohen Absätzen stecken.

Schließlich entschied ich mich für schlichte schwarze Sneakers und verschwand im Bad, um mich zu waschen und umzuziehen.

Als ich das Badezimmer wieder verließ, sah ich aus wie ein völlig anderer Mensch. Bieder, brav und viel älter. Wie jemand, der im langweiligsten Sinne vollkommen normal war. Doch das war noch harmlos. In dem Augenblick, in dem ich Kip entdeckte, musste ich laut loslachen. Er hatte seine langen Haare unter einer dunklen Kurzhaarperücke versteckt, trug einen Anzug mit Krawatte, der an den Schultern etwas spannte, und eine große Brille auf der Nase.

»Du siehst aus wie ein Schuhverkäufer«, sagte ich, weil mir sonst nichts anderes einfiel. Tatsächlich erinnerte er mich an einen Verkäufer, den ich im großen Schuhgeschäft der Mall dabei beobachtet hatte, wie er eine alte Dame bediente.

Kip zog die Augenbrauen hoch. »Und du siehst aus wie eine Lehramtsstudentin. Bist du fertig?«

Ich griff nach meinem Dolch, der auf dem Küchentisch lag, und steckte ihn in den Hosenbund. Den Zimmerschlüssel hatte ich im Badezimmer schon tief in eine der Hosentaschen geschoben. Vielleicht ergab sich auf dem Weg in die Redaktion ja eine gute Gelegenheit, ihn in einen Fluss zu werfen.

8

Das Redaktionsgebäude hatte eine einschüchternde Wirkung auf mich und das lag nicht allein an seiner schieren Größe. Die Zeitung hatte ihren Sitz in einem sehr imposanten Backsteingebäude, das aussah wie eine alte Fabrik. Unzählige Schornsteine zeigten geltungssüchtig in Richtung Himmel, als wollten sie darauf hinweisen, dass sie recht hatten – womit auch immer.

»Hier wurde früher Bier gebraut«, erklärte Kip, bevor er uns beim Pförtner anmeldete. »Berlin hat unzählige alte Brauereien wie diese.«

Während die beiden miteinander sprachen, musterte ich mich verstohlen in der Reflexion der Fensterscheiben. Wenn ich nicht wüsste, dass ich da gerade mein Spiegelbild anglotzte, so hätte ich mich selbst nicht erkannt. Ich sah wirklich aus wie ein völlig anderer Mensch. Sogar meine Tasche hatte ich zu Hause gelassen, weil es gut möglich war, dass sie von unseren Verfolgern wiedererkannt wurde. Ohne sie fühlte ich mich seltsam nackt. Wenigstens hatte ich einen der beiden Geldscheine in meine Hosentasche gesteckt, damit ich nicht vollkommen aufgeschmissen war, sollte ich aus irgendeinem Grund von Kip getrennt werden. Der mürrische Pförtner ließ uns zwar durch, informierte uns aber darüber, dass wir ohne Termin wenig Aussicht auf Erfolg hätten, und wies uns an, uns unbedingt beim Empfang anzumelden.

»Hätten wir vorher anrufen sollen?«, frage ich, während ich hinter Kip über den großen, gepflasterten Hof hetzte, doch der schüttelte nur grimmig den Kopf.

»Ich habe Erfahrung mit Journalisten. Die stehen auch immer unangekündigt auf der Matte. Also müssen sie auch damit umgehen können, wenn andere Leute dasselbe tun. Außerdem glaube ich kaum, dass wir einen Termin bekommen hätten.«

»Wie hast du diese Erfahrung denn gesammelt?«, fragte ich, nur um mich im nächsten Moment für meine geistige Langsamkeit zu verfluchen.

»Nach dem Tod meiner Eltern konnten sie gar nicht genug von mir bekommen. Geholfen hat mir allerdings keiner von denen. Aber Fotos von Zac und mir wollten sie unbedingt. Sie haben uns aufgelauert, wann immer wir das Haus verließen.«

Ich kannte Kip mittlerweile gut genug, um das Arbeiten seiner Kaumuskeln unter den hohen Wangenknochen zu deuten. Die Erinnerungen, die seinen Kopf bevölkerten, machten ihn wütend. Es war nicht schwer, sich auszumalen, was er durchgemacht haben musste, nachdem seine Eltern, ein berühmtes Schauspielerpaar, ums Leben gekommen waren. Umso erstaunlicher, dass sich niemand gefunden hatte, der dem jungen Kip und seinem Bruder geholfen hatte. Wahrscheinlich hatten sie sich nur auf die Sensation gestürzt und sich nicht weiter dafür interessiert, dass hier gerade zwei Jungs ihre Eltern verloren hatten und Hilfe brauchten.

»Einmal war ich so wütend, dass ich den gesamten Hausmüll vom Balkon auf sie runtergekippt habe«, sagte er, und die Vorstellung brachte mich zum Schmunzeln. Allerdings verbarg ich das lieber.

Die Abscheu, die Kip gegen Journalisten hegte, zeichnete sich in seinen Zügen immer deutlicher ab, je näher wir der großen Glastür kamen, die den Eingang zur Redaktion markierte. Unwillkürlich ergriff ich seine Hand und drückte sie. Er sah nicht zu mir rüber, ließ mich aber auch nicht los. »Du musst nicht mitkommen, weißt du?«, sagte ich, auch wenn ich mir nicht ausmalen wollte, allein zu Kowalski zu gehen. Reden war nicht unbedingt meine größte Stärke. Und ganz besonders schlecht war ich darin, anderen Menschen etwas vorzuspielen. Ich plante Operationen nur, andere führten sie aus. Und das hatte für mich immer wunderbar funktioniert.

Wir durchquerten die Flügeltür und ließen die Information, an der eine junge Frau saß und telefonierte, links liegen. Kip schritt mit selbstbewussten, federnden Schritten in Richtung Aufzug, und ich beeilte mich, ihm zu folgen, ohne mich allzu oft umzudrehen.

Die Empfangsdame entschuldigte sich gerade bei ihrem Gesprächspartner und hielt dann die Handfläche über das Telefon.

»Hey!«, rief sie hinter uns her. »Wo wollen Sie denn hin?« Kip hob die rechte Hand, ohne sich umzudrehen. »Alles in Ordnung, wir haben einen Termin bei Kowalski.«

»Ich muss Sie aber anmelden!«, rief sie verunsichert, und irgendwas sagte mir, dass sie diesen Job noch nicht allzu lange machte.

Es plingte, und die Aufzugtüren glitten vor uns auf, was uns davor bewahrte, der Frau noch mal antworten zu müssen.

»Du bist echt der Schärfste«, sagte ich anerkennend, und Kip grinste.

»Ohne rot zu werden.« Ich schüttelte den Kopf und begutachtete mich in den verspiegelten Wänden des Aufzugs. Geschäftig zupfte ich ein paar widerspenstige Strähnen der Perücke zurecht.

»Du siehst großartig aus, Liebling!«, sagte Kip mit verstellter Stimme, die ihn so klingen ließ, wie er aussah: wie ein langweiliger Spießer.

Ich schoss einen wütenden Blick in seine Richtung. »Ich geb dir gleich Liebling«, knurrte ich, musste aber selbst darüber lachen.

Kip hatte sich nach intensiver Lektüre der Informationstafel für ein Stockwerk entschieden und der Aufzug setzte sich in Bewegung. Lautlos und sanft, als würde er auf Schienen fahren. Kein Vergleich zu dem ruckeligen Teil am Alexanderplatz.

Als die Aufzugtüren aufglitten, wartete Kowalski bereits auf uns. Mit verschränkten Armen stand er neben der Aufzugtür und blickte uns feindselig entgegen. Offensichtlich hatte die Empfangsdame unser Kommen angekündigt.

»Sie können hier nicht einfach so reinplatzen«, sagte er schroff. »Weder kenne ich Sie noch haben Sie einen Termin.« Der Journalist sah viel älter aus als auf den Fotos, die wir im Internet von ihm gefunden hatten – grauer und deutlich faltiger. Er war schmal und klein, die Tatsache, dass seine Kleidung viel zu weit war, ließ darauf schließen, dass er einige Kilos abgenommen hatte. Ich fand, dass er irgendwie krank aussah. Die Augen lagen in tiefen Höhlen und seine Wangenknochen stachen deutlich unter grauen Augen hervor. Doch sein Blick war weit weniger feindselig als seine Wortwahl, die Augen blickten uns eher neugierig als abweisend an.

Kip lächelte dem Mann entgegen, als hätte er uns herzlich willkommen geheißen. »Es tut mir leid, dass wir hier so unangemeldet reinplatzen, aber es ist ein Notfall.«

»Ein Notfall?« Kowalski zog die Augenbrauen hoch. »Ich bin hier für die Veröffentlichung der Wasserpläne zuständig. Uhrzeiten, Pegelstände der einzelnen Stadtteile und so weiter. Wenn Sie einen Versorgungsnotfall haben, dann müssen Sie sich an die Wasserbetriebe wenden. Nicht, dass das was helfen würde.«

Kip schüttelte den Kopf. »Das ist es nicht. Wir interessieren uns vielmehr für die Zeit, als Sie hier noch in einer anderen Abteilung gearbeitet haben.«

Nun war Kowalskis Neugier endgültig geweckt. »Ich mache diesen Job schon seit der ersten Dürre. Wie kann ein Notfall von zwei so jungen Leuten mit etwas zusammenhängen, das ich vor über zehn Jahren gemacht habe?«

Die Aufzugtür öffnete sich erneut, und eine Schar Männer und Frauen trat heraus, die uns neugierig musterten.

»Müssen wir das hier besprechen?«, fragte Kip.

Kowalski wägte noch ein paar Augenblicke ab, dann nickte er knapp. »Okay. Mein Büro liegt dort hinten.«

Die Redaktion der Zeitung bestand aus einem riesigen Glaskasten, den man in das alte Fabrikgebäude hineingebaut hatte. Auf den ersten Blick wirkten die Räumlichkeiten hochmodern, doch der zweite Blick verriet, dass auch hier alles in die Jahre gekommen war. Die Stühle, die vor den Schreibtischen standen, waren zum Teil aufgeplatzt, sodass die Polsterung herausquoll, die Möbel wirkten insgesamt ziemlich abgewetzt, die Computer veraltet. Der Teppichboden war so verschlissen und dreckig, dass man die Bahnen sehen konnte, in denen sich die Mitarbeiter hier tagtäglich langbewegten. In der Ecke neben einem alten Kopierer stand ein Wasserspender, der Kanister war leer. Und die Tatsache, dass das Plastik des Kanisters so stumpf war, dass man kaum hindurchsehen konnte, verriet mir, dass er wahrscheinlich schon eine ganze Weile kein Wasser mehr trug. Irgendwer hatte seine Jacke darauf abgelegt. Wahrscheinlich bemerkte kaum noch jemand den Kanister – er war einfach da.

Und so wirkte die Redaktion auf mich – wie eine Miniaturausgabe der ganzen Stadt. Man konnte deutlich sehen, wie sie einmal gewesen war, und genauso deutlich, dass sie die besten Tage schon hinter sich hatte. Zwischendurch bekam man in Berlin immer wieder das Gefühl, als würde die gesamte Stadt nur noch durchhalten und auf eine Rettung hoffen, die niemals kommen würde. Dieser Gedanke machte mich traurig. Er gab mir das unbestimmte Gefühl, verloren zu sein.

Wenn man anhand der Größe des Büros die Wichtigkeit eines Journalisten ablesen konnte, so stand Kowalski am untersten Ende der redaktionellen Nahrungskette. Sein Büro war beinahe genauso winzig wie das von Dr. Akalin an der Charité. Der Gedanke an den Arzt jagte mir einen Schauer über den Rücken und erinnerte mich daran, dass ich all das hier nicht nur für mich selbst tat. Und dass Kip und ich keine Zeit verschwenden durften.

Wir setzten uns auf die Stühle, die vor seinem Schreibtisch standen, und ich fragte mich, warum er nicht mit dem Gesicht zum Fenster arbeitete, sondern zur Glastür. Der Ausblick aus seinem Büro war nämlich wirklich nett.

»Also, was kann ich denn nun für Sie tun?«, fragte er und lehnte sich in seinem schäbigen Schreibtischstuhl neugierig zurück.

Kip stieß mich von der Seite an, und ich holte den alten Artikel aus meiner Hosentasche, faltete ihn auseinander und legte ihn vor Kowalski auf den Schreibtisch. Dabei ließ ich den Journalisten nicht aus den Augen. Kowalskis Stirn legte sich in unzählige Falten, als sein Blick auf den Artikel fiel. Ich konnte förmlich hören, wie es in seinem Kopf zu rattern begann.

»Wir haben uns gefragt, ob Sie uns etwas über das H.O.M.E.- Projekt erzählen können«, sagte Kip freundlich, als er merkte, dass ich keine Anstalten machte zu sprechen.

»Das ist Ewigkeiten her«, sagte Kowalski, doch das war keine Antwort.

»Das ist uns bewusst«, entgegnete Kip. »Doch wir dachten, dass Sie sich vielleicht trotzdem daran erinnern. Immerhin war die politische Lage im Land damals ziemlich angespannt und Sie waren ein junger Journalist. Das muss doch eine richtig aufregende Zeit gewesen sein.«

»Was wissen Sie schon über die politische Lage zu jener Zeit?«, fragte Kowalski leicht irritiert. »Wenn ich mir Sie so ansehe, dann denke ich, dass Sie zu der Zeit noch nicht einmal in der Schule waren.«

Eines musste man ihm lassen: Kowalski hatte eine unheimlich gute Menschenkenntnis. Er ließ sich von Kips Aufzug nicht blenden und hatte dessen Alter auf Anhieb richtig geschätzt.

Kip nickte lächelnd. »Das ist wahr. Deshalb brauchen wir ja auch einen echten Zeitzeugen. Jemanden, der damals mitten im Geschehen war. Direkt am Puls der Zeit.«

Kowalski musterte uns prüfend. Es war deutlich zu spüren, dass er Kips Versuche, ihn mit Schmeicheleien weichzuklopfen, durchaus bemerkte.

»Warum wollen Sie das überhaupt wissen? Sie haben von einem Notfall gesprochen. Was kann so Dringendes mit einer fünfzehn Jahre alten Notiz zusammenhängen?«

»Unsere Eltern sind vor Kurzem gestorben«, sagte Kip. »Und wir haben Papiere in ihren Unterlagen gefunden, die mit diesem Projekt in Zusammenhang stehen.«

Aha, dann waren wir jetzt also Geschwister. Gut zu wissen. Ich konnte mir nicht vorstellen, dass der Journalist diese Lüge abkaufte. Immerhin hatten wir unterschiedliche Hautfarben. Ich fühlte, wie meine Handflächen zu schwitzen begannen.

»Soso. Ihre Eltern«, sagte Kowalski dann auch gleich gedehnt, und in Kips Gesicht stand geschrieben, dass ihm sein Fehler gerade klar wurde. Er schluckte.

»Ja. Ihre Eltern und meine Eltern. Sie waren jahrelang befreundet.«

»Und sie sind zufällig zur selben Zeit gestorben?«

Kip nickte knapp. Der Journalist legte die Fingerkuppen zusammen und lächelte süffisant. Ich hatte das Gefühl, dass er uns komplett durchschaute.

»Bemerkenswert«, sagte er.

Dann beugte er sich vor und stützte die Ellbogen auf seine Tischplatte. »Lassen Sie mich die ganze Sache noch einmal zusammenfassen: Sie kommen unangemeldet hier reingeschneit, verkleidet wie zwei Zirkusclowns, tischen mir ein Märchen über verstorbene Eltern auf und befragen mich zu einem uralten, winzigen Zeitungsartikel, den ich vor über zehn Jahren geschrieben habe. Und das alles, ohne mir eine vernünftige Erklärung für das ganze Theater zu liefern.«

Er ließ die Hände auf die Tischplatte sausen und ich zuckte zusammen. »Das ist doch Bullshit! Wer hat Sie geschickt? Sind Sie von irgendeiner Scheißbehörde?«

»Ich versichere Ihnen…«, setzte Kip an, doch Kowalski schnitt ihm das Wort ab.

»Ich kann es mir schon denken. Petersen will mich hier raushaben, aber das lasse ich mir nicht bieten. Was soll die Scheiße mit diesem uralten Artikel? Was läuft hier?«

»Bitte, Herr Kowalski. So ist es nicht!«, sagte ich, und der Journalist schien so überrascht zu sein, meine Stimme zu hören, dass er den Mund zuklappte.

»Wir sind von keiner Behörde und auch nicht hier, um Ihnen Schaden zuzufügen«, versicherte ich ihm, doch er sah mich nur an wie einen Hundehaufen, in den er soeben getreten war.

»Wozu dann das Ganze?«, fragte er, nun aber schon deutlich ruhiger.

»Dass wir so rumlaufen, liegt nicht an Ihnen«, erklärte ich und beschloss, dass nun nicht der Zeitpunkt für abenteuerliche Lügengeschichten war. Wenn wir wollten, dass der Journalist mit uns sprach, dann mussten wir ihm die Wahrheit sagen, so gut es ging.

»Wir werden verfolgt«, sagte ich schlicht und hörte, wie Kip neben mir scharf Luft einsog. Offensichtlich war er der Auffassung, dass ich eine Dummheit beging. Doch das war mir egal. Eigentlich hatte ich ebenfalls eine recht gute Menschenkenntnis.

»Und wer verfolgt euch zwei Grünschnäbel?«

Ich schüttelte den Kopf. »Das wissen wir nicht. Aber wir wollen es herausfinden. Und dazu brauchen wir Ihre Hilfe. Es ist dringend, vor zwei Tagen hat jemand auf offener Straße versucht, mich zu entführen. Wenn wir nicht bald herausfinden, was dahintersteckt, dann geht die Sache nicht gut aus für uns.«

Kowalski musterte mich neugierig. »Wie alt bist du?«

»Siebzehn«, antwortete ich wahrheitsgemäß und registrierte zufrieden die Überraschung auf seinem Gesicht. Offensichtlich hatte ich älter auf ihn gewirkt.

»Und was hast du mit deinen zarten siebzehn Jahren getan, um verfolgt zu werden?«

»Genau das«, sagte ich langsam, »würde ich auch gern wissen.«

Wir blickten einander schweigend in die Augen. Ich sah, dass er ein Mann war, der häufig lachte, die Falten in seinen Augenwinkeln waren deutlich ausgeprägt. Ich fragte mich, was ihn zum Lachen brachte, ob er Familie hatte und glücklich war. Wie sich sein Leben in den letzten zwanzig Jahren verändert hatte. Ob wir ihn mit diesem Besuch in Gefahr brachten, und falls ja, was uns das Recht gab, das zu tun. Ich war froh, dass Kip an die Maskierung gedacht hatte.

Schließlich schüttelte Kowalski den Kopf. »Es tut mir leid. Egal, in was für Problemen ihr beiden steckt, ich fürchte, ich kann euch nicht helfen. Dieser Artikel erschien zu einer Zeit, als ich noch als Nachrichtenjournalist gearbeitet habe. Ich hatte gerade erst beim Tagesspiegel angefangen und eigentlich den ganzen Tag nichts anderes zu tun, als Pressemitteilungen abzutippen. Hunderte und Aberhunderte von kleinen Notizen wie diese.«

Er lügt, schoss es mir durch den Kopf, doch ich hatte keine Ahnung, warum ich mir da so sicher war.

»Sie können sich also nicht an das H.O.M.E.-Projekt erinnern? Obwohl es ein Projekt der Bundesregierung mit augenscheinlich diversen Mitarbeitern war?«

Kowalski schüttelte den Kopf. »Tut mir leid. Ich habe keine Ahnung.« Er sah weder mir noch Kip in die Augen, während er das sagte. Vielmehr sah er genau zwischen uns beiden durch die Glasscheibe in den Flur davor. Unwillkürlich drehte ich mich um und bemerkte, dass wir von mehreren Kollegen Kowalskis beobachtet wurden.

»Können Sie uns vielleicht einen Kollegen nennen, der uns helfen könnte?«, versuchte es Kip, der den Stimmungsumschwung im Raum nicht mitbekommen hatte.

Kowalski erhob sich mit erstaunlicher Energie aus seinem Schreibtischstuhl. Dabei blieben ein paar Fusseln der Polsterung an seiner Hose hängen.

Er ging an uns vorbei und öffnete die Bürotür. »Es tut mir leid, aber ich kann Ihnen nicht weiterhelfen«, sagte er bestimmt. »Bitte gehen Sie jetzt. Ich habe keine Zeit, mich weiter mit Ihnen zu befassen. Und machen Sie das nächste Mal gefälligst einen Termin!«

Das war ein eindeutiger Rausschmiss. Kowalski war in puncto Wortwahl und Tonfall wieder zu alter Form zurückgekehrt und siezte uns auch wieder. Natürlich hatte er mit voller Absicht die Tür geöffnet. So hatte beinahe das gesamte Stockwerk mitbekommen, dass wir hier nicht erwünscht waren und kein Recht mehr hatten, uns in der Redaktion aufzuhalten. Uns blieb keine Chance, noch etwas zu sagen. Also gaben wir uns geschlagen.

Kip erhob sich als Erster und streckte Kowalski die Hand hin. »Ich danke Ihnen trotzdem für Ihre Zeit«, sagte er knapp, und der Journalist nickte.

»Ja, vielen Dank«, sagte ich und konnte mir einen sarkastischen Unterton nicht verkneifen. Für mich war sonnenklar, dass der Mann uns etwas zu sagen hätte, es uns aber schlicht und ergreifend nicht sagen wollte. Es kostete mich alle Mühe, die aufsteigende Wut zurückzudrängen.

Kaum waren die Aufzugtüren hinter uns zugeglitten, ließ ich ihr jedoch freien Lauf.

»Der Kerl lügt«, zischte ich und war erstaunt, dass Kip nur seelenruhig nickte.

»Das war offensichtlich, ja.«

»Woran machst du das fest?«, fragte ich.

»Er hat sofort gewusst, aus welchem Jahr der kleine Artikel stammte. Wenn er sich so gar nicht daran erinnern kann, wieso weiß er dann, in welchem Jahr das Ganze passiert ist? Immerhin ist es wirklich schon eine Weile her.«

»Ganz genau!«, sagte ich möglichst überzeugend so, als hätte ich das die ganze Zeit über auch schon gewusst.

»Wir hätten ihn nicht so leicht vom Haken lassen sollen«, sagte ich verärgert.

»Welche Wahl hatten wir denn? Die ganze Redaktion hat zugehört!«

Ich schnaubte. »Ich kann einfach nicht glauben, dass uns dieser Artikel keinen Schritt weitergebracht hat«, schimpfte ich, und beim Gedanken daran, dass wir jetzt wieder ganz am Anfang standen, wollte ich die verspiegelten Aufzugwände hochgehen. Das war doch nicht auszuhalten.

Am liebsten hätte ich laut geschrien, doch das ging nicht,

weil in diesem Augenblick der Aufzug mit einem Ruck zum Stehen kam und die Türen aufglitten. Außerdem wollte ich nicht, dass Kip einen Hörschaden erlitt.

Die blonde Empfangsdame hing schon wieder am Telefon und wir beeilten uns, um möglichst schnell an ihr vorbei ins Freie zu gelangen. Wir waren beinahe schon zur Tür hinaus, als sie etwas hinter uns herrief.

»Herr Fischer?«

Kip reagierte zunächst nicht, doch ich blieb stehen und drehte mich um, wobei ich Kip am Ärmel seines Jacketts mit mir zog.

»J...ja?«, fragte Kip unsicher.

»Herr Kowalski hat mich gebeten, Ihnen die besten Grüße von Professor Bornkamp zu übermitteln.«

»Professor Bornkamp?« Kip klang so verwirrt, wie ich mich fühlte.

»Professor Ingo Bornkamp, genau.« Die Empfangsdame nickte eifrig. »Herr Kowalski sagte, er hätte eben vergessen, die Grüße auszurichten.«

Kip schien noch immer Schwierigkeiten zu haben, sich einen Reim darauf zu machen, doch mein Herz hüpfte bereits. Es fiel mir nicht schwer, der blonden Frau ein strahlendes Lächeln zu schenken.

»Haben Sie vielen Dank!«, sagte ich überschwänglich. »Das freut uns wirklich sehr!«

Nun hatte auch Kip begriffen. »Ja, vielen Dank«, fügte er überflüssigerweise hinzu.

Die Dame lächelte freundlich. »Gern geschehen.«

Fröhlich hakte ich mich bei Kip unter und wir traten aus der Tür auf den großen Hof.

»Hast du eine Ahnung, wer dieser Bornkamp ist?«, fragte ich und wunderte mich selbst darüber, dass ich flüsterte.

»Noch nicht«, flüsterte Kip zurück und griff nach meiner Hand. »Aber wir werden es gleich herausfinden.«

7

Professor Bornkamp war genau wie Kowalski alles andere als schwer zu finden, das Netz quoll förmlich über mit Artikeln von und über ihn. Wenn ich es richtig verstand, war er Mediziner und eine Koryphäe auf seinem Fachgebiet. Es kostete Kip nur zwei Klicks, um herauszufinden, dass er einen Lehrstuhl für ›Zukunftsmedizin‹ an der Freien Universität innehatte und am Nachmittag eine Vorlesung für die Drittsemester hielt. Schon der Titel seines Lehrstuhls klang sehr vielversprechend. Es war zu hoffen, dass uns Bornkamp tatsächlich weiterhelfen konnte. Wir zögerten nicht lange, sondern machten uns sofort auf den Weg nach Dahlem, in den Süden der Stadt, wo der Campus der Universität lag, an dem der Professor lehrte.

Etwas an der Tatsache, eine Universität zu besuchen, elektrisierte mich. In meiner Vorstellung kam solch eine Institution der Akademie am nächsten. Außerdem war ich neugierig zu sehen, wie die Elite Berlins so lernte. Ich war regelrecht aufgekratzt. Kip hatte jedoch keine so gute Laune. Offensichtlich ärgerte es ihn, dass Bornkamp ausgerechnet an der Freien Universität lehrte, wo doch die Stadt noch drei weitere Universitäten hatte, die viel zentraler gelegen waren.

Doch mir machte die lange Fahrt mit der S-Bahn ausnahmsweise nichts aus. Da es früh am Mittag war und kein Berufsverkehr herrschte, gelang es uns sogar, zwei Sitzplätze zu ergattern, und Kip überließ mir galant den Fensterplatz. Eines konnte man über Berlin wirklich sagen: Es gab immer etwas zu sehen. Auch wenn die Stadt mehr hässlich als schön, mehr grau als bunt war, so bekamen die Augen doch immer Futter. Solange ich mich umschaute, konnte es mir überhaupt nicht langweilig werden. Das war quasi unmöglich. Ich liebte es, aus dem Fenster zu schauen und die Häuser an mir vorbeiziehen zu sehen. Ich wollte jeden Zentimeter sehen und speichern, wollte die Stadt kennenlernen und nicht mehr vergessen. Tatsächlich ertappte ich mich bei dem Wunsch, mich in Berlin gut zurechtzufinden, mich richtig auszukennen. Bisher war ich Tom oder Kip ja immer nur wie ein treues Hündchen gefolgt und könnte mich allein wohl niemals orientieren. Sobald der Turm auf dem Alex nicht mehr zu sehen war, wusste ich gar nicht mehr, wohin ich sollte. Das ärgerte mich. Ich wollte so unabhängig wie irgend möglich sein. Die Frage, ob mein Wunsch, die Stadt besser zu kennen, nun bedeutete, dass ich mich damit abgefunden hatte, hier zu leben, wollte ich mir lieber gar nicht erst stellen. Doch tatsächlich hatte ich in den vergangenen zwei oder drei Tagen die Akademie nicht mehr vermisst. Das nagende Heimweh war verschwunden und gleichzeitig war meine Abneigung gegen Berlin gewichen. Die Stadt war so lebendig und echt, dass ich gar nicht anders konnte, als mich hier ebenfalls lebendig und echt zu fühlen. Und ich hatte mittlerweile akzeptiert, dass ich zwölf Jahre lang genau das nicht gewesen war.

Mittlerweile hatte ich auch gelernt, den bunten Graffiti-

Kunstwerken an den Häuserfassaden mehr Aufmerksamkeit zu schenken. Sie erzählten viele Geschichten über die Menschen der Stadt, erzählten von Flucht und Wassermangel, von Liebe, Träumen und Wünschen, von skrupellosen Vermietern, gebrochenen Herzen und Arbeitslosigkeit. Die Menschen schienen all ihre Wut und all ihre Freude mithilfe von Sprühdosen an den Häuserwänden auszulassen. Und ich musste feststellen, dass mir, obwohl die Graffiti nichts anderes als chaotischer Vandalismus waren, einige der Bilder ausgesprochen gut gefielen. Manche der Sprayer hatten wirklich Talent. Es gehörte schließlich einiges dazu, auf solch riesigen Flächen und in teilweise schwindelerregenden Höhen lebensechte Bilder mit Sprühfarbe zu malen. Ob sie wohl manchmal mit der Bahn an ihren Werken vorbeifuhren, um sie von Weitem zu bewundern? Waren sie stolz auf das, was sie geschaffen hatten?

Besonders bunt verziert waren die Häuser, die von ihren ursprünglichen Besitzern verlassen worden und teilweise eingestürzt waren. Und davon gab es entlang der Bahnstrecke ziemlich viele. Menschen hatten sie in Beschlag genommen und ohne erkennbare Ordnung kleine Hütten zwischen die Mauerreste gebaut.

Je weiter wir in Richtung Süden kamen, desto kaputter wirkte alles. Die Zahl der verlassenen und zerfallenen Häuser stieg stetig. Gleichzeitig bemerkte ich, dass es sich mittlerweile um einzeln stehende Häuser, teilweise um Villen handelte, die komplett heruntergekommen waren. Es war deutlich zu sehen, dass dieser Teil der Stadt einst sehr reich gewesen sein musste. Die Lücken zwischen den Häusern verrieten, dass es hier einmal Parks und kleine Gärten gegeben hatte, wo nur noch Baumstümpfe und festgetrampelte Erde das Bild dominierten.

»Was ist denn hier passiert?«, fragte ich, und Kip lachte trocken.

»Die erste Fluchtwelle«, antwortete er. »Und alles, was danach geschah.«

»Aber ich dachte, die Leute fliehen eher hierher, statt von hier zu fliehen. Weil es hier noch Wasser gibt.«

»Die armen Menschen aus dem Süden kommen hierher, das ist richtig. Auch aus den ländlichen Gebieten Deutschlands, weil in der Hauptstadt die Wasserversorgung noch halbwegs funktioniert und Deutschland eine Wächterstellung in der EU hat. Aber wer genug Geld hat, der geht noch viel weiter nach Norden. Dorthin, wo es wirklich noch Wasser gibt. Und zwar immer, wenn man den Hahn aufdreht. In die reichen Länder, die Deutschland zu Wucherpreisen mit Wasser versorgen. Wer verzichtet schon gern auf die tägliche Schwimmrunde im hauseigenen Pool?«

Ich erinnerte mich daran, dass Tom von den skandinavischen Diplomatenkindern erzählt hatte, die aus seiner Klasse verschwunden waren.

»Sind die alle nach Skandinavien?«, fragte ich erstaunt, während mein Blick über die geschundenen Häuserleichen wanderte.«

»Viele von ihnen«, bestätigte Kip. »Aber nicht nur. Die reichen Amis sind nach Alaska abgehauen, die reichen Russen nach Sibirien, die reichen Kanadier zurück nach Kanada, die reichen Dänen sind gleich nach Grönland und so weiter. Und auch die Deutschen, die Geld genug hatten, haben lieber die Kurve gekratzt. Offiziell herrscht für die meisten nördlichen

Länder ein striktes Einreiseverbot, aber mit genug Geld geht ja bekanntlich alles.«

Ich dachte an das Wasserrestaurant und die blitzenden Hochhäuser in der Nähe der Bibliothek.

»Aber hier gibt es doch auch noch reiche Leute, oder? Irgendjemand muss schließlich das sündhaft teure Wasser aus allen Teilen der Welt trinken.«

Kip verzog das Gesicht. »Täusch dich nicht, Zoë. Diese Leute leben nicht in Berlin, sie arbeiten nur hier. Am Freitag setzen sie sich abends in ihre Privatmaschinen, die sie in den Norden fliegen. Wer kann, hat woanders seinen Wohnsitz. Und wer will es ihnen verdenken? Was mich sauer macht, ist, dass sie auch auf ihrem Lebensstil bestehen, wenn sie hier sind. So ein Scheiß hat in Berlin eigentlich keinen Platz mehr.«

»Du bist auch reich«, bemerkte ich.

»Das ist was anderes.« Sein Ton war scharf. »Ich habe das Geld nicht verdient, ich habe es nur geerbt. Außerdem will ich nicht in den Norden. Ich bin hier zu Hause.«

Ich nickte. Auch wenn ich kein Zuhause mehr hatte, so wusste ich doch noch sehr gut, wie es sich anfühlte.

»Und die ganzen reichen Leute haben vorher hier gewohnt?«

»Viele von ihnen«, bestätigte Kip. »Hier unten wohnten hauptsächlich Politiker, Auslandskorrespondenten, Diplomaten, Professoren und Gastforscher. Und als die weg waren und Studenten nach und nach deren Häuser besetzt haben, hat sich der Rest auch ziemlich schnell aus dem Staub gemacht. Ein paar Familien wohnen zwar noch hier, aber viele sind es nicht mehr. «

Vom S-Bahnhof mussten wir noch ein ganzes Stück bis zum Universitätsgelände laufen, was mir Gelegenheit gab, mich noch ein wenig umzusehen. Tatsächlich war es von Nahem ganz deutlich erkennbar, dass die prunkvollen Gebäude, die einst reichen Menschen gehört hatten, nun überwiegend von jungen Leuten bewohnt wurden. Die Fenster waren bunt dekoriert, die Häuserwände übersät von Graffiti, Straßenstände boten billiges Essen an, das fragwürdig roch, und aus den Fenstern drang hier und da laute Musik.

Immer wieder kamen uns Studenten entgegen, die schwere Taschen über den Schultern und nicht selten noch Bücher in den Armen trugen. Die meisten unterhielten sich angeregt auf Englisch.

»Ist Englisch hier die Lehrsprache?«

»Ja, schon seit vielen Jahren. Das ist bei allen Universitäten innerhalb der EU so.«

Und auf der Akademie auch, dachte ich. Mein Herz schlug mit jedem Schritt schneller. Ich wurde von der Stimmung, die in diesen Straßen herrschte, regelrecht angezogen. Tatsächlich erinnerten mich die Studenten selbst zwar an die Akademie, aber die wildbunten Häuser, Kneipen und Imbissbuden hatten nichts mit der strengen Disziplin gemein, die ich von meiner Ausbildung gewohnt war. Ich fragte mich, ob ich überhaupt lernen würde, wenn ich in einem solchen Umfeld leben könnte. Tatsächlich bezweifelte ich das. Doch vielleicht war es etwas anderes, wenn man etwas studierte, das man sich selbst ausgesucht hatte und aus freien Stücken belegte. Mich hatte schließlich niemals jemand gefragt, ob ich Kapitän sein wollte. Es war meine Bestimmung, eine Mission zu leiten. Und damit war die Geschichte auch schon auserzählt.

Unterschieden sich die Unterkünfte der Studenten schon stark von den Wohngebäuden der Akademie, so war das doch nichts gegen den Unterschied der Lehrgebäude an sich. Während die H.O.M.E.-Akademie in einem ehrwürdigen Kloster aus dem achtzehnten Jahrhundert untergebracht war, wurde die Freie Universität von einem Bau beherbergt, der gar nicht altehrwürdig wirkte. Eher altehrlos. Es war ein enormer, rostroter Metallbau, der wenig einladend und irgendwie wie eine Festung wirkte. Die Jalousien vor den unzähligen Fenstern waren heruntergelassen, die Türen sahen in der riesigen Fassade klein und trutzig aus. Das flache Gelände um den Bau herum bestand aus platt getrampelter Erde, durch die sich hier und da Wege aus Steinplatten wanden, die ziemlich provisorisch wirkten. Das hatte nichts mit dem üppigen Garten der Akademie gemein. Man hätte meinen können, dass die Universität geschlossen war, so dunkel, wie sie vor uns lag, doch die Studenten strömten fröhlich ein und aus. Sie schienen sich von dem abweisenden Gebäude nicht abschrecken zu lassen, was ich doch einigermaßen erstaunlich fand. Andererseits gewöhnte man sich ja fast an alles. Zum Beispiel an ein völlig fremdes Leben.

Als wir uns dem Gebäude näherten, fiel mir auf, dass es nicht rostrot war, sondern tatsächlich ...

»Ist das etwa Rost?«, fragte ich, und Kip lachte über meine Fassungslosigkeit.

»Ja, das ist Rost«, bestätigte er.

»Wie kann ein ganzes Gebäude in einer Stadt rosten, in der es so gut wie kein Wasser gibt?«

»Der Bau steht hier seit 1970. Tatsächlich ist das Ding schon kurz nach der Einweihung gerostet. Der Architekt hat die Wahl des Außenmaterials in den Sand gesetzt. Deswegen heißt dieser Teil der Uni auch ›Rostlaube‹. Es hat sich mittlerweile so eingebürgert, dass selbst die Professoren diesen Namen benutzen. Niemand wundert sich mehr darüber. Und wahrscheinlich fällt den wenigsten Menschen überhaupt auf, dass das Gebäude tatsächlich gerostet ist.«

Ich kicherte. Rostlaube. Ein schöner Spitzname für eine Berliner Universität. Der verrostete Campus passte gut zum Rest der Stadt.

Im Inneren der Rostlaube versuchten wir, uns zurechtzufinden, was gar nicht so einfach war. Alle Flure sahen irgendwie gleich aus und ich fühlte mich auf unangenehme Weise ins Krankenhaus zurückversetzt. Kip erklärte mir, dass der gesamte Bau mit flexiblen Wänden errichtet worden war, damit man die Säle und Räume nach Belieben und Bedarf immer wieder neu zusammensetzen konnte.

»Der Architekt hatte also doch was drauf«, sagte ich staunend, während ich hinter Kip auf eine Informationstafel zulief.

»Das schon. Aber es ist deutlich schwerer, sich zurechtzufinden, wenn man nicht jeden Tag hier ist.«

Dank der Tafel fanden wir den Hörsaal schließlich doch noch rechtzeitig. Insgesamt hatten wir über drei Stunden vom Redaktionsgebäude bis in den Saal gebraucht, was mir die schiere Größe der Stadt recht eindrucksvoll vor Augen führte. Der Hörsaal war ein steil ansteigender Raum mit klappbaren Plastikstühlen, die halbrund um ein Pult mit einem großen Bildschirm herum angeordnet waren. Er war bereits gut gefüllt, das Stimmengewirr, das darin herrschte, war beeindruckend – die vielen Stimmen formten ein einziges, lautes

Summen, und man hatte den Eindruck, den Kopf in einen riesigen Server gesteckt zu haben. Wir fanden nur noch Plätze ganz oben in der letzten Reihe, und ich war gespannt, was uns erwartete. Tatsächlich konnte ich mich der Stimmung, die auf dem Campus herrschte, immer schwerer entziehen. Mir wurde mit voller Wucht bewusst, wie stark sich mein Leben doch von dem anderer junger Leute unterschied. Ich würde wohl niemals studieren und das machte mich irgendwie traurig. Allen hier im Raum stand ins Gesicht geschrieben, dass sie sich auf ihre Zukunft freuten.

Mein Blick wanderte durch den Raum, und ich beobachtete die Studenten, die in kleinen und größeren Grüppchen aufeinanderhingen und augenscheinlich ihre Notizen von der letzten Vorlesung miteinander abglichen.

»Warum kauen die alle Kaugummi?«, fragte ich, als es mir auffiel.

»Weil sie Durst haben«, antwortete Kip, und ich sah ihn überrascht an. »Wie bitte?«

»Studenten haben oft nicht genug Geld für Bücher und Wasser. Also kauen sie Kaugummi gegen den Durst. Regt den Speichelfluss an.«

»Aber es ist gefährlich, zu wenig zu trinken«, bemerkte ich ehrlich schockiert.

»Das«, sagte Kip, und seine Stimme starrte vor Sarkasmus, »ist ja ganz was Neues.«

Die Tür knallte zu und ein kleiner, dicker Mann im weißen Kittel wackelte mit einer dunklen Ledertasche in Richtung Vortragspult. Das musste Professor Bornkamp sein. Sofort hatte er meine volle Aufmerksamkeit, was Kip vor einer bissigen Bemerkung bewahrte.

Etwas an dem kleinen Mann kam mir merkwürdig deplatziert vor. Ich brauchte eine Weile, bis ich darauf kam: Bisher hatte ich in Berlin keine dicken Menschen gesehen. Auf der Akademie gab es ebenfalls keine beleibten Menschen. Tatsächlich war der Professor der erste dicke Mann, den ich je zu Gesicht bekommen hatte.

»Meine Herrschaften, kommen Sie zur Ruhe und setzen Sie sich auf Ihre Plätze«, polterte der Professor. Er griff in seine Ledertasche, holte eine randlose Brille heraus und setzte sie sich auf die Nase.

Bei diesem Anblick überkam mich eine plötzliche, heftige Unruhe. Ich hatte das Gefühl, diesen Mann nicht zum ersten Mal zu sehen, doch ich saß zu weit weg, um ihn richtig erkennen zu können.

»Wie lange geht so eine Vorlesung?«, fragte ich Kip flüsternd.

»Neunzig Minuten, glaube ich.«

»Wenn die Herrschaften in der letzten Reihe das Gespräch nun bitte auch einstellen könnten.«

Bornkamp klang gelangweilt und genervt gleichzeitig und ich verstummte augenblicklich. Die Aussicht auf neunzig Minuten Warten drückte mir deutlich auf die Laune. Ob dieser Mann uns wirklich weiterhelfen konnte? Ich klappte den Tisch vor mir herunter, wie all die anderen um mich herum, und stützte mich darauf. Etwas anderes konnte ich gerade sowieso nicht tun.

Entgegen meiner Befürchtungen war die Vorlesung alles andere als langweilig. Bornkamp und seine Studenten beschäftigten sich mit der Frage, wie die moderne Medizin an die wachsenden Herausforderungen von Dürre und Überbevölkerung angepasst werden konnte. Ich verstand zwar nur die Hälfte, begriff aber, dass es in dieser Vorlesung um die kritische Flüssigkeitsversorgung von Kleinkindern, vor allem von Neugeborenen ging. Wenn ich es richtig begriff, so arbeitete der Lehrstuhl von Bornkamp gerade mit einem Architekturprofessor an Modellen für sichere Bettkonstruktionen, die auf Hausdächern angebracht werden konnten, damit die Babys, während sie schliefen, den Tau der Morgendämmerung über die Haut aufnehmen konnten. Die Bilder, die Bornkamp auf dem großen Monitor zu diesem Thema zeigte, wirkten abenteuerlich auf mich, doch der kleine Mann mit der Brille schien es durchaus ernst zu meinen.

Als die Vorlesung endete und alle Studenten mit ihren Fingerknöcheln auf die kleinen Plastiktische vor sich klopften, bedauerte ich beinahe, dass es schon vorbei war. Ich vermisste es tatsächlich zu lernen. Mein Leben lang war ich eine fleißige Schülerin gewesen, doch in den letzten Wochen hatte ich meinen Kopf statt mit Fakten lediglich mit Sorgen gefüllt. Diverse Studenten drängten sich im Anschluss an die Vorlesung um den Professor herum und bombardierten ihn mit Fragen, sodass Kip und ich beschlossen, uns noch ein wenig im Hintergrund zu halten. Wir wollten nicht, dass jemand unsere Konversation mitbekam, also warteten wir, bis die letzten Studenten den Saal verlassen hatten und Bornkamp nach seiner Tasche griff. »Professor!«, rief Kip, um ihn am Gehen zu hindern.

Der Professor blickte überrascht auf. Offenbar hatte er gar nicht mitbekommen, dass außer ihm noch jemand im Saal war.

»Ja?« Er klang genauso ungeduldig und halb genervt wie

zu Beginn der Vorlesung. Kip und ich machten uns an den Abstieg.

Als ich vor ihm stand und ihm in die Augen sah, wusste ich sofort, wo ich ihn schon einmal gesehen hatte. Sehr zur Verwunderung der beiden Männer hob ich meine rechte Hand vor sein Gesicht und kniff ein Auge zu. Ich musste sichergehen. Und nun war ich es. Ein Pflaster auf seiner rechten Handfläche räumten die letzten Zweifel aus. Mein Herz raste, und ich begann, am ganzen Körper zu zittern.

»Sie!«, brachte ich heraus, während ich den Professor unverwandt anstarrte.

»Was ist denn?« Bornkamp starrte zurück, schien aber keine Ahnung zu haben, wer ich war.

»Kip, würdest du bitte die Tür zumachen?«

Kip runzelte zwar fragend die Stirn, doch ich schüttelte nur den Kopf, und er tat es. Ich hätte nicht damit gerechnet, hier ausgerechnet dem Mann zu begegnen, dem ich direkt nach meinem Erwachen in die Hand gebissen hatte. Meine Gedanken überschlugen sich, weil ich wusste, dass wir nun fast am Ziel sein mussten. Bornkamp wusste Bescheid, es konnte nicht anders sein.

»Entschuldigen Sie, junge Dame. Aber ich habe für private Unterredungen keine Zeit. Wenn Sie einen Termin mit mir ausmachen wollen, wenden Sie sich bitte an meinen Lehrstuhl.« Seine Stimme klang nun nicht mehr ganz so autoritär, sondern eher verunsichert. Das war mir nur recht. Langsam zog ich die Perücke vom Kopf.

Kip griff nach meiner Hand, um mich zu stoppen, doch ich schüttelte den Kopf. »Keine Sorge«, sagte ich grimmig, den Blick fest auf den Professor gerichtet. »Wir kennen uns.«

Die Veränderung, die sich in Bornkamps Gesicht vollzog, war nicht weniger als spektakulär. Die Erkenntnis stand in großen Buchstaben darauf geschrieben.

»Zoë«, raunte er heiser und ängstlich.

Ich nickte.

Ein Lächeln überzog das runde Gesicht des Professors, was mich einigermaßen verblüffte, auch, weil es so groß und so echt war. Er trat auf mich zu, als wollte er mich in die Arme schließen, doch ich wich vor ihm zurück.

»Nicht«, sagte ich und deutete mit einem Kopfnicken auf seine rechte Hand. »Ich beiße.«

Das Lächeln des Professors vertiefte sich, er strahlte regelrecht. »Es geht dir gut. Was für eine Freude!«

»Das würde ich so nicht sagen«, schaltete sich Kip ein.

»Zoë wird verfolgt und wurde zwei Mal fast entführt. Abgesehen davon, dass sie aus einem Koma aufgewacht ist und nicht weiß, warum sie rechnen, schreiben, lesen und noch ein paar andere Dinge kann oder warum man sie mehrfach am Gehirn operiert hat.«

»Ja«, pflichtete ich Kip bei. »Wie würden Sie sich an meiner Stelle fühlen?«

»Donnerwetter«, murmelte Bornkamp, und ich fragte mich, was er wohl meinte.

Ich verschränkte die Arme. »Ich bin hier, weil ich die Wahrheit wissen will. Ich will wissen, was mit mir passiert ist und warum. Und ich will es von Ihnen hören. Sie stecken da doch mit drin, oder?«

Professor Bornkamp stützte sich schwerfällig auf den Vortragstisch und wischte sich über die vor Schweiß glänzende Stirn.

»Ich möchte, dass du eines weißt, Zoë: Alles, was ich getan habe, tat ich, um dich zu beschützen. Um euch alle zu beschützen. Ich dachte …« Er hielt inne und sah mit einem Mal sehr klein und alt aus. »Ich dachte nicht, dass die Sache so schnell aus dem Ruder laufen würde.« Er lachte leise. »Ich habe mir wirklich eingebildet, sie würden aufhören. Aber sie werden niemals aufhören, nicht wahr?«

»Wer?«, fragte ich scharf, weil das die Frage war, die mich am meisten interessierte, während Kip: »Was ist passiert?« fragte.

Bornkamp blickte von mir zu Kip und wieder zurück. »Und wer sind Sie?«

»Mein Name ist Kip de los Santos«, antwortete Kip. Der Ärmste wusste noch immer nicht genau, was hier vor sich ging, doch er hielt sich wacker. Ich an seiner Stelle hätte schon längst angefangen rumzubrüllen.

»Oh«, sagte Bornkamp leise, was darauf schließen ließ, dass er im Gegensatz zu Kip genau wusste, wen er vor sich hatte.

»Der Bruder vom kleinen Zacarias«, sagte er sanft, und ich bemerkte erstaunt, dass seine Augen feucht wurden.

»Kann mir mal einer sagen, was hier läuft?«, raunte Kip.

»Er hat mich aufgeweckt«, antwortete ich. Und an Bornkamp gewandt fragte ich: »Stimmt doch, oder?«

Der Professor nickte. »Ja, das ist richtig. Und Zacarias war der Grund dafür, dass ich es getan habe. Ihr Bruder war so …« Bornkamps Stimme brach. Augenscheinlich waren die Erinnerungen an Zac zu viel für den Professor, der vorher noch so robust gewirkt hatte.

»Unschuldig«, schloss er schließlich, und ich hörte Kip neben mir trocken schlucken.

»Was für ein wunderbarer Zufall, dass ihr beide euch begegnet seid. Ihr passt aufeinander auf, nicht wahr?«

»Ja«, antwortete Kip schlicht, und ich nickte. Ich wusste nicht, was ich von dem nervlich instabilen Professor zu halten hatte, doch wie eine Bedrohung wirkte er nicht auf mich. Unter anderen Umständen hätte ich ihn vielleicht sogar sympathisch gefunden. Doch es waren nun einmal keine anderen Umstände.

»Ich bin die letzten Wochen durch die Hölle gegangen«, zischte ich. »Bin aufgewacht, ohne zu begreifen, wo ich bin und warum. Wo meine Freunde sind, mein altes Leben. Habe mir einreden lassen, dass ich nicht ganz dicht bin. Hatte Albträume und Flashbacks, Wahnvorstellungen und was weiß ich nicht noch alles.« Ich holte tief Luft, weil ich merkte, dass ich selbst für mich zu schnell sprach. »Kurz gesagt: Es war zum Kotzen. Ich wurde verfolgt und bedroht, Kip wurde verletzt, und mein Arzt ist verschwunden!«

Bornkamps riss die wässrigen Augen auf. »Metin Akalin?«

Ich nickte, auch wenn ich bereute, Akalin erwähnt zu haben. Sein Verschwinden schien einen ziemlichen Eindruck auf Bornkamp zu machen, der mit zittrigen Händen nach seiner Tasche griff. Meine Hand schnellte vor und knallte auf die Ledertasche.

»Sie werden mich jetzt ganz sicher nicht hier so stehen lassen«, sagte ich bestimmt. »Ohne Antworten, ohne irgendwas. Ich habe ein Recht darauf zu erfahren, was hier läuft.«

»Ich … ich …«, stammelte der Professor, doch er wurde von der Hörsaaltür unterbrochen, die sich einen Spaltbreit öffnete. Ein junger Mann steckte seinen Kopf durch den Spalt und fragte: »Professor Bornkamp?«

»Raus!«, brüllte der Professor mit plötzlich zurückgewonnener Autorität. »Verschwinden Sie!« Erschrocken zog sich der junge Kerl aus der Tür zurück und schloss sie wieder.

Doch die Unterbrechung schien Bornkamp wieder geerdet zu haben, er wirkte entschlossen und ein wenig aufgeräumter als zuvor.

»Hör mal«, sagte er mit gesenkter Stimme zu mir. »Ich bin auf deiner Seite. Das habe ich dir von Anfang an gesagt. Eigentlich wollte ich dich mit zu mir nach Hause nehmen und dich dort behutsam auf das Leben hier draußen vorbereiten.«

»Hat ja prima funktioniert«, bemerkte ich bitter, und Bornkamp verzog entschuldigend das Gesicht.

»Leider gab es Komplikationen auf dem Transport. Du bist in einen katakonen Zustand gefallen, bist immer wieder in die Bewusstlosigkeit abgedriftet. Ich dachte, ich hätte alles richtig gemacht, doch so war es nicht. Von Minute zu Minute ging es dir schlechter. Es blieb mir nichts anderes übrig, als dich in die Charité zu bringen. Ein alter Kollege aus der Notaufnahme schuldete mir noch einen Gefallen, und ich wusste, dass du bei Akalin und seinem Team in guten Händen sein würdest. Auch wenn der Arme keinen blassen Schimmer hatte.«

»Und Sie sind nicht auf die Idee gekommen, mich im Krankenhaus zu besuchen?«

»Das hätte ich ja gern getan. Ehrlich, Zoë. Doch ich hatte große Sorge, dass sie mich beobachten. Es lag nahe, mich zu verdächtigen. Ich wollte ihnen nicht zeigen, wo du dich aufhältst.«

»Wer sind denn ›sie‹?«, fragte ich ungeduldig, doch Bornkamp schüttelte den Kopf.

»Nicht jetzt und nicht hier.« Er griff in die Seitentasche seines Kittels, zog eine Visitenkarte heraus und drückte sie mir in die Hand.

»Komm heute Abend zu mir nach Hause, und ich verspreche dir, dass ich alle Fragen beantworten werde. Hier haben die Wände Ohren, und außerdem erregt es Verdacht, wenn ich so lange nicht zu meinem nächsten Kurs auftauche. Noch dazu habe ich zu Hause alle Unterlagen, die du brauchst.«

Ich steckte die Karte ein. »Heute Abend hat meine Mutter Geburtstag. Wir feiern ein bisschen.«

Bornkamp lächelte, doch sein Lächeln sah traurig aus. »Wie normal das klingt, nicht wahr?«

Ich wusste sofort, was er meinte.

»Es ist egal, wie spät es wird, meine Liebe. Komm einfach, wenn du so weit bist. Ich bin den ganzen Abend zu Hause.«

Zwar passte es mir nicht, noch so lange auf meine Antworten warten zu müssen, doch ich konnte ihn nicht zwingen, mit mir zu reden. Außerdem hatte er wahrscheinlich recht. Bei ihm zu Hause war es bestimmt sicherer. Ich setzte die Perücke wieder auf.

»In Ordnung. Aber Sie versprechen mir, alles zu erzählen, was Sie wissen?«

Bornkamp legte seine Hand aufs Herz und lächelte. »Du hast nicht weniger als die ganze Wahrheit verdient, Zoë. Und ich bin der Richtige, sie dir zu sagen.«

Ich erlaubte ihm, im Vorbeigehen meine Schulter zu tätscheln, während er den Saal verließ. Aus irgendeinem Grund glaubte ich ihm, alles nur getan zu haben, um mich zu schützen. Allerdings war sein grandioser Plan, falls es einen gegeben hatte, gewaltig nach hinten losgegangen.

»Könntest du mir jetzt bitte sagen, was genau da zwischen

euch abläuft? Wieso hat er dich aufgeweckt?«, fragte Kip, nachdem wir hinter Bornkamp den Saal verlassen hatten, und ich hakte mich wieder bei ihm unter. Ich mochte diese Geste – vertraut, aber gleichzeitig nicht zu intim.»Nicht hier drin. Du hast Bornkamp doch gehört: Die Wände haben Ohren.«

6

»Und?«

»Es ist alles glattgelaufen. Genau so, wie du gesagt hast.«

»Sie waren also beim Journalisten?«

»Ja. Es war eine gute Idee, herauszufinden, was sie in der Bibliothek getrieben haben, Cleo. Und du hattest recht: Kowalski war ihre nächste Anlaufstelle.«

»Er hat keine Probleme gemacht?«

»Dieses Milchbrötchen? Wo denkst du hin. Für ein paar Scheine würde der seine Mutter verkaufen. Er hat seinen Job richtig gut gemacht; ein Mann mit Potenzial. Die beiden haben keinen blassen Schimmer; sie denken, sie hätten ihm die Information abgerungen. Trotzdem ist er ein Idiot.«

»Wahrscheinlich nur ein armes Schwein.«

»Es sind doch alles nur arme Schweine.«

»Auch wieder wahr. Und dann waren sie bei Bornkamp?«

»Sie haben keine Zeit verloren.«

»Was haben sie gemacht?«

»Zoë hat ihn konfrontiert.«

»Ich wusste es, ich wusste es!«

»Ja, jetzt feier dich mal nicht so. Du wusstest es.«

»Bornkamp war gefügig?«

»Blieb ihm was anderes übrig? Auch wenn ich tatsächlich kurz das Gefühl hatte, er würde kneifen. Ihm liegt eindeutig was an dem Mädchen.«

»Nun, da ist er nicht allein.«

»Verkneif dir deine Gefühlsduselei.«

»Du wiederholst dich, das ist langweilig, Hannibal. Ich mache mich jetzt auf den Weg. Wir treffen uns später im Zentrum.«

»Genau so ist es. Und du hältst dich gefälligst exakt an den Plan, hast du mich verstanden?«

…

»Cleo!«

»Ich finde immer noch, dass es nicht nötig ist.«

»Gott. Warum sind Frauen nur immer so naiv?«

»Hey! Ich bin einfach nur nicht scharf drauf, okay? Eigentlich bin ich Medizinerin geworden, um anderen zu helfen.«

»Oh, und du hilfst anderen Menschen. Du hilfst ihnen sogar sehr. Unsere Kunden wissen zu schätzen, was du alles tust, das versichere ich dir.«

…

»Sieh es doch einmal so: Du ersparst jemandem einen langsamen, qualvollen Tod.«

»Schon klar.«

»Es ist essenziell. Das Mädchen muss begreifen, mit wem sie es zu tun hat. Wir müssen ihren Willen brechen, sonst können wir die Mission vergessen. Es ist wichtig, dass wir unseren Standpunkt unterstreichen. Darüber haben wir schon gesprochen.«

»Und ich habe dir bereits gesagt, was ich davon halte. Warum machst du es nicht, wenn es dir so wichtig ist?«

»Weil ich mit anderen Dingen beschäftigt bin, wie du sehr wohl weißt. Cleo. Muss ich dich schon wieder daran erinnern, was passiert, wenn das hier schiefgeht? Weißt du, was Cäsar dann mit dir macht?«

»Ja, ist ja gut. Ich mach es ja.«

»Braves Mädchen.«

»Du mich auch.«

5

Kip bestand darauf, mich bis vor die Haustür zu begleiten. Auf dem Rückweg zur Bahn hatte ich ihm ausführlich von meiner ersten Begegnung mit Bornkamp erzählt, was nicht viel Zeit in Anspruch genommen hatte. Ich war ungeduldig und fahrig – der Gedanke daran, dass ich bald alles erfahren könnte, elektrisierte mich. Es fiel mir schwer, mir vorzustellen, in diesem Zustand an einem Tisch zu sitzen und leichte Konversation mit meiner beinahe fabrikneuen Familie zu betreiben. Worüber sollte ich mit ihnen reden? Das Wetter?

Leider konnten Kip und ich uns in der Bahn nicht mehr vertraulich unterhalten, da mittlerweile Feierabendverkehr herrschte und die Waggons wieder so voll waren, dass die Menschen dicht an dicht standen. Ich versuchte, nicht daran zu denken, wie viele verschiedene Sorten Schweiß wohl mittlerweile an meinen nackten Armen klebten. Bettler drängten sich mit erstaunlich forschem Ellbogeneinsatz durch die Fahrgäste, während sie in monotonem Singsang immer wieder die gleichen, auswendig gelernten Worte herunterleierten, um etwas Geld oder Wasser zu ergattern. Es war drückend heiß und ich schwitzte genau wie alle anderen aus allen Poren.

Vielleicht war es doch keine so gute Idee gewesen, sich für eine Jeans zu entscheiden. Doch vor allem die Perücke quälte mich. Der Schweiß lief mir in Bächen die Stirn herab, und ich wünschte, ich hätte die schweren blonden Haare wenigstens im Nacken zusammengebunden. Die junge Frau, die neben mir stand und in ihrem Hosenanzug sicherlich auch irrsinnig schwitzte, schenkte mir ein verständnisvolles Lächeln. Ihr sonst sicher sehr schicker Pony klebte in dicken Strähnen an ihrer Stirn.

Der ganze Waggon roch so, wie man es in einer hochsommerlich heißen Stadt erwarten konnte, in der viele Menschen nicht genug Wasser hatten, um sich oder ihre Kleidung zu waschen. Mit einem Mal ergab das Wassersparsystem von Ma in meinen Augen viel mehr Sinn. Die Familie Baker roch wenigstens nicht so streng.

Ich hatte vor unserem Ausflug an die Universität keinen Gedanken daran verschwendet, dass ich mich ja noch auf den Weg zu Mas Geburtstagsfeier am Alexanderplatz machen musste. Ob ich ein Geschenk mitbringen sollte? Ich hatte schließlich keine Ahnung, was ihr gefiel, was sie gern tat oder woran sie sich erfreute.

Als wir endlich am Alexanderplatz die Bahn verließen und von etwas kühlerer und frischerer Luft umgeben waren, wurde ich plötzlich nervös. Ich wollte nicht mit leeren Händen kommen, wenn ich schon nicht wusste, was ich zu Ma sagen sollte, wenn ich ihr gegenüberstand.

Kip missdeutete mein Zögern. »Du musst das nicht machen, Zoë. Wir können auch einfach nach Hause fahren.«

›Nach Hause‹. Die Hoffnung, die dabei in seiner Stimme mitschwang, machte mich traurig. Wieso nur erwarteten eigentlich alle etwas von mir? Ma erwartete, dass ich ihr vergab und mich wie eine Tochter benahm, Akalin hatte erwartet, dass ich mich zusammenriss, und Kip erwartete, dass ich fest bei ihm einzog. Jonah hatte immer erwartet, dass ich die Hausaufgaben für ihn mit erledigte, und was Dr. Jen und Professor Nieves alles erwartet hatten, ließ sich an einem Tag kaum vollständig aufzählen. Wieso durfte ich eigentlich nicht mal etwas von anderen Menschen erwarten?

Ich straffte die Schultern und schüttelte den Kopf. »Nein, schon gut. Ich weiß, dass es sie unglücklich machen würde, wenn ich nicht komme. Außerdem habe ich es Tom versprochen. Ich weiß nur nicht, ob ich mit leeren Händen auftauchen sollte.«

Kip legte nachdenklich den Kopf schief, dann lächelte er. »Das größte Geschenk wird sein, dass du kommst. Aber wenn du was mitbringen möchtest, dann kannst du natürlich was zu Trinken kaufen.«

Er zeigte auf die Bahnhofshalle hinter sich. »Im Alex gibt es einen großen Wassermarkt.«

Mich wunderte, dass ich nicht selbst auf die Idee gekommen war, so einfach und gleichzeitig genial, wie sie war. Natürlich. Ma war vollkommen wasserfixiert, da war es nur logisch, wenn ich welches zu ihrem Geburtstag mitbrachte.

Ich nickte erleichtert. »Das ist eine gute Idee.«

Wir überquerten den Platz, und mir fielen zum ersten Mal leicht gekleidete Frauen auf, die wie bestellt und nicht abgeholt auf und ab gingen. Sie trugen grelle Farben und hohe Schuhe. Gleichzeitig sah man Typen mit Wasserflaschen in unterschiedlichen Größen ebenfalls auffällig unauffällig umhergehen.

»Was haben die denn vor?«, fragte ich Kip, der mir einen belustigten Blick schenkte.

»Das ist der Straßenstrich«, erklärte er.

»Bitte was?«

Er drehte sich zu mir um. »Ich will dein unschuldiges Weltbild nicht zerstören.«

»Haha.«

»Diese Frauen verkaufen ihre Körper. Sie bieten Sex für Geld an. Aber ihre Branche ist sehr hart geworden, seitdem so gut wie niemand mehr Geld für Sex übrig hat. Beziehungsweise die, die es haben, suchen nicht auf dem Straßenstrich nach Gesellschaft.«

Ich biss mir auf die Lippe. Schon die Vorstellung, so etwas tun zu müssen, jagte mir einen kalten Schauer den Rücken hinunter.

»Und warum lungern die Typen hier rum?«

»Sie hoffen, dass eines der Mädchen so großen Durst bekommt, dass es ihnen für ein paar Schluck Wasser gefällig ist.«

»Das ist ja ekelhaft.«

Kip nickte. »Das ist es allerdings. Vor allem, weil sie eigentlich kein Wasser annehmen dürfen. Ihre Zuhälter, die Bosse der Mädchen, verbieten es. Sie müssen Geld verdienen, dass sie dann an die Zuhälter abdrücken können. Das Wasser ist schließlich weg, wenn sie es einmal getrunken haben.«

Ich war fassungslos. »Schrecklich! Wieso tun sie das?«

Kip seufzte. »Weil sie nicht anders können. Die Zuhälter holen die hübschen Mädchen bei Nacht und Nebel aus den Flüchtlingslagern und schicken sie auf den Strich. Es bleibt ihnen nichts anderes übrig, als zu gehorchen. Für viele der Mädchen ist das sogar besser als das Leben im Lager.«

»Wenn das besser ist, dann will ich mir nicht ausmalen, wie die Lager aussehen.«

Wir betraten einen großen Laden, der beinahe genauso voll war wie die Bahn vorhin. Auf unzähligen Regalen stapelten sich Wasserflaschen in unterschiedlichen Größen.

»Wir müssen nach dort hinten«, raunte mir Kip ins Ohr und zeigte auf das Regal, vor dem noch die wenigsten Menschen standen. »Trinkwasser«, stand darüber, und ich bemerkte, dass über den anderen Regalen Schilder mit den Aufschriften ›Gesäubert‹, ›Mineralwasser‹, ›Getestet‹, ›Nicht getestet‹, ›Nicht zum Trinken geeignet‹ und ›bedingt zum Trinken geeignet‹ angebracht waren. Vor dem Regal mit ›bedingt zum Trinken geeignetem‹ Wasser standen mit Abstand die meisten Menschen.

»Was bedeutet denn ›bedingt zum Trinken geeignet?‹, fragte ich, und Kip lachte. »Na, genau das. Die Flaschen kommen aus dem Ausland und werden nicht getestet. Es kann sein, dass du tadelloses Trinkwasser erwischst, oder solches, das so gechlort ist, dass du es kaum runterbekommst oder, noch schlimmer, Wasser, das derart mit Bakterien verseucht ist, dass du eine Woche Durchfall davon hast.«

Ich betrachtete die Menschen, die prüfend einzelne Flaschen aus dem Regal nahmen und betrachteten, als könnten sie durch schieres Schauen beurteilen, ob das Wasser im Innern der Flasche gut war oder nicht. Die meisten von ihnen waren schäbig gekleidet und sahen müde aus.

»Lass mich raten. ›Bedingt zum Trinken geeignet‹ bedeutet bezahlbar.«

»Bedingt bezahlbar«, brummte Kip, und ich konnte sehen, wie sich seine Mundwinkel verhärteten.

Als wir uns endlich bis zu dem Regal mit Trinkwasser vorgearbeitet hatten, fiel mir beinahe die Kinnlade runter.

»Fünfzehn Euro der Liter?«, fragte ich entsetzt, während mir klar wurde, dass ich von Mas hart ersparten zweihundert Euro gerade einmal dreizehn Liter Wasser kaufen könnte. Eigentlich war ich mit dem festen Plan in den Laden gekommen, den Frauen auf dem Alexanderplatz Wasser mitzubringen, doch das konnte ich nun vergessen. Jetzt wusste ich, warum Kips Miene so voll Bitterkeit war. Die ganze Situation wirkte vollkommen aussichtslos. Jede Hilfe war nur ein Tropfen auf einen sehr, sehr heißen Stein. Und auch meine Hoffnung verdampfte angesichts der Wasserpreise in Rekordzeit.

Da ich mich nicht länger als nötig in diesem Laden aufhalten wollte, entschied ich mich kurzerhand für eine Trinkwasserflasche mit schönem Etikett. Die kostete zwar satte fünf Euro mehr, aber dafür konnte Ma sie immer wieder auffüllen und Freude daran haben. Als mich der unfreundliche Mann an der Kasse fragte, ob er die Flasche als Geschenk einpacken solle, bejahte ich einigermaßen verdutzt. Irgendwann standen wir endlich vor der gläsernen Eingangstür, die in das Hochhaus führte. Ich bemerkte sofort, dass jemand die obere Scheibe der Tür eingeschlagen hatte, auf Höhe der Türklinke klaffte ein faustgroßes Loch. Vandalismus hatte ich in Berlin mittlerweile so oft gesehen, dass es mich nicht mehr wunderte.

»Soll ich nicht doch mit reinkommen?«, fragte Kip mit Blick auf das Loch, aber ich winkte ab.

»Ach, da hat sicher jemand nachts einen Stein geworfen oder so was.«

»Ich kann dich wenigstens bis zur Wohnungstür bringen.«

Ich schmunzelte. »Deine Höflichkeit in allen Ehren, aber du müsstest doch mittlerweile wissen, dass ich sehr gut auf mich selbst aufpassen kann. Außerdem gibt es nichts, um das du dir Sorgen machen musst. Ich steige da hinten in den Aufzug, fahre hoch und steige wieder aus.«

»Na gut.« Kip nickte. »Dann warte ich hier, bis du in den Aufzug gestiegen bist.«

»Wenn es dir Freude macht.«

»Das tut es. Und es bleibt dabei: Du rufst mich an, wenn du los möchtest, ich setze mich in ein Taxi und hole dich ab.« So hatten wir es ausgemacht. Kip und ich würden zusammen zu Professor Bornkamp fahren. Schließlich hatte er genauso ein Recht auf Antworten, so wie ich. Wenn ich könnte, würde ich sogar Tom mitnehmen, doch Kip und ich waren uns einig, dass Bornkamp wohl nicht begeistert wäre, wenn wir alle drei bei ihm aufschlugen. Er hatte auf uns recht reizbar gewirkt.

»So machen wir es«, bestätigte ich, stellte mich auf die Zehenspitzen und küsste ihn auf die Wange. Sie war erstaunlich stachelig.

»Du pikst«, sagte ich, und er rieb sich mit der flachen Hand durchs Gesicht.

»Tatsächlich. Wenn du möchtest, rasiere ich mich gleich.«

Etwas an seinem Blick machte mich nervös und ich schüttelte schnell den Kopf. »Nein, alles gut. Ich bin gespannt, wie du mit Bart aussiehst.«

»So weit wird es nicht kommen«, bemerkte Kip mit ernster Miene, und ich lachte. Es fiel mir schwerer, als ich gedacht hätte, ihn hier unten zurückzulassen. Die letzten Tage hatten wir Seite an Seite verbracht. Kip war mein Fixstern in dieser Stadt.

Bevor ich es mir noch einmal anders überlegte, schloss ich die Tür auf und schlüpfte mit einem fröhlichen »Bis später!« hindurch.

»Gratulier deiner Mutter von mir!«, rief mir Kip noch hinterher, und ich nickte.

Der Aufzug stand zum Glück schon bereit. Der Gedanke, ihn erst rufen und mit Kips Blick im Nacken die ganze Zeit im Eingangsbereich warten zu müssen, hatte mir gar nicht behagt. Als sich die Metalltüren schlossen, gönnte ich mir noch einen kurzen Blick zurück und sah gerade noch Kips Rücken und die dunkle Kurzhaar-Perücke. Er hatte sich bereits zum Gehen gewandt.

Der Aufzug roch merkwürdig. Nach einem teuren Herrenduft, ähnlich dem, den Professor Nieves immer getragen hatte. Ich wunderte mich, weil mir der Geruch seltsam fehl am Platz vorkam in dieser Umgebung.

Ruckelnd und quietschend fuhr ich meinem Ziel entgegen und versuchte, nicht allzu nervös zu sein. Immerhin erwarteten mich in der Wohnung nur Menschen, die sich über mein Kommen freuten. Das war doch etwas Schönes.

Vor der Wohnungstür atmete ich noch einmal tief durch, bevor ich den Schlüssel ins Schloss steckte. Ein paar Tage zuvor hatte ich diese Tür hinter mir zugeknallt mit dem festen Vorsatz, nie wieder zurückzukehren. Doch ich war froh, dass ich diesen Vorsatz gerade über den Haufen warf – Tom litt unter dem Zerwürfnis, auch wenn er taktvoll genug war, es nicht zu sagen.

Das Erste, was mir auffiel, war die Stille. Ich hatte mit Geräuschen aus der Küche gerechnet, mit leisen Stimmen, vielleicht einem laufenden Radio. Auch hätte ich gedacht, dass Ma auf mich zustürmte, sobald ich die Tür öffnete, doch nichts dergleichen geschah.

»Hallo, ich bins!«, rief ich und stellte die Wasserflasche auf der kleinen Anrichte im Flur ab. War ich etwa zu früh dran? Immerhin war es draußen schon dunkel.

»Jemand zu Hause?«

Ich betrat die Küche und runzelte die Stirn. Auf dem Herd stand ein Topf, daneben eine Pfanne. In der Pfanne lagen klein geschnittene Gemüsewürfel, die zwar angebraten aussahen, aber vollkommen kalt waren. Im Topf befand sich ebenfalls kalter Reis, komplett aufgequollen. Mein Blick fiel auf zwei Schneidebretter, die nebeneinander auf der Arbeitsplatte lagen und so aussahen, als seien sie gerade in Benutzung. Auf einem lag eine halbe Zwiebel, geschält, aber noch nicht geschnitten, auf dem anderen eine Tafel Schokolade, zur Hälfte klein gehackt. Offensichtlich waren die Vorbereitungen für das Abendessen abrupt unterbrochen worden. Doch wo steckten alle? Ein ungutes Gefühl kroch meine Wirbelsäule hoch und meine Nackenhaare stellten sich auf. Ich ging zurück in den Flur und schloss die Wohnungstür doppelt ab, bevor ich mein Messer hervorzog und langsam ins Wohnzimmer ging.

Es lässt sich schwer sagen, warum, doch das zurückgelassene Essen in der Küche machte mich unheimlich nervös. Irgendetwas stimmte hier nicht. Wieso sollte Ma an ihrem Geburtstag alles stehen und liegen lassen, obwohl sie ein großes Essen vorbereitet? Natürlich war es auch möglich, dass Clemens heute bis spät arbeitete und Ma noch ein paar Zutaten einkaufen wollte, die sie vergessen hatte.

Doch das glaubte ich nicht. Erstens, weil Ma niemand war,

der vergaß, etwas Wichtiges einzukaufen, und zweitens, weil die Sachen sicherlich schon seit ein paar Stunden auf dem Herd standen. Ma hätte sich bestimmt die Zeit genommen, den Reis fertig zu kochen und abzugießen, bevor sie die Wohnung verließ. Außerdem deutete das zweite Brett darauf hin, dass Clemens bereits zu Hause gewesen war. Und wo steckte überhaupt Tom? Er trödelte doch nicht auf dem Heimweg, wenn seine Mutter Geburtstag hatte. Mein Bruder war keiner, der einfach so zu spät kam. Schon gar nicht an so einem wichtigen Tag.

Mit klopfendem Herzen stieß ich die Tür zum Wohnzimmer auf. Es war leer und lag im Dunkeln. Ich knipste das Licht an und vergewisserte mich, dass ich allein war. Dann sah ich mich genauer um.

Auf den ersten Blick wirkte alles ganz normal auf mich. Abgegriffen, aufgeräumt, ein wenig aus der Zeit gefallen. Doch nur auf den ersten Blick. Einer der Stühle am Esstisch war umgekippt und lag am Boden, die kleine bunte Tischdecke war ein Stück verrutscht. Es sah so aus, als wäre jemand zu schnell vom Tisch aufgestanden. Ich bückte mich und sah zu meinem großen Erstaunen Clemens linken Hausschuh neben dem Tischbein liegen. Der andere war nirgendwo zu sehen.

Aus dieser Perspektive erspähte ich auch etwas, das mich endgültig davon überzeugte, dass etwas vorgefallen war: Neben dem Türrahmen lag Mas Asthmaspray. Ohne diese kleine Ampulle könnte jeder schwere Hustenanfall ihr letzter sein. Sie hütete es wie ihren Augapfel und hätte niemals das Haus ohne Spray verlassen.

Ich bückte mich, griff nach dem Spray und steckte es in meine Hosentasche, in der ich noch immer Kips Schlüssel fühlte. Ich hatte gar nicht mehr daran gedacht, dass er da war. Einen Augenblick lang stand ich wie gelähmt herum. Die Angst, meiner Familie könnte etwas Schlimmes zugestoßen sein, schnürte mir die Luft ab und raubte meine Konzentration. Es fiel mir schwer, meine Gedanken zu ordnen. Besonders, weil die Wohnung auf den ersten Blick so normal wirkte. Nichts deutete auf einen Kampf oder Ähnliches hin, dabei war ich mir sicher, dass Clemens sich und vor allem Ma verteidigt hätte. Tom ebenfalls. Und Clemens war ein beeindruckend großer Mann. Allerdings gab es auch Situationen, in denen jeder Versuch, sich zu wehren, zwecklos war. Die Erinnerung an die beiden Männer, die vor der Stabi versucht hatten, mich zu entführen, jagte mir einen Schauer über den Rücken. Ich wollte mir nicht vorstellen, wie einer von ihnen der sanftmütigen Ma die Pistole gegen die Schläfe drückte. Mein Herz raste, und ich musste für einen Moment die Augen schließen und tief durchatmen, um den Kopf nicht zu verlieren.

Mit zittrigen Fingern kramte ich schließlich mein Handy aus der Tasche und wählte hintereinander erst Toms, Mas und Kips Nummer. Bei allen dreien sprang sofort die Mailbox an. Dann wählte ich zu guter Letzt Clemens Nummer und hörte es im hinteren Teil der Wohnung klingeln. Wo immer er auch war, Clemens hatte sein Telefon gar nicht dabei.

Panik griff nach mir und die Ränder des Wohnzimmers verschwammen vor meinen Augen.

»Los, Baker!«, schrie eine vertraute Stimme direkt in mein Ohr. »Du kannst noch mehr, aber du strengst dich nicht an. Ich will was sehen!«

Professor Nieves stand mit in die Hüften gestemmten Fäusten mitten in der Turnhalle und blickte zu mir hoch. Ich hatte bereits drei Viertel des dicken Seils erklommen, doch an diesem Tag war ich nicht gut in Form. Beim Morgentraining hatte ich aufgrund einer Unachtsamkeit einen Schnitt in der Handfläche kassiert, der beim Klettern höllisch brannte.

»Ich habe eine Handverletzung!«, rief ich zurück und lenkte den Blick wieder nach oben.

»Im Einsatz ist so ein Kratzer auch keine Ausrede. Los, konzentrier dich gefälligst, Baker!«

Genau. Konzentrier dich! Ich schüttelte den Kopf und versuchte, wieder klar zu denken. Gerade in diesem Augenblick konnte ich es mir nicht leisten, abzudriften. So fest ich konnte, zwickte ich mir in den linken Arm. Der Schmerz half, mich zu fokussieren. Die Turnhalle verschwand und stattdessen rückte Clemens abgewetzter Lesesessel wieder in mein Blickfeld.

Die Sache wuchs mir allmählich über den Kopf. Doktor Akalin war verschwunden, Kip verwundet, und nun war auch noch meine Familie verschwunden. Und – bei diesem Gedanken drohte die Panik, vollends von mir Besitz zu ergreifen – Kip ging nicht an sein Telefon. Was, wenn auch er verschwunden war? Ich hätte ihn nicht allein lassen dürfen.

Er hatte sich so sehr um mich und mein Wohlergehen gesorgt, dass keinem von uns beiden in den Sinn gekommen war, dass er ebenfalls in Gefahr schweben könnte. Wir hatten uns in unserer Verkleidung zu sicher gefühlt. Ich begann, rastlos in der Wohnung auf und ab zu gehen, um meine Gedanken wieder in Ordnung zu bringen. Währenddessen drückte ich wieder und wieder auf die Wahlwiederholung, weil ein Teil von mir noch immer hoffte, dass Kip einfach nur gerade schlechten Empfang hatte. Doch auch beim zehnten und zwanzigsten Mal ging er nicht ans Telefon. Mittlerweile war ich so nervös, dass mein ganzer Körper kribbelte. Am liebsten wäre ich einfach aus der Haut gefahren, es war, als wäre sie mir viel zu eng.

Was sollte ich jetzt tun? Ich durfte zwar meine Zeit nicht vertrödeln, doch genauso wenig durfte ich jetzt noch einen Fehler machen.

Bisher hatte ich noch jeden, dem ich in Berlin begegnet war, in Gefahr gebracht. Es brachte Unglück, sich mit mir abzugeben. Konnte ich Professor Bornkamp wirklich ebenfalls derart in Gefahr bringen? Musste ich mich nicht eher von ihm fernhalten?

Ich könnte schließlich einfach darauf warten, dass sie mich fanden und mich diesmal mitnehmen lassen, dann wären wir einfach wieder zusammen.

Doch alles in mir sträubte sich gegen diese Alternative. Wenn ich mich ergab, dann hatten sie gewonnen, wer auch immer sie waren. Und ich hatte von klein auf gelernt, mich nicht kampflos geschlagen zu geben.

Doch ich konnte nicht bekämpfen, was ich nicht kannte. Ohne das Wissen von Professor Bornkamp kam ich nicht weiter. Außerdem hing er irgendwie in der Sache mit drin, also musste er damit rechnen, in Gefahr zu geraten. Immerhin hatte er mich aufgeweckt und geplant, mich mit zu sich nach Hause zu nehmen. Er schien also bereit zu sein, die Risiken in Kauf zu nehmen, die es mit sich brachte, mich in seinem Haus zu haben.

Konzentriert schritt ich noch einmal alle Räume der Wohnung ab, in der Hoffnung, noch irgend ein nützliches Detail oder einen Hinweis zu finden, der mir verraten könnte, was geschehen war, doch ich fand nichts.

Es kam mir merkwürdig vor, dass ich keinen Brief, keine Notiz fand. Wenn man meine Familie entführt hatte, um mir zu schaden oder etwas von mir zu erpressen, dann musste man sich doch irgendwie bemerkbar machen. Es war offensichtlich, dass jemand ein Spiel mit mir spielte, das ich noch nicht durchschaute. Ich ärgerte mich über mich selbst, dass ich einfach nicht kapierte, was das alles zu bedeuten hatte.

Wenn Kip nicht ans Telefon ging, dann musste ich eben alleine zu Bornkamp fahren. Da ich aber nicht hoffen konnte, dass mein restliches Bargeld für ein Taxi ausreichen würde, musste ich die Bahn zum alten Professor nehmen, doch ich hatte keine Ahnung, wo die Straße lag, die auf der weißen Visitenkarte stand.

Obwohl ich keinen weiteren Augenblick verschwenden wollte, ging ich in Toms Zimmer. Sein Tablet lag auf der Bettdecke, und es dauerte nicht lange, bis ich Bornkamps Adresse gefunden und mir auf der Seite der Berliner Verkehrsbetriebe eine Route herausgesucht hatte. Ich hatte einen langen Weg vor mir und durfte keine Zeit mehr verlieren. Mit wild klopfendem Herzen zog ich die Wohnungstür hinter mir zu.

4

»Hast du sie?«

»Ja.«

»Probleme?«

»Nicht übermäßig. Ich war vorbereitet, es lief alles glatt. Ich habe sogar noch einen Bonus mitgebracht.«

»Was denn für einen Bonus?«

»De los Santos.«

»Ist dir jemals der Gedanke gekommen, du könntest ein böser Mensch sein?«

»Verarschen kann ich mich allein. Wie läuft's bei dir?«

»Ich habe es erledigt.«

»Gut. Bist du noch da?«

»Natürlich.«

»Ich fahre ins Zentrum und bereite alles vor. Insgesamt brauche ich bestimmt drei Stunden, das dürfte ja passen.«

»Ich denke auch.«

»Gut. Wir sehen uns dann dort.«

»Okay.«

»Und Cleo?«

»Ja?«

»Letzte Nacht war der Hammer.«

3

Satte zwei Stunden später rannte ich in die Straße, in der das Haus des Professors lag. Es war eine der Wohnstraßen im Süden, in denen einzelne Häuser standen. Wenn man es genau nahm, hätte ich überhaupt nicht erst zum Alexanderplatz fahren müssen; der Professor wohnte gar nicht weit von der Universität entfernt. Dieser ›Umweg‹ hatte mich kostbare Zeit gekostet und meine Situation nur schlimmer und nicht besser gemacht. Wenn ich nicht darauf bestanden hätte, zu Mas Geburtstag zu fahren, dann wären wenigstens Kip und ich noch zusammen, und zu all meinen Sorgen und Ängsten hätte sich nicht auch noch die Angst um ihn dazugesellt. Akalin, Kip, Ma, Clemens und Tom – sie alle waren völlig unschuldig in diese Sache hineingeraten. Nun, meine Eltern vielleicht nicht ganz so unschuldig.

Das Haus, in dem der Professor wohnte, war klein und unscheinbar, aber gepflegt. Ähnlich wie der Mediziner selbst war es für seine Höhe ein bisschen zu breit, mit einem ausladenden Erdgeschoss und einem niedrigen Dach, in dem zwei Fenster wie Augen auf die dunkle Straße schauten. Ich nahm mir einen Moment Zeit, um zu Atem zu kommen, und stützte mich mit den Handflächen auf die Knie. Das Rennen hatte zwar die schreienden Ängste in meinem Kopf ein wenig im Zaum gehalten, doch es hatte mir auch sämtlichen Atem geraubt. Leicht verärgert stellte ich fest, dass ich die Flasche Wasser, die ich gekauft hatte, kopflos in der Wohnung hatte stehen lassen. Dort nützte sie keinem etwas und ich hatte höllischen Durst. Doch vielleicht konnte mir Bornkamp ja etwas zu trinken anbieten.

In einem der oberen Fenster brannte Licht, der Rest des Hauses lag im Dunkeln. Wie versprochen schien der Mediziner zu Hause zu sein. Meine Augen fanden eine kleine Klingel neben dem eisernen Gartentürchen, hinter dem früher sicher hübsche Blumen geblüht und zusammen mit einem Rasen das Haus geziert hatten. Jetzt war der gesamte Bereich vor der Haustür mit Kies aufgeschüttet, was mir immerhin besser gefiel als platt gewalzte Erde. Mit klopfendem Herzen drückte ich auf die Klingel. Das schrille Geräusch drang bis zu mir auf die Straße und ließ mich zusammenzucken, da ich nicht damit gerechnet hatte, dass es so laut war. Ich hob den Kopf, da ich sehen wollte, ob Bornkamp vielleicht von seinem Schreibtisch aufstand, doch nichts geschah. Auch wurde kein Licht im Flur angemacht, das Haus wirkte insgesamt völlig unverändert. Ich wartete noch eine Weile reglos vor der Gartentür, doch auch nach einer ganzen Minute rührte sich nichts. Merkwürdig. Mit einem Mal wirkte auch das nette kleine Wohnhaus nicht mehr einladend, sondern bedrohlich auf mich.

Ich wollte erneut klingeln, doch die Unruhe, die mir schon wieder in die Glieder kroch, hielt mich zurück. Sie hatte die gesamte Fahrt durch die Stadt bis hierher nur leicht vor sich hin gedöst, nun erwachte sie mit voller Macht. In den letzten

Tagen hatte ich mit schmerzhafter Deutlichkeit gelernt, dass es besser war, auf sie zu hören. Meine Unruhe war so etwas wie ein Instinkt, der ansprang, wenn Gefahr in der Luft lag.

Ich blickte mich kurz um, doch die schmale Wohnstraße lag völlig im Dunkeln. Die meisten Häuser hatten ihre Eingänge auf der anderen Seite, mit Blick zur großen Straße. Der Lärm und das Licht, die nur wenige Meter von mir entfernt pulsierten, erreichten mich hier nicht mehr. So konnte mich immerhin auch keiner beobachten. Mit einem Satz sprang ich über den niedrigen Zaun und biss die Zähne zusammen, weil ich so geräuschvoll am Boden aufkam. Jeder Schritt, den ich machte, kam mir unglaublich laut vor, doch es nützte nichts. Jetzt gefiel mir der Kies nicht mehr so gut.

Zuerst testete ich die Eingangstür, aber sie war verschlossen. Alles andere hätte mich auch gewundert. Also umrundete ich das Haus und gelangte auf der Rückseite zu einer vernachlässigten Terrasse, von der aus große Glastüren ins Haus führten. Ich sah es sofort. Tatsächlich war bei einer der Türen das Glas eingeschlagen worden, wie vorher am Alexanderplatz. Mein Instinkt hatte mich nicht getrogen – ich kam schon wieder zu spät. Irgendwer hatte sich bereits vor mir Zutritt zum Haus des Professors verschafft. Ob sie trotzdem noch hier waren, irgendwo in einem dieser Räume? Oder ob ich, genau wie in der Wohnung meiner Eltern, nur Leere vorfinden würde?

Ich zog mein Messer hervor, griff mit der linken Hand durch das Loch in der Scheibe und drückte die Türklinke nach unten.

Im Wohnzimmer roch es erstaunlich gut nach Essen und unwillkürlich begann mein Magen zu knurren. Meine letzte Mahlzeit schien eine Ewigkeit zurückzuliegen. Das Grummeln in meinem Bauch wirkte in dieser ruhigen, beinahe totenstillen Umgebung merkwürdig fehl am Platz.

Schritt für Schritt tastete ich mich langsam vorwärts. Ich machte kein Licht, weshalb ich aufpassen musste, wo ich hintrat, um nicht gegen ein Möbelstück zu laufen oder etwas umzustoßen. Zum Glück half mir der Mond, der schwach durch die großen Glastüren schien, mich zurechtzufinden. Ich hatte ihn schon immer gemocht. So ruhig und alt und wunderbar.

Im Flur wurde es jedoch schon deutlich schwerer, meinen Weg zu finden. Erst als ich mich bis zur Treppe vorgetastet hatte, half mir das Licht, das aus einem der Zimmer drang, beim Aufstieg. Zwar war die Treppe mit Teppich beschlagen, doch das alte Holz quietschte bedrohlich unter meinen Füßen. Jedes Geräusch kam mir in dieser Stille so laut vor wie ein Donnerschlag. Eigentlich musste ich mir nichts vormachen: Mein Klingeln hatte sicher schon ausgereicht, um jeden, der sich im Inneren dieses Hauses befand, auf mein Kommen vorzubereiten. Und dennoch zog ich es instinktiv vor, keine Geräusche zu verursachen. Vielleicht lag das aber auch einfach nur an meiner Ausbildung.

Das Licht schien aus einer leicht geöffneten Tür, die direkt neben der Treppe lag. Es warf ein scharf gezeichnetes, gelbes Dreieck auf den Teppichboden im Flur. Die Form erinnerte an eine Messerklinge. Mein Herz klopfte laut, und mein Atem ging schwer – ich hatte das Gefühl, kaum Luft zu bekommen. Hier war, genau wie in der Wohnung am Alexanderplatz, etwas Schlimmes vorgefallen; daran bestand für mich in diesem Augenblick überhaupt kein Zweifel mehr.

Hau ab! Mach, das du wegkommst!, rief die vernünftige Stimme in meinem Kopf, doch ich konnte jetzt nicht auf sie hören. Es war viel zu spät, um wegzulaufen. Das hier war meine Geschichte, und ich würde sie zu Ende erzählen, ganz gleich, wie das Ende aussah.

»Rückzug ist keine Option!«, brüllte Dr. Jen und knallte die Handfläche auf das große Pult, um ihren Standpunkt zu unterstreichen.

»Ihr wurdet nicht ausgebildet, um wegzulaufen, verstanden? Mother wird auf keinen Fall zurückgelassen. Ihr müsst sie mit eurem Leben verteidigen, nichts ist wichtiger als das.«

Betretenes, aber zustimmendes Gemurmel legte sich über den Klassenraum. Katy, die die Frage nach dem Rückzug gestellt hatte, sah aus, als hätte Dr. Jen sie beschuldigt, ihre Katze überfahren zu haben. Nicht dass Dr. Jen ein Haustier zuzutrauen war.

Die Ausbilderin ging mit ihren langsamen, gefährlichen Schritten auf Katy zu, wie ein Tiger, der sich an seine Beute anschleicht. Alle im Raum wussten, was jetzt kommen würde, und niemand rührte sich. Als sie bei Katy angekommen war, verpasste sie ihr eine schallende Ohrfeige. Dabei blieb ihre Miene unverändert. Kalt und berechnend.

»Wenn du glaubst, dass du den Anforderungen dieser Akademie nicht gewachsen bist, dann kannst du gern gehen.«

Katy schüttelte heftig den Kopf, und es war deutlich zu sehen, dass sie mit den Tränen kämpfte. Ich musste den Impuls unterdrücken, ihr beizuspringen. Meine rechte Wange hatte zu deutliche Erinnerungen daran, wie hart Dr. Jens Schläge ausfallen konnten. Sie trug einen schweren Ring an der rechten Hand.

Nein, nein, nein. Nicht jetzt! Ich kniff die Augen zusammen und zwickte mich wie schon zuvor fest in den Handrücken, um den Flashback loszuwerden. Es gab wohl kaum einen ungünstigeren Moment für einen Ausflug in die Vergangenheit. Ich konnte mir das jetzt einfach nicht erlauben. Jetzt war der Moment, zu funktionieren. Diesmal dauerte es eine gefühlte Ewigkeit, bis der Klassenraum verschwand. Ich durfte keine Zeit mehr verlieren. Nach einem tiefen Atemzug drückte ich die Tür auf.

Ich wusste sofort, dass er tot war. Die Abwesenheit von Leben kann sehr präsent sein, vor allem, wenn die Tür zum Tod gerade erst geschlossen wurde. Wie ein Geräusch, das nachhallt, oder die Wärme, die nach dem Aufstehen noch eine Weile zwischen den Bettlaken bleibt. Der Geruch von Blut hing in der Luft – süß, schwer und metallisch.

Der Tod war nicht leise gekommen, sondern laut und wütend; hier hatte ganz offensichtlich ein Kampf stattgefunden. Professor Bornkamp lag bäuchlings neben seinem Schreibtisch, die Unterlagen rings um ihn herum verstreut. Er erinnerte mich an einen verletzten, gestrandeten Wal. Gebrochen und kaputt. Nun wusste ich, dass sich Totenstille sehr wohl von der Stille unterschied, die von bloßer Abwesenheit hervorgerufen wurde. Es war Stille, wo eigentlich keine sein sollte. Beim Anblick seines Körpers wurde mir schmerzhaft bewusst, dass ich atmete, dass mein Herz schlug. Das Herz des Professors hatte vor Kurzem das Schlagen eingestellt. Zu früh und zu plötzlich. So was dürfte eigentlich gar nicht möglich sein. Wer sollte denn nun die Medizin in die Zukunft führen? Wer die Studenten lehren, Visionen zu haben und die richtigen Fragen zu stellen? Und wer sollte mir die Wahrheit sagen, nach der ich schon so lange suchte?

Vorsichtig machte ich ein paar Schritte auf ihn zu, wobei ich darauf achtete, nicht in die Blutlache zu treten, die sich von seinem Körper ausgehend immer weiter ausgebreitet hatte. Dabei hob ich die Unterlagen auf, die ich zu fassen bekam, faltete sie zusammen und schob sie in die Taschen meiner Jeans.

Nun sah ich auch das winzige Loch im dunklen Jackett von Bornkamp, dort, wo die Kugel in seinen Körper eingedrungen war. Jemand hatte ihn erschossen. Der Schock ebbte allmählich ab, dafür machte sich Verzweiflung in mir breit. Gab es überhaupt noch Hoffnung für mich, wenn er tot war? Wie sollte ich weitermachen ohne ihn? Nun hatte ich niemanden mehr. Alle, die mir geholfen hatten, waren fort. Und ich wusste nicht, wie ich überhaupt nach Kip und meiner Familie suchen sollte, ohne die Hilfe von Professor Bornkamp. Warum nur kam ich immer zu spät? Dieses Mal hatte ich mich doch wirklich beeilt.

Mit jeder Sekunde, die ich ihn ansah, schmerzte mein Herz stärker und stärker.

Denn ich wusste genau, dass ich der Grund war, warum er sterben musste. Es war meine Schuld.

Mein Instinkt sagte mir, dass ich hier so schnell wie möglich wegmusste. Die Stimme in meinem Kopf brüllte gegen mein pochendes Herz an, von hier zu verschwinden. Das Blut war zu frisch, das Echo des Schusses hing noch in den Wänden, und doch konnte ich mich nicht rühren. Auch hätte ich nicht gewusst, wo ich überhaupt hingehen sollte. Ich war in einer Sackgasse angelangt und ich wusste es. Der Professor war gestorben, weil ich ihn aufgesucht hatte, dessen war ich mir ganz sicher. Da war es das Mindeste, dass ich ihn jetzt nicht allein ließ.

Rückzug ist keine Option.

Nein, ich konnte ihn nicht einfach so dort liegen lassen. Allein in dem Chaos, das ich verursacht hatte.

Tränen liefen mir die Wangen hinab, als ich mich neben ihn hockte, um meine Hand auf seinen Rücken zu legen. Es war albern, natürlich, aber ich wollte ihm noch eine freundliche Geste mit auf den Weg geben, wollte nicht, dass Gewalt das Einzige war, was ihn hinausbegleitete.

Doch in dem Augenblick, in dem meine Fingerspitzen zitternd sein Hemd berührten, wusste ich, dass ich schon wieder einen schrecklichen Fehler gemacht hatte.

Hinter mir ertönte das vertraute Klicken einer Waffe, die entsichert wird.

Ich war nicht mehr allein.

Meine gesamte Aufmerksamkeit war so auf den toten Professor gerichtet gewesen, dass ich nicht mehr auf meine Umgebung geachtet hatte. Ich hätte nachsehen müssen, ob in den anderen Zimmern jemand war, hätte die Ohren spitzen und mich besser umsehen müssen. Stattdessen hatte ich mich wie ein blutiger Anfänger verhalten. Nun, streng genommen war ich das auch. Ich hatte noch nie zuvor einen toten Menschen gesehen.

»Messer fallen lassen, Hände über den Kopf und nicht umdrehen!«

Ich musste für einen Moment die Augen schließen, weil es so wehtat, ihre Stimme zu hören. Die Stimme, die ich so genau kannte, weil sie viele Jahre lang meinen Alltag bestimmt und meinen Tagen Struktur gegeben hatte. Deren Anwesenheit ich nie infrage gestellt hatte. Hinter mir stand Dr. Jen und zielte mit einer Waffe auf mich.

Die Frau, die mich ausgebildet hatte, der ich vertraut und die ich gefürchtet hatte. Die Frau, die Jonah Madame Eisenschenkel nannte und die mich manchmal sogar gelobt oder getröstet hatte, wenn etwas schiefgegangen war. Kurz: die Person in meinem Leben, die einer Mutter am nächsten kam.

Niemals hätte ich gedacht, dass sie imstande wäre, einen Menschen einfach so kaltblütig zu erschießen. Sicher, sie hatte uns beigebracht, uns im Notfall zu verteidigen. Doch das hier war keine Notwehr, keine Verteidigung gewesen, sondern eine Hinrichtung.

»Hallo, Dr. Jen«, sagte ich leise, ließ mein Messer fallen und hob die Hände über den Kopf. Dabei versuchte ich, mir meine Angst nicht anmerken zu lassen, doch meine Finger zitterten, genauso wie mein Atem.

Sie antwortete nicht. Ich hörte, wie ihre vom Teppich gedämpften Schritte auf mich zukamen, dann spürte ich einen Stich im Hals, gefolgt von dem vertrauten Brennen, das sich durch meine Adern im ganzen Körper ausbreitete.

2

Zuerst dachte ich, es wäre nur ein weiterer von meinen Flashbacks. Um mich herum herrschte ein stetiges Piepen und Stampfen, ein schwerer, beinahe öliger Geruch hing in der Luft.

Doch im Gegensatz zum letzten Mal konnte ich meine Arme und Beine bewegen. Und im Gegensatz zum letzten Mal konnte ich diesmal nicht darauf hoffen, dass Professor Bornkamp auftauchte, um mich zu holen. Denn der war tot. Erschossen von Dr. Jen, die mich betäubt und hierher verschleppt hatte. So ließ sich meine derzeitige Situation kurz und knapp zusammenfassen.

Die Wahrheit war viel grausamer als jeder Flashback: Ich war einfach wieder zurück. Befand mich wieder am Anfang, dort, wo mein ganzes Leben aus den Angeln gehoben worden war. Und schon wieder hatte ich das Gefühl, sinnlos im Kreis gelaufen zu sein. Nur hatte ich dabei eine Schneise der Verwüstung durch das Leben anderer Menschen gezogen.

Die Nachwirkungen des Narkotikums waren noch deutlich zu spüren, mir war schrecklich schwindelig und übel. Es fiel mir schwer, mich zu konzentrieren, gleichzeitig litt ich unter einem nagenden Hunger.

Ich streckte vorsichtig meine Glieder, um zu testen, ob sie funktionierten. Dann öffnete ich langsam die Augen.

Von der Betäubung noch etwas benebelt, dauerte es eine Weile, bis ich begriff, was ich sah.

Diesmal war das Licht an. Große Leuchtstoffröhren erhellten die gespenstische Szenerie. Kinder und Jugendliche, die in monströsen, weißen Betten lagen. Von ihren Köpfen führten Kabel über Saugelektroden in Computer, die neben jedem Bett auf einem kleinen weißen Tisch standen, ihre Füße und Hände steckten in Schnallen, die sie mit metallischen Streben verbanden. Und diese Streben waren es auch, die das Stampfen verursachten – sie ließen die leblos wirkenden Körper tanzen. Zuckend, ruckartig und sehr gruselig. Es war einfach falsch, die Bewegungen unnatürlich, die ganze Szenerie so gespenstisch, dass sich mein Schwindel verstärkte. Dabei ließ sich dieser Anblick ganz einfach und logisch erklären: Maschinell unterstützt bewegten sich die Arme und Beine der blassen, schmalen Menschen in ihren Betten, die mich so sehr an mich selbst erinnerten, dass mir die Tränen kamen. Zwölf Jahre lang hatte ich in einem dieser Betten gelegen, war mein Kopf mit einem Computer und meine Hände und Füße mit maschinellen Hände und Füßen verbunden gewesen. Hier, in diesem Raum, hatte ich den Großteil meines Lebens verbracht. Ich war wieder bei den anderen. Sofort wollte ich aufstehen, doch schon der Versuch brachte die ganze Welt dazu, sich zu drehen, und ich musste mich am Bettrahmen festkrallen, um nicht zu Boden zu fallen. Es machte mich zwar wahnsinnig, aber ich konnte jetzt noch nicht aufstehen. Ein paar Minuten würde ich noch sitzen bleiben müssen.

Ich drehte den Kopf, und mein Blick fiel auf die Perücke

und einen Stapel Papiere, die sorgfältig neben meinem Bett auf dem Tischchen lagen. Verwundert runzelte ich die Stirn. Da mir noch zu schwindelig war, um aufzustehen, griff ich nach den Blättern.

Es waren die Papiere, die ich bei Professor Bornkamp im Büro eingesteckt hatte. Auf einigen waren Blutspritzer zu sehen, und ich versuchte, das Bild des toten Mannes mit der randlosen Brille aus meinen Gedanken zu verbannen, doch das war nicht so einfach. Immerhin war er das Erste, was ich gesehen hatte, als ich erwacht war, und das Letzte, was ich gesehen hatte, bevor ich das Bewusstsein wieder verloren hatte. Dieser Mensch, lebendig und tot, hatte sich in meine Netzhaut und mein Herz gebrannt, ich würde ihn niemals wieder loswerden, das wusste ich genau. Beim Gedanken an ihn verschlimmerte sich meine Übelkeit.

Ich versuchte, das ekelhafte Gefühl in meiner Magengegend zu ignorieren und mich auf ein paar zentrale Fragen zu konzentrieren. Doch auch das war nicht so leicht, weil mir jede Frage zentral vorkam und mein Kopf bis zum Rand mit ihnen gefüllt war. Seitdem ich aufgewacht war, hatte mein Leben die Form eines einzigen großen Fragezeichens. Und die Papiere reihten sich nahtlos ein. Warum hatte Dr. Jen sie hier liegen lassen? Sie hatte mir das Messer abgenommen, aber die Papiere waren noch da. Das ergab doch überhaupt keinen Sinn! Und warum hatte sie mich nicht fixiert? Wahrscheinlich hatte sie den Raum einfach abgeschlossen, und die Papiere lagen hier neben mir, weil ich sie ansehen sollte oder es sie zumindest nicht störte, wenn ich es tat. Eine andere Erklärung gab es nicht, Dr. Jen war eigentlich kein Mensch, der diese Art von Fehlern beging.

Ich betrachtete die Blätter und versuchte, mir einen Reim darauf zu machen. Sie waren völlig durcheinander, und es war deutlich, dass einiges fehlte. Kein Wunder, ich hatte sie schließlich in aller Eile und ziemlich kopflos zusammengerafft. Manche der Aufzeichnungen sahen meinen Krankenhausakten nicht unähnlich. Dort waren Werte und Befunde notiert, manches waren nur Protokolle der Herztöne, Hirnleistung und Atmung.

Ein Formular erregte meine Aufmerksamkeit. Der Professor hatte neben einem Befund etwas notiert.

Dort stand maschinell geschrieben:

›De los Santos, Zacarias. Tod durch Aneurysma im Gehirn, wahrscheinlich infolge des letzten Eingriffs. Leichenöffnung zur Klärung veranlassen und Angehörige kontaktieren. De los Santos, Kip Stefano: 01765444789659‹

Daneben hatte der Professor in Druckbuchstaben notiert: ›Das ist das dritte Kind. Ich kann das nicht mehr.‹

Ich ließ das Blatt sinken und fluchte leise. Also war der Professor früher an der ganzen Sache beteiligt gewesen. Beim Gedanken daran, dass er es vielleicht gewesen war, der mir die Narben auf dem Kopf zugefügt hatte, packte mich kaltes Grauen. Noch so ein Gedanke, den ich schnellstmöglich beiseiteschieben musste. Nun war mir klar, warum Dr. Jen die Papiere hatte liegen lassen. Ich sollte begreifen. Was ich in Händen hielt, war nichts anderes als eine Drohung. Ich sollte verstehen, was passierte, wenn man sich gegen die Fundation stellte. Dass sie nicht davor zurückschrecken würden, mich genauso hinzurichten wie Professor Bornkamp. Doch ich war nicht so dumm, das zu glauben. Wenn diese irrwitzige Schnitzeljagd eines bewiesen hatte, dann, dass sie mich lebend brauchten.

»Netter Versuch«, murmelte ich leise.

Ich kramte weiter durch die Blätter. Einige erinnerten mich an Lehrmaterial aus der Akademie. Es waren Zeitungsausschnitte und Informationsmaterial über den erdverwandten Planeten Keto, der vor knapp vierzig Jahren entdeckt worden war und in Sachen Atmosphäre und Wasservorkommen der Erde wirklich ähnelte. Etwas rührte sich in den Tiefen meiner Erinnerung.

Das letzte Blatt, das ich mir ansah, war die erste Seite eines Arbeitsvertrages zwischen der, H.O.M.E. (Hope of mother earth)-Fundation‹ und Professor Bornkamp, zur ›Weiterführung des H.O.M.E.-Projektes auf geheimer und privatwirtschaftlicher Basis.‹

»Privatwirtschaftliche Basis«, murmelte ich leise. Das gesamte Elend, das ich in den vergangenen Wochen in Berlin gesehen hatte, stand fest auf privatwirtschaftlicher Basis. Es sollte mich nicht wundern, dass es auf die H.O.M.E.-Fundation genauso zutraf. Was das bedeutete, konnte ich mir an zwei Fingern ausrechnen. Offiziell hatte die Bundesregierung das H.O.M.E.-Projekt zwar für beendet erklärt, aber es war keinesfalls beendet. Menschen mit mehr Geld und weniger Skrupel hatten es weitergeführt. Mit Jonah, Sabine, mir und allen anderen. Und sie waren bereit gewesen, über Leichen zu gehen.

»Denkt daran«, sagte Dr. Jen. »Das wahrscheinlichste Szenario ist der Dschungel. Auf Keto herrschen ein paar Grad mehr als auf der Erde und es gibt Wasser im Überfluss. Ich kann daher nicht oft genug betonen, wie wichtig es für euch ist, die Pflanzenkunde nicht schleifen zu lassen. Auch müsst ihr noch besser werden, wenn es darum geht, die Ausrüstung zu kontrollieren. Ein paar mehr Kenntnisse über Gifte und giftige Tiere würden auch dem einen oder anderen von euch guttun. Nehmt euch hier bitte ein Beispiel an Kapitän Baker.«

Sie sah mich an, und ich hatte das Gefühl, dass sie es nicht ohne Stolz tat.

»Wenn ich ›Beispiel nehmen‹ sage, dann meine ich nicht, dass ihr euch auf sie verlassen sollt. Ihr könnt euch nicht auf der Tatsache ausruhen, dass ihr einen guten Kapitän habt. Auch Baker kann etwas zustoßen, auch Baker kann scheitern. Ihr müsst alle so gut sein, wie ihr könnt, um diese Mission zu einem erfolgreichen Abschluss zu bringen.«

Ich wusste nicht, warum, aber die Flashbacks häuften sich. Vielleicht lag es daran, dass ich so gestresst war, vielleicht wollte mir mein Gehirn aber auch etwas sagen, weil ich so grässlich langsam kapierte.

Die Mission, der Planet. Das Schiff. Mother.

Auf einmal öffnete sich das Tor zu Erinnerungen, die mir vorher verschlossen geblieben waren. Doch sie waren dunkel und verschwommen, nichts als Blitze an einem unruhigen Nachthimmel. In meinem Kopf tanzten Fragmente aus Erinnerungen und Träumen umher, ich wusste nicht, welche wirklich stattgefunden hatten und welche nicht.

Die Mission, der Planet. Das Schiff. Mother.

Mother war ein Schiff.

Ich fühlte, dass mich das Nachdenken rastlos machte. Außerdem war mir nicht mehr so schwindelig, also stemmte ich mich hoch und ging prüfend ein paar Schritte. Meine Beine trugen mich, das war schon mal gut. Wenn ich stehen konnte, fühlte ich mich nicht mehr so ausgeliefert.

Ich stand auf und ging zu dem Bett, das meinem am nächsten war. Das junge Mädchen, das darin lag und von den Bewegungen der Maschinenarme durchgeschüttelt wurde, kam mir völlig unbekannt vor. Ihr regloses, blasses Gesicht und der kahle Kopf riefen spontan keine Erinnerungen wach. Durch die feinen Glieder und den geschorenen Schädel wirkte sie seltsam alterslos auf mich, mehr wie das Modell eines Menschen als ein richtiger Mensch. Doch dann erkannte ich das Muttermal auf ihrer rechten Wange direkt unter dem Auge, die vielen Sommersprossen, die an der Akademie so deutlich hervorgetreten waren, hier jedoch fast durchscheinend wirkten.

Imogene, meine Zimmernachbarin, war offensichtlich auch hier, in diesem höllischen Raum. Das, was ihr Aussehen immer so besonders gemacht hatte, existierte hier nicht. Keine glänzenden blonden Locken, keine weiblichen Rundungen, um die ich sie immer heimlich beneidet hatte. Sie sah aus wie eine schlechte Kopie von Imogene, eine kränkelnde Zwillingsschwester. Ich wusste, wer da vor mir lag, und doch kannte ich sie nicht. Genauso, wie ich mich selbst kannte und nicht kannte. Wie ich mich vor einer gefühlten Ewigkeit im Spiegel des Krankenhauses erkannt und nicht erkannt hatte. Ihre Brust hob und senkte sich, ihre Augen waren geschlossen, und insgesamt wirkte ihr Gesicht absurd friedlich auf mich, für einen Menschen, der gerade von maschinellen Armen durchgeschüttelt wurde.

Mittlerweile war mir klar, wozu das Ganze gut war: So verkümmerten die Muskeln nicht, was auch erklärte, warum ich in der Lage gewesen war, nach meinem Erwachen ein Glas zu halten, was Dr. Akalin ja in vollkommene Verwunderung versetzt hatte. Ich hatte gar nicht weiter darüber nachgedacht, aber jetzt erschloss sich mir das Erstaunen des Arztes. Es reichte nicht für kräftige Muskeln, aber es war ausreichend für Muskeln, die einen Menschen tragen und bewegen konnten. Zu gern hätte ich gewusst, was in Akalins Kopf alles vor sich gegangen war, ohne dass ich es mitbekommen hatte. Hatte er wirklich geglaubt, dass alles mit rechten Dingen zugegangen war? Hatte er sich tatsächlich vor meinem Anruf nie mit all den Ungereimtheiten beschäftigt, die Tom und mir nach und nach aufgefallen waren? Konnte es wirklich sein, dass meinem Bruder etwas aufgefallen war, dass mein behandelnder Arzt übersehen hatte? Ich hatte keine Möglichkeit mehr, Akalin danach zu fragen.

Neben Imogenes Bett stand ein weißer Tisch, auf dem ein Computer unaufhörlich Daten aufzeichnete, daneben lag eine Metallschale mit medizinischen Utensilien, alle einzeln steril verpackt. Eine Spritze, ein Thermometer und ein Skalpell. Verwundert über dieses sprichwörtliche Silbertablett, das mir eine Waffe präsentierte, griff ich nach dem kleinen scharfen Messer und schritt dann weiter die Betten ab, auf der Suche nach vertrauten Gesichtern.

Katy lag ein paar Betten weiter, schräg hinter ihr entdeckte ich Connor, der dank seiner dunklen Haut und schieren Körpergröße nur schwer zu übersehen und leicht zu erkennen war. Mein Herzschlag beschleunigte sich mit jedem Schritt, ich vergaß beinahe das Stampfen und Piepsen, das mich umgab. Sie waren alle hier. Wenn Imogene, Katy und Connor hier waren, dann ...

Mittlerweile war ich in einen hektischen Laufschritt verfallen, rannte von Bett zu Bett auf der Suche nach dem Gesicht, das ich die letzten Wochen vermisst hatte wie kein anderes. Ein Gesicht, dessen Nichtexistenz ich beinahe akzeptiert hätte.

Und endlich fand ich ihn. Jonah. Ich erkannte ihn nur an seinen vollen Lippen, auf denen auch hier sein unverkennbares, leicht spöttisches Schmunzeln lag, und an dem Grübchen in seiner Wange. Der Rest von ihm war fort oder hatte niemals existiert. Jonah war genauso dünn, vogelgleich und geisterhaft wie alle anderen hier. Sein Anblick brach mir beinahe das Herz.

Jonah. Mein Jonah. Wenn ich mir vorgestellt hatte, wie es sein würde, ihn wiederzusehen, dann war mein Kopf voller sonniger Gedanken gewesen. Voller Indiearmefallen, Küssen und reinem Glück. Doch dieser Moment hatte nichts von alle dem. Obwohl ich froh war, ihn gefunden zu haben, war ich von Glück doch meilenweit entfernt.

Jonah sah gebrochen aus. Als hätte jemand seinen starken Körper und das vibrierende, lebensfrohe Wesen, das ihn ausmachte, aus ihm herausgerissen, und diese Hülle war alles, was zurückgeblieben war. Doch ich wusste aus eigener Erfahrung, wie viel Kraft so eine schwache Hülle haben konnte.

Ich strich ihm über den Kopf, ganz sanft, weil ich Angst hatte, ich könnte ihn vollends kaputt machen. Doch er war hier, und er lebte, und war das nicht alles, was für mich zählen konnte? Haare konnten nachwachsen und Kilos konnten zugenommen werden. Muskeln ließen sich neu aufbauen, falsche Erinnerungen konnten durch echte ersetzt werden. Ich wusste, dass es möglich war. Sonnige, glückliche Tage schienen mir im Augenblick unerreichbar, aber das hieß noch lange nicht, dass sie es tatsächlich auch waren.

Mein Blick wanderte von den Kabeln in seinem Kopf zum Rechner, mit dem er verbunden war. Wenn ich die Verbindungen kappte, würde er dann aufwachen, genau wie ich? Könnten wir zusammen sein, hier in Berlin? Und könnte ich ihm das überhaupt antun?

Die Gedanken in meinem Kopf überschlugen sich. Endlich hatte ich ihn vor mir, meinen Jonah, doch er war nicht hier. Wir waren noch immer voneinander getrennt, obwohl ich seine Haut berühren und ihn sogar küssen konnte, war er doch nicht zusammen mit mir in diesem Raum. Er war woanders, und ich wusste, wo: Jonah war an der Akademie, lebte sein ganz normales Leben oder das, was er dafür hielt. Wenn ich es nicht über mich brachte, ihm das anzutun, was Bornkamp mir angetan hatte, dann würden wir nie wieder zusammen sein.

Die zwei Möglichkeiten, die sich vor mir auftaten, stritten miteinander, rangen um die Oberhand, überschlugen sich in meinem Gehirn, schubsten einander immer wieder vom Podest, und ich wusste einfach nicht, was richtig oder falsch war. Zwar war mir mittlerweile klar, dass diese kaputte, wasserlose Welt mit all ihren schlechten Menschen und Gefahren die *echte* Welt war, während sich Jonah in der falschen befand, aber konnte ich wirklich für ihn darüber entscheiden, wo er zu leben hatte? Konnte ich ihm allen Ernstes die Angst, Desorientierung und das Heimweh antun, das ich durchlitten hatte? Sicher, für ihn würde es leichter sein als für mich, immerhin wären wir zusammen, aber Jonah liebte sein Leben, sein Training, seine Freunde. All das befand sich auf der anderen Seite. Und ich hatte keine Ahnung, ob es einen Weg zurück gab, wenn man einmal die Grenze überquert hatte.

Allerdings hatte Jonah auch immer gesagt, dass ich der Mensch war, den er über alles auf der Welt liebte. Dass ihm nichts wichtiger sei, als mit mir zusammen zu sein, und dass er nicht ohne mich leben könne. Und in diesem Augenblick fühlte sich für mich ein Leben ohne Jonah auch völlig sinnlos an. Ich konnte nicht existieren und wissen, dass er am Leben war, ohne dieses Leben mit ihm zu teilen. Und mir persönlich war die hässliche Wahrheit mittlerweile lieber als die schöne Illusion, und ich war froh, dass Bornkamp mich in diese wahre Welt gerissen hatte. Jonah war wie ich. Er war neugierig und wollte immer alles erkunden. Er wollte Dinge wissen; das war auch der Grund, warum wir uns von Anfang an gut verstanden hatten, nur dass ich den Dingen intellektuell auf den Grund gehen wollte und Jonah es vorzog, geheimnisvolle Höhlen zu betreten, in dunkle Seen hinabzutauchen und blindlings in tiefe Erdlöcher zu springen. Wenn man es genau nahm, dann war ich wissbegierig und Jonah neugierig. Doch das Ergebnis war in diesem Fall dasselbe. Wir wollten wissen. Ich war mir sicher, dass Jonah sich für das Wissen entscheiden würde, wenn ich eine Chance hätte, ihn vor die Wahl zu stellen. »Was soll ich nur tun, Jonah?«, fragte ich, doch meine Stimme ging im allgegenwärtigen Stampfen der Maschinen unter.

Ich musterte ihn noch einmal von oben bis unten. Für all die schönen Illusionen hatten wir beide einen schrecklichen Preis gezahlt. Ich konnte das nicht ungeschehen machen, aber wenigstens dafür sorgen, dass es aufhörte. Meine Entscheidung war gefallen und augenblicklich wurde ich ganz ruhig. Das hier durfte ich jetzt nicht vermasseln.

Meine Hände wanderten die Kabel entlang. Sie liefen über

verschiedene Anschlüsse in das Gerät. Ein Kabel war dicker als alle anderen und rot. Ich schätzte, dass es sich hierbei um das wichtigste Kabel handelte.

Meine Finger umschlossen die rote Ummantelung und ich atmete noch einmal tief durch. Wollte ich das wirklich tun? Ja, ich wollte.

Ein Ruck durchfuhr das Bett und den gesamten Raum, obwohl ich das Kabel noch gar nicht gezogen hatte. Verwirrt sah ich mich um und bemerkte, dass die Maschinen stehen geblieben waren. Sämtliche Körper verharrten nun in bizarren Positionen. Wie in einem Film, der plötzlich angehalten wurde. Wenig später ertönte ein Laut, einem Seufzer nicht unähnlich, und die Körper wurden erstaunlich sanft zum Liegen gebracht. Nun könnte man wirklich denken, sie schliefen allesamt.

1

»Du hast die wirklich unangenehme Angewohnheit, zu früh aufzuwachen!«

Dr. Jen stand in einer Tür zu meiner Linken und hielt eine kleine weiße Fernbedienung in der Hand. Offenbar konnte sie damit die Maschinen steuern, die meine Freunde bewegt hatten. Sie nickte in meine Richtung.

»An deiner Stelle würde ich das ja lassen.«

Ich straffte den Rücken ein wenig, damit ich sie besser ansehen konnte, bewegte meine Hand aber keinen Millimeter.

»Ach, und wieso?«

»Was glaubst du wohl, Baker? Was denkst du, kann passieren, wenn du wahllos Kabel ziehst, die mit dem Gehirn eines Menschen verbunden sind?«

Ich zögerte. Fühlte, wie sich der Griff meiner Finger lockerte. »Bei mir hat es auch funktioniert«, sagte ich, und Dr. Jen zog spöttisch die Augenbrauen hoch. »Das war pures Glück. Du hättest genauso gut dabei sterben können. Wahrscheinlich bist du nur noch am Leben, weil du von genau dem Mann abgekoppelt wurdest, der das alles hier erfunden hat.«

Sie breitete die Arme aus. »Du hingegen hast keine Ahnung, was du tust, und bringst mit deiner Dummheit das Leben von

Leutnant Schwarz unnötig in Gefahr. Ein äußerst selbstsüchtiges Verhalten, das, wie ich hinzufügen muss, eher untypisch für dich ist.«

Ich dachte noch ein paar Sekunden nach, dann ließ ich die Hand sinken. Was hatte ich mir nur dabei gedacht? In meinem Kopf war alles so einfach erschienen. Ich zog das Kabel und Jonah schlug die Augen auf. Die Wahrheit war, dass ich einfach nicht an Zac oder Calla gedacht hatte, und das, obwohl ich vorher gelesen hatte, wie Zac gestorben war. Das war tatsächlich dumm und für mich völlig untypisch gewesen. Und Dr. Jen war gerade noch rechtzeitig aufgetaucht. Oder hatte sie die ganze Zeit hinten an der Tür gestanden und mich beobachtet? Hatte sie gesehen, wie ich Jonah über die Stirn gestrichen hatte? Der Gedanke brachte meine Hände zum Zittern. Ohne sie aus den Augen zu lassen, trat ich hinter dem Computer hervor neben Jonahs Bett. Dabei achtete ich sorgfältig darauf, meine rechte Hand so zu halten, dass Dr. Jen das Skalpell nicht sehen konnte. Ich wusste schließlich nicht, wie schnell sie die Pistole ziehen konnte, die Professor Bornkamp getötet hatte.

»Wie schön zu sehen, dass du vernünftig bist, das wird einiges erleichtern. Eigentlich hättest du jetzt erst aufwachen sollen und nicht allein. Da muss etwas schiefgelaufen sein.«

»Ich schätze, Sie haben vergessen, das Adrenalin mit einzuberechnen, das beim Anblick des toten Professor Bornkamp durch mich hindurchgerauscht ist«, mutmaßte ich und war ein bisschen stolz darauf, wie fest meine Stimme klang. »Adrenalin vermindert die Wirkung der meisten Narkotika«, setzte ich hinzu.

Dr. Jen nickte anerkennend, als wären wir noch in der Schule. »Sehr gut, Baker. Ja, das könnte eine Erklärung sein.«

»Erklärung ist ein verdammt gutes Stichwort«, sagte ich und starrte sie so furchtlos an, wie ich konnte. »Sie sind mir so einige schuldig.«

»Wir haben nicht ewig Zeit«, sagte Dr. Jen seufzend, wirkte aber nicht abweisend. Sie muss damit gerechnet haben. »Bitte fass dich so kurz wie möglich, in Ordnung?«

Ich nickte knapp, dann stellte ich meine erste Frage. »Wo bin ich hier?«

Dr. Jen lächelte leicht. »Wo sollst du schon sein? Du bist zu Hause. An dem Ort, an den du gehörst.«

Ich schnaubte verächtlich. Erwartete sie tatsächlich, dass ich diese Antwort akzeptierte? Ich hatte in letzter Zeit schon öfter Leute sagen hören, dieser oder jener Ort sei ›mein Zuhause‹, aber dieser unheimliche Raum war wirklich das beschissenste Angebot von allen. Dabei hatte ich gedacht, dass die Wohnung am Alexanderplatz nicht unterboten werden konnte, doch da hatte ich mich geirrt. »Normalerweise überfällt man Leute aber nicht mit Waffen, um sie nach Hause zu bringen«, sagte ich spöttisch. »Sie gehen meistens freiwillig.«

»Du hättest dich ja nicht so sträuben müssen!«

»Es hätte geholfen, wenn Sie mich angesprochen hätten, anstatt mit einem Messer auf mich loszurennen!« Den letzten Teil des Satzes schrie ich regelrecht. Es war eine richtige Erleichterung, es ihr an den Kopf zu schleudern. In einem Ton, den ich in der Akademie niemals angeschlagen hätte.

»Es ging nicht anders! Aber ich hatte nie die Absicht, dich zu verletzen.« Ich sah, wie Röte Dr. Jens Wange überzog. Ihre Fassung begann zu bröckeln.

»Klar. Ich habe ja heute einen perfekten Beweis für Ihre friedfertige Natur bekommen.«

»Das …« Dr. Jen suchte nach Worten, und ich stellte mit Genugtuung fest, dass ich sie noch nie so gesehen hatte. Madame Eisenschenkel wirkte irgendwie unsicher.

»Ich hatte keine andere Wahl«, sagte sie nun, und ich lachte trocken. »Man hat immer eine andere Wahl.«

Sie schüttelte den Kopf. »Was weißt du schon?«

»Sie sind für meine Ausbildung verantwortlich. Wenn ich in Ihren Augen zu wenig weiß, dann ist das Ihre eigene Schuld.« Nicht nur mein Ton war hitzig, ich merkte, dass sich meine Wangen ebenfalls aufheizten. Es tat merkwürdig gut, sich mit Dr. Jen zu streiten, doch diese sah das natürlich vollkommen anders.

»Baker, das führt zu nichts«, sagte sie, ihre Stimme hatte einen flehenden Unterton. »Wir haben nicht mehr ewig Zeit.«

»Bis was passiert?«

»Bis die Mission beginnt«, antwortete Dr. Jen, und ich spürte, wie sich gegen meinen Willen Aufregung in mir breitmachte.

»Was ist das für eine Mission?«, fragte ich, und Dr. Jen fand ihre Fassung sehr zu meinem Missfallen wieder. Sie trat ein paar Schritte auf mich zu und sah dabei sehr selbstgefällig aus. Ich kannte diesen Blick und mochte ihn nicht. »Du hast keine Ahnung, nicht wahr?« Sie lächelte leicht, und dieses Lächeln bewirkte, dass sich meine Kopfhaut schmerzhaft zusammenzog. Alles an mir sträubte sich gegen diese Frau.

»Das ist einer der genialen Punkte dieses Programms«, sagte sie. »Wir können entscheiden, auf welche Erinnerungen ihr Zugriff habt und auf welche nicht. Die Einzelheiten eurer Mission gehören zu den Erinnerungen, die nicht freigegeben sind. Aus gutem Grund, wie sich ja jetzt herausgestellt hat.«

Ich schüttelte den Kopf, weil ich es endgültig satthatte, der Wahrheit hinterherzurennen. Und ich hatte nicht mehr viel zu verlieren.

›Du musst sehr wertvoll sein, Zoë Alma Baker‹, raunte Kips Stimme in meinem Kopf, und ich wusste, was ich zu tun hatte. Blitzschnell riss ich das Skalpell aus der Verpackung und hielt es mir an den Hals. Dr. Jen zuckte zusammen.

»Was soll das, Baker?«, fragte sie, doch ihre Stimme zitterte.

»Ich will wissen, warum ich das alles erdulden muss. Warum habt ihr mir mein Leben gestohlen? Was ist das für eine Mission und wer steckt dahinter? Ich habe ein verdammtes Recht darauf, es zu erfahren.«

Ich sah, dass Dr. Jen blass geworden war. Sie schwankte leicht, als hätte jemand sie geschubst. Meine Ausbilderin schien einen stillen Kampf mit sich selbst auszutragen.

»Ihr habt mir alles weggenommen, was ich hatte. Meine Zukunft, mein Leben, die Menschen, die mir nahestehen. Und das gleich doppelt. Ich will wissen, warum. Sonst mache ich dem Ganzen hier ein Ende.«

Um meiner Aussage Nachdruck zu verleihen, presste ich die scharfe Klinge gegen meinen Hals, bis ich Blut daran hinabrinnen fühlte. Zum Glück war die Klinge so scharf, dass ich den Schnitt kaum spürte.

Entsetzt machte Dr. Jen einen Schritt nach vorne. Kip hatte recht behalten. Ich war sehr wertvoll.

»Bleiben Sie stehen!«, forderte ich. »Und antworten Sie mir.

Sie hob die Hände, als Zeichen dafür, dass sie sich geschlagen gab. »Also gut. Okay. Aber Zoë, nimm das Ding runter.«

Sie sprach mich mit meinem Vornamen an. Das tat sie sonst nie. Ein weiterer Beweis dafür, wie durcheinander sie war.

»Das werde ich dann tun, wenn ich es für richtig halte. Also?«

Ihre Schultern sackten herab. Ich hatte sie. »Gut, in Ordnung. In aller Kürze: Ihr wurdet ausgebildet, eine Raummission von äußerster Wichtigkeit durchzuführen. Ziel ist es, den erdähnlichen Planeten Keto zu besiedeln. Ihr seid die Vorhut, dazu bestimmt, die Ankunft der H.O.M.E.-Mitglieder vorzubereiten. Die Organisation, die all das hier bezahlt und möglich gemacht hat.«

Ich konnte förmlich hören, wie es in meinem Kopf zu rattern begann. Die wirren Fragmente, die Erinnerungsfetzen, all das fügte sich mit leisem Klicken zusammen und formte ein Bild, das Sinn ergab. Wir sollten eine Kolonie aufbauen. Auf einem Planeten, auf dem Leben möglich war, weil dieser hier vor die Hunde ging. Wir würden in einem Schiff fliegen, das MOTHER hieß.

»Das ursprüngliche H.O.M.E.-Projekt wurde eingestellt«, sagte ich. »Warum?«

»Die erste Mission bestand aus erwachsenen Astronauten, die in den Kryo-Schlaf versetzt wurden, um während der Reise nicht zu altern. Der Planet ist weit weg und damals war die Antriebsforschung noch nicht so weit fortgeschritten wie jetzt. Es gab Komplikationen.«

Meine Fingerspitzen fühlten sich taub an, vor allem dort, wo sie das kalte Metall des Skalpells berührten. Wie konnte etwas gleichzeitig so ungeheuerlich und so wahr sein? Mein Kopf surrte, als hätten sich Insekten darin niedergelassen. »Darf ich das so verstehen, dass alle Besatzungsmitglieder tot sind?« Ich war selbst erstaunt darüber, wie unbeteiligt und abgeklärt meine Stimme klang.

Dr. Jen nickte ernst.

Bauernopfer, raunte die Stimme in meinem Kopf.

»Deshalb wurde das Projekt von Regierungsseite eingestellt. Aber meine Arbeitgeber fanden, das so viel Potenzial nicht verschenkt werden sollte.«

»Wer sind Ihre Arbeitgeber?«, fragte ich. »Und warum fliegen sie nicht selbst, wenn sie es so eilig haben, von hier wegzukommen?«

»Es sind Politiker und Wirtschaftsbosse, auch ein paar Prominente. Jeder, der es sich leisten konnte und von dem Leiter der Fundation als vertrauenswürdig erachtet wurde. Er hat nur erlesene Menschen eingeweiht, die er persönlich kennt. Und sie fliegen nicht selbst, weil sie schon zu alt sind, um noch all das zu erlernen, was nötig ist, um einen Planeten neu zu besiedeln. Außerdem, das kann ich unverblümt sagen, können sie es sich schlicht leisten, anderen Menschen die schwere Arbeit zu überlassen.«

»Die Drecksarbeit wollten Sie wohl sagen.«

»Jetzt mach dich doch nicht lächerlich, Baker. So funktioniert die Welt nun einmal, selbst du wirst nicht so naiv sein zu glauben, es könnte anders sein. Unsere Kunden sind sehr bedeutsam und um die Sicherheit ihrer Familien besorgt. Sie wollen die Erde erst verlassen, wenn sicher ist, dass sie auf dem anderen Planeten leben können.«

Wie konnte sie mir das alles nur so gelassen, beinahe emotionslos erzählen? Merkte sie denn selbst nicht, wie erbärmlich das alles war?

»Und da habt ihr euch gedacht, es wäre doch sehr clever, kranke Kinder aus armen Familien zu reißen und sie in dieses ... diese Dinger zu stecken. Operationen an ihnen durchzuführen, ohne Rücksicht auf Verluste, und wenn eines dabei ums Leben kommt, dann holt man sich eben Nachschub? Haben Sie eigentlich eine Ahnung, wie widerwärtig das alles ist?«

»Wir haben uns immer bemüht, das Risiko für euch so gering wie möglich zu halten, aber grundsätzlich kann ich dir nicht widersprechen. Kinder lernen schneller und junge Erwachsene sind kräftiger und leistungsfähiger«, erklärte sie schlicht. »Du solltest lieber dankbar sein. Ohne die Fundation wärst du sicher längst tot. Das gilt auch für all die anderen hier. Eure Eltern hätten nicht genug Geld gehabt, die Behandlung zu bezahlen.«

»Entschuldigen Sie, dass ich mich vor Dankbarkeit gerade nicht überschlagen kann«, sagte ich sarkastisch. »Ich hab's im Kreuz. Und warum ist das alles hier nötig? Warum dieser merkwürdige Schlaf, warum die ganzen Kabel? Hätten Sie uns nicht normal ausbilden können?«

Dr. Jen schüttelte den Kopf und lächelte auf die Art, wie erwachsene Menschen Kinder anlächelten, die ihnen eine sehr hässliche Kritzelei schenkten. Gerührt und ein bisschen mitleidig, weil sie noch so dumm waren und noch so viel zu lernen hatten.

»Das mit dem Koma war Bornkamps Idee. Ihr habt dadurch dreimal schneller gelernt als normale Kinder. Außerdem ist die Akademie perfekt für solch ein Projekt.«

Die Akademie. Langsam kamen wir an einen entscheidenden Punkt. Ich hatte mir schon so lange den Kopf darüber zerbrochen, aber keine Antwort gefunden.

»Was ist die Akademie?«

»Das ist die Akademie!« Dr. Jen breitete wieder die Arme aus.

Ich schüttelte den Kopf. »Ganz sicher nicht.«

»O doch. Die Akademie ist der virtuelle Ort, an dem ihr ausgebildet werdet. Alle, die du hier siehst, sind an das neurologische Interface angeschlossen, in dem wir die Akademie kreiert haben und betreiben. In diesem Umfeld seid ihr sicher aufgewachsen und lernt nun alles, was ihr braucht, um auf Keto zu bestehen. Außerdem könnt ihr nicht weglaufen, die Grenzen des Interfaces lassen sich von den Schülern nicht sprengen, weil sie gar nicht wissen, dass der Raum nur virtuell ist. Das System hat sich bewährt. Es ermöglicht uns, die Ausbildung fortzusetzen und abzuschließen, während ihr euch auf dem Schiff befindet.«

Ich schmeckte bittere Galle auf meiner Zunge. Das erklärte alles. Sie hatten uns die ganze Zeit an ein Computerprogramm angeschlossen, das direkt mit unserem Hirn verbunden gewesen war.

»Also ist die Akademie nicht echt?«

»Natürlich ist sie das. Sind deine Gedanken etwa nicht echt?«

Ich schüttelte verärgert den Kopf. »Das ist etwas anderes«, sagte ich.

»Nein, das ist es nicht. Und das weißt du auch.«

Ich fühlte, wie die Spannung aus meinem Körper wich. So lange hatte ich nach diesen Antworten gesucht, und nun, da es so weit war, konnte ich es kaum glauben. Das war es also. Das war die Wahrheit. Und ich hatte keine Ahnung, was ich mit ihr anfangen sollte, nun, da ich sie kannte. Dr. Jen schien sich etwas entspannt zu haben, und ich beschloss, noch eine Frage zu stellen, die mir schon die ganze Zeit auf den Nägeln gebrannt hatte.

»In den letzten Wochen hatte ich…«, ich suchte nach den richtigen Worten, »Momente, in denen ich dachte, ich sei wieder auf der Akademie. Ihr habt eine Trauerfeier für mich abgehalten, und Jonah«, ich schluckte, »Leutnant Schwarz hat sich… eng mit Fähnrich Langeloh angefreundet.«

Ein Lächeln erschien in Dr. Jens sonst so strengem Gesicht, und ich hatte das Gefühl, dass sie sich über irgendetwas tatsächlich freute. Doch das war mir egal. »Stimmt das?«

Sie schüttelte den Kopf. »Nein, das stimmt nicht. Wir haben den anderen Schülern gesagt, dass du dich in den USA auf einem speziellen Lehrgang für angehende Raumkapitäne befindest und bald zurückkommst. Die ganze Zeit über haben wir nach dir gesucht, wir waren sicher, dass du bald wieder da sein würdest.«

Gegen die Erleichterung, die mich bei ihren Worten durchströmte, konnte ich nichts ausrichten. Ich wollte mich nicht so fühlen, wollte, dass es mir egal war, aber das war es nicht.

»Und warum habe ich es dann gesehen?«, fragte ich, und meine Stimme klang heiser und klein, nicht mehr fest und sicher wie zuvor.

»Genau kann ich dir das nicht sagen, aber ich schätze, dein Gehirn hat sich nach all den Jahren so sehr an die Interaktion mit dem Interface gewöhnt, dass es versucht hat, es zu simulieren, nachdem ihr getrennt wurdet. Du kannst froh sein, dass die Trennung keine schlimmeren Nebenwirkungen hatte.«

»Ich finde, man könnte die Ereignisse der vergangenen Wochen durchaus als ›schlimmere Nebenwirkungen‹ bezeichnen«, bemerkte ich.

»Und ich finde, dass dieses Kaffeekränzchen jetzt vorbei

ist!«, rief eine laute, männliche Stimme, die sowohl Dr. Jen als auch mich zusammenzucken ließ. Ich blickte mich im Raum um und entdeckte den Mann, der zur Stimme gehörte, in einem Türrahmen direkt hinter mir. Er war groß, grauhaarig und gut aussehend. Doch obwohl sein Gesicht lächelte, lag keine Wärme darin. Sein Blick war hart und grausam, die Augen nicht mehr als zwei dunkle, kalte Steine. Unwillkürlich musste ich schlucken, weil mein ganzer Körper fühlte, dass dieser Mann gefährlich war.

»Hannibal«, flüsterte Dr. Jen.

0

Der Mann schenkte Dr. Jen einen eisigen Blick.

»Du hättest mir so viel zu erklären, Cleo. Angefangen damit, warum sie wach ist, über die Frage, woher sie das Skalpell hat, bis hin zu der Frage, warum um alles in der Welt ihr hier wie die Ölgötzen rumsteht, während uns allen die Zeit davonläuft.«

Die beiden starrten einander an und fochten einen wortlosen Kampf aus. Doch es war mehr als deutlich, wer hier die Oberhand hatte.

Hannibal und Cleopatra. Mir dämmerte, dass es sich dabei um Decknamen handelte, die sie in ihrem Größenwahn von alten Herrschern gestohlen hatten.

Dr. Jens Gesichtsausdruck war unsicher und machte mir klar, dass sie den Mann, den sie Hannibal nannte, zu gleichen Teilen fürchtete und begehrte.

»Entschuldige«, murmelte sie. »Ich muss das Propophol falsch dosiert haben. Ich habe das Adrenalin nicht mit einkalkuliert.«

Er schnalzte verärgert mit der Zunge. »Dabei hatte ich dich immer für brillant gehalten. Dann stimmt wohl doch, was alle sagen: Du kannst nicht gleichzeitig Titten und Hirn haben.«

Es war schwer, in Worte zu fassen, wie sehr mich dieser Hannibal anwiderte. Offensichtlich war er es gewohnt, dass alle nach seiner Pfeife tanzten, weil sie sich vor ihm fürchteten. Aber ich fürchtete mich nicht. Irritiert stellte ich fest, dass Dr. Jen mir irgendwie leidtat. Doch dann dachte ich an die Leiche von Professor Bornkamp, und das Gefühl verschwand so schnell, wie es gekommen war.

»Wenn man nicht beides haben kann, wäre es dann nicht sehr dumm, mich mit der Leitung einer Mission zu betrauen, von der Ihr Leben abhängt?«, fragte ich und gewann die Aufmerksamkeit des Mannes.

Hannibal grinste breit. Wenigstens einer hier im Raum, der sich amüsierte, dachte ich bitter.

»Du«, sagte er gedehnt und zeigte mit dem Finger direkt auf mich, »hast keine Titten.«

Ich musste aufpassen, dass die Wut, die in mir aufstieg, mich nicht mitriss. Am liebsten wäre ich auf ihn zugestürmt und hätte ihm die Augen ausgekratzt.

Er klatschte laut in die Hände und riss mich aus meinem blutigen kleinen Tagtraum. »Und weißt du was?«, fragte er, sein Tonfall so giftig, dass ich mich auf einen weiteren Schlag gefasst machen musste. Ich starrte ihn wortlos an. »Du glaubst sicher, dass wir dich zum Kapitän gemacht haben, weil du so gut bist, oder?« Hannibal wartete gar nicht ab, wie ich reagierte. »Die Wahrheit ist«, fuhr er fort, »dass du diese Mission leiten wirst, weil du *schwach* bist. Und verantwortungsvoll. Du kümmerst dich um andere und bist nervtötend moralisch. Was zusammengefasst bedeutet, dass man dich exzellent manipulieren kann. Und dass du jetzt hier bist, beweist, dass wir uns in diesem Punkt nicht geirrt haben. Was meine Laune doch trotz der ganzen Scheiße zu heben vermag.«

Ich ballte die Fäuste, bis sich meine Fingernägel schmerzhaft in die Handflächen bohrten. Doch ich sagte nichts. Ich wollte ihm nicht den Gefallen tun, ihm noch mehr Angriffsfläche zu bieten.

Hannibal beobachtete mich ein paar Sekunden, dann schnalzte er ungehalten mit der Zunge. »Und jetzt möchte ich die Damen bitten, sich zusammenzureißen, ihre Waffen wegzustecken und ihre Plätze einzunehmen. Wir müssen diese Mission auf den Weg bringen, bevor der Krieg losbricht.«

Kip hatte recht behalten. »Welcher Krieg?«, platzte es aus mir heraus.

Hannibals Antwort klang beinahe schon gelangweilt. »Der Krieg der südlichen EU-Staaten gegen den Norden, der vor wenigen Stunden in einem Hinterzimmer in Madrid beschlossen wurde.«

»Woher wissen Sie das?«

Hannibals Gesicht war ein einziges, grausames Grinsen. »Weil der König von Spanien zufällig einer der größten Kunden der H.O.M.E.-Fundation ist. Sobald ihr in der Luft seid, wird er uns in unserem Luxusbunker Gesellschaft leisten, während hier oben die Hölle losbricht. Er wollte keinen Krieg, konnte die Wut seiner Bürger aber nicht mehr kontrollieren.« Der Mann zuckte mit den Schultern. »Die ganze Sache hat uns ein wenig ins Schwitzen gebracht, aber nach deinem kleinen Ausflug und ein paar anderen Eskapaden sind wir nun bereit.«

»Verstehe ich das richtig? Die Leute, die Macht und Einfluss haben, verkriechen sich in irgendeinem Loch, während der Rest in einem Krieg zugrunde geht, den sie angezettelt haben?«

Hannibal legte den Kopf schief. »Würdest du eine über tausend Quadratmeter große Luxusanlage mit Olympiapool und Saunalandschaft wirklich als ›Loch‹ bezeichnen?«

Ich wurde von dem plötzlichen und sehr dringenden Bedürfnis überfallen, hier an Ort und Stelle auf den Boden zu kotzen. Die ganze Sache war so widerlich, dass es mir schlicht den Atem nahm. Ich konnte, ich durfte nicht Teil von so etwas sein. Auf gar keinen Fall. Mit all der Willenskraft, die ich aufbringen konnte, verstärkte ich den Griff um das Skalpell.

»Ich werde da nicht mitmachen!«, sagte ich.

»Und ob du wirst«, sagte Hannibal sanft, der Klang seiner Stimme war imstande, Lebensmittel verrotten zu lassen, da war ich sicher.

Ich schüttelte den Kopf. »Nein, das werde ich nicht. Und ohne mich wird die Mission nicht starten.« Zugegeben, das war ein Bluff, aber ich hatte allen Grund zur Annahme, dass ich richtig lag. »Sie brauchen mich. Keine Zoë, keine Mission. Ich meine es ernst.«

»Oh, Kapitän Baker«, sagte er, und seine Stimme troff nur so vor Sarkasmus, besonders bei dem Wort ›Kapitän‹. »Du hältst dich für besonders clever. Tapfer, erwachsen, edelmütig. Aber du bist vor allem noch ein Kind, das nicht weiß, wo sein Platz ist. Das den Helden spielen will in einem Spiel, das es nicht kennt. Doch ich habe dieses Spiel erfunden! Und wenn ich dir sage, dass du fliegen wirst, dann wirst du fliegen.«

»Selbst wenn. Ich kann mich immer noch weigern, Ihre Mission auszuführen. Niemand zwingt mich, Ihre Marionette zu sein.«

»Siehst du, kleine Zoë. Genau in diesem Punkt liegst du falsch.«

Er öffnete die Tür hinter sich und wie auf Kommando wurden fünf neue Betten in den Raum geschoben. Sofort begriff ich, was das zu bedeuten hatte.

»Nein«, flüsterte ich, und Hannibal grinste breit.

»O doch«, sagte er.

Ich musste nicht hinsehen, um zu wissen, was geschehen war. Sie hatten Ma, Clemens, Kip, Tom und Akalin an das Interface angeschlossen. Hatten ihre Haare geschoren, ihre Köpfe aufgeschnitten und verkabelt, ihre Gliedmaßen mit den Bewegungsmaschinen verbunden. Sie waren nicht mehr da, und es gab nichts mehr, was ich für sie tun konnte.

Ich schrie vor Wut und Entsetzen laut auf. Alle fünf waren bereits mit Rechnern verbunden, die auf kleinen Tischen neben ihnen her in den Raum gerollt wurden.

Unter den Menschen im weißen Kittel, die die Betten hereinbrachten, entdeckte ich ein bekanntes Gesicht. Miriam schob Dr. Akalin, sie war weiß wie eine Wand. Im Gegensatz zu Hannibal und Dr. Jen hatte sie sich bestimmt nicht ausgesucht, bei diesem Irrsinn dabei zu sein.

Ganz sicher würden sie *ihr* keinen Platz in ihrem Luxusbunker einräumen. Sie überließen Miriam und all die anderen ihrem Schicksal auf der heißen, trockenen Oberfläche dieser Erde, während ihre Versuchskaninchen auf einem fernen Planeten eine neue Welt für sie aufbauen sollten. Es klang nach einem perfekten Plan. Vor lauter Ekel wurde mir schwindelig.

»Ich denke, du bist klug genug, deine Einstellung zu dem ganzen Thema anhand der neusten Erkenntnisse noch einmal zu überdenken.«

Meine Gedanken rasten, doch sie fanden keinen Halt. Alles rutschte mir weg. Die Realität, die Hoffnung, die Möglichkeiten, die mir blieben. Gegen diesen Mann hatte ich nichts in der Hand. Er hatte recht. Ich war leicht zu manipulieren. Weil ich in der Lage war, andere zu lieben. Ich ließ meine Hand mit dem Skalpell sinken.

»Dachte ich's mir doch«, sagte Hannibal zufrieden. »Ich fasse also noch mal zusammen: Ein falsches Wort von dir, eine nicht gehaltene Abmachung, und ein tödlicher Stromstoß wird eine Person treffen, die du liebst. Dazu müssen sie nicht an das Interface angeschlossen sein, die Platinen in ihren Köpfen reichen völlig. Und deine übrigens auch. So einfach ist das. Wenn du tust, was wir verlangen, dann könnt ihr alle glücklich und zufrieden bis an das Ende eurer Tage mit uns zusammen auf Keto leben. Ich finde, das ist ein fairer Deal.«

An diesem Deal war nichts fair und das wusste er genau. Es war noch nicht einmal ein wirklicher Handel.

In diesem Augenblick lernte ich, dass es tatsächlich Momente im Leben gab, in denen man keine Wahl hat. Natürlich konnte ich mich noch immer dagegen entscheiden, aber in Wirklichkeit war das keine Option. Sie hatten gewonnen.

Beim Gedanken daran, Berlin und diese Realität zu verlassen, überkam mich überraschende Trauer. So schwer es mir gefallen war, diese Welt zu akzeptieren, so sehr war sie mir ans Herz gewachsen. Und nun würde ich sie nie wiedersehen. Vielleicht war das gut so, wenn der bevorstehende Krieg so verheerend werden würde, wie Hannibal voraussagte. Aber eigentlich stellte sich die Frage überhaupt nicht.

Mich durchzogen so viele Ängste gleichzeitig, dass es mir nicht gelang, den Überblick zu behalten. Die Angst davor, wieder mit dem Interface verbunden zu werden. Die Angst, dass einer Person, die ich liebte, etwas zustieß. Alle Menschen, die mir auf dieser Welt etwas bedeuteten, befanden sich in diesem Raum, verbunden mit der virtuellen Realität, die ich einst vermisst hatte und in die ich nun eigentlich nicht mehr zurückwollte. Die Angst vor einer neuen Welt. Die Angst, die Erde zu verlassen. Und die Angst davor, einen schrecklichen Fehler zu begehen, weil ich nicht genug Mumm hatte, der Sache ein Ende zu bereiten.

Ich verstand nun, warum Professor Bornkamp mich abgekoppelt hatte, verstand, dass er gehofft hatte, die Mission auf diese Weise fatal zu manipulieren. Es war ein aussichtsloser Versuch gewesen, der ihn das Leben gekostet hatte. Aber dennoch nobel. Er hatte nach seinem Gewissen gehandelt. Ein Luxus, den ich mir nun nicht mehr leisten konnte.

»Was ist jetzt?«, brüllte Hannibal und brachte mich dazu, den erstbesten Gedanken auszuspucken, den ich zu fassen bekam.

»Ich will die letzten Bände von Harry Potter«, hörte ich mich sagen und sah, wie Hannibal und Dr. Jen einen irritierten Blick wechselten. »Band drei bis sieben. In meinem Zimmer.«

»Wir sorgen dafür«, sagte Dr. Jen, und ich war fast überrascht, dass sie so sanft klang. Und dass sie nachgab.

Ich gönnte mir einen letzten Blick auf die Menschen, die ich liebte. Nicht weil ich Angst hatte, sie nie wiederzusehen, sondern weil ich fürchtete, sie zu vergessen. Wie sie wirklich aussahen, mit all ihren kleinen und großen Makeln, den Falten und den geschorenen Köpfen, den Kabeln und Narben. Ich wollte sichergehen, es niemals zu vergessen.

»Wie lange werden wir fliegen?«

»Drei Jahre und vierzehn Tage«, sagte Hannibal. »Und ich habe keine Lust, noch eine einzige überflüssige Minute hinzuzufügen. Ihr hebt in sechs Stunden ab und wir sind jetzt schon hinter der Zeit.«

»Keine Sorge. Ihr werdet nicht um drei Jahre altern«, erklärte Dr. Jen, und ich wunderte mich darüber. Mein Altern war nun wirklich das geringste Problem.

»Ihr fliegt mit annähernder Lichtgeschwindigkeit.«

»Komm«, sagte eine vertraute Stimme, und ich stellte überrascht fest, dass Miriam neben mir stand und ihre Finger sich um mein Handgelenk schlossen. Sie waren kühl, trocken und echt. Sanft. Ich fragte mich, wie sie über die ganze Sache dachte, erinnerte mich an ihre Angst und ihre Entschlossenheit. Wunderte mich darüber, dass es mir ganz und gar nicht egal war, was mit ihr passierte. Was hatten sie wohl gegen die Krankenschwester in der Hand, fragte ich mich. Genauso viel wie gegen mich? Ich hätte sie gern gefragt, was mit ihr geschehen war, ihr versichert, dass ich ihr nicht böse war, doch all das ging gerade nicht, da meine Kehle zu eng war, um zu sprechen. Stattdessen begnügte ich mich mit einem dünnen Lächeln, das sie nicht sehen konnte, weil sie den Blick gesenkt hatte.

Sie führte mich zu dem Bett, in dem ich aufgewacht war, und ich legte mich darauf wie ein kleines Kind, das sich von der Mutter ins Bett bringen ließ. Ich fragte mich, ob es nicht vielleicht doch besser war, ein paar Menschen zu retten, als mit der Masse unterzugehen, doch ich fühlte es nicht. Ich wollte nicht gehen, wollte keine Mission mehr leiten, interessierte mich nicht mehr dafür, ob Dr. Jen zufrieden mit mir war – im Gegenteil. Stattdessen bereute ich, immer so mustergültig gelernt zu haben. Die ganzen verfluchten Jahre über hatte ich ihren Plan unterstützt, ihr System gefüttert. Hatte bereitwillig für ein paar lobende Worte und ein bisschen Anerkennung alles getan, was sie von mir verlangt hatten.

Ich hatte es nicht besser gewusst. Nun war das anders, doch ich tat trotzdem, was sie mir sagten. Aus Liebe. Machte es das wirklich besser? Auch das war egal. Alles war jetzt egal.

Sie befestigten die Kabel an meinem Kopf, sprachen miteinander oder mit mir, doch ich hörte nicht mehr hin. Wollte keinen einzigen Moment verpassen, in dem ich noch selbstständig denken durfte, noch Berliner Luft atmen durfte. Meine rechte Hand wurde angehoben und gehalten, in der anderen spürte ich einen stechenden Schmerz. Miriam stand neben mir und mir bei. Gern wollte ich ihr alles Gute wünschen, doch ich konnte nicht. Nichts mehr war von Bedeutung, nur meine Gedanken, die um sich selbst kreisten, bevor sie aus dieser Welt gerissen wurden.

Ein Kreis, der sich wieder schloss. Ich war in diesem Raum erwacht und nun wurde ich hier wieder schlafen gelegt. Miriam hatte mir am ersten Tag beigestanden und nun war sie auch am letzten Tag bei mir. Für die anderen hatte ich nur einen Ausflug gemacht, für mich hatte ich ein anderes Leben gelebt. Ob sie mir die Erinnerungen hieran auch nehmen würden? Ich traute mich nicht zu fragen.

»Okay, wir sind so weit.« Hannibals Stimme schnitt durch meine Gedanken. Seine Worte, knapp und auf das Wesentliche beschränkt, verrieten mir, dass ich diese Welt nun verlassen würde. Ich ging zurück an die Akademie.

Mein Hals war so trocken, dass ich nicht mal schlucken

konnte. Alles, was ich tun konnte, war, zu hoffen, dass es gut gehen würde. Und dass es schnell geschah. Meine Augen suchten etwas, an dem sie sich festhalten konnten, und fanden einen kleinen Riss in der Betondecke über mir. Ich konzentrierte mich voll und ganz auf diesen Riss.

Meine Kopfhaut begann zu prickeln, doch ich gab mir Mühe, dem Prickeln keine Beachtung zu schenken. Das altbekannte Brennen war allerdings noch schwerer zu ignorieren. Sie betäubten mich, versetzten mich wieder in einen komatösen Zustand. Nicht mehr lange und ich war weg. Um auf einem fremden Planeten wieder aufzuwachen. Doch ich dachte nicht daran, sondern beobachtete den Riss an der Decke.

Berlin hatte Risse, die Welt hatte Risse, und genau das war es, was mich sie hatte lieben lernen. Denn ich hatte ebenfalls Risse. Und das war etwas Gutes. Es machte mich einzigartig.

1

Die Sonne wärmte meine Haut, doch sie brannte nicht. Es roch nach frisch gemähtem Gras und Erde, der Boden unter meinen Füßen fühlte sich weich an. In der Ferne hörte ich fröhliches, entspanntes Stimmengewirr.

Ich kannte diesen Geruch und die Geräuschkulisse nur allzu gut. Mich umgab der Garten, der sich vor dem zentralen Akademiegebäude erstreckte. Es war immer mein Lieblingsort auf dem gesamten Gelände gewesen.

Ich suchte in meinem Körper nach Anzeichen dafür, dass irgendetwas nicht in Ordnung war, doch ich fühlte mich gut. Keine Schmerzen, kein Unwohlsein. Nichts.

Langsam hob ich die rechte Hand und fuhr mir damit über den Kopf. Meine Finger glitten über weiches Haar, das in meinem Nacken zu einem Pferdeschwanz gebunden war. So, wie ich es immer getragen hatte. Davor.

»Zoë?«

Die Stimme kam von hinten und war mir sehr vertraut. Doch sie klang unsicher, zögerlich. Ich schlug die Augen auf und drehte mich um.

Er sah anders aus. Glatter, makelloser und gesünder. Nicht

so geschunden. Seine Haut zeigte keine Sorgenfalten, doch seine Augen waren noch genauso traurig wie zuvor.

»Kip«, sagte ich und lächelte. Es war unbeschreiblich schön, ihn zu sehen, auch wenn ich wusste, dass ich nicht den echten Kip vor mir hatte. Seine Tätowierungen fehlten, vermutlich hatten sie keine Zeit gehabt, die aufwendigen Fische in das Interface einzuspeisen.

Er trat auf mich zu und nahm mich fest in die Arme. Zu meiner Überraschung wurde ich von einer Welle aus Gefühlen überrollt, die mich mitriss. Ich wurde von heftigem Schluchzen geschüttelt, fühlte Glück und Erleichterung, Scham und Verzweiflung, alles gleichzeitig und alles durcheinander.

Kip hielt mich fest und ließ mich weinen, strich mir mit seinen großen Händen über den Rücken, die Arme und den Kopf, und aus irgendeinem verrückten Grund wusste ich, dass ich ihm nichts erklären musste. Er verstand mich auch so. Kip wusste, dass es mir leidtat. Er wusste, wo wir waren. Irgendwann würde ich ihm das ganze Ausmaß dessen, was passiert war, erklären, doch jetzt war nicht der Augenblick dafür. In diesem Moment verabschiedete ich mich von allem, was ich nicht ändern konnte, trauerte um das, was ich verloren hatte, und war erleichtert über das, was mir geblieben war. Ich weinte, weil es die einzige Option war, die ich in diesem Augenblick hatte.

Weil ich keine Angst und keine Wut mehr in mir hatte.

»Hey, was ist denn hier los?«

Ich zuckte zusammen, weil ich nicht mit Jonahs Stimme gerechnet hatte. Schnell machte ich mich von Kip los und wischte mir übers Gesicht.

Und da stand er. Groß, muskulös, mit seinen wirren Haaren und dem wunderbaren, entwaffnenden Grübchen. Sein Blick verriet mir, dass er sich keinen Reim auf das machen konnte, was er gerade sah. Wie könnte er auch?

»Nichts«, beeilte ich mich zu sagen, und Jonah zog die Augenbrauen hoch.

»Nach nichts sah das aber gar nicht aus«, sagte er. Hörte ich da etwa Eifersucht in seiner Stimme?

Ich wollte gerade Luft holen, um irgendeine an den Haaren herbeigezogene Erklärung für die Situation vom Stapel zu lassen, als es geschah.

Erst flackerte die Welt um uns herum ganz leicht. Wie bei einer Stromschwankung. Wir alle drei bemerkten es und richteten unseren Blick nach oben, als läge die Erklärung für das Flackern am Himmel.

Ein zweites Mal verschwand der Garten, diesmal länger. Es dauerte sicher zwei oder drei Sekunden, bis unsere Umgebung wieder erschien.

»Scheiße, was ist denn hier los?«, hörte ich Jonah noch fragen.

Dann wurde alles schwarz.

Eva Siegmund
Pandora –
Wovon träumst du?

ca. 400 Seiten, ISBN 978-3-570-31059-5

Sophie lebt in einer Welt, in der alle durch einen Chip im Kopf jederzeit unbeschwert online gehen können. Als sie erfährt, dass sie adoptiert ist und eine Zwillingsschwester hat, erkunden die Mädchen damit ihre Vergangenheit – und stoßen schon bald auf seltsame Geheimnisse. Ihre Recherchen bringen den Sandman auf ihre Spur. Er will die Menschheit mithilfe eines perfekt getarnten Überwachungssystems beherrschen, und nur die Zwillinge können ihn und seine allmächtige NeuroLink Solutions Inc. zu Fall bringen. Doch das bringt sie in höchste Gefahr ...

www.cbt-buecher.de

30240